足球是宝

鞠文堂 著

第一部 亚洲雄风

中国言实出版社

图书在版编目（CIP）数据

足球是宝.第一部，亚洲雄风 / 鞠文堂著. -- 北
京：中国言实出版社，2022.6
ISBN 978-7-5171-4189-1

Ⅰ.①足… Ⅱ.①鞠… Ⅲ.①长篇小说—中国—当代
Ⅳ.①I247.5

中国版本图书馆CIP数据核字（2022）第097130号

足球是宝：亚洲雄风

责任编辑：王建玲
　　　　　史会美
责任校对：张天杨

出版发行：中国言实出版社
　　　　　地　址：北京市朝阳区北苑路180号加利大厦5号楼105室
　　　　　邮　编：100101
　　　　　编辑部：北京市海淀区花园路6号院B座6层
　　　　　邮　编：100088
　　　　　电　话：010-64924853（总编室）　010-64924716（发行部）
　　　　　网　址：www.zgyscbs.cn　　电子邮箱：zgyscbs@263.net

经　　销：新华书店
印　　刷：北京中科印刷有限公司
版　　次：2022年9月第1版　　2022年9月第1次印刷
规　　格：880毫米×1230毫米　　1/32　　13.375印张
字　　数：310千字

定　　价：58.00元
书　　号：ISBN 978-7-5171-4189-1

目录

第一章　故事从这里开始

在中国北方一个不大不小的城市，每家每户都会在晚间准时收看《新闻联播》，看完《新闻联播》之后还会继续收看地方台新闻。今天的地方台播报了一条特殊的新闻：海市体委足球学校（海市足校）将于1990年9月1日在海市公开招收足球小队员，1984年、1985年出生的热爱足球的男女小朋友均可报名参加考试，考试通过者以后可以参加由海市体委组织的足球训练班。

那个年代的电视推广效果是无与伦比的，在这个城市里，几乎所有的家庭都看到了这则新闻，其中一部分家庭就真把孩子送到了海市足校参加考试。

有三个孩子也因为这场考试结缘，那年他们只有六七岁……

一个不同寻常的周末，天气阴沉，肖恩爸爸骑着他那辆"跑车"带着肖恩向着海市足校方向悠闲地骑行，肖恩坐在车前横梁上，被爸爸拥着，幸福地感受着迎面吹来的海风，并用后脑勺数着爸爸节奏感十足的鼻息，1、2、3、4、5、6、7、8、9、10……就这样也不知道数了多少个10。突然一辆黑色大轿车从他们身边飞速而过。

"爸爸追！"肖恩手指前方，马上来了精神。

"好，坐稳了！"爸爸立即握紧弯弯的车把，换挡提速，感觉之前的骑行就像是一次热身，一切就为了这一刻的加速追赶。

骑自行车追赶汽车一直以来都是父子俩的固定娱乐节目，主要是因为肖恩爸爸的自行车确实骑得不错，而且坐骑还是辆能变速的公路车。肖恩爸爸年轻时喜欢骑自行车，曾经一度想做专业自行车骑手，不过那个年代也没有什么正规训练的场所，加上天赋一般，所以肖恩爸爸也没练出来，但这并不影响肖恩爸爸对体育的喜爱，摔跤、拳击、足球、举重，什么体育运动他都会点儿。对此肖恩的爷爷十分头疼，在他眼里，他这个儿子除了学习，啥都喜欢，自己做了一辈子会计，算盘珠子拨拉得跟计算器差不多，到这儿要传不下去了。这回要送孩子去学足球，爷爷毫不犹豫地投了反对票，但是肖恩爸爸说，孩子太瘦了，咱们老肖家的体格一点儿都没传下去，得去锻炼锻炼多吃点饭。对于养育肖恩负主要责任的妈妈而言，愧疚感让她也支持了爸爸的决定。2∶1，就有了今天爸爸送肖恩来考试的这一幕。

父子俩很快就在一个红绿灯处追上了那辆黑色大轿车，从小就对车感兴趣的肖恩一眼就认出那是一辆凯迪拉克轿车，在那个大街上满是夏利，桑塔纳就算是好车的年代，凯迪拉克就像是今天的宾利，高贵、土豪。

同样在那个年代，红绿灯的全称应该叫作机动车专用交通指示灯。行人和自行车有着天然的特权，可以选择性地遵守红绿灯的指示，所以肖恩爸爸在确定路口安全的情况下径直闯了过去，超越了那辆等红灯的凯迪拉克，在并排的瞬间，肖恩使劲多看了几眼这辆豪车，爷儿俩成就感瞬间爆棚。

　　一骑当先的父子俩非常开心，完全没有考试前的紧张，两人继续加速，没多久就看到了目的地——位于观海路的海市足校。当父子俩快骑到足校大门口的时候，那辆凯迪拉克超了过去，停在了足校大门口，刚才还好胜心巨强的父子俩，不知什么时候又恢复了平常心，看着凯迪拉克超过自己就像没事人一样，继续按部就班地前行。

　　足校看门老大爷没有因为这是辆凯迪拉克，就让豪车开进院里，所以车上就下来了一个笑眯眯的小眼睛高个少年，看样子比肖恩高了一头，手里抱着个漂亮的足球，随后一位笑眯眯的小眼睛的妇女也下了车，长得跟少年一模一样，一看就是少年的妈妈，妈妈同样个子很高，一米六五左右，最后一个男人从驾驶座下来，浓眉大眼戴眼镜，但个子还没少年妈妈高，从他对母子俩的态度能看出来，他是少年的爸爸。

　　肖恩爸爸骑到门口，问看门老大爷："师傅，足球考场怎么走？"

　　看门大爷两眼看着灰色大铁门，没搭理肖恩爸爸。

　　"进去往里边走，这个小球场对角有个大铁门，出去就看见了，我们昨天都过来踩过点了。"没想到高个少年的妈妈会如此热情地回答。

　　肖恩爸爸马上笑着说："谢谢啊，来来来肖恩，快谢谢阿姨。"

这时肖恩正侧坐在自行车横梁上瞅那辆凯迪拉克，哪还有闲心客套。

直到被一巴掌拍在脑袋上，肖恩才脱口而出"谢谢阿姨"，说完继续倔强地看着豪车。

"完啦？不能多说几句啊？"

肖恩迅速跟上："你好，我叫肖恩，今年6岁了。"然后又假笑了一下，可见这一巴掌的作用还不错。

相比之下高个男生就懂事很多，立刻回答："叔叔好，肖恩好，我叫金开石。"

"你好，金开石，孩子真懂事，个子真高。"

"我家开石大，7岁了，个子高一点。"开石爸爸说。

"肖恩个子也不小哇，这一身小白球服真好看啊。"开石妈妈在一旁热络地说。果然还是女性细心，肖恩这一身是妈妈花了好几个晚上才缝制出来的杰作。白色球衣把肖恩黝黑的皮肤衬得清爽发光，孩子虽然有些瘦，但是大眼睛转来转去，显得聪明有活力，脚上的鞋也干干净净，简直不像是小男孩儿。开石妈妈看了又看，第一印象就很喜欢这个干净帅气、聪明灵光的小伙子。

不过肖恩完全没有注意长辈们在说什么。他已经用眼睛开了好几遍那辆黑色大轿车了。"叔叔，那是凯迪拉克吧？"肖恩手指豪车问道。

金开石爸爸笑着回答："是啊，这孩子真聪明，你跟金开石以后就是队友啦。"

"队友？"肖恩明显还不太明白队友是什么意思，金开石只是在一旁眯眼笑也不说话。两家人的友谊从此开始。

突然"砰"的一声，一颗足球砸中了足校灰色大铁门。两家人转向这噪音的制造者，原来是个足球小少年。少年叉腰而立，肤色略黑，头发有点儿发黄，十分帅气，嘴角挂着得意的笑容。

看门大爷大喊："小兔崽子，别踢了！谁家的孩子，不好好管管。"一个身穿背心露着文身的彪形大汉一把抱起了少年，对着看门大爷说："闭嘴，用不着你管。冠一，你跟他说'老头，你多余了'。"

少年立刻指着看门大爷复述了一遍。

"你再说话，把你嘴缝上。"大汉说着在嘴边比画了一下，然后抱着孩子大摇大摆地走进了足校大院。

看门大爷气得眼珠子都要瞪出来了，却也无可奈何。

"看来是社会人。"肖恩爸爸和金开石爸爸相视一笑。

他们心想："这是谁的家长？"

第二章　扣球一出，天下我有！

海市足校的考场上可谓人山人海，感觉海市所有适龄孩子都被家长送过来了。不光有孩子的父母，有的连爷爷奶奶也来了，全家总动员导致来看考试的家长比参加考试的孩子多了好几倍，再加上主办方海市足校第一次组织类似的活动，所以考场的秩序非常混乱，家长们为了能近距离看见自己孩子的表现，不停往前冲，直到把每个考试项目现场的边缘站得密密麻麻。孩子们只能在家长排成的人墙里进行考试，高大的人墙和阴沉的天气让孩子们格外压抑。

肖恩爸爸做事总是高瞻远瞩，所以在考试之前带肖恩在家门口小学的操场上提前练习了一段时间，主要练的就是带球跑和扣球。考试的时候，当肖恩看着其他小朋友带球一碰就飞或者带到转折点用脚连续拨好几次才能将球变回方向的时候，他就越来越有信心。因为爸爸说了："其他孩子都不会扣球，我提前教你了，你只要一做这个动作，教练就会看出这孩子会踢球，你肯定能考上。"所以肖恩就把扣球当作动画片里英雄的大招，扣球一出，天下我有。

肖恩在带球跑的时候小心翼翼地控制着带球的速度和触球的频率，以免带球出界，保证每次触球后跑个两三步就可以再次触球，等到了转折点，他熟练地做了一个漂亮的扣球动作把带球的方向扣了回来，然后全速带回了终点。

肖恩心里这下踏实了，跑到爸爸那里邀功，爸爸一脸严肃地说："不错，扣得不错，就是带球慢了点儿。"

肖恩回答："慢吗？我怕带球太快就扣不回来了。"爸爸说："没事，挺好的。"说着自己跑到监考老师背后去瞅着什么。肖恩不开心地站在原地。

不一会儿，肖恩发现金开石开始考带球跑了，只见金开石飞快带球冲向转折点，触球的频率和带球的距离都刚刚好，肖恩此时就像一个武林行家一样等着看金开石如何在转折点处理足球。"扣球！他怎么也会扣球？"肖恩吃了一惊，心想他一定也是练过的。

更让肖恩印象深刻的是金开石做动作时那机器人一样的僵硬感，那种感觉似乎在哪里见过。但肖恩一时又想不起来。金开石在协调性方面的天然缺失使动作看起来出奇的死板。肖恩不知道这是足球天赋差的一种表现，反而觉得很有意思。

这时候又一个孩子站在了起点上，这孩子不是别人，正是刚才那个虎头虎脑的黄毛小子，只见他自信满满，带球飞快，每次带球的距离都要比肖恩和金开石的大，跑动的速度却完全不影响，到了转折点的时候他轻盈地用脚向后一踩就连人带球快速转了回来，然后又快速将球带回终点。

"好快啊。"围观的家长们纷纷表示，肖恩爸爸站在考官身后看着这个孩子，跟考官同时点了点头。那个踩球姿势触动了肖恩，因为在跟爸爸练球的那几天里，肖恩有几次发现这个踩球变向的动作更简单更好用，但他不明白爸爸为什么一定要让他重复练习那个复杂难做的扣球动作，更不知道这个扣球动作是要干什么用的，只是单纯以为"大招"都不会简单。肖恩仔细看了看那黄毛小子，觉得他长得有点儿像《天龙八部》里的慕容复，只不过要更黑些。

过了几天，肖恩爸爸始终没接到录取通知。此时肖恩爸爸心里隐约预感到了什么。

第三章 "考上啦"

肖恩爸爸赶紧去问了其他家长，发现只有他没接到电话，这才明白肖恩落选了。

肖恩爸爸立刻骑车飞奔向海市足校，一想到他带儿子特训那么久却没考上，他就生气，他把满身火气都传给了脚蹬子，车链子都要冒出火星了。一到足校，他就冲进一个办公室质问："我儿子那么好，为什么没有我儿子？"

肖恩爸爸的大嗓门整个足校走廊都听得清清楚楚，这时从门外走进来一个黑高个男子，对肖恩爸爸说："这位家长，您别激动，能不能先告诉我您儿子叫什么名字？"

"叫肖恩。"肖恩爸爸还是有些激动。

"肖恩他爸，我们这就去查一下。您先坐，抽烟吗？"说着黑高个给肖恩爸爸递了一支烟。

肖恩爸爸接过烟说："我儿子考试表现可突出了，带球、扣球、射门都很突出。"

"这个我相信，您能这么底气十足地到我们足校来问，孩子就一定错不了，就一定有实力。实力不行的也没您这个底气。我说得在理吧？"黑高个说到了肖恩爸爸的心坎里。

"嗯，在理儿。您是？"肖恩爸爸情绪好多了。

"我叫徐常志，是这儿的教练。"

这时，工作人员把录取名册拿来了，肖恩爸爸一眼就看到了肖恩的名字，同时也看到了后边的标注"电话号码错误"。肖恩爸爸再一看，果然是他写错了单位电话。

肖恩爸爸脸红了。

"肖恩爸爸，看来一切都是误会。肖恩他被录取了，您看他各项成绩都很优秀，只是电话一直打不通。"徐导笑着说。

"徐导，都是我的错，给您添麻烦了。"

"没事，那咱们就开学见了。训练的时候记得给孩子多带些水，训练间歇要补水。"

"好嘞，谢谢徐导。"

肖恩爸爸开心地回到了家，平时油瓶倒了都不扶的他破天荒地下厨做了一道醋熘白菜。肖恩得知自己被录取了非常高兴，觉得一定是自己的"大招"起作用了。

金开石和那个黄毛小子也都接到了海市足校的录取通知。就这样，三个小男孩儿的命运被这小小的黑白足球以不可阻挡的力量卷连在一起……

第四章　冲出亚洲，走向世界

　　海市足校占地广，学校里面除了足球还有好多体育训练项目，比如摔跤、拳击、举重、田径，除此之外还有很酷的摩托车越野。

　　当然，足球项目的场地是最大的，学校里有两个头尾相连的大足球场，一个是野草有一人来高的荒废球场，另一个就是供孩子们训练的球场，场地是用黄沙土铺成的，一到起风的时候就会黄沙四起，跟沙漠没啥两样。一般训练的时候，教练会带着男孩子们用一半场地，另一半场地让给女足孩子们训练。整个场地被一条一米多宽一米来深的小沟围起来，训练时家长们会站在小沟外边看着孩子们。

　　有趣的是，训练间歇喝水或者训练完后离场的时候都会有个别笨孩子掉到这条小沟里，家长们总结，但凡掉到过沟里的孩子智商都不够用，没有一个球踢得好的，大伙儿一致认为那是一条"智商沟"。

第一天训练的场面跟考试时一样，家长来得比孩子还多，30多个孩子跟了40多个家长。家长们带着孩子早早来到训练场地排成一排，挨个在教练那儿签到。

肖恩爸爸带着肖恩排队，徐导提前看见了肖恩爸爸，二人相视一笑，待排到肖恩爸爸和肖恩的时候，徐导主动摸了摸肖恩的头说："这就是肖恩吧。"

"肖恩，快叫徐导好。"肖恩爸爸低头对肖恩说。

"徐导好。"肖恩抬头看着徐导。

"肖恩，喜欢踢球吗？"

"喜欢。"肖恩立刻回答。

"喜欢就好，好好训练，以后进国家队哈！"徐导鼓励说。

肖恩抬着头傻傻地看着爸爸和徐导，从他脸上的小表情可以看出，肖恩还不太明白什么是国家队。

徐导看出了肖恩的疑惑，说："国家队是要代表中国与其他国家踢比赛的球队，全中国球踢得最好的球员都在国家队里。国家队是要完成中国足球'冲出亚洲，走向世界'使命的球队，是为国争光的球队。肖恩，你想进国家队，为国家争光吗？"

"想！"肖恩坚定地回答，眼中闪着光。

签到完，肖恩迫不及待地冲进场地踢起球来，只见他一个大脚怒射，球直接滚进了沟里，不见了。肖恩赶紧跑到沟边上往里看，球躺在沟里，沟里有雨水。肖恩转头向爸爸求救，爸爸跳进沟里把球捡了出来，沾了水的足球在地上滚了几圈沾了很多黄土，变成了泥球，肖恩噘起了小嘴。爸爸看出了洁癖儿子的心思，于是把足球在地上狠狠摔了摔，然后又拿到沟边的野草上蹭了蹭，球变干净了，肖恩开心了。

就在这时，又一个足球滚进沟里，肖恩爸爸刚想帮忙捡，只见一个黄毛小子冲过来，一下跳到了沟里，球一下飞了出来，接着他双手一撑沟边就地一滚跳出沟来，然后黄毛小子冲着湿漉漉的足球就是一脚，泥浆四溅，他哈哈大笑。

"王冠一，别疯跑了，过来喝口水，一会儿快训练了，休息一下。"这时，黄毛小子的妈妈在场地边喊。

"王冠一。"肖恩和肖恩爸爸在心里默默记下了这个名字，他们认出这孩子就是之前考试时候那个速度飞快的孩子。

第五章 "克塞，前来买菜！"

　　训练开始了，徐常志教练吹了一声哨子，然后大声喊："孩子们都过来，都来教练这儿集合。"大部分孩子都跑了过去，有的孩子慢慢溜达过去，有的孩子站在离教练不远处看着，有个别孩子就站在原地一动不动，有的孩子看了一眼教练就又开始玩自己的，急得场外的家长直喊自己孩子的名字。过了一阵，所有的孩子终于全部聚集在了教练周围。徐导手举着一个红色的哨子，对孩子们说："孩子们，我手里这个是哨子，我一吹，它就有响，你们听见响声就要马上停下，往教练这里看，然后要听从教练的指挥。教练让你们过来，你们就赶紧跑过来，教练让你们站在原地不动，你们就站在原地不动看教练做示范动作，听明白了吗？""听——明——白——了——"孩子们懒洋洋地回答，把尾音拖得要多长有多长。肖恩一听到这种拖音就特别烦，他在幼儿园的时候每每听到小朋友们这样回应幼儿园老师，就心里痒得难受。

徐导要求孩子们每人拿一个足球，然后都散开。肖恩马上找了一个空地站住，与周围的孩子都保持一定距离，但是不一会儿一个孩子就站到了他旁边很近的地方，肖恩很不高兴，就又往旁边躲了躲，来保持距离，但是刚躲完一个就又来一个孩子跑到他跟前，肖恩就又挪了挪，就这样，肖恩跑了半天终于找到了一个让他满意的无人空间。肖恩爸爸在场边把肖恩躲人的全过程都看在眼里，心想："这孩子像谁了？怎么这么事儿啊。他妈妈是个粗心得不能再粗心的女人，我的性格也很随和，这孩子到底像谁了呢？"肖恩爸爸努力稳定情绪，冷静喊道："肖恩别往后跑了，别离教练太远了。"

其他家长一样都在场外指挥着自己的孩子，只见场外的40多个家长比场地里30多个孩子还要忙，整个场面相当混乱，有个别孩子居然就站在原地看着场外的父母背对着教练，有的孩子就蹲在那儿自己玩地上的小石头，有的孩子把球丢了，有的孩子抱着球四处跑，总之是费了好大的劲，孩子们才安静下来。

徐导开始领着孩子们做准备活动，教孩子们在原地转转脖子、转转腰、转转膝盖、转转脚踝，有孩子转转腰就扭起来了，也有转转脚踝把自己绊倒了的，场面那叫一个欢快。

这些动作对于肖恩来说并不陌生，因为高瞻远瞩的爸爸之前就教过他，他做得很熟练。突然，肖恩笑了，因为他发现了身前不远处正认真做动作的金开石，金开石那一动一顿的机器人动作又出现了，这回他想起来了，这不就是《恐龙特急克塞号》里的大反派格德米斯大王嘛。

就在这时，肖恩注意到在他旁边的王冠一也在看着金开石笑。王冠一看着金开石的动作笑个不停，然后情不自禁摆了个pose："克塞，前来买菜！"旁边的肖恩一听，立刻也摆了pose对上："格德米斯不卖菜！"王冠一顺着声音发现了正摆着pose的肖恩，肖恩用手指了指前面正卖力做动作的金开石，俩人同时哈哈大笑。就这样，两个足球小将在第一堂足球训练课上，以如此默契的方式互相认识了。

训练的时间久了，小朋友们都混熟了，在训练场地上就会经常看见肖恩跟王冠一对着金开石演小品："人间大炮一级准备，人间大炮二级准备，人间大炮，发射！克塞，前来买菜，金开石他不卖菜，不卖菜就弄你，时间静止，啊啊啊啊……"与此同时，金开石正居高临下睐着眼睛看这俩小矮子表演，待二人演完后快速抓住他们挨个"修理"。

金开石不善言辞，所以能动手的时候基本不说话，而且金开石极会利用自己的身体优势。记得有专家说，小孩打架比的是心理也就是比气势，很少看见有小孩子像成人一样对打的，一般都是一个打，一个挨打。其实更确切地说心理优势是由发育优势决定的，身体强壮自然就有气势了，所以比金开石矮一个头的肖恩和王冠一根本没有任何胜算，都只能被踩躏。

但俩人被踩躏的过程还是有所不同的，肖恩跟金开石两家大人很熟，所以俩人很亲近，肖恩觉得金开石揍他是在跟他打闹，所以肖恩只是傻笑，金开石当然也会手下留情；但王冠一是越揍他他嘴越硬，搞得金开石很没面子，只能加班加点把王冠一搞服为止。

有一天，王冠一对肖恩言之凿凿："我妈说金开石爸爸个子很矮，跟我爸的个子差远了，以后金开石肯定长不高的，等我以后长起来了，我罩着你。"

　　"我爸个子也比金开石爸爸高，那我以后也能比金开石高啊！那我不得好好搞搞他啊！"肖恩兴奋地回答。俩孩子开心得不得了，互相分享了好多折磨金开石的点子。但两人一定想不到，他们这辈子就没有一刻比金开石高过。

第六章　徐导说了

　　渐渐地，孩子们开始懂得如何训练，也熟悉了徐导的训练套路。

　　每天下午的训练对徐导来说非常重要，可以说徐导的一天都是为了这堂训练课。徐导上午来到足校就开始等着下午的训练，等着无聊，他会看看报纸、看看电视、喝喝茶。

　　下午到了，他会穿着一件运动服，一条小裤衩，手上缠一个红色哨子，再拿一个烟盒，一个大茶缸，早早来到场地边一个平房下的阴凉地，早到的家长们就会聚过来围住徐导给他递烟，当然，家长递的烟也都是好烟。

　　徐导一般会选一根符合今天心情的品牌先抽，再把剩下的装进那个事先准备好的烟盒里。然后徐导就会侃侃而谈，从海市造船厂到沈辽十连冠再到现在的海市队，其实这些海市足球的辉煌历史跟他也没什么关系，他至多就是在海市青年队混过，但是徐导就是这么厉害，两支烟的工夫就能给家长画一张大大的饼，让初入足球圈的球迷家长们信服不已。

待牛皮吹得差不多了，时间也就到了，徐导就会把烟盒和茶缸往墙边一放，自信满满地走进场地。

只听徐导一声哨响，训练有素的孩子们就会马上放下手里的玩物，从四面八方跑向徐导，就像天降神兵。

孩子们有的是从野草丛里抓蚂蚱蹿出来的，有的是从沟里捞蝌蚪跳出来的，有的是从场边工厂大门口逗狗跑回来的，还有的是跟家长一直站在阴凉地，吸完二手烟归来的。

这时候，徐导会举着红色哨子站在原地等着，要是哪个孩子拖沓来晚了，他就会用哨子朝那孩子脑袋上敲一下。也不知道从什么时候开始，这个第一课时说好是用来提醒孩子看教练的哨子一下就变成了现在用来惩罚孩子的凶器。但通过孩子的表情可以看出，孩子会觉得疼，但又不是那么疼，可见这种惩罚力度刚刚好。

不得不说那时的徐导是个认真负责的好教练，训练中总是尽量关注每个孩子的动作，大声提醒孩子们应注意事项，他从来不说脏字，永远都很礼貌。他教的动作也很适合六七岁孩子们这个年龄训练的内容，而且由浅入深，循序渐进。

训练间歇，他会赶紧到场边喝口茶水抽一支烟。由于长期在训练中大声呼喊再加上烟瘾很大，他的嗓子一直不好，嗓音很沙哑。但是不管训练有多累，嗓子有多疼，徐导在每天训练完后都会坚持把孩子们带到家长旁边，围成一个圈作一次个人演讲。

演讲内容包括当日训练总结和明日训练简介，但最重要的是他每天都要给孩子们上一堂人生哲理课，内容可谓包罗万象，后来大家才了解到他上课的灵感基本源自上午看报纸或者看电视的内容，其中最频繁出现的内容就是孝敬父母，徐导会慷慨激昂地说："孩子们，你们爸爸妈妈下午不上班，抽时间大老远带你们来训练足球，爸爸妈妈对你们多好啊，回家一定要听父母的话，记得孝敬爸妈，今晚你们回家就帮妈妈做做家务活，好不好啊？""好——"孩子们异口同声地回答。

此时孩子身后的家长们都崩溃了，被感动得不行不行的，感觉徐导这番话对孩子家长的作用要比对孩子们还大。

第二天训练前，肖恩一看见王冠一就问："你昨晚孝敬爸妈了吗？"

王冠一一听立刻嘟起嘴说："别提了，我是想孝敬我妈来着，然后就被我妈削了一顿。"

"咋啦？"

"我自告奋勇帮我妈刷碗，刷得还挺好，又快又干净，可后来往碗柜摆的时候，不小心打了一个盘子。那可是我们家过年装鱼的大盘子，我妈急了，上来就削了我一顿。"

"哈哈，你真傻，你为啥选风险那么高的活干啊？你看我就是拖拖地，又简单又不累。我干完活，我妈开心得不得了，还带我去吃了羊肉串。"

"呀，还是你聪明，下回我也拖地。"王冠一羡慕地说。

这时金开石走了过来。

"金开石，你昨天干什么活了？"王冠一问。

金开石笑眯眯地看着肖恩和王冠一，也不回答，之后不管二人怎么追问，他就是不说昨晚干了什么。

原来，金开石昨天一回家就跟妈妈说："我要帮忙干家务活。"

谁知妈妈笑着回答："儿子啊，妈妈谢谢你，你就好好学习，好好踢球，专心做大事，家务活就让妈妈来做吧。"

不得不说徐导的"演讲"对一群还没上学的孩子非常有用，不光王冠一和肖恩，许多孩子回家后都开始帮妈妈扫扫地，刷刷碗，做点家务活。这让第一次体会到孩子孝心的家长们激动得不得了。孩子们也一度总是把"徐导说了"挂在嘴边，感觉徐导说的话就是真理，要比爸爸妈妈的话管用多了。

这其实并不是徐导有什么神力，而是家长们不停跟孩子说要听徐导的话，在孩子面前又都对徐导毕恭毕敬，所以徐导在孩子们心中的威信就瞬间树立起来了。

难得的是徐导利用这种威信给孩子们灌输了很多积极正面的内容，让孩子们接受了良好的启蒙教育，为孩子们今后上学打下了好基础。可见一名基层足球教练对孩子们的启蒙教育不仅仅是足球，还包括其他很多重要的方面。

一天训练后，有家长问："徐导，天气预报说明天要下雨，还练吗？"

"下雨天不吃饭啦？练啊，风雨无阻。"

"好的，徐导。"

"没事，家长你们自己做决定，我就在这儿上班，我肯定会来场地，来不来的你们自己看着办。"

让徐导这么一说，家长们纷纷表示：要锻炼孩子，磨炼孩子，让孩子们吃点苦。

第二天，几乎所有家长都冒雨送孩子来训练了。当孩子们从家长的伞下冲出的那一刻，仿佛海市足校的一切都不一样了。在大雨的洗刷下，那些熟悉的野草丛、"智商沟"、训练场都焕然一新，也让计划磨炼意志的训练课，意外成为孩子们撒欢打滚儿的泥浆乐园。

只见孩子们在雨中张着大嘴全力地奔跑，似乎每一滴雨水都是一滴强力的兴奋剂，让他们拥有了数倍于平时的精气神；孩子们在水中劈着大胯尽情地滑铲，此时是否能铲到球已不重要，滑行的距离才是快乐的关键；孩子们在泥坑中抱着对手放肆地翻滚，也不管球到底滚到了哪里。

在一次争球中，王冠一为了阻挡身高马大的金开石，故意抱着金开石摔进了泥坑，他本想立刻起身压在金开石身上，却被金开石反压在身下，动弹不得，急得他趴在泥坑里哇哇大叫。

这一幕让打伞站在场边的家长们爆发出一阵笑声，看着孩子们满是泥浆的脸上洋溢着开心的笑容，家长们才意识到：孩子们能在雨中踢球，开心还来不及，哪里有苦可言。

肖恩爸爸是场边唯一笑不出来的人。场上的肖恩表现得畏首畏尾，看得出他始终都在纠结，洁癖让他不能像其他孩子那样尽情享受雨中踢球的快乐。肖恩爸爸试着喊了两声，但肖恩无动于衷。

训练完，身着雨衣的肖恩父子骑车往家走。路上两人都不说话，只听见"滴答、滴答、滴答……"的雨滴拍打雨衣的声音，气氛很是微妙。

"儿子啊，爸爸多么希望你能在泥坑中来一次大飞铲啊。"肖恩爸爸突然说。

"爸，我不是不能铲，我只是觉得没必要。"肖恩淡定地回答。

肖恩爸爸无语，心想："什么时候才算有必要呢？"

第七章　刻苦还是天赋?

　　徐导非常重视足球基础的训练，每堂课都会安排枯燥的球感练习，比如双脚踩球、双脚拨球、带球扣球等。随着孩子们球感的进步，徐导也开始教孩子们一些复杂的技术动作，比如假动作带球过人。起初的球感练习，由于动作简单，孩子们之间的差距还不大，但在之后的技术训练中，孩子们的差距一下子就显现出来，像肖恩这种聪明的孩子，看一遍教练的示范就大概学会了，王冠一也基本上是练几次就会了，金开石学得不算快，但多练几次也都能学会，只是动作还一如既往的僵硬，搞得徐导不停地喊："金开石放松、放松，协调、协调。"其他一些孩子真是不开窍，练了几节课还是不会，这些孩子的家长也不着急，天天就是带孩子来混的，训练前跟教练抽完烟，然后就在原地支上牌局，根本不关心孩子的训练效果。

肖恩和金开石的家长极其认真负责，他们从来不打牌，连看也不看一眼，一心盯着孩子的训练。尤其是肖恩爸爸，几乎每天都要去看训练，有时上夜班看不了，他也会指挥肖恩妈妈去看，并要求肖恩妈妈拿笔记下教练教的动作，好让肖恩回家复习。所以，晚上吃完饭后，肖恩妈妈就会带肖恩去学校操场把今天徐导教过的动作再复习一遍。肖恩妈妈在小学就是学校里的百米冠军，热爱舞蹈，也热爱体育，教肖恩的时候示范动作做得相当到位。肖恩理解能力和模仿能力很强，再加上家长的努力，他逐渐成为队里球感、技术非常突出的孩子。

一天训练，徐导教了一个新的知识点——左右拨球身体摇摆假动作，虽然是新动作，其实都是由之前的动作演变而来。肖恩看一遍就会了，右脚做了几下熟练后他就开始尝试用左脚做，谁知没几下左脚也会了。看其他孩子都还在用右脚慢慢练习着，肖恩兴奋地对场外的爸爸喊："爸，我左脚也会了。"肖恩爸爸早就发现肖恩已经学会了，所以就大声回应："左脚也会啦？来来，做给爸爸看看。"肖恩爸爸的音量刚好能让徐导听见，徐导转头看见肖恩用左脚熟练快速地做起动作，露出满意的笑容。徐导吹响了红色哨子，对所有孩子说："孩子们都停一下，来看肖恩做这个动作。来，肖恩，就按刚才那个做。"

"左脚做，还是右脚做？"肖恩问。

"左右脚都来一下吧。"徐导笑着回答。

然后肖恩就分别用左右脚做了一遍，动作非常连贯。

"孩子们看见了吗？这个动作就要像肖恩这么做，大家来给肖恩鼓鼓掌。"

孩子们鼓起掌来。这是球队里第一次让小孩子做示范动作，平时都是徐导亲自做的。

肖恩全程有点蒙，光想着做动作了，也没顾得上高兴。站在一旁的肖恩爸爸心里已经乐开了花，感觉之前的付出有了回报。站在旁边的金开石爸爸说："老肖，你家肖恩真不错，我看这队里不管岁数大小，肖恩应该是踢得最好的了。"肖恩爸爸转过头笑笑说："哪有？就是这个动作赶上了。"

从那以后肖恩就会经常被徐导叫出来做示范动作，起初肖恩还很兴奋，后来时间长了也就没什么新鲜感，不那么开心了。有一次，肖恩问其他小朋友："你们训练后回家也会再练习吗？"得到的答案都是不会，回家就是看动画片，就是玩。肖恩开始厌倦这种用玩换来的机会，但乐此不疲的肖恩父母还是一直跟亲戚朋友说我儿子球踢得不错，总做示范动作。肖恩年纪虽然小，但是个敏感机灵的孩子，他发现每次他做了示范动作，或者教练表扬他了，爸妈都能开心好几天。小小的肖恩模糊地意识到，踢球好像已经不单单是自己的事情了。所以，虽然他有时不愿意踢，有时也觉得累，但他还是愿意为了爸妈的开心，多坚持坚持，多努力努力。

努力总是有回报的，慢慢地，肖恩越来越自信，在球队里的威信也逐渐形成。金开石的爸爸妈妈开始让金开石周末来跟肖恩踢球，甚至有时晚上金开石爸爸还开车来让金开石找肖恩踢踢球。肖恩每每看见那辆凯迪拉克都很兴奋，有一次肖恩终于如愿坐了一回。那天肖恩爸爸夜班，肖恩妈妈带着肖恩来训练，训练完后，金开石妈妈走过来说："肖恩妈妈，我家老金开车，把你们捎回去吧。"

"不麻烦了。"

"没事，咱们离得那么近，不麻烦，来肖恩，上车。"

肖恩一听就拉了拉妈妈，肖恩妈妈明白儿子的意思，就说："快，谢谢叔叔阿姨。"

"谢谢叔叔阿姨！"肖恩说着迅速打开前门上车。肖恩妈妈赶紧说："肖恩坐后边。"

"没事，让他坐前边吧。"金开石爸爸说。就这样，两个妈妈带着金开石坐到了后边，金开石很懂事，没有因为肖恩占了他的位置而不高兴，他就像大哥哥一样教肖恩怎么用电动车窗，还告诉肖恩其他的按钮都是什么。肖恩一路都很兴奋，这可比训练做示范开心多了，只觉得不一会儿就到家了。那是肖恩第一次坐轿车，而且坐的还是凯迪拉克，肖恩的起点还真是高。

在那之后肖恩经常坐金开石爸爸的车，不过肖恩会很懂礼貌地坐在后面，坐后面他也很开心。

单纯的肖恩和父母享受着刻苦训练换来的优越感时，并没人提醒他们其实这不是足球的全部，足球不是表演动作就能赢得胜利。

相比肖恩父母的苦心培养，王冠一的爸爸很少出现在训练场边，妈妈偶尔来了也是在一旁织毛衣，基本不看儿子踢球。王冠一训练也都是随心所欲，自己想怎么踢就怎么踢。王冠一不光踢球，还特别喜欢当守门员，他会在训练前后跑到沙坑里自己模仿守门员扑球，他的扑球动作虽不是很标准，但他敢摔不怕疼，衣服脏了也不会在意，训练对王冠一来说其实就是玩，自由自在，开心就好。

训练一段时间以后，徐导在训练中逐渐加入了对抗和比赛内容，王冠一的天赋也就渐渐显现出来。

一次训练中，徐导随便丢一个球到场地中央让所有孩子去抢，规则很简单，不能用手。

"都去抢球吧！不能用手，其他随便。"徐导大喊。

孩子们像一群饿狼扑向了足球，然后你一脚我一脚地踢了起来，没有哪个孩子能够控制住足球超过三秒钟。

正当人们认为，没有人能真正拥有这个球，只是为下一个人暂时保管的时候，王冠一抢到了球。

王冠一抢到球后，居然带球连过数人，耍得身边的孩子们团团转。看来球找到了主人。

只见王冠一面对众多孩子的疯狂追逐毫无惧色，冷静地观察着每个上来抢球孩子的动向，双脚快速连贯地调度着自身与足球的位置，将球牢牢地护在自己脚下。

"一个，两个，三个，四个，五个……"徐导亲眼看着王冠一在自己面前将上来抢球的孩子一个接一个地晃过，他运用技术的合理性和动作的协调性让徐导眼前一亮，也让徐导意识到王冠一拥有极强的应变能力，动作的选择也有自己的考虑。

像徐导一样，肖恩父母也看出了王冠一的天赋。他们更加严格地要求肖恩，希望肖恩的优势能通过刻苦训练"开发"出来。其实在职业足球领域，有时天赋和刻苦一样重要。

大半年以后，1991年6月，孩子们面临人生的第一次重要选择——上小学。

第八章　人生的第一次抉择

出于好管理的想法，海市足校跟旁边的国富街小学达成了合作协议，凡是在海市足校训练的孩子可以去国富街小学上学。徐导为此专门给家长们开了一个会，海市足校的厉校长和徐导苦口婆心，分别把海市足校领导对孩子栽培的苦心和以后的好处说了一下，好处就是学校离得近，孩子放学家长不用接送就能自己来训练，这样会更安全，厉校长补充道，由于名额有限，国富街小学只给了 50 个名额，所以可能会有几个孩子不能去这个学校上学，我们还在争取。从会上的反馈来看，家长们都是赞同的，也都积极表态，生怕自家孩子上不了这所学校。

有着丰富经验的厉校长让徐导私下单独通知几个家长会后留下来，都是队里踢得不错的孩子的家长，其中就有肖恩爸爸、金开石爸爸、王冠一妈妈，还有其他几个大孩子的家长和一些女足姑娘的家长。女足家长跟男足家长不是太熟所以各坐一边。

厉校长站在讲台上开门见山地说："家长们，你们的孩子都是男女足两个队里的佼佼者，我们很希望你们的孩子能去国富街小学上学，你们当中84年适龄的孩子我们优先考虑，对于83、82年较大的孩子，我们也正在跟学校商议转学事宜，请你们起到带头作用，支持我们的工作。"

"厉校长您放心吧！"

"我们肯定会去的。"

"谢谢足校为我们考虑，孩子来这边上学，以后训练就方便多了。"

家长们积极正面的回应让厉校长和徐导很满意。

"孩子们来这个学校是安排在一个班里听课吗？"肖恩爸爸认真地问。

"应该是，现在学校说给咱们一个班的名额，看来就是在一个班里听课。"厉校长马上回答，他似乎看出了肖恩爸爸的犹豫，又接着说，"学校说了，会安排最好的老师给咱孩子统一讲课，下午训练要是耽误了课，会统一安排补课。以后咱们要是寒暑假出去集训、比赛还会给咱们统一安排补课、补考。"

"还会耽误下午课啊？孩子下午放学再训练不行吗？"肖恩爸爸又问。

"咱们训练是3点半到5点半，4点放学就来不及了，学校说孩子应该下午上两节课就要来训练了，但是下午没什么正课，都是课外活动。"

"哦，这样啊，这样挺好，最好别耽误孩子的学习！寒暑假集训比赛啥的也别影响期末考试！"肖恩爸爸非常认真地说。

"肖恩爸爸放心吧，我们都会考虑的，肖恩这孩子球踢得不错，以后很有发展前途啊。"厉校长笑着说。

"这是好事，厉校长，我回家跟我老婆还有孩子爷爷商量一下。"肖恩爸爸机智地回答，没一口答应。

因为肖恩在球队里的表现很突出，所以厉校长和徐导很耐心地回答肖恩爸爸的问题。

这时一位女足家长把话接过去说："肖恩家长说得有道理，孩子踢球也不能踢一辈子，文化课还是要好好学的。"

"任笑爸爸，你放心吧，小姑娘都懂事，知道学，再配上好老师，文化课耽误不了。"

"厉校长您好，我家金开石是朝鲜族，已经在朝鲜族小学上一年级了，我们非常感谢校长的苦心，我家金开石非常希望能来这边上学，转学的事情还请您多费心。"金开石爸爸说道。

"金开石爸爸，这都是我们应该做的，我们正跟学校协商孩子转学的问题。"厉校长回答。

会上，王冠一妈妈全程都在打毛衣，她的旁边还放着两条补过的运动裤，看来她很忙，心思也没在开会的事情上。她现在关心的是散会后上哪里去买一瓶紫药水，听说紫药水比红药水效力强。因为王冠一喜欢倒地铲球和守门，所以他的胯部经常摔破皮，而且这块破皮总是好了坏，坏了好，一直在破皮、结痂、破皮、结痂间恶性循环。

每每给王冠一上药的时候，眼看儿子的伤口刚刚结痂就又摔得皮开肉绽，妈妈总是心疼得不得了。但是王冠一却像没事人一样，咬着牙一声也不吭，一副满不在乎的样子。妈妈怎么会不知道儿子疼?

于是，聪明的妈妈就在儿子运动裤的胯部缝了两块海绵，这个发明只能是妈妈的自我安慰，实际作用甚微。但在冬天训练时，屁股会很暖和，同时看着很时尚，很潮，就像穿着灯笼裤在踢球。王冠一妈妈毛衣还没打完，会议就散了。

晚上，肖恩爸爸根据大会精神又在家里组织了一个小会，参会人员都是肖恩最亲的人，除了肖恩爷爷、肖恩妈妈，肖恩爸爸还特地把他的好兄弟李文龙叫来了。李文龙是肖恩家旁边卫红小学的数学老师，酷爱足球，之前在学校操场看见肖恩球踢得不错，就主动跟肖恩爸爸攀谈起来，从此两人相见恨晚，关系处得就像兄弟一样。

肖恩爸爸把情况一说，李文龙就马上说："一群体育棒子怎么学? 训练累得要命，课上有一个睡觉的就都睡了，谁还学? 你就让肖恩上我这儿来上学，我好好管着他!"这几句话一下子说到了肖恩爸爸的心坎里："我也这么觉得，开会的时候我没好意思说，一群踢球孩子怎么学? 踢球孩子都好动，坐不住就学不好，还是不如跟普通生一起学好。肖恩生日比他们小，6岁多，还不到7岁，交给文龙你我就放心了。""大哥，你把肖恩交给我就行了，放心吧。"然后两人不约而同地举杯欢庆。这时候肖恩爸爸好像想起来什么，转头对肖恩爷爷说："爸，您怎么看?"

"我都说了好多次了，小孩踢什么球，别把孩子摔坏了。"爷爷一脸严肃，然后又转向肖恩笑着说，"肖恩呀，咱们以后就在家门口上学吧，那个小学叫卫红小学，你爸他小学就在那儿念的。""爷爷，我知道，我爸跟我说过，我也挺想去这个学校的。"5分钟不到，家庭会议就结束了，除了肖恩妈妈家里其他成员都充分表达了意见，妈妈还是一如既往地行使她会议监督的权利。

第二天，肖恩爸爸把这个决定告诉了徐导，从徐导的表情可以看出，他觉得很可惜，但是徐导也很理解肖恩爸爸的决定，说："肖恩爸爸，这么多家长之中我觉得你是最认真负责的，你的决定肯定有你的道理，我支持你。"肖恩爸爸听到徐导的回答也很感动，表示以后会坚持每天按时送肖恩来训练，不会耽误。

厉校长得知肖恩爸爸的决定后，也没再来找肖恩爸爸做工作。对他来说，这其实是个好事，缓解了名额短缺的问题。最终，孩子们都如愿来到了国富街小学，唯一的小瑕疵就是金开石之前所就读的朝鲜族小学的教材与这边不符，又重读了一遍一年级，即使这样金开石父母也觉得很满意。

在那之后，孩子们每天来训练就不光要拿水壶和球了，他们还要背一个大大的书包，个个看着都像鲁班七号。肖恩学习很好，虽然每天下午只能上两节课，两点半就要赶去海市足校训练，但是成绩一直名列前茅。巧合的是肖恩的班主任孙老师也是肖恩爸爸的班主任，孙老师很不赞成肖恩爸爸让肖恩踢球，总说："肖恩是个学习的料，让孩子安心学习，别让他去练球了。"但肖恩爸爸还是坚持让肖恩去训练。由于肖恩球踢得好，学习也好，所以老师们都对肖恩很好，要求也格外严格。

第九章　徐常志的英语课

　　一年过去了，孩子们的球技提高了不少，同时也学会了在训练中偷懒耍滑。

　　一日训练完后，徐导照常把孩子们带到家长面前开始训话，徐导让孩子们先去拿水瓶喝水，再过来集合："都有了哈，今天还是有某人训练偷懒，是谁我就不说了，趁我转身就在我身后坐球上偷懒，你以为教练看不见啊，你老这么坐球不怕把球坐成椭圆形啊？何俊你躲人身后边干吗呢，你以为我看不见你啊！刚才就是说你呢，你以为我说别人哪？本来不想点名的，给你留点面子，可你看看你的表现，我以后就盯着你，我面朝哪儿你就给我跑哪儿，让我时刻看见你，知道了吗？

　　"韩晨杰，你把头抬起来，还在看你的破鞋带啊？你的鞋带到底是怎么了？一堂训练课下来能系个十遍八遍的，一会儿蹲下来系一次，一会儿蹲下来系一次，一系就是小半天，你到底会不会系？你下一回鞋带开了，上我跟前来，我给你系，知道了吗？还有几个鞋带总开的都注意了。今后你们谁要是蹲那儿装着系鞋带，偷懒耍滑，我就朝你们屁股上踹。

"朱循，你笑什么？你觉得你好是吗？怎么就你的球弹力大啊？怎么老能掉到场边的沟里？你算算你一堂课捡了多少次球？跳沟里捡球还蹲下躲着，你以为我看不见你啊？你在沟里待那么半天干什么呢？跟癞蛤蟆踢球哪？你要是再这样，下堂课我就让你整堂课都待在沟里给其他队员捡球，你不是爱去沟里捡球吗，让你捡个够。"

这突如其来的严厉批评让孩子们一时措手不及，被说的孩子们羞愧地低下了头，平时以鼓励为主的训后总结，今天却完全变了风格，让气氛降到了冰点。

徐导厉声批评之后，环视了一下面前的孩子们，没一个孩子愿意抬起头来与他进行眼神交流，场外的家长们也都憋着气，不敢吭声。

徐导感受到了自己释放出的强大低气压，感觉有点太过了，想要适度调整下氛围。

他突然灵光闪现："孩子们，你们都学英语了吗？"

"学了。"以林立为首的一两个大孩子回答。

"没回答的这些小的们，你们都还没学是吧？"徐导又问道。

"没学。"小的孩子可能都还不知道英语是个啥。

徐导开始了他的即兴演讲："孩子们，你们要好好学习，特别要好好学习英语，因为英语在国际上使用得很广泛。英语其实很简单，比中文简单多了。比如说中文的'好'，咱们有好多种说法，有'不错''很棒''优秀''出类拔萃'等，但是英文就一个'good'，很简单，也可以说是很单调，这也说明英语没有中文好。这么难的中文你们都会说，英语也肯定没问题。搞不好你们以后踢出来了，冲出亚洲，走向世界，还要去意甲跟老外踢球，老外都说英语。学好英语才能听懂他们说啥……"

孩子们听到这里，信心满满，只觉得徐导说得很有道理，殊不知徐导根本就不会英语。但是这番牛皮却给了孩子们一份纯真的民族自豪感，更给孩子们增添了一份傻傻的自信，他告诉孩子们如此之难的中文你都会说，如此简单的英语没道理学不会。同时徐导的这番话让孩子们对国际、意甲、老外、英语有了简单的认识，并灌输了一个非常正确的理念，就是学习英语是为了日后跟老外交流，而不是单纯为了考试，这就是一个信口开河的喜欢吹牛皮的基层足球教练员给孩子们的英语启蒙教育。

后来经消息灵通的家长王一凡爸爸透露，那几日徐导准备考某等级的教练员证书，正发奋背英语单词而背不过，所以在苦闷中有感而发。

徐导性格外向，所以经常有表达的冲动，训后即兴演讲给他提供了一个很好的平台。从足球到教育，从天文到地理，从国际经济动态到中华传统美德，他在这个平台发表了很多演讲，可谓包罗万象。正能量是他演讲的永恒基调，即使是处于英语学习困难的时候也给孩子们传达着积极正面的学习思想，这确实让他在孩子和家长心中加分不少，毕竟有此等口才和知识储备的教练，在当年扒拉手指头数，也只有徐导一个。每每在训练之后看他站在人群之中意气风发、慷慨激昂，可以说是印证了一句话：不会吹牛皮的演说家就不是一个好教练。

第十章　不能小瞧女同志！

　　孩子们进入足校以来，每天下午都会看见徐导，可谓风雨无阻。可这一日，孩子们来到训练场见到的却是厉校长，原来徐导外出考教练员证书去了。

　　平时神秘又至高无上的厉校长要亲自带训练课了，这让家长们无比好奇，放下手中的扑克牌来到场边，满怀期待地注视着厉校长的一举一动。

　　只见厉校长身穿一身西装站在场地中央，用娴熟的指令指挥着孩子们做热身运动，然后就让孩子们自己拿球自由活动。场外的家长们一看到这儿，大失所望，有些家长就又重拾扑克牌打了起来。

　　厉校长走到了女足队员这边，跟女足教练关导说着什么。不一会儿，关导叫来几个女足家长开始搬球门，又拿小桶开始摆起比赛场地来。

这会儿，家长们明白了，厉校长这是要组织孩子们比赛啊。这突如其来的变化让家长们纷纷放下了手中的牌，又凑到场边来。

一会儿，厉校长召集孩子们，宣布了男女足要比赛的好消息，孩子们听后兴奋地欢呼起来。厉校长开始安排阵容："金开石、王冠一、肖恩、林立、周凯在这边场地，跟孙艳她们踢。王一凡、董力源、陈蒙、韩晨杰、赵泽尧去那边场地，跟那边的女足踢。其他孩子站我身后准备好了，我随时叫你们上场，听见了吗？""听见了！"孩子们兴奋地回答。

接连两声哨响，两边比赛同时开始，要知道这是六七岁男孩子们的第一次比赛，所以水平实在非常有限，女足球员一开球，王冠一、肖恩、金开石、林立四人就像四头凶猛的小狮子一起向足球扑了过去，不过兄弟齐心，其利断金的场面并没有出现，哥儿几个使出了吃奶的劲拼命抢着，看上去却是一窝无头苍蝇，玩命地追着足球乱跑。女足球员一传球，就把男孩子们一下全甩开了。

男孩们犯下的是小孩子踢球的典型错误——扎堆儿，眼里只有足球，球到哪里人到哪里，没有位置意识，不懂得拉开宽度找空当。所以男孩这边看着踢得激烈、热闹，其实没什么进展。

正当厉校长要提醒孩子们拉开的时候，混战中女足后防"巨人"孙玥一个大脚解围直接越过了男孩们的整条防线，球落到了前边女足队员"小黑"脚下，周围没有一个防守队员，"小黑"拿球转身，此时守门员周凯更是不懂得出击和上前封堵角度，只是傻乎乎地站在门里等姑娘送球上门，只见"小黑"稍作调整，拔脚怒射，周凯做出反应时，球已经应声入网。

"进喽！"女孩们用嗲嗲的嗓音庆祝着，声音格外好听。场外的女足家长们也格外开心，发出阵阵欢呼声！相比之下，男孩家长们显得格外安静。球场上的四个男孩站在中场附近远远看着周凯不知所措。这时，厉校长喊："周凯把球捡出来，踢给王冠一发中场球。"周凯听后立刻照做。

随着一声哨响，比赛又开始了。男孩们更加卖力地跑动、拼抢着，但还是像一窝无头苍蝇一样瞎跑、瞎抢、瞎带。在这样混乱的足球比赛当中，技术就显得不那么重要了，只有好的身体才能决定胜负。

女足里有两个可以决定比赛结果的"巨人"，一个是后卫孙玥，另一个是守门员李玉。不管男足孩子是带球、传球还是混战，只要球进入了孙玥的区域，她都会上前一个大脚解围，干净利落。人高马大的李玉比孙玥还要魁梧，她在球门处一站，就像一块巨石堵在门前，几乎没有任何缝隙。

两个"巨人"使得男孩们在进攻端几乎没有什么得分机会，而防守端，女足的"小黑"利用犀利的带球和射门让两位岁数稍大的"老队员"金开石和林立疲于奔命，俩人在男孩中身体占据优势，但跟这"小黑"相比也只能算是半斤八两。平时训练占尽身体优势的两人，一旦失去了身体优势就显得疲态尽出。但二人凭借着勇猛顽强的斗志，力保球门不再失球。

从比赛开始到现在，虽然男孩们被女孩们全场压制，但是王冠一的表现还是让人眼前一亮，他在场上积极主动，身法灵活，带球动作像模像样，关键是护球能力很强，天生就会运用身体卡位，女孩们很难从他脚下抢走球，但是每当王冠一带球到了孙玥区域就变得无计可施，任凭王冠一如何操作，速度力量全面占优的孙玥都会无情地一脚将球破坏。

相比之下，肖恩在场上表现不是很积极，有点有力使不出的感觉，平时训练教的动作也不会运用，看得出来肖恩还是不太会比赛，但偶尔一两下动作也能看出不俗的脚下技术。

所以，在这个孩子们都不太懂得比赛的年龄段，即使你的技术不错也不一定能发挥出来，但是如果你发育得不错，那你的优势就会很明显。

厉校长在一旁看着场上形势，发觉肖恩表现不尽如人意，明显还不太开窍，不懂得如何比赛，平时训练的东西发挥不出来。同样发现这个问题的肖恩爸爸在场边心急如焚，不停大喊着指挥肖恩，恨不得自己上场去踢。

厉校长想："与其让肖恩在场上晕头转向还不如让场下的家长先给讲一讲，再上场踢也不迟。"于是做出了换人决定，让陶飞上场换下了肖恩。肖恩下场后被爸爸叫到身旁，爸爸对肖恩说："儿子，你得积极一些，要有斗志，要赢得比赛，要拿球得分，不能在场上散步。拿球后要用你平时练的动作过人，有机会要射门得分。知道吗？"肖恩似懂非懂地点点头说："知道了。"其实听完爸爸这番慷慨激昂、激动无比的传授之后，肖恩还是有点蒙。

晕头转向的肖恩回到厉校长跟前，厉校长开始耐心地指导肖恩："肖恩你是前卫，进攻你一定要上去，防守要回来协助金开石和林立，不能跟着球乱跑。你可以站在空当里要球，让队友把球传给你。拿球后运用自己平时练的东西，想办法把球射进去。"

就在厉校长跟肖恩讲球的时候，场上发生了有趣的一幕，刚刚换上场的陶飞活力四射，满场飞奔，只见陶飞拿到球后一路带球长驱直入，进入自家禁区后一脚怒射——球进了，一个精彩的乌龙球。陶飞这毫不迟疑的倒戈一击，让队友全体蒙了。

就在陶飞举手庆祝的时候，守门员周凯不干了，大喊："你傻啊，怎么往自己家的门里射? 你要射对面的门!"

"自己家的门也行吧?"陶飞说。

"不行!"守门员周凯有点怒了。俩孩子僵持起来，场外的厉校长和家长们哭笑不得。

一旁的金开石怒了，喊："别吵了! 周凯快捡球，开球。"周凯还是不依不饶，边说边把球踢给了中圈的王冠一。王冠一拿球后喊："陶飞，往对面门里踢! 别再犯傻了!"陶飞答应："好!"

此次乌龙事件之后，守门员周凯的斗志被激发了出来，只见他在门里稳如泰山，任凭足球女将射出的球击中他的胸部、腹部、脸部，他都毫不畏惧，绝不躲避。事实是球速太快了，他想躲都躲不开。最终他在一次脸部受到重击后，痛哭流涕地离场了，眼泪中饱含着一个男人的痛苦和不甘。

厉校长又一次开始换人，除了换上一名新守门员外，厉校长还要用肖恩换下陶飞，但是不管厉校长怎么呼唤，陶飞就像没听见一样，继续在场上疯跑。没办法，厉校长只能走进场里把陶飞抓了出来。

就在厉校长进场抓陶飞的时候，肖恩自己偷偷溜进了场地里，按照厉校长刚才传授的方法站在了前场边线的一个空当里，女足球员似乎都没发现他的动向。这时金开石抢断，球落到了王冠一脚下，肖恩一看机会来了，大喊："王冠一!"听到呼喊的王冠一抬头就把球传了过来，多么富有天赋的视野和大局观。

肖恩接球转身，前方一片开阔地，他快速带球突进，来到门前，拔脚抽射，球穿过"巨人"李玉的小门射进了网窝。另一名"巨人"孙玥回追已经来不及了，只能目送肖恩拿下了人生的第一分。

进球后肖恩没有立刻庆祝，站在原地左顾右盼，直到金开石和王冠一跑过来围住了他，他才意识到要庆祝。场外的男足家长们已经率先欢呼起来，当然最开心的就是肖恩爸爸了，只见他大喊："好球，射得好！"说完举起拳头在空中使劲挥了一下。肖恩照猫画虎，也举起拳头在空中挥了一下，完成了人生中第一个庆祝仪式！

之后的比赛中，王冠一几次有威胁的射门都被"巨人"李玉守住了。金开石和林立也还是无法抵挡孙玥和"小黑"的冲击。

随着一声哨响，孩子们的第一场比赛就这样结束了，比分被定格在了3:1。突如其来的比赛让孩子们没有任何准备，同时暴露出很多问题，比如说：平时练的东西在比赛中不会运用，不懂得比赛，不知道传球，不知道配合，不知道利用球场宽度和空间，等等。

赛后，肖恩开开心心地挨个和女足队员们说再见，碰见一两个脸熟的，还会跟人家说"踢得好"。本来就因为比赛输了心里堵得慌的王冠一，看着热情打招呼的肖恩，气不打一处来。他推了肖恩一下："你怎么那么开心，又不是咱们赢了，你高兴什么啊！"

"不就是场比赛吗，赢了、输了能咋了？！"

"你心胸够宽广的啊，你就不觉得丢人吗？！"

"丢啥人啊，我爷爷说了——不能小瞧女同志！"

话虽如此，出身于足球世家，背负着家族足球希望的王冠一显然比其他孩子们更明白比赛的意义。

回想起 1990 年的春天，王冠一一家人团坐在一起为爷爷过 56 岁生日。虽是寿宴，但王家饭桌上的主题永远就只有一个——足球。

"本来想着今年过完生日就看中国队打世界杯的。谁知道来了两个'黑色三分钟'，真是太憋屈了。国家队一天进不了世界杯，你们也别再给我过生日了。"王冠一爷爷严肃地说。

"爸，我觉得 94 年，您六十大寿的时候，咱们肯定能冲进世界杯。"王冠一爸爸说着给老爷子倒上酒。

"我看要还是现在这个教练的话，就算了。带队打法太单一了，就一个起球争顶，都被人家研究得透透的了。"王冠一爷爷边说边摇头。

王冠一叔叔突然说话了："爸，您说得都对，又有什么用呢？您又不是国家队主教练。"

"谁让你说话了。一看见你我就来气。我跟你妈快四十才有的你，本以为是老天赐了个宝，谁知道是给了个祖宗啊。你瞧你那样！"王冠一爷爷严肃地说。

"您可千万别把我当个宝，您就把您的足球当个宝吧。再说，我怎么了？我……"王冠一叔叔还要反驳，被王冠一爸爸给制止了。

"爸，老二没别的意思。您别生气，您吃菜。"王冠一爸爸夹了块牛肉放到爷爷碗里。王冠一叔叔赌着气，闷头吃饭。

"老大啊，你这天天跑船（出海）不着家，也不知道好好培养一下孩子。王冠一不小了，该送去接受（足球）正规训练了。

那是你儿子，你也该上上心，别总指着我这把老骨头来教你儿子。你不在家这段时间我教他踢了几次，我觉得我这大孙子身体素质不错，有天赋，是个踢球的好材料，你可别把我孙子给耽误了。"王冠一爷爷说完，摸了摸身边王冠一的头。

"好的，爸。"王冠一爸爸回答。

"别光嘴上说，你是要把他送哪里练球啊？是河口体校，还是西山体校？"王冠一爷爷追问。

"嗯……"王冠一爸爸并不作答。

"爸，让我去吧。我喜欢踢球。爷爷说我踢得跟您当年一样好。"王冠一推着爸爸手臂说。

"你爸当年就是意志不坚定，没坚持下来，坚持下来的话，肯定国家队了。半路去跑船了，白瞎了那么好的天赋。"王冠一爷爷语气有点气愤。

王冠一爸爸只点头，也不说话，反而是王冠一叔叔又说话了："爸，您怎么见谁都说天赋好啊，搞得像江湖骗子一样。"

"你别说话，你一说话我就生气。老大不踢了，起码还找了一个正经工作，你呢？"王冠一爷爷说起王冠一叔叔就来气，"亏得我那么早就送你去练球，你从 6 岁就开始踢，踢到 16 岁，整整 10 年，居然踢成了大混子。"王冠一爷爷越说越气。

"别，爸，我可不是大混子。话说回来，我 6 岁到 16 岁那会儿，您在哪儿呢？您管过我吗？您那会儿人都退役了，还天天跟着球队混，说什么为了足球梦想，末了也没混上个主教练。"王冠一叔叔继续说。

"你……"王冠一爷爷气得一时没说出话来。

"老二，你别说了。爸，您消消气。"王冠一爸爸赶紧护了捋老爷子的后背。

"我怎么养了你们这样两个玩意儿。"王冠一爷爷终于缓过这口气来，气愤地说，"大的，当了爸爸，还是天天不着家，有儿子不好好培养。小的，天天五马六混，也不知道找个姑娘，成个家，你这样下去什么时候能当爸爸？"

"爸，我不能在外边随便找个姑娘就当爸爸。"王冠一叔叔严肃地说。

"啥？"王冠一爷爷一愣，他不敢相信，不着调的老二能说出这么正经的话来。

"我要是随随便便当了爸爸，人家就会管我叫'小王爸（八）'。"

"滚！"王冠一爷爷彻底愤怒了。

王冠一叔叔滚了，家庭生日宴不欢而散。

"爷爷，别生气了。我一定好好踢球，将来踢进国家队，冲进世界杯。"王冠一抱住爷爷安慰说。

"好咧，我的大孙子，咱们老王家以后就看你了。"王冠一爷爷搂着孙子，内心激动不已。

王冠一心里一直记得答应爷爷的话，他没办法和其他小朋友一样，只把比赛当成是一场游戏，暗暗憋了一口气，下次一定要赢！

在这人生第一场比赛中，孩子们表现出了不同的性格特质和天赋，王冠一的灵性和要强，金开石的意志力，还有肖恩的大度和运气。

回家的路上，爸爸问："肖恩，行啊！你当时怎么想的要射守门员一个裆呢？""啊？我没想什么啊，我就那么随便一射就从她裆下穿过去了。"肖恩诚实回答。

小男足输给小女足的第二天，王冠一在训练前向小伙伴们展示了几张他精心勾画的战术图。

"你们好好听讲，我今天上课什么也没干，就画这个了。首先，你们得知道图里边不同线代表什么意思，直线是传球，折线是带球，虚线是跑动……"王冠一吐沫星子横飞，那派头活脱脱就是一位气场全开的主教练。看着王冠一对小伙伴指指点点的架势，可以看出他对于昨天的败北是真的在乎了。

如果说，好的开始就是成功的一半，那王冠一此时的心情就像是输了一半人生，他不愿承认自己人生的第一场比赛是以失利告终，而且是输给了一帮年纪相同的女孩子。

在一番情绪激动的总结、检讨、问责后，王冠一态度有所缓和。

"……好了，其实昨天那场比赛，我们也不是一无是处，起码肖恩还打进了一球，那个球就很好。大伙看这张图，金开石抢下球立刻传给我，没粘球，很好。"

金开石不屑地看着王冠一，表情像是在说："你谁啊？还用你说？"

"我接到金开石的球，转身，这时肖恩站在一个非常好的位置，他大喊我，我把球传给他，他带球冲向对方球门。"王冠一边大声说，边用手指狠狠地敲着本子上的战术图。

"嗯，好。肖恩把握机会的能力非常好，射了对方守门员一个裆，把球射进了。"王冠一说完，还向肖恩比了一个大拇哥。

"王冠一，你这本本上全是图，一个字都没有啊？你以后能记住这是哪一场比赛吗？"肖恩突然问王冠一。

王冠一一愣："啊？这个……加啥文字啊？"显然他没想过这个问题。

"来吧，让我给你加个时间、地点、人物，起因、经过、结果吧。"肖恩说着在图上写下了1990年某月某日，海市足校，男足对女足比赛，3∶1女足胜。

"嗯，不错。"不知什么时候，徐导已经站到了他们的身后。

"我听厉校长说，你们昨天输给小女足了？"徐导的问题让孩子们纷纷低下了头。

"没事，我们不怕输。输了，我们再继续努力，下回赢回来。好不好？"徐导激励道。

"好！"孩子们齐声回答。

"厉校长本来让我训练后给你们讲讲足球比赛时的规则。既然小王导（王冠一）已经开始说了，那我就接着给你们讲讲吧。"徐导说完拿出了一根树枝，在地上画了一个大球场，捡了几块小石子作为球员。

"足球比赛有四个最基本的规则：第一，不能用手。"

"哈哈哈哈。"孩子们都笑了，看来大家都知道。

"第二，踢进对方门里得一分，踢自己门里不算，反而对方要得一分，所以不能往自己门里踢。知道了吗，陶飞？"徐导说完用树枝指了指陶飞。

"知道了。"陶飞红着脸回答。看样子他是彻底记住了。

"第三，足球比赛是有界线的，出了界就把球交给对方。第四，场上要冲球去，只能踢球，不能踢人，踢人就犯规了……"

就这样，徐导用树枝认真地在土地上画着，就像神笔马良一样，在孩子们心中勾画出了一个生动的足球比赛场景。

第十一章　冬训

1991 年的冬天，海市足校要带孩子们远赴吴东进行人生的第一次冬训。一是因为海市冬季寒冷，场地被冻得硬邦邦，对孩子们的膝盖损伤很大，偶尔摔一下也实在是疼得受不了。二是海市足校地处海边，冬季风大，风来时场地上满是大风卷起的黄沙，孩子们连球都看不见，沙子吹进眼睛也成了家常便饭。经验丰富的孩子们看大风沙一来就会立刻脚踩球，闭上眼睛，背对风沙，如果踩不住球，等到睁开眼睛，脚下的球就会被大风吹得不知去向。如此恶劣的环境，确实不适合再进行足球训练了。

本来足校决定只选拔水平高的孩子去吴东冬训，谁知走漏了风声，引来了一些孩子家长的抗议，有家长扬言要是去不了冬训就要离队。

足校本着公平公正、一视同仁的原则，关键是为了海市足校足球培训事业的可持续发展，维护球队的完整性，最终决定将所有孩子都带到吴东进行冬训。

冬训前，足校按照每逢大事前必先开会的惯例召开了一次冬训家长动员大会，其实此次冬训早已是挤破头报名的状态，哪里还需要动员，结果动员会就成了足校老校长厉山东的忆苦思甜自我表彰大会。

主席台上厉校长慷慨激昂地说道："作为校长，我顶住了巨大的压力，保住了所有孩子的冬训机会，同时也肩负着一般人无法想象的责任，要知道，一旦有哪个孩子冬训时出现意外，我是要负责任的，但是为了孩子们，为了家长们，作为校长，这一切我必须承担起来！我们会全力以赴，保障孩子们在外好好训练，好好过年……请家长们放心，我们一定会让孩子开开心心冬训，快快乐乐过年，平平安安回家，冬训后足球水平一定会突飞猛进。"

家长们群情激愤，雷鸣般的掌声在会场中响起。厉校长挥挥手又继续说起其他相关事宜，其中主要介绍了装备问题：为提升孩子们的精神面貌，足校给孩子们统一配备了新套服，新比赛服和新球等装备。

羊毛一定是出在羊身上的，厉校长说："我想家长们之前也都多少了解一些了，此次冬训是收费的，部分费用需要家长们承担。""厉校长，您就说多少钱吧，我们家长都支持。"吴本宇爸爸积极表态。"好，谢谢，经与家长沟通，足校研究决定，此次冬训每个孩子需要缴纳一千元。"厉校长说完后关切地看着台下。

"好的……""没问题……""一定支持足校冬训……"家长们纷纷表态。

要知道那时候，工薪阶层的月收入无非也才三百块左右，一千块其实真不是一笔小数目。但是会场里家长的状态俨然是一屋子的"大款"在给富二代孩子们组织旅游，钱都不是事儿。

厉校长和徐导站在台前看着台下慷慨大方的家长们露出了满意的笑容，就在这时台下传来了一句不同的声音："我有一个问题。"会场后排站起来一人。

厉校长和徐导定睛一看，立刻头大起来，不是别人，正是球队家长们的异见领袖——肖恩爸爸。"厉校长，那孩子们的期末考试怎么办？孩子们过几天去冬训就不能参加期末考试了，咱们能等孩子们考完试再走吗？"厉校长听后跟徐导对视一下，两人脸上露出一丝尴尬，显然两人从未考虑这个问题。

厉校长回过头来面带微笑地回答："肖恩爸爸啊，你说的问题……我们之前也都研究过，据我所知，孩子们这学期的课其实都已经学完了，现在正在复习，就一个期末考试应该也不会耽误多少学习。"

"是啊，厉校长，孩子们是在复习准备考试了，再等个十多天，等孩子们考完试再走也不迟啊。"肖恩爸爸坚持道。

"肖恩爸爸，你也看到了，现在的天气和场地条件已经没法训练了，孩子们不能再等下去了！"厉校长说到这里情绪开始激动，心里咕哝："老肖啊老肖，要不是肖恩球好，我才不跟你在这儿浪费口舌，一年前足校统一组织上国富街小学时也是你站出来唱反调，这回又是你！哎？有了……"

厉校长立刻调整情绪："肖恩爸爸，我们足校一直都很重视孩子们的学习，其实国富街小学跟足校有合作，关系很好，到时候我们会让国富街小学安排孩子们冬训回来补考，统一把所有没参加的考试都补上。"

厉校长说完露出了得意的笑容，他的这番话可谓一箭双雕，一边解决了孩子们的考试问题，另一边也在恶心肖恩爸爸，谁让你当时不统一来我们这里上学，非要肖恩单飞，耽误学习了吧？自找的。

谁知道肖恩爸爸听完这话反而笑了，好像突然想起了什么，开心地说："好的，感谢厉校长这么为孩子们着想，我们做家长的一定全力配合足校冬训，支持厉校长和徐导的工作。"说完就坐下了。

厉校长诧异地看着肖恩爸爸，心想："这老肖不会气傻了吧？怎么态度一下子转变这么快？你儿子不在国富街小学上学，是没法补考的啊。"不容厉校长多想，家长们的恭维声此起彼伏，"还是厉校长想得周到啊！""统一上学好处多啊！"……

厉校长看着肖恩爸爸接着又说道："谢谢肖恩爸爸的意见，我们海市足球运动学校是 1985 年 3 月成立的中国第一所民办公助的足球正规专业学校，这么多年来，一直为省里市里培养体育人才，我们遇见得多，自然也就经验丰富一些，最重要的是我们一切都是为了孩子们着想，为孩子们的人生着想，既要让他们踢好球也要让他们念好书。"

又是一波更猛烈的恭维："是啊，之前我们就觉得来这边上学离足校近训练不用接送，比较方便，现在来看还是厉校长想得周到。""厉校长英明啊。""还是厉校长有远见啊。"厉校长听后笑得合不拢嘴，站在一旁的徐导频频点头，一脸赞同，心里却感叹，要不是"不适时宜"的肖恩爸爸，也没有现在这个"远见卓识"的厉校长。

接下来徐导开始向家长们介绍吴东冬训的具体事项，徐导说："首先，我要感谢三位家长，她们是吴本宇的妈妈、陈蒙的妈妈和韩晨杰的妈妈，这三位妈妈已经自告奋勇申请跟队去吴东帮助照顾孩子们的生活起居。请大家鼓掌表示感谢！"

掌声雷动，会场里响起家长们真诚的感谢声："谢谢陈蒙妈妈！""谢谢吴本宇妈妈！""韩晨杰妈妈辛苦啦！"三位妈妈露出了羞涩的笑容，都把头低下了。

掌声稍息，徐导接着说："据我了解，这回基本上是孩子们第一次出远门，也是第一次在外过年，我想不光孩子们不适应，家长们也应该是没什么经验，我在这里给大家介绍一下都需要给孩子们带什么。"说着拿出了一张事先准备好的小纸条。

"首先，铺盖卷不用带，吴东那边被子褥子都有。在这里我还得说一下，南方冬天其实不像我们想象的那么暖和，还是很冷的，而且那边没有暖气，我们怕孩子们晚上睡觉冻着，所以费尽心思找了一个有暖气的训练基地，吴东足球训练基地的暖气烧得不错，请家长放心，孩子们冻不着。"

"那太好了，孩子们冻不着就好。""不带铺盖卷就方便多了。""还是徐导想得周到啊。"家长们掀起一阵阵赞叹。

徐导挥手示意安静，接着说："吴东足球训练基地还有个优点，就是伙食非常好，孩子们正在长身体，训练后营养必须跟得上，我们托人去那边现场看过了，吃的的确不错，餐具不用自己带，那边都有。

"南方人过年不吃饺子，所以那边基地食堂说年三十没饺子吃，之前我跟三位妈妈商量了一下，准备带一些海米过去，等到年三十晚上保准能让孩子们吃上热腾腾的三鲜馅饺子！"

会场顿时掀起了一轮空前热烈的欢呼声，家长们纷纷表示徐导英明，三位妈妈英明，有些家长甚至开始讨论起孩子们更喜欢吃什么馅。

徐导看场面热烈也就更加放松幽默起来："那边的训练场地是真草，场地条件跟意甲也差不多。"徐导这句似真似假的玩笑立刻让家长们的情绪达到了新高潮。"真草好啊。""孩子们可以踢真草了。""孩子可以练铲球了。"

"徐导，那边是真草的话需要给孩子带那种真皮的专业足球鞋吗？"坐在肖恩爸爸旁边的金开石爸爸举手问。

"我觉得没必要带，看你们自己吧。带的话，也别穿长钉的，一是孩子力量不够穿长钉容易崴脚，二是会踩伤别的孩子，不太好。""好的，明白，那就不带了，谢谢徐导。"

徐导与金开石爸爸的对话听得在场家长一头雾水，心里默默提问："真皮的？专业球鞋？要多专业？"要知道那时候孩子们都是穿着三球、双星、回力、大博文牌子的胶鞋踢球的，哪里会想到在草地上还需要穿更专业的球鞋。

徐导低头接着念纸条上的清单："家长们都注意啦，也可以拿笔记一下。

"1. 套装，我们之后会统一发一套套装，家长们都记得带着；2. 训练比赛服，也都带着，平时训练也能穿；3. 球袜，我们会发两双球袜，都带着；4. 球鞋要带两双，穿一双备用一双，那边雨水多，鞋湿了啥的好换一下，也可以给孩子们带一双平日穿的鞋；5. 平时换洗的内衣袜子等，这些不用带太多，够用就行。

"记得我们接下来发的装备一定都要带着，由于装备都是一样的，所以请家长回家给孩子们在衣服鞋子上都写上名字，这样三位妈妈洗完衣服后就能区分开再分给孩子们。

　　"关于钱，我觉得给孩子们带点零花钱就可以了，大钱就不要带了。如果非要带大钱的话就让我们统一保管，我觉得给个两百块钱就差不多了，这些钱顶多就是过年的时候买点年货，平时孩子们也没有机会花钱。

　　"还有就是药，我们会带一个小急救箱去，也会备一些常用药，如果哪个孩子有什么特殊的药要吃请跟我或者三位妈妈说，把药给我们，我们会叮嘱孩子吃药。

　　"最关键的，家长们注意了，孩子有什么过敏症状一定要跟我们说，比如什么东西不能吃，什么药不能碰。这是人命关天的事，家长一定要提前告诉我们。"

　　"我家孩子有些需要注意的药物问题。"陈同爸爸这时站了起来。

　　"陈同爸爸，咱们散会后好好说一下。"徐导严肃回答。

　　会后，家长们并没有立刻离去，而是三五成群互相讨论起冬训的问题，互相提醒注意事项。

　　金开石爸爸问肖恩爸爸："老肖，你怎么每次都这么关注学习的事儿，是不是肖恩成绩好，你害怕耽误啊？"

　　"开石爸爸，你别说，肖恩成绩确实不错，他们班主任老师还专门找我，让他别踢了，说他是个学习的料。"

　　"那真是不得了，你确实得重视。我们开石好像学习没怎么开窍。"

　　"孩子还小，慢慢都能好，小男孩儿学习的劲儿在后面。不瞒你说，我要不是因为我们家老爷子，也不会老当刺儿头。肖恩的爷爷，一直就不同意肖恩踢球，一是觉得踢球容易伤着，二是担心影响了学习就没前途了。我好说歹说，他才同意，但是他提了个条件，肖恩必须期末考试考到前十名，不然就不能踢。"

"看来你还是挺孝顺的，不过肖恩可要累了。"

"小孩儿嘛，也不知道累。"

金开石爸爸和肖恩爸爸俩人边聊边从后排走到前排，这时金开石爸爸拉开公文包，从包里拿出一摞钱，数出十张一百元，直接递给了徐导，这一举动让徐导一时措手不及。

"金开石爸爸，你今天就交钱？"徐导惊讶道。

"我得支持徐导工作啊，徐导为孩子们做了这么多，我们家长也得积极配合。"说完金开石爸爸就把钱塞到徐导手里，徐导赶紧接过钱，然后掏出刚才念过的小纸条，用背面记起账来。

"金开石一千元整。"徐导边记账嘴里边念叨着，心里惊讶，"身上平时就带这么多钱啊？"

身边的厉校长见状立刻起身热情地与金开石爸爸交谈起来，千言万语汇成了一句话就是："金开石爸爸，你是最可爱的孩子家长。"

厉校长这边说得正殷勤，身边传来一个熟悉的声音，一听就是那个最不可爱的孩子家长。"金开石爸爸，可以哈，这现金都提前准备好了，不愧是大老板，就是有远见啊。""哈哈，哪有，还是你关于教育的问题有远见，还是比不了肖'校长'啊。"说完，俩爸爸一起哈哈大笑。"远见卓识"的厉校长站在一旁，看着这一位好爸爸和一位坏爸爸的关系如此之好，也只能跟着哈哈苦笑起来。

会场里边家长们一片欢声笑语，会场外边孩子们也都沉浸在一片喜悦之中。当消息灵通的王一凡把不用上学的好消息一宣布，孩子们立刻疯狂了，就差把书包扔了。

　　回家的路上，肖恩侧坐在爸爸身前的车梁上，心情不错，居然还哼起了小歌。

　　"肖恩，看你心情不错啊？"肖恩爸爸问道。

　　"啊？"肖恩回过神。

　　"为啥高兴啊？"肖恩爸爸又问。

　　"嗯……"肖恩没回答。

　　"是因为要去冬训了吗？"肖恩爸爸又问。

　　"是的。"肖恩回答。

　　"出去冬训是应该高兴，有句话说男儿志在四方，男子汉是应该多出去走走见见世面。"

　　"爸爸，我是男子汉。"肖恩一脸坚毅，心里却悄悄补充道，"男子汉不用上学喽。"

　　"好儿子，爸爸还以为你是因为不用上学高兴呢。"

　　"不是，不是。"肖恩立刻回答。

　　"你这过几天去冬训就不能期末考试了，可惜啦……"肖恩爸爸稍有刻意地感慨道。

　　"是挺可惜的。"肖恩说完，忍不住低头笑了起来。

　　身后的肖恩爸爸也露出了神秘的笑容。

第十二章　神秘台阶

这对亲生父子，在夕阳的余晖下面带笑容、各怀心机，迎着寒风一路骑行。

到了家楼下，肖恩爸爸手指了指家对面的卫红小学说："肖恩，去把你文龙叔叫家来吃饭。"肖恩哼着歌一路小跑去了学校。

此时学校已经放学了，大门紧锁，肖恩敲了敲门岗的窗户，门卫大爷一看是肖恩，打开了大门："来找你文龙叔啊？他在后操场带球队训练哪。""谢谢爷爷。"肖恩说完径直跑向后操场。

所谓后操场就是后山上的操场，卫红小学依山而建，操场建在教学楼后的山腰上，所以去操场需要爬一条长长的台阶，这条长长的台阶对这所历史悠久的小学可谓意义非凡。

早在 20 世纪 50 年代，肖恩爸爸还没到年龄来卫红小学上学的时候，这条长长的台阶就走出了多位全国知名的运动选手，其中就包括马琳、李华峰这样的足球名宿，那时的卫红小学是一所体育传统名校。

转眼40多年过去了，肖恩这代孩子还是一样在他们父辈走过的台阶上爬上爬下。但是除了每天的课间操和每周一的升旗仪式，孩子们很少有机会再上下这条台阶。课间休息的时候，孩子们大都待在教室里看书写作业。因为当你课间下了楼梯再爬上这长长的台阶之后，你也就该转身下台阶赶回教室了，稍有拖延可能就赶不上下一节课了。

久而久之，这所体育传统名校，也就在区市的运动会上淡出了，体育不再是这所小学的优势。现在，可能是课间看书的原因，卫红小学的考试成绩反而名列全市前茅，数一数二。这条长长的台阶在不同时期为这所学校作出了截然不同的"卓越"贡献，足见它对这所学校意义非凡。

以上这套极不成熟、漏洞百出的"台阶效应"理论出自卫红小学的一位名师之口，这位名师正是李文龙。那日在肖恩家的饭桌上，一瓶啤酒下肚后，这套理论就诞生了。

李文龙热爱体育，尤其热爱足球。也正因如此，李文龙才会在操场上与素未谋面的肖恩和肖恩爸爸建立了深厚的友谊，当其他老师课间提醒学生别去操场，以免耽误下一节课时，李文龙总是鼓励学生们下课跑去操场上，看一眼。

随着孩子们小升初考学压力的日益加大，像李文龙这样注重孩子体育锻炼的数学老师也就变成了奇缺物种。是的，没错，李文龙是一位数学老师，而且是一名优秀的毕业班数学老师，多年来一直教六年级的数学课。

由于李文龙是校足球队教练，经常在操场上带队训练，闲时还喜欢帮体育老师代上体育课，导致学生们都以为他是一名体育老师。直到有一天这位"体育老师"走进了他们的数学课堂，他们才不得不接受"自己的数学是'体育老师'教的"这个现实。

　　肖恩穿过教学楼跑到了这条长长的台阶脚下，他没有像往常那样三步并作两步一口气跨上去，而是停下了脚步抬头望去。黄昏之下，这条台阶好像可以直接通往太阳，这让肖恩突然有了一个想法，他想数一数这条长长的台阶到底有多少级。肖恩伴着昏暗的光线一级一级地数着，每数一级，脚下的台阶就更暗了一些，"96、97，原来是97级"。肖恩终于登上了台阶顶端，登顶的那一刻天色也已经完全暗了下来。

　　操场上，肖恩模糊地看见李文龙正带着学校里的几个老师跟校队的学长们在比赛。

　　"天黑了，最后一球了，谁进了就赢了！"李文龙喊道。

　　"好的！"

　　"好！"

　　"李老师传给我！"

　　冬日的严寒和昏暗的光线并没有妨碍他们的热情，极差的能见度让他们靠不停呼喊来表明身份，显得格外热闹。

　　这时门前传来一声："进了！"

　　"进了吗？"

　　"进了！"

　　"怎么进的？我都没看见。"李文龙说。

　　"踢进去的。"另一个老师说。

"好，算你们赢了。"

"什么叫算我们赢了？"那个老师又说。

"好，好，你们赢了，结束了，散了散了，赶紧回去换衣服，别感冒了。"李文龙边说边挥手往场边走去。

这时，李文龙看见了肖恩，喊道："肖恩，快过来。"肖恩跑了过去，李文龙摸着肖恩的头介绍说："这是肖恩，球好，以后长长个儿，能是咱们校队的核心。"其他老师跟学长们围了过来，说："这就是肖恩啊，哪个班的？"

"一年级三班。"

"在哪儿踢球啊？"

"海市足校。"

"踢什么位置啊？"

"前锋。"肖恩逐一回答。

"下回早点来哈，跟我们一起踢踢。"一个老师说。

"好了好了，不说了，看不见了都，快回去换衣服，散了散了。"李文龙向大家招呼道。

下台阶的时候肖恩说："叔，我爸让你到里家吃饭。"

"好，我换个衣服就过去。"李文龙回答。

两人来到数学组办公室，李文龙边换衣服边对肖恩说："你们孙老师说你最近表现不错，一会儿我跟你爸表扬一下你。"

"好！"肖恩听后很是开心。

"别骄傲，继续努力，眼瞅着就要期末考试了，好好复习，一定要考好。"李文龙接着说。

"叔，我不用考试了。"肖恩咧嘴笑着说。

"为啥？"

"今天开会说我们要去吴东冬训，过几天走，就不用考试了。"

"看把你美的，嘴都合不上了，怎么能不考试呢？等你冬训回来，我考你！"

李文龙此话一出，肖恩瞬间傻了，心想："什么情况？怎么还可以这样？"

"到时候我跟你的各科老师把期末考试卷子要来，等你回来，我单独找个教室给你一起考了。"

李文龙说完，肖恩整个人都不好了。"怎么变成了跟文龙叔面对面单独考试了呢？"这天堂到地狱的瞬间转变，让肖恩一时无法接受。

肖恩稍作镇定，然后说："补考不用跟孙老师说吗？"

"嗯，说得对，等我跟你们孙老师说一下。"

"她会同意吗？"肖恩又问。

"当然会同意，这有什么不同意的。"

"不用跟校长说吗？"

肖恩多么希望能有个人出来说一句："补考？大大的不行！"

"跟校长说啥？不用跟校长说，你这小东西，人不大，想得还挺多。"李文龙说着，衣服也换好了。

"走吧。"

肖恩垂头丧气地跟在李文龙后边，他多么希望李文龙能不跟爸爸说这个馊主意。

转眼到了家门口。"文龙来了？"肖恩爸爸穿着围裙站在厨房里说。

"大哥亲自下厨啊？"

"今天给你做个醋熘白菜。"肖恩爸爸边说边使劲颠了几下炒勺。

"你先进屋去,一会儿就好了。肖恩,快带叔叔进屋去。"

肖恩急着推李文龙进屋,李文龙却转身问道:"大哥,听说肖恩过几天就要去吴东冬训啦?"

"对啊,你都知道啦?"

"是啊,刚才肖恩说的。孩子怎么能不考试呢?等肖恩回来,我考他。"

肖恩爸爸听到这儿,激动地把火给关了,说:"好,还是文龙懂我,我就是这么想的,叫你来就是为了这事!肖恩,快带叔叔进屋,咱们一会儿边吃边聊。"肖恩知道大势已去也就放弃挣扎了,自己一人灰溜溜进了屋。

饭菜上齐,桌上摆满了白菜和萝卜做的菜,不得不佩服北方人的聪明才智,可以在冬季里变着法把这两样普通蔬菜烹饪成各种美味佳肴。

肖恩、肖恩爷爷、肖恩爸爸、肖恩妈妈和李文龙团坐在桌子旁,举杯欢迎李文龙来家做客,气氛融洽。大家都知道,就连年幼的肖恩自己都明白,今天最重要的下酒菜其实是肖恩。

举杯过后,肖恩爸爸居然直接将话题切到肖恩补考如何操作的问题上,他说:"我今天在会上本来还要跟厉校长争取让孩子们考完试再走的,但是厉校长的一句'国富街小学安排孩子们冬训回来补考'提醒了我。我当时就想到文龙你,有你在,帮肖恩安排个补考应该没什么问题吧?"

"没问题。"李文龙拍着胸脯说,"到时候我跟科任老师说一下,把期末考试卷子要过来,等肖恩回来了,我找个教室给他一起考了。"

"兄弟，就要你这句话，来，喝一个。"说着两人干了一杯啤酒。

肖恩爸爸跟李文龙两人聊得火热，一旁的肖恩完全没了食欲，坐在桌旁就像任人宰割的鱼肉，眼巴巴地看着爸爸和叔叔两人商讨如何"烹饪"了自己。

肖恩还是不想完全放弃，用期盼的眼神看着爷爷，小眼神持续打电报："爷爷，您说两句？"爷爷好像收到了肖恩的电波，清了清嗓子，开口说："你们在这儿说怎么补考，我觉得没用。"一听爷爷这话，肖恩仿佛看到了希望，无比激动地等着爷爷说下去。

"你们就不应该让肖恩踢球！摔坏了怎么办？别踢了，不去冬训了，哪儿也别去了，留家里好好学习，好好考试。"肖恩爷爷说完后有意看了一眼肖恩，肖恩这回彻底将头埋到了碗里。

全桌安静了，肖恩心想："爷爷，我真是谢谢您，我的爷爷啊。"肖恩爸爸说："爸，您哪天去看看肖恩训练，肖恩球踢得不错，有天赋，可以好好培养。我也不想他耽误学习，这不是在和文龙想办法吗？肖恩他自己也爱踢球不是吗？是吧，肖恩？"

"是的。"肖恩心不在焉地回答。

"训练我就不去看了，可别给我孙子摔坏了。"肖恩爷爷又说。

"摔不坏，肖恩你摔坏过吗？"

"没摔坏过。"肖恩头也不抬，边吃边回答，此时的肖恩唯有化悲愤为食量，什么也不想说了。

爷爷看着孙子不开心的样子也很无奈，说："好，以后踢球小心点，别摔坏了。来，去给爷爷把电视打开，《新闻联播》要开始了。"

肖恩爸爸跟李文龙三瓶啤酒下肚以后，说话也就天马行空起来，说着说着，李文龙就又说到了卫红小学的台阶，也不知道他为什么那么爱那个台阶。

李文龙说："就在今天课上，我带他们复习质数，我问了一男生，什么是质数，这男生都学了一学期了居然不知道什么是质数，我就叫他去操场数一数台阶，那熊孩子跑去数完，回来告诉我有98级。"

"是97级吧？"肖恩插嘴道。

"是的，小东西数过啊？"李文龙问。

"嗯，数过，就今……"肖恩还没说完，就被打断了。

"我就跟那个男生说，都六年级了，爬台阶这么多年，到现在不知道台阶多少级？让你数个台阶都数不对，你还能干点什么？应该是97级。97就是一个质数，质数就是在大于1的自然数中，除了1和它本身以外不再有其他因数的自然数。知道了吗？记住了吗？那孩子说记住了。我觉得吧，那个孩子跑这一趟台阶一辈子都忘不了什么是质数了。"李文龙说得起劲。

旁边的肖恩和肖恩爸爸听得一头雾水："什么是质数？"

"文龙，你说的这个质数就是素数吧？"肖恩爷爷则在一旁问道。

"是的，大叔厉害啊。"李文龙竖起了大拇指。

肖恩顿时对爷爷无比崇拜，说："爷爷真厉害。"

"这个小时候都学过，那时记性好，记住了一辈子忘不了，肖恩你要好好学习，现在不学，老了就记不住。呀，差点儿忘了，天气预报要开始了。人老了就是小时候的事情忘不了，眼前的事情记不住……"肖恩爷爷一边自言自语，一边拿起笔，准备着要记录天气预报了。

肖恩爷爷对数字到了痴迷的程度，所以有个习惯，喜欢每天用笔记录天气预报里各地的温度，然后自己欣赏半天。同样的，在那个没有《中国好声音》的年代，青歌大赛就算是最精彩的选秀节目了，青歌大赛没有导师的转身或俯冲，却有紧张的打分环节，每到这个环节，肖恩爷爷就会用笔记录下每个选手的打分，然后计算去掉一个最高分，去掉一个最低分的结果。计算过后，他还会自己静静欣赏半天，家里人都觉得肖恩爷爷应该是个数学家，而不应该只是个会计。

"我爸从小数学就学得好，后来就来城里做了会计。"肖恩爸爸向李文龙简要介绍。

"肖恩，你以后就会学质数了，像3、5、7、11、13、17、19都是质数，它们不能被别的数字整除，明白了吗？"李文龙补充，看样子肖恩还是不太懂。

"没规律哈？你刚才说这几个质数顺序没什么规律哈？"肖恩爸爸问。

"是没什么规律，我感觉质数挺有个性的，它们与众不同，都在自己应该在的位置上。肖恩，等你长大了，也要像质数一样与众不同，找到自己的位置，不能泯然众人。"李文龙说到这里，不由自主挺起了胸，抬起了头。

"哎，我刚才这句话说得不错，我要记下来，以后上课可以用。肖恩帮我记下来，别今天喝了酒，明天给忘了。"李文龙笑着对肖恩说。

"对，肖恩，你重复一遍文龙叔的话。"肖恩爸爸接着说。

"长大了要像质数一样与众不同，找到自己的位置，不能……"肖恩顿住了。

"不能'泯然众人'，你以后会学到一篇课文叫《伤仲永》，说是一个孩子——"

"小时候天才，长大了白痴。"肖恩爸爸插嘴道。

"大哥，不可以这么说，更确切地说是他虽然天赋很好，但后来没有接受良好的教育，也就变成了一个普通人了，泯然众人。"李文龙接着说。

"所以说，踢什么球，还耽误学习，别踢了。"肖恩爷爷原来并没有完全投入到电视中，这边的对话一句都没落。

"爸，不会耽误的，咱们这不也没让孩子去国富街跟其他踢球的孩子一起上学吗？这边有文龙看着，学习不会耽误的。"肖恩爸爸赶紧解释道。

肖恩爷爷没应声，回头继续看新闻。肖恩爷爷心里其实一直认为搞体育不是什么正路子，是个青春饭，岁数大了怎么办，所以当年不让肖恩爸爸骑自行车。但是肖恩爸爸除了搞运动行外，真没什么其他的天赋，更没遗传自己的算账技能，现在只能在工厂里干干出力的活。爷爷也知道，肖恩爸爸为此十分埋怨自己，所以为了保证家庭和谐，对肖恩的教育他也不能说太多。老爷子只能先隐忍着，偶尔敲打一下肖恩爸爸。

"肖恩，你听懂了吗？"李文龙接着问肖恩。

"我懂了吧？"肖恩摸摸头说。

"说说看。"李文龙继续引导。

"我觉得我是与众不同的。在学校我是唯一一个下午去踢球的，在球队我是唯一一个在外边上学的，我觉得我学习踢球都挺好的，我挺厉害的。"肖恩自信地说。

"嗯，说得好，不错，以后中国足球一定会有你的一席之地！"李文龙拍着肖恩脑袋说。

多么有深度的一顿晚饭，大家对肖恩的未来都充满期望，饭桌上飘荡着祝福的话语，只有肖恩妈妈没说话。她去隔壁屋为肖恩收拾去吴东冬训的行李。儿行千里母担忧，肖恩在外走的每一步都牵动着妈妈的心，只见她往一个大包里不停塞着东西，生怕少了什么。

一会儿，肖恩妈妈抱着大包从屋里走了出来，说："东西收拾得差不多了，来，孩儿他爸你看看还少啥？"

"好的，这么大包啊？肖恩能背动吗？"肖恩爸爸质疑道。

"肖恩，背上试一试。"

肖恩手抓大包的背带学着妈妈的动作背到肩上，使劲试了几下始终背不起来。

"看吧，太重了，孩子背不动，减一些东西吧，把没用的都拿出来，徐导说了，吴东那边的训练基地什么都有，就带些必要的东西就行。"

肖恩妈妈没说话，打开包开始精减起来，心想："带些必要的东西，说得轻巧，什么是必要的？你去开个会，回来除了安排个孩子补考，其他什么也不知道，文龙在这儿给你个面子，不跟你计较。"

生活中肖恩妈妈最大的强项就是扔东西，所以说从包里往外扔东西对她来说轻而易举，转眼就扔好了，肖恩妈妈说："来，再背上试一试。"

这次肖恩肩背着包带一下就站了起来，但是包刚刚离开地面，位置正好压在肖恩的脚面上，搞得肖恩寸步难移。

"是不是包带太长了，给收一收再试一试。"肖恩爸爸坐在那里发号施令。

"已经收到最短了，这包就是大。"肖恩妈妈回答。

"其实不用这么大包，你看看，这大包都装不满，留那么多空间都没用。"肖恩爸爸继续下达指令。

肖恩妈妈咬着牙狠狠瞪了肖恩爸爸一眼，肖恩爸爸看后浑身打了一个冷战，此时李文龙正在一旁低头吃饭，没有察觉到刚才一瞬间的杀气。

一会儿，肖恩妈妈从屋里拿了一个红色小包出来，上边醒目地印着"吴东旅游"四个字，肖恩爸爸一看，高兴地说："这个包好，大小合适，红色多醒目啊，好认，你看上边还写着'吴东旅游'，多应景啊。早点……"肖恩爸爸话说到一半，感觉到了肖恩妈妈的眼神杀，又把话咽了回去，然后笑着说："我要是早点想到这包，就不用老婆这么折腾了。"

很快，小红包装好了，肖恩妈妈把包带调到最短，让肖恩再试一次。这次，肖恩一下子就把包给背了起来，但高度正好在肖恩大腿的位置，这就多少有点影响肖恩走路。家里大人都是第一次看肖恩背旅行包，感觉特别新奇，不停地让肖恩背着包在屋里来回转圈，肖恩就像一只摇摆的小企鹅，一摇一摆地挪着步子，周围的大人们笑个不停。

小红包就这样提前 N 天被准备好了，其间肖恩妈妈会偶尔打开来加减点东西，每当肖恩回家看见那个小红包，看见上边醒目的"吴东旅游"，就会有点小激动。肖恩不知道的是，这是妈妈第一次为他收拾行李，也是最用心的一次。肖恩在之后的足球生涯里无数次外出集训、比赛就再也没有受到这种待遇，都得自己收拾行囊。

第十三章　听徐导的话

　　终于到了开拔的大日子，一大早家长们就带着孩子来到了海市码头，集合在一艘孩子们当时看来巨大无比的客轮前。家长们带着孩子三五成群零散地站着，不停地嘱咐孩子要注意安全、好好训练、听徐导的话、听阿姨的话。

　　金开石爸爸对金开石说："注意安全，好好吃饭，你妈给你准备的东西尽管吃，爸爸过几天去看你还会给你带，跟肖恩、王冠一这些小朋友好好相处。"

　　王冠一的妈妈则是反复叮嘱："在那边别调皮，要听徐导的话，好好训练，别忘了你爸和你二叔昨天跟你说的那些。妈妈给你织的毛衣厚，要是那边热的话就脱了，好好放，别丢了。"

　　肖恩爸爸和妈妈对肖恩说："去那边好好训练，平时有时间多看看书，回来还要考试呢。"肖恩一听，开心劲立马没了。

这时徐导吹哨说："孩子们集合了，过来排队，林立组织一下。"孩子们从四周集合过来，人手一个大包，摇摇摆摆地挪着步子，就像一群小企鹅聚在一起。

清点报数过后，徐导没多说话，直接带队登船。小企鹅们排着队摇摆着登上船梯，身后的大企鹅们眼巴巴地看着，也不敢说话。上船后，徐导立刻开始安排房间，孩子们都住在四等舱里，每个屋子六张床。徐导把肖恩、王冠一、金开石安排在了自己房间，三位阿姨每人各照顾一个房间的孩子，队长林立管理一个房间的孩子，是的，林立的确是在管理这个房间。

肖恩、王冠一、金开石三人进了屋子分别把三张上铺的床给占上了。第一次见到这种稀奇的床，三人迫不及待地就要上去躺一下。这时听见徐导在走廊喊："孩子们把行李放下就给我回甲板上去，跟爸爸妈妈道个别。"

肖恩、王冠一、金开石三人被迫出了船舱回到甲板上，孩子们站在高高的船舷上高兴地向船下的家长们挥手告别，船上船下有说有笑，气氛一片祥和。

有个傻孩子明显还不知道状况，冲着船下的父母大喊："妈，晚上来接我啊！"船下的妈妈居然回答："好的，乖哈，晚上见。"母子俩再互相挥挥手成交。这段对话引来了家长们的一阵笑声，让气氛更加愉悦起来。

此时肖恩妈妈在船下使劲地找着船舷上的儿子，但始终看不见。肖恩、王冠一、金开石三人已经被满眼的大螺丝、大轴承、大锁链吸引，完全沉浸在这个钢铁的世界里，已然忘记了船下的爸爸妈妈。

随着一声巨大的汽笛声，船开动了，这时三人才想起来爸爸妈妈，立刻跑到船舷边向脚下的爸爸妈妈挥手告别。肖恩妈妈终于找见了肖恩，激动的泪水在眼里打转，肖恩很快也发现了妈妈，母子俩互相挥手告别。船身慢慢离开码头，孩子们与家长的距离越拉越远，肖恩妈妈眼中的泪水也忍不住掉了下来。

儿行千里母担忧，更何况是七八岁的孩子。这时船下的妈妈们就像传染病一样开始擦拭眼泪，这一举动也瞬间感染了船上的孩子们，分别的大戏就此上演。

"妈……妈……你也上来，上船来！"船上一个孩子哭喊着。

"妈，你也上来，我不去吴东了。"又一个孩子呼喊起来。

孩子们头一次离开父母出门远行，临别时哭一下也是可以理解的。突然，有个情绪激动的孩子开始攀爬船舷栏杆想要跳船，这一疯狂举动吓坏了徐导和阿姨，徐导立刻上前控制住了这个孩子。

这边离别大戏如此热闹，肖恩、王冠一、金开石三人却早已乐不思蜀，三人已然开始"钢铁世界"的探秘之旅，脱离了大部队。

客轮行至开阔处，开始掉转船头，船舷上的孩子们跟岸上的父母们也就没法再看见彼此了。孩子们离开了船舷，擦了擦眼泪，然后立刻在"钢铁世界"欢闹起来。

船下的父母们也擦了擦眼泪，立即微笑开启了久违的"二人世界"。

第十四章　血光之灾

　　船驶向了大海，热心的阿姨们费劲地组织孩子们在船上拍照留念，但是孩子们玩得不亦乐乎，根本不听指挥。

　　孩子多也有多的好处，就是孩子们之间可以内耗，待孩子们互相把能量耗干，就一起回到船舱里开始睡觉充电。

　　肖恩、王冠一、金开石三人爬上床，这是他们第一次躺在上铺，无比新奇，床铺随着船体上下起伏就像婴儿的摇篮，很快，孩子们就进入了梦乡。

　　不知过了多久，肖恩在睡梦中被哗哗的噪音吵醒，他坐了起来，发现徐导正在跟三位阿姨搓麻将。

　　肖恩对麻将很熟悉，逢年过节的时候全家人会陪着爷爷打几圈，给爷爷点点炮，让老爷子开心开心。

"啊，麻将，推倒和吗？"肖恩问。

"可以啊，推倒和都知道，你会打吗？"徐导问。

"会，我爷爷教我的，我爷、我爸、我妈三缺一，所以他们就教我，这样过年过节就可以全家打麻将了。"

"我爷打得可好了，每次都赢；我爸水平一般，每次都输；我妈水平最差，都是诈和，还不如我。"

"哈哈哈……"这些话出自一个七岁孩子之口，听得徐导和阿姨们乐个不停。

"你爸不是水平不行，跟老爷子打牌不好打，他也是怪不容易的。"徐导意味深长地说，貌似深有体会。

"中午了，吃饭吧。"徐导说。

"好。"说着肖恩把妈妈准备的面包香肠拿了出来，然后跳下床，坐到徐导身边，边吃边看。

徐导瞅了一眼身边的肖恩，说："你看徐导的牌怎么样？"

"好。"肖恩认真地回答。

没换几张牌，徐导就听牌了："肖恩，看徐导给你自摸一个。"徐导右手一摸一看，左手狠狠地拍了一下脑门，深深叹了一口气。下一轮徐导又摸了一张牌，又是一拍脑门叹气说："差一点儿。"等到第三把的时候，徐导坚毅地说："再一再二不再三，摸上来！"徐导和肖恩一看牌，俩人同时狠狠地拍脑门一下。桌上三位阿姨看着俩人的举动，乐了起来。

徐导手里攥着牌，看了看桌上的牌说："这牌很危险啊，搞不好要点炮。"

踌躇之际就听肖恩在身边说："听牌不要命。"

徐导一听，乐了，说："好，那就不要命，打了。"

牌一落地，有人喊道："和了。"

徐导给吴本宇妈妈点炮了，他无比沮丧，又是同样地狠狠一拍脑门。

然后，徐导熟练地给吴本宇妈妈点了几毛钱，肖恩噘着嘴在一旁看着。

其实从开始到现在，三个阿姨都赢了，就徐导在输钱。我们可以理解为徐导有绅士风度，但是徐导的表情告诉我们，他是很认真地在玩，也很认真地在输。

"肖恩，你来给我摸牌吧。"徐导说，表情略有无奈。

"好。"

肖恩一上手，果然不同凡响，好牌不断，乐得徐导合不拢嘴，不停地说："好牌好牌，这小手！这手气！"

不一会儿，只听徐导兴奋地说："有了，自摸，和了。"整个和牌过程摧枯拉朽、一气呵成，让徐导好不快哉。麻将桌旁的孩子们也向肖恩投来了佩服的目光。

最后在肖恩的力挽狂澜之下，徐导弥补了亏空，肖恩从此成了徐导的小福星。

打麻将的时间总是过得很快，转眼天就黑了。

徐导和三位阿姨哄孩子们上床睡觉，告诉孩子们明天早上要早起看日出。不说还好，这一说看日出，搞得孩子们反而兴奋得睡不着了。

孩子们终于都睡着了，海上的夜是如此安静，船舱内只有电机的轰鸣声。

睡梦中，肖恩梦见一个小丑很搞笑地做着各种动作，然后走近他，伸出手来捏他的鼻子，起初肖恩以为小丑是在逗他，觉得很有意思，还乐了起来。但后来就感觉越捏越疼，而且疼得特别真实。

肖恩一下子醒了，一睁眼就看见了徐导的大鼻子，赶紧坐了起来。不远处的王冠一和金开石在看着他乐。

"你睡得像死猪一样，徐导捏鼻子都不醒，还乐了。"王冠一对肖恩说。

"你刚才乐什么？"金开石在一旁问。

"我做梦有人捏我鼻子。"肖恩回答。

"别聊了，赶紧穿衣服去甲板。"徐导命令。

孩子们东倒西歪地集合好，来到东侧甲板之上，他们的出现立刻打破了甲板的安静，其他看日出的人们不耐烦地看了过来。

徐导看甲板的空间太小，也怕影响其他人，就带孩子们挪到了船头的区域，这里地方大一些，没有船舱的灯光影响，也更适合看日出。

"呀，那边天红了！"突然，一个孩子喊起来，孩子们看到此景瞬间兴奋起来，尖叫声此起彼伏。

只见，海天交接的地方出现了一片红霞，越来越亮，孩子们盯着那片红霞，不再吵闹，仿佛预感到了什么。渐渐地，太阳慢慢露出了红彤彤的一小块，不停上下晃动着，一跳一跳地。

"太阳在跳！"一个孩子喊着，是的，只见太阳在红霞间上下跳动着，快速攀升。

孩子们欣喜若狂，跟着太阳一起跳着，兴奋地大喊大叫。肖恩突然想到了什么，立即站定，大声喊起来："此情此景，我只想唱——东方红，太阳升，中国出了个毛泽东。"孩子们纷纷问肖恩在唱什么，肖恩说他也不知道，爷爷老在家唱。

就在某个瞬间，太阳突然跳出红霞，绽放出夺目的光芒。再看周围的一切，已经在不知不觉中清晰了起来，天亮了。

"天亮喽，天亮喽！"孩子们一起喊着。

"回家睡觉喽，回家睡觉喽！"王冠一顽皮地喊着，孩子们就是喜欢标新立异。

"天亮了，回家睡觉喽！天亮了，回家睡觉喽！"孩子们瞬间优化了口号并一起大声喊起来。

多么可爱、多么有活力的口号啊，仿佛整个大海都能听到。

喧嚣后，孩子们回到船舱又睡了个回笼觉，估计他们的梦里都是刚才壮丽的日出美景。

徐导和三位阿姨继续搓着麻将，一切都是那么自然平静。

突然舱门被推开，林立闯了进来，大声说："徐导，汪华的脚出血了，被割出血了，好多血！"

徐导听到这里，立刻放下手中的"东风"，冲了出去，他边跑边喊："吴本宇妈妈，药箱，我床下的药箱。"

徐导推开林立的舱门一看，汪华侧卧在下铺，一只手扶着腿，痛苦地大声哭喊着，再看桌子上和地上散着很多血迹。

"伤哪儿了，是腿还是脚？"徐导大声问。

"脚——"汪华抽泣着回答。

"别哭了，快把脚抬起来。"徐导大声呵斥，然后上前一把握住了汪华的脚腕。

徐导的呵斥非常管用，汪华镇定了一些，也不再呻吟。

药箱到了，徐导立刻用绷带把汪华的脚腕扎紧，然后抱起汪华去了医务室。

看着徐导身后留下的一串血迹，有个敏感悲观的孩子说："汪华要死了！"说完就哇哇哭了起来。阿姨一看形势不对，赶紧上前安抚："没事的，汪华好好的，死不了。"

"汪华死不了的，没事，离心脏远着呢。"肖恩在一旁学着爸爸平时的口吻说。

局面被及时控制住了，孩子们的注意力转为研究心脏的位置以及心脏到脚的距离。

林立突然喊了一声："大家都回屋里去，回屋去。"然后他自己沿着徐导的方向跑了过去。

医务室里，医生稍作检查，说："还好没伤到筋骨，但伤口还是挺深的。"接着给汪华的伤口做了处理，还给汪华补了一针破伤风。

治疗中，汪华全程声嘶力竭地喊着，一旁的林立看着痛苦的汪华也流下了内疚的泪水，他觉得自己没有管理好汪华，负有领导责任，这就是孩子最原始的责任心。

阿姨们哄了好一阵子，汪华终于镇定下来，开始讲述自己的故事："我妈给我带了几盒午餐肉罐头，我费了好大的劲儿才给打开，吃完就把盒子放桌子上了，刚才我想踩着桌子下床，谁知道一下踩到了罐头盖子上，就出血了。"

这次意外把徐导和阿姨都吓坏了。紧接着徐导就带着林立把各个船舱里的桌子、地面打扫了一遍，所有尖锐、危险的东西都被一股脑收了起来。徐导还反复提醒孩子们要注意安全，以汪华为鉴。亡羊补牢为时不晚，在此之后的旅途中，孩子们都小心翼翼，徐导和阿姨也再没有碰过麻将。

第十五章　终于不用吃土了

经历了有惊无险的船上生活，孩子们终于在清晨来到了吴东。由于时间太早，孩子们都还未完全睡醒，就昏昏沉沉地下了船。在等车的过程中，有的孩子居然趴在自己的包上睡着了。

大伙儿在寒风中等了一会儿，徐导嘟囔道："不是说吴东的人很守时吗？"话音刚落，车就晃晃悠悠地开来了。那是一辆今天看来非常酷炫的白色老式小客车，圆滑的车身曲线和车头巨大的进气口极富设计感，不知要比今天的大客车好看多少倍，关键是这辆小客车后边居然还拖着一辆可爱的白色小房车，这样的搭配真是让人一见钟情。孩子们看见这对白色小搭档立刻来了精神，在徐导的指挥下，快速地把行李装进后边的小房车里，然后所有人都挤进前边的小客车，由于孩子们身形小，可以四个人挤在一

足球是宝

条长椅上，幸亏那时候没有超载一说，要不然这一车人，路上一定会被警察叔叔拦下。

客车向吴东市浦杨区足球训练基地进发了。路上，肖恩望着窗外从来没见过的皱皮大叶的热带树木和成片的不规则的小房子新奇得不得了，高大的桥梁和粗长的桥索绳更是让肖恩震撼不已。小客车路过一座大桥时，徐导打开了话匣子，开始给阿姨们讲为什么大桥上"浦"字的点儿点在了横下边，内容涉及时事政治、吴东发展等，最后总结一句话：这就是特色（25 年之后，当肖恩带着南都师范大学的小才女再次来到这座大桥时才知道，原来行书、草书的点既可在横旁也可在横下，但那时全车的无知少年和纯良阿姨们都信了徐导的话，更对徐导的渊博佩服得五体投地）。

行驶在大桥上，会看到壮丽的长江，这是肖恩一路上记忆最为深刻的景象。黄色的江面之上，一条条黑色拖船使劲拉着一串串货船，伴着滔滔江水慢慢前行，这场景让肖恩不由自主地大声背诵起一首诗：

> 白日依山尽，
> 黄河入海流。
> 欲穷千里目，
> 更上一层楼。

"这不是黄河，是长江。"一旁的林立纠正肖恩说。肖恩此时正沉浸在《登鹳雀楼》的壮丽场景中，完全没有意识到一位三年级的小学生正在旁边殷勤地帮助自己这个一年级小学生进步，关键助人为乐者还是一队之长。后果当然可想而知，林立轻轻拍了一下肖恩的脑袋，唤回了肖恩。

客车继续前行，开了好久好久，终于来到了训练基地。基地在一个非常有生活气息的居民生活区里，窄窄的巷子，两旁是各种生活小店。

小客车的进入成了这里的庞然大物，路过的人们不情愿地避让着，车子通过铁门右拐，左手边出现了一大片足球场，应该是两块正规大小的草场，虽然没有徐导说得那么好但也还算是一片黄黄的草场，这已经足够让孩子们兴奋一阵子了，这时"口号王"王冠一兴奋地喊道："终于不用吃土了！终于不用吃土了！"

这句感慨一出，立刻把车里的孩子们全都带偏了，孩子们开始不停地大喊："终于不用吃土了！终于不用吃土了！"看来王冠一的苦恼，其他孩子也感同身受。

车沿着小路向院里开着，院内的植被生长得特别好。同时期海市早已光秃秃，而这里还是绿油油。肖恩环视周围，发现整个院子被一排叫不上名字的高大热带树木包围着，大树们又被一堵长长的高墙包围着，环境虽然封闭但是一点也不压抑。

不一会儿，车子停在了一栋二层小楼的大门前，这是训练基地里唯一的一栋楼。它的构造就像老旧的工厂宿舍楼，所有的门窗都冲着球场一侧，站在楼下向上望去是一条长长的阳台兼露天走廊，连接着一排的房门，每层大概有八间，人们要想上下二楼只能顺着阳台走到小楼左侧的露天楼梯。

小楼一层是一个大堂，有几张大方桌子和长条椅，看样子是个食堂，食堂门口右侧是一个长长的水槽，上面配有一排水龙头，供孩子们刷碗，洗漱。小楼右侧的小平房是锅炉房和澡堂。接下来的 30 天孩子们就要在这里一起度过。

第十六章　大排的诱惑

　　午餐时间，开饭了。这是孩子们第一次在外集体吃食堂，每个人早已蠢蠢欲动，举着刚发的餐具排起了长队。厨房门口，阿姨们配合食堂后厨的奶奶们把一个个大托盘摆在一张大桌子上，孩子们一个接一个地把小餐盘递给阿姨，待饭菜打好后，再端着饭菜找一个座位，坐下吃饭。一切都那么井然有序，根本不用训练。

　　孩子们聚在一起吃饭总是吃得特别香，一个个狼吞虎咽。饭菜中最受欢迎的当然就是每人限量一份的吴东名菜红烧大排了。只见一块块红烧大排不一会儿就变成了一根根骨头，吃完后孩子们还不停地嗍着手上的排骨酱汁。

　　王冠一用手轻轻碰了一下肖恩，然后一歪头端起盘子奔向了

第
一
部
　
亚
洲
雄
风

打菜的阿姨，在一旁舔嘴的肖恩一看，马上明白过来紧跟其后，俩人一前一后来到阿姨面前表明来意，站在托盘一旁的徐导乐了，说："把我那块大排给他们吧。"

"咱俩一人一半吧。"

"好。"俩人迅速达成协议，开心地回到桌子上。

桌上其他几个小吃货看见王冠一和肖恩你一口我一口地吃着另一块大排，一下子就全明白了，纷纷端着盘子冲向阿姨，桌子上瞬间就只剩下王冠一和肖恩，不，还有金开石，只见金开石默默打开妈妈精心准备的一大盒泡菜，一口泡菜，一口米饭，一口泡菜，一口大排，稳稳当当地吃着。

金开石身后，是在船上割了脚，裹着绷带无法动弹的汪华，只见他眼巴巴地望着红烧大排的方向，舔了舔嘴唇，仿佛从遥远的红烧大排中品出了淡淡的忧伤。

这边被团团围住的阿姨实在是拿不出红烧大排分给孩子们了，为了安抚他们，只能又给每个孩子盛了一勺红烧大排酱汁，让孩子们拌饭吃。

其实其他的菜也很好吃，只是红烧大排太出色了。从那以后，红烧大排就成了每顿必上的菜肴，孩子们也都明白每人只能吃一块，但都不忘让阿姨给自己的米饭上加一勺大排酱汁。

午饭过后孩子们心满意足地睡了个午觉。第一天下午，徐导没有安排动球训练，只是带着孩子们围着基地跑了跑，又稍微做了做行进操，让孩子们慢慢从旅途的疲劳中恢复过来，从孩子们来到陌生环境的兴奋劲儿来看，他们已经从疲劳中满血复活了。

练完后，徐导带着孩子们去澡堂洗澡，矮小的孩子们人手一条毛巾、一块香皂，踩着拖鞋，排着队跟在高大的徐导后边就像一群小鸭子。

徐导进了澡堂，先让孩子们在更衣室等着，自己却脱个精光先冲进了澡堂。聪明的孩子们也开始脱衣服，然后一窝蜂似的冲了进去。

"慢点儿，小心，别滑倒！"

"俩人一个喷头！"

"都别碰水阀，别被热水烫着！"

"感觉水凉的话跟我说，我来给你们调热。"

徐导大声喊着，声音淹没在孩子们兴奋的尖叫声中。

没办法，徐导只能光着屁股吼过每一个喷头："别闹了，老实点，烫不烫？"他的话随着洗澡水一起流进了下水道。

徐导忍无可忍，怒吼道："都别说话了，谁再闹，我就罚他出去跑圈！我看谁还敢闹！"孩子们被徐导的霸气所震慑，整个澡堂瞬间只听得到哗啦啦的流水声。

徐导洗完后站在澡堂门口等，每出来一个孩子，他都要把孩子的毛巾拧干再把孩子的头擦干，手法极其粗暴，边擦还极不耐烦地说："老实点，不许动！出门快跑回屋里！"受到威吓的孩子们一出澡堂就头也不回地往屋里跑。

洗完澡，吃过晚饭，孩子们就在屋里的一排大通铺上打打闹闹，转眼就到了睡觉时间。

孩子们脱了衣服，按照阿姨的要求把袜子放到脚下的鞋里，把衣服叠好放到枕头下边，然后俩人一个被窝睡成了一排。阿姨把灯一关就等着可爱的小天使们进入梦乡，一切都顺利得不真实。

果然，黑夜给了孩子们黑色的眼睛，他们却用它来哭闹找妈妈。躺在地铺上的小天使们变成了小恶魔，他们一个接一个哭起来，就像传染病一样。阿姨们一个挨一个地上前哄着，但是求抱抱的孩子实在太多了，让三位阿姨手忙脚乱，几近崩溃。

那边三个阿姨正玩命地左搂右抱，这边金开石、肖恩、王冠一却一点事都没有。三个小兄弟，金开石睡中间，左边王冠一，右边肖恩。三人有说有笑，王冠一抬起头隔着金开石对肖恩说："肖恩你闻着一股味没有？"

肖恩抬头说："什么味？没闻着。"

"酸臭味。"王冠一回答。

"什么酸臭味？我也没闻着。"金开石也好奇插嘴说。

"泡菜味，就是你今天吃的臭泡菜味，哈哈哈哈！"王冠一说完马上拿被子捂住头摆出防御姿态。

金开石瞬间进入攻击模式，隔着被子一顿捶，嘴里还念叨着："天马流星拳，庐山升龙霸！"

不一会儿王冠一把头伸出来说："停，这被窝里怎么这么臭！"金开石一听更生气了，又把被子往王冠一头上一盖，怒吼道："看我黄金圣斗士的闪电光速拳！"噼里啪啦捶得更狠了。"别打了，李国，你是不是放屁了，真臭！"王冠一大声喊。听到这，金开石强行压住爆炸的小宇宙，收住了"闪电光速拳"。王冠一、金开石、肖恩三人同时看向与王冠一睡在同一个被窝的李国。李国露出了调皮的笑容。金开石、肖恩一下子也乐了。刚才差点儿窒息的王冠一气得不行。他猛地掀开被子说："让你们也闻闻。""啊！啊！"笑声瞬间消失了。

也许是这屁的威力，不一会儿孩子们也都不哭闹了。一切安静了下来。孩子们在吴东的第一夜，终于进入了甜美的梦乡。

到吴东的第一天对精神高度紧张的阿姨们来说简直就像噩梦一般，她们可能在某一时刻后悔跟队来到这里，但是她们都咬牙坚持了下来，此时此刻她们三人就是这二十多个孩子的妈妈，在之后的日子里，孩子们也不再称她们为××妈妈，而是很自然地称她们为吴妈妈、陈妈妈和韩妈妈。现在三位妈妈也终于可以休息了。

第十七章　尿床

第二天一大早孩子们就陆续醒了，直接进入疯狂模式，开始在大通铺上乱蹦乱跳，醒得晚的孩子瞬间被震醒了。但"觉皇"肖恩，任周围山崩地裂，山呼海啸，都稳如泰山，呼呼大睡。阿姨们可没这种能力，立刻忙碌起来，开始组织孩子们穿衣服、洗漱。

孩子们都会自己穿衣服，也只有在叠被子这种高级技术上来一见高低了。有的孩子叠得像模像样，一看就是家里训练过的。有的呢，充分发挥了自己的想象力把被子各种卷，卷成一团往床头一堆，再补上一屁股，压一压就 OK 了。

随后，孩子们就拿着牙缸纷纷下楼刷牙洗漱。不得不说这个基地想得还很周到，水龙头居然流出来的是热水。就在孩子们用

足球是宝

小手捧着热水尽情享受的时候，二楼传来了吴妈妈的声音："孩子们，洗漱完了上来认领自己的褥子。"说着吴妈妈把一条花纹诡异的褥子挂在了二楼的栏杆上。"这是谁尿床了吧？"聪明的王冠一笑着大喊。孩子们面面相觑，开始互相指认嫌疑犯，场面声势浩大，在这种场面下，没人敢承认那是自己的杰作。

最后，狂躁的孩子们一起冲上二楼，在褥子前围观起来，那是一条蓝地碎花褥子，上面印有一片黄色的陆地，越看越像一张地图。突然有人喊"进屋看看谁的褥子没了"，孩子们立刻冲进屋子，根据大通铺上褥子缺失的位置又开始了一轮狂热的指认。"那块是李国睡的吧？""不是我！""是王冠一吧？""不是我！我睡那边！"……就像击鼓传花一样，"是汪华吧？"终于没了回音。"汪华呢？汪华呢？他人呢？原来是他！汪画家！"孩子们又狂热地冲下楼来找汪华，汪华已经在楼下食堂开始吃饭了，身后是金开石和肖恩。孩子们围着汪华喊"汪画家！汪画家！"汪华不好意思地低着头。肖恩笑了笑，没说话继续吃饭。"阿西！你们有完没完？烦不烦！"金开石在一旁怒吼道。金开石在队里岁数大，长得又高大，还是很有威信的。孩子们一看他生气了，稍微收敛了一点儿。这时候阿姨们也赶到了："熊孩子，你们没尿过床啊？还笑话别人。都赶紧吃饭去！"美食的魅力让孩子们放弃围攻，开始排队打饭。

王冠一打好饭坐下来，一脸坏笑地吃起来，突然他回过头说："汪华，你怎么没画个'大公鸡'呢？你要是能画个大公鸡形状的地图，就更厉害了。"肖恩听后差点儿把饭喷出来。金开石也憋不住笑了起来。汪华听后身子一颤，把刚抬起的头又低了下去。

第十八章　帽子戏法和大四喜

　　第一天训练开始了，和往常一样，林立带领全队做准备活动，之后每人一球在球场一侧站成 7 个纵队，每队 4 人，准备练习带球技术。带球是肖恩最擅长的，所以他站在了中间一队的第一个。徐导每说一个动作，都要他先出来做一次示范。等肖恩从这一侧做到了另一侧，徐导就会对大家说："好，看清楚了吗？这个动作关键在于左右脚的交替触球，要连贯，好——开始。"其他孩子们就一排一排出发，开始做带球动作。这时候肖恩就远远站在场地另一侧，双手叉腰，一只脚踩在足球上，看着队友们模仿着他的带球动作缓缓踢来，身上散发出一种万国来朝的王者风范。

　　当孩子们反复练习带球时，一个陌生人走向徐导，跟徐导攀谈起来。

训练完后，徐导说："这边的浦杨体校听说咱们大老远来到这里，想跟咱们约一场比赛。刚才那个就是他们的教练。孩子们，这周末跟浦杨体校比赛好不好？"

孩子们兴奋地大喊："好——"

在基地集训的日子，不像在学校上学。孩子们因为每天训练，根本没有周末的概念。直到浦杨体校来比赛，孩子们才知道，周末到了。

为了能给更多孩子锻炼的机会，两队教练协商后，将比赛分A、B两组，同时进行。比赛是5人制，徐导宣布A组上场名单，守门员周凯，后卫林立、金开石，前锋肖恩、王冠一。林立和金开石在身体力量和速度上有明显优势，而肖恩和王冠一则在技术和意识上占据优势，这样的组合也就成了足校的最强阵容，如果非要挑一处软肋的话，那就是守门员周凯了。

比赛开始了，A组的比赛一边倒，海市孩子们占据明显优势。只见肖恩带球过人，一个加速，不费吹灰之力就到了门前，射门，运气欠佳，球被守门员扑了出来。"唉。"正当肖恩沮丧之时，一个身影从另一侧冲了出来，轻轻一捅，将球补射入网。不是别人，正是王冠一。大伙儿聚过去一起庆祝，开心地拍着手。

一旁的徐导欣慰地笑着，脑海里回放着刚才发生的一切，在肖恩射门的瞬间，王冠一已经开始跑向球门另一侧，最后恰到好处地补射入网。徐导感叹王冠一可怕的场上洞察力和预判能力，一个7岁的孩子能有这样的表现实属难得，这不用说，一定是天赋使然。

之后的比赛中，肖恩、金开石、林立都有进球，王冠一更是利用远射射进了他本场比赛的第三个球。王冠一进了第三个球后，林立跑过来说："王冠一你'帽子戏法'了。"

"啥？'帽子戏法'？"

"'帽子戏法'，进三个球就叫'帽子戏法'。"

"哦！"王冠一露出不屑的表情，说，"三个球不算什么，我还要进第四个球。"

"那就叫'大四喜'。"林立又说。

"'大四喜'不是麻将吗？"肖恩插嘴道。

"什么乱七八糟的，好好比赛，注意力集中！"徐导在一旁厉声终止了孩子们的讨论，无奈地嘟囔着，"这帮小兔崽子，球场上开始聊麻将了。"

比赛进行过半，徐导看A组这边有压倒性优势，但是B组那边比较胶着，打成平局。于是贪心的徐导就把肖恩换下场，叫到身边指着另一边的B组场地说："去那边多进球，那边咱们也要赢，就靠你了。"说完在肖恩背后一拍，喊道："裁判，换人。肖恩加油。"肖恩此时被徐导打了鸡血，信心十足，满脑子都是"大四喜，大四喜"。肖恩一上场，拿到球后假动作晃过防守队员，带到门前，一脚低射，球进了，非常轻松。进球后，肖恩稍有庆祝就赶紧跑回了本方半场等待开球。对方球员一脸沮丧，开球比较迟缓，肖恩站在对面看得心急如焚。

之后，肖恩又把握良机拿下一分。这次肖恩完全没有庆祝，而是像一名比分落后的球员那样，自行把球从网里捡出来，快速摆在了中圈点上。这组职业球员落后时会做的动作，一个7岁的孩子居然无师自通，而且还是在领先的时候，真是让徐导惊奇不已。徐导哪里知道，肖恩的目标是"大四喜"。

比赛时间所剩无几，肖恩还在不断拼抢，功夫不负有心人，肖恩终于抢断成功，带球突进，射门，拿下了第三分，这样加上他之前在 A 组的进球就是"大四喜"了，肖恩这时终于释放了自己，纵情庆祝。比赛结束了，凭借肖恩之后的三个进球，海市足校赢得了 B 组比赛。赛后，肖恩跑到徐导面前转悠，明显是在邀功。徐导看了看他说："踢得不错，很积极，表扬！但是有些球有点独了，队友的位置更好，应该传球，知道了吗？"

"知道了。"

最后徐导开玩笑说："还有就是，肖恩，你可真是逮着软柿子——猛捏啊！"

肖恩听后，冲徐导笑一笑就转身跑到 A 组这边，这边的比赛也结束了。他跟王冠一说："'大四喜'，我进了四个。"

"那边弱，不能算。"王冠一回答。

肖恩反驳："那边不弱，进球也不容易。"

"好吧，好吧，算你进了四个，我进了五个。"王冠一得意扬扬地说。

"呀，五个，你厉害。"肖恩伸出了大拇指，"进五个球，有什么说法吗？"

王冠一说："咱们去问问队长吧。"说完两人跑到林立那里。

"五个球？没说法。"林立说。

"没说法？完了，白进了。"王冠一沮丧地说，"不能吧，三个、四个都有，五个更厉害，却没有说法？"

"真没有。"队长有点儿不耐烦了，"徐导叫集合了，快跑吧。"说完三人一起跑去集合了。

肖恩、王冠一就这样在人生的第二场比赛中完成了"帽子戏法"和"大四喜"，超高的人生起点，完美地开始。

第十九章　"少儿春节晚会"

年三十上午，徐导还是无情地安排了一堂训练课。训练完后，徐导带着孩子们认认真真地洗了个澡，阿姨们给孩子们换上了干净的新衣服。下午，孩子们开始自由活动，所谓自由活动其实就是无休止地打闹。

楼上孩子们在玩命打闹，楼下阿姨们开始在厨房里忙活起包饺子。基地厨房的人已经回家过年了，所以阿姨们只能自己动手使用厨房里的工具来剁肉馅，和面。心灵手巧的徐导也加入了其中，帮着阿姨们擀皮包饺子。

开饭时间就要到了，孩子们端着饭碗排成一排等着饺子的出现，终于，徐导端着热气腾腾的饺子从厨房走了出来。阿姨们立刻抄起大勺给每个孩子盛饺子，边盛边喊："别烫着，慢慢吃，不够还有。"徐导则举着一瓶醋在一旁说:"谁要吃醋,跟我要,这儿还有蒜。"

孩子们端着饺子坐上餐桌开始狼吞虎咽地吃起来。肖恩咬下一口,品了品:"是三鲜馅的,我最爱吃了,真好吃!"说完三下五除二干掉了余下的几个饺子,然后又端着碗来到阿姨这里等下一锅饺子。王冠一紧随其后,说:"可以啊,小子吃饺子比我吃得还快!"金开石看样子不是太喜欢吃饺子,又一个人拿出各种韩式小菜默默吃起来。

不一会儿,下一锅饺子出来了,肖恩又盛了一大碗,这回他开始琢磨起调味来,跑去倒了点醋又拿了一瓣蒜,然后问旁边的徐导:"徐导,有蒜泥吗?""没有,你小子吃得还挺讲究,要吗,我给你捣点?""不用了徐导,蒜瓣就行。"肖恩知趣地回答,然后回到桌子上慢慢品尝起来。

不得不说,徐导提前准备的海米还真是起到了关键作用,三鲜馅饺子的精髓就在于这个"鲜"字,韭菜、猪肉和海米的完美搭配使三鲜馅饺子的美味完全包裹在饺子皮之中,让人咬下一口就停不下来,最后孩子们都吃得肚子鼓鼓的,瘫坐在凳子上。徐导说:"都吃撑了?有喝饺子汤的吗?原汤化原食。"于是孩子们又一人来了一碗饺子汤。

吃完饺子,阿姨们赶紧擦干净桌子,在桌子上铺满了各种糖果、瓜子和饮料。一切都那么完美,唯一美中不足的就是基地里没有电视,看不了春节晚会。但这丝毫没有影响徐导和孩子们过春节的热情,徐导开始自己导演春节晚会,一场"少儿春节晚会"就这样开始了,徐导变成了名副其实的徐导演。

徐导站在餐厅中央开始演讲:"孩子们,今天是大年三十,跟小伙伴们在一起过，开心吗？"

"开心——"孩子们非常捧场，一起大声回答。

"开心就好，这是你们第一次离开父母过春节吧？"

"是——"

"孩子们，你们从此以后跟父母一起过春节的机会会越来越少，如果你们吃上足球这碗饭，就免不了要在外比赛、集训，所以以后在家过年的机会也就越来越少了。"

这几句话一下子戳到了个别孩子的泪点，开始哭起来："我要回家，我要找爸爸妈妈过年。"阿姨一看情况不妙赶紧上前安抚，各种糖果直往嘴里塞，还好处理及时，孩子吃上糖果心情就好转了。

徐导看局面稳定后，接着说："没事哈，你们都是男子汉，好男儿志在四方，要多出去闯闯，不能总待在家里受父母的照顾，知道了吗？"

"知道了——"

之后徐导又讲了好多既现实又刺伤儿童心灵的话语，讲完了话，春节晚会进入表演环节。

徐导要求每个孩子站到食堂中央表演一个节目。孩子们还小，比较害羞，没人愿意上去。徐导说："有谁自告奋勇吗？"还是没人上去。

徐导环顾一周，指了一下林立说："来，队长先来表演一个！"

林立先是一惊，然后很扭捏地站起身来说："我不太会表演节目。"

"什么叫不太会？唱歌、跳舞、讲故事，你就是上来打个滚儿也行。快，队长表现的机会到了，队长就得是第一个。来，大伙儿给队长鼓鼓掌。"徐导边鼓掌边说。

孩子们一看林立被拉出去了，一下沸腾了，开始玩命鼓掌。

林立独自站在食堂中央，周围一群坏小子不怀好心地鼓掌起哄，让他感觉很无助，很没面子。

这时，吴妈妈说话了："不行就朗诵诗歌吧，你们上课教的诗歌，有感情地好好朗诵一下。"这句话解救了林立，让他看到了希望。

"好，我给大家朗诵两首古诗，《望庐山瀑布》，李白，日照香炉生紫烟，遥看瀑布挂前川。飞流直下三千尺，疑是银河落九天。"朗诵完，林立就要下去，被徐导拦住了。

"不是两首古诗吗？这怎么才说一首就要下去啊？"徐导问。

林立一想："坏了，我说的是两首古诗吗？"

"朗诵得不错，再来一首。"徐导不断鼓励林立说。

林立又回到食堂中央开始朗诵："《绝句》，杜甫，两个黄鹂鸣翠柳，一行白鹭上青天。嗯……"他好像忘了后两句，表情尴尬地站在原地。徐导在一旁也跟着急，他很想解救队长，但自己也不知道后两句。

"窗含西岭千秋雪，门泊东吴万里船。"这时肖恩接下了后两句。

"对，窗含西岭千秋雪，门泊东吴万里船。"林立背出了后两句。

"好！朗诵得好，大家给林立鼓鼓掌！"徐导立刻带头鼓掌，热烈的掌声把林立送回座位。

王冠一用胳臂肘碰了碰旁边的肖恩说："厉害啊，'肖老师'。"一旁的金开石也说："厉害啊，肖恩，以后就叫你'肖老师'吧。"肖恩不好意思地挠了挠头。

这时，肖恩看见林立在远处冲他笑着点点头，他也笑了笑。

"林立这第一个节目表演得不错哈，打响了第一炮，接下来孩子们也要向他学习，下一个谁上来？"徐导又问，还是没有人上来。

没办法，徐导只能来回看了看，说："来，都说少数民族能歌善舞，让咱们的朝鲜族朋友金开石上来表演一个节目。"金开石一听，立刻笑得眼睛眯在了一起。王冠一、肖恩一听让金开石表演节目，俩人立刻兴奋了起来，开始边起哄边把金开石往外推。金开石看着这俩激动的"小矮子"，说："还敢推我，一会儿看我怎么弄你俩！"

金开石来到食堂中央，心想表演什么呢？不远处接连传来两个"小矮子"的起哄声。"好吧，唱一首朝鲜儿歌吧！反正他们也听不懂。唱对唱错就我自己知道。"金开石心里决定了。

"大家好，我给大家唱一首朝鲜儿歌，歌曲名叫《半月》。"

"好！"徐导带领全场鼓掌。

金开石开始唱了，全场安静了。歌曲节奏舒缓、声音悠扬，调调有几分熟悉，但是经过金开石的后期加工，又让人不好把握。

这首朝鲜民谣由于其清新质朴又充满幻想的歌词和悠扬美妙的旋律，在朝鲜族地区广为传唱。这首歌是金开石的爸爸教给他的第一首歌，也是金开石最熟悉的歌。

可是，全场观众都不知道他在唱什么，感觉同样的旋律重复了好多遍，终于金开石在又唱完一遍这段旋律后，停下了。全场还是安静的，半天没听到声音，大家才意识到表演结束了，小伙伴们报以热烈的掌声。

金开石唱完，徐导也顿了一会儿说："好，唱得好！朝鲜语的歌，原汁原味！大家鼓掌！"

王冠一边鼓掌边跟肖恩说："这是他瞎编的吧！"

"是啊，也听不懂，感觉还行，挺好听的。"肖恩说。

孩子们人生第一次感受到了朝鲜语的魅力，也把真挚的掌声送给了他们敬爱的"朝鲜族小艺术家"。

徐导接着说："金开石唱得不错，这歌汉语叫什么名字？"

"《小白船》。"

"哦，是《小白船》啊，我就觉得听着很熟悉，好像在哪儿听过，这歌挺有名的。唱得好，表扬！"说完徐导坏笑了一下，又接着说，"金开石，徐导给你个奖励，接下来让你点一个人上来表演节目。你看下面坐着的，你想看谁表演？"

金开石一听乐了，小眼一眯直接向王冠一、肖恩这边看了过来。王冠一一看，立刻用手捂住了脸，肖恩也低下了头。

"王冠一，你上来！"金开石迅速做出了选择。

"唉，我就知道。"王冠一一下子站起身来，大步流星走到食堂中央。肖恩看着王冠一长舒一口气。

王冠一一站稳，立刻说："我来给大家唱一首《耶利亚女郎》。"

王冠一一说出歌名，看全场的反应，好像没人听过这首歌。

"啥？"徐导问。

"耶利亚！"

"耶利亚？好像听说过，是流行歌曲吗？"

"是。"

"好的，唱吧。"徐导一下子兴奋了起来。

第一部 亚洲雄风

099

王冠一不慌不忙，摆开架势开始唱："很远的地方有个女郎名字叫作耶利亚，有人在传说她的眼睛看了使你更年轻。如果你得到她的拥抱你就永远不会老。为了这个神奇的传说我要努力去寻找。耶利亚神秘耶利业，耶利耶利亚，耶利亚神秘耶利亚，我一定要找到她……"

王冠一唱得非常好，感情饱满，而且句句都在调上，让人眼前一亮。歌曲高潮阶段徐导情不自禁跟着节拍拍起手来。没人想到年幼的王冠一能把这场"少儿春节晚会"的水平一下子拔到这种高度，从诗朗诵、儿歌一下子升级成了爱情流行歌曲，徐导和阿姨们惊喜万分，看着这个满嘴唱着情和爱的"小大人"乐得合不拢嘴。

王冠一的演唱把现场气氛带到了高潮，徐导、阿姨、孩子们不停鼓掌。

"唱得好，跟谁学的？"徐导问。

"我家有磁带，我老听，就会了。"王冠一回答。

"好，唱得好，你知道你在唱什么吗？"

"知道啊。"王冠一严肃地回答。

"那好，你说一下唱的什么？"

"唱的就是遥远的地方有个姑娘，名字叫做耶利亚，你要是看到她的眼睛你就变得更年轻，你要是得到她的拥抱你就永远不会老……"王冠一基本又复述了一遍歌词。

"好，好了，你知道，知道你知道。"徐导打断了王冠一的歌词复述，紧接着又说，"来，来，王冠一，徐导奖励你选个人上来表演节目！"

肖恩一听心想："完了。"

足球是宝

"哈哈，肖恩，你上来！"王冠一瞬间指向肖恩，然后一脸坏笑。

肖恩双手捂头，摇摇晃晃走上前来。徐导开玩笑说："肖恩你喝多啦？喝娃哈哈也能喝多啊？"

"没有，我就知道他要叫我。"肖恩一脸无奈地回答。

"那你来表演一个节目吧。"徐导摸着肖恩的头说。

肖恩站在原地想了想，可能是受了王冠一的启发，他也想到一首流行歌，是电视剧《篱笆·女人和狗》的主题曲，具体什么名字记不得了。

肖恩说："我唱个电视剧《篱笆·女人和狗》的主题曲吧。"

说完，肖恩立刻唱了起来："星星还是那颗星星哟，月亮还是那个月亮——"肖恩之前在家唱过多次，所以唱得非常专业，韵味十足。

徐导听着这首乡村爱情歌曲从一个小孩口中一出，一下就疯了，开始跟着肖恩唱起来。"爹是爹来娘是娘，麻油灯呐……"

要知道在当时《篱笆·女人和狗》这部电视剧在海市家喻户晓，这首著名的主题曲更是无人不知无人不晓，特别在徐导这个年龄的人群中广为流传。徐导忘情地唱着，声音激动得盖过了肖恩的声音。

"少儿春节晚会"就这样又一次达到了高潮，在徐导的带动下，全场跟着哼唱起来。等肖恩唱完，徐导一把将肖恩抱住，激动得不要不要的。

肖恩唱完之后，孩子们又陆续上台表演，之后的节目中周凯的京剧可以说是相当专业，周凯不但唱得好，手、眼、身、法、步也都有模有样，一看就是练家子，这段精彩的国粹表演让晚会的品位向央视标准靠了靠。可惜的是在场的大人小孩都没听懂，徐导装模作样地称赞了一下，然后点播了一个他唯一知道的京剧《沙家浜》，但周凯不会。那时的周凯是踢球的里边，京剧唱得最好的，不知道他以后能不能成为唱京剧的里边，球踢得最好的。

周凯之后的表演就像新年钟声之后的春晚节目，越来越无趣，孩子们有的朗诵古诗，有的讲讲故事，有的唱唱儿歌，再也没法掀起像王冠一、肖恩那样的高潮了。

徐导始终保持热情看完了每个孩子的表演，发现时间已经不早了，心想："晚会不能就这样结束了，最起码应该有个《难忘今宵》来收尾啊。"所以徐导说："孩子们，春节晚会就要结束了，还有谁想表演节目吗？"

"我想再表演一个节目。"肖恩举起了手。

徐导一看肖恩还要表演节目非常开心，连说："好好，快过来。"肖恩刚才那个节目很受欢迎，勾起了他的表演欲望。

"好，过来，这回表演什么？"徐导问。

"我要唱《亚洲雄风》。"肖恩回答。

《亚洲雄风》是在北京举办的第十一届亚运会中家喻户晓的宣传曲，也是肖恩之前幼儿园每天必放的课间操歌曲，肖恩简直可以倒唱如流。

只见肖恩拉开架势开始唱：

我们亚洲，山是高昂的头

我们亚洲，河像热血流

我们亚洲，树都根连根

我们亚洲，云也手握手……

刚要唱到高潮，只见肖恩做了个请的手势，手掌指向了自己的两个小伙伴——王冠一和金开石，嘴里大声播报道："有请王冠一、金开石。"

"噢、噢，上去吧，上去吧。"下面的小朋友们跟着起哄狂喊。王冠一和金开石也不怯场，大摇大摆地就走了上去，尤其是王冠一，边往肖恩这儿走还边跟台下招手。

三人都站到了正中间，才一起唱起了副歌高潮：

> 啦啦啦啦亚洲雄风震天吼
> 啦啦啦啦亚洲雄风震天吼
> 啦啦啦啦亚洲雄风震天吼
> 啦啦啦啦亚洲雄风震天吼

又是全场大合唱，本次"少儿春节晚会"最终在高潮中完美谢幕。

最后徐导大声说："晚会最后一项，放'魔术弹'。来，每人领一个魔术弹跟我上二楼放。"

孩子们人手一支魔术弹跟着徐导来到二楼平台排成一排，齐刷刷把魔术弹指向正前方的大球场中央。

徐导点上两支烟，分了一支给林立，然后俩人就开始给孩子们挨个儿点燃魔术弹。

徐导边点边喊："口都冲着球场射，别冲着人，别打闹。"

就这样一支支魔术弹被点燃了，一簇簇绚烂的烟火被高高射向夜空，划出一道道灿烂的轨迹。没想到二十几支魔术弹摆成一排同时发射的景象会是如此壮观，一排排烟火划过黑暗，瞬间照亮了夜空，落到球场上又照亮了球场，孩子们兴奋的欢呼声和魔术弹发射时的砰砰声响彻夜空。

突然，徐导大声喊道："不好，球场上的枯草是不是点着了？孩子们都往高里射，不要直接射球场！"说完徐导就跑下楼冲进球场，不停用脚踩灭地上的小火星。

等孩子们手中的魔术弹都放完了，徐导呼唤孩子们也都冲下楼，跟着他一起在球场里找火星。徐导领着孩子们在场地里摸黑转了好几圈，在确保没有火灾隐患以后，才带着孩子们回了寝室。

折腾了一天的孩子们回到屋里，躺床上就睡着了。孩子们独自离家的第一个春节就这样过去了，他们不知道，未来还有好多个这样没有父母陪伴的春节在等着他们……

春节过后，冬训也就接近尾声了，孩子们的球技在冬训中得到了提升，这点通过跟吴东体校的几次比赛可以印证，比赛中孩子们的优势越来越大，进球纪录也不断被刷新。

第二十章　大哥宋洋

在孩子们回家前的几天，基地又来了一支球队，他们是海市青年队。这支青年队都是一帮二十多岁的小伙子，其中包括一个个日后在中国足坛作出重大贡献的人，如许氏兄弟、宋洋、张志扬、李川等。

孩子们观摩了几场海市青年队的比赛，他们都是以绝对优势战胜对手的，许氏兄弟、张志扬组成的后防线固若金汤一球未失，李川所在的锋线更是进攻犀利，无坚不摧。徐导在一旁边看球边给孩子们讲解场上情况，水平堪比著名足球解说员宋世雄老师。

那段时间，肖恩对青年队的一个队员特别上心，那就是宋洋。因为徐导跟肖恩说，这个哥哥在场上跟你是同一个位置（前卫），你好好看看，多学学，看看哥哥怎么处理球的。于是肖恩在场边就像摄像机一样一动不动地盯着这个大哥哥。在这种高度关注下，肖恩很快发现宋洋的一些特点，比如做什么动作是要球，做什么动作是要分球，做什么动作的时候是渴了。这天，他发现宋洋可能是要往场边来要水喝，于是就鼓起勇气拿起一瓶水，主动往宋洋的方向跑去。"哥哥，给你水。"肖恩站在边线外，边伸手递水，边大喊。

"谢谢你啊，小朋友。"

"不用谢，哥哥你踢得真好，我也要像你一样。"

最后这句话肖恩不确认宋洋有没有听到，因为宋洋快速地喝了两口水就飞奔回了场地中心。

在基地里，孩子们跟海市青年队的小伙子们吃在一个食堂，住在一栋楼里的上下层。这天，肖恩正在楼道里跟两个好兄弟追跑打闹，往楼上跑的时候一头撞上了正要下楼的宋洋。他抬头一看："呀！哥哥好，哥哥对不起。"

"哟，是你呀，小朋友。你叫什么名字？"

"我叫肖恩。"

"肖恩，嗯，好名字。你要不要跟我出去到小卖部逛逛，我给你买点零食？"那个时候还没有手机，基地里也没有电话，球员们都要跑到基地外面的小卖部才能给自己的家人朋友打电话。宋洋想着一路来回都一个人也挺无聊的，叫个小孩儿做个伴也好。

"哥哥，我能带上我的兄弟一起去吗？"

"你兄弟？你不是独生子？"

"是我的好朋友。"

"哈哈哈哈，好，还挺讲义气。一起去吧。"

三个小家伙一路安安静静地跟在宋洋后面。王冠一忍不住挤了一下肖恩，小声说："你行啊，有两下子啊，这就跟上大哥了？"

肖恩学着大人模样耸了耸肩膀："没办法，谁让我这么有魅力呢。"

这欠揍的话一说，肖恩的身体顿时承受了来自王冠一和金开石的一万点暴击。

三个人跟着宋洋来到小卖部，分别挑选了自己喜欢吃的零食，他们来的路上就合计好了，一袋大白兔奶糖是必须的，其他别要太多，给大哥哥留个好印象，这样搞不好还有下次。宋洋这边打上了电话，三个小毛头就开始零食共享，吃得不亦乐乎。

"好吃吗？够不够？再买点拿回去？"宋洋打完电话出来叫他们。

"够了，不用再买了，非常感谢。"肖恩故作成熟地说道。

"那我们往回走吧。"

回去的路上三个人胆子大了起来，暗戳戳地想跟宋洋搭搭话。

"哥哥，你刚刚给谁打电话？"王冠一率先发问。

"哈哈，你小小年纪还挺爱管闲事。"

"你不说我也知道，肯定是女朋友。"

宋洋来了兴致："你怎么知道的？"

"我看你表情就能猜出来。你打电话的时候老是笑，还对着电话筒亲了好几下，像这样，啾啾啾。"王冠一学着宋洋的样子夸张地噘起了嘴。

"行了行了，你可别埋汰我了，再瞎掰我就让你把零食吐出来。"

另外两个小人听到这儿都捧着肚子哈哈大笑起来，王冠一抿着嘴笑，也不说话，他才不会告诉别人他叔也是这样给女朋友打电话的。

宋洋觉得这几个小家伙挺有意思，就问他们："你们这么小，就跑这么远来集训，以后是想当大球星吗？"

王冠一抢着说："那当然，我可是我家踢球最好的，是全家的希望，以后得进国家队，为国争光。"

"好小子，有志气！"宋洋冲王冠一竖起了大拇指，"你俩呢？"

一向稳重的金开石不慌不忙地开口："我爸说了，我以后得出国。"

宋洋心里一惊，看来这小孩儿家境不错，那个年代留洋可不是什么容易事儿。"你呢，肖恩，你长大了想干吗？"宋洋把头转向肖恩。

"我吗？我以后是他俩的大哥，得罩着他俩。"肖恩说完，一溜烟往前跑，生怕另外两个人反应过来揍他。

"看来你是想当领导啊。"宋洋说完哈哈大笑。

肖恩边跑，边回头冲宋洋喊："我爷爷说了，鼻子上有个尖，长大准做官！"话音还没落，一只大恶犬突然从胡同里蹿了出来，肖恩被吓了一跳，脚下一个趔趄，摔倒在地上。大恶犬一看有人倒地，转头就扑了过来，肖恩在地上吓得哇哇大叫："救我！"

就在这时，肖恩身后出现了两个勇敢的身影，大喊大叫一起冲了上来，他们抢起手中的塑料袋，张牙舞爪地朝大恶犬砸去，几十块大白兔奶糖瞬间从破损的塑料袋中飞了出来。大恶犬被这漫天的糖衣炮弹吓住了，立马夹着尾巴跑了。

待后面的宋洋飞奔过来，肖恩已被王冠一和金开石救下。

"没事吧，咬着没？"宋洋问。

"他没事，没咬他。"王冠一说。

宋洋用拳头捶了捶王冠一和金开石的小胸脯说："你俩挺勇敢啊。"

"那还用说，他们是我小弟，当然勇敢了。"肖恩起身笑着说。话音未落，肖恩已经被另外两位生擒活捉，开始就地正法。

宋洋带了一批年轻球员与孩子们互动。他们中有些还会隔三岔五带着孩子们出基地去买点好吃的，那会儿中国足球还未职业化，这些青年队球员也没什么钱，只能给孩子们买点奶糖和虾条之类的零食，但是这些小礼品让孩子们第一次近距离感受到了海市球员的魅力。

1994 年正是由这些球员组成的海市龙升队夺得了甲 A 联赛的冠军。肖恩、王冠一、金开石这些孩子亲眼见证了足球时代的开始，孩子们也因为吴东冬训那段经历而深深热爱着海市队，发誓要努力踢球，日后为海市争光。

第二十一章　抗议无效

　　经过 30 天的冬训，孩子们终于要到家了。但是客船却停在了锚地一动不动，说好的早上醒来就能看见爸爸妈妈，可半天过去了，周围还是一片雾气，什么都看不见。孩子们在船头上像热锅上的蚂蚁，一边不停乱窜，一边不停问徐导什么时候开船，徐导被问得不胜其烦，于是，他开始组织孩子们："你们都过来，看见顶上那个窗户了吗？那个是驾驶舱，船长就在里边，你们一起大声喊'抗议，开船！抗议，开船！'船长听见了，就会开船进港，你们就能看见爸爸妈妈了。"

　　孩子们果然冲着头顶的驾驶舱开始齐声高喊："抗议，开船！抗议，开船！抗议，开船！抗议，开船！"一旁的徐导跟周围的乘客看着这些可爱的孩子用这种方式表达不满，都乐个不停。

不一会儿，客船的大喇叭突然发出了深沉而庄重的声音："抗议无效，抗议无效……"孩子们一听船长回话了，就又拼命地喊着，但是船长之后就再没回答过。

傍晚时分，船终于靠岸了，家长们看见孩子们安全回家，都流下了激动的泪水。

肖恩一回来，爸爸就通知他李文龙已经给他安排好了补考。肖恩都没时间抗议，就坐到了考场上。过了两天，肖恩爸爸一早就下了班，把看电视的肖恩堵了个正着："肖恩，你过来。"

家里笼罩着不祥的氛围，肖恩妈妈也放下手里的事情过来听着。

"你说，你考试是不是作弊了？"

"爸，文龙叔一动不动地盯着我，我抄啥啊？"

"那你是不是提前问了答案？"

"爸，我刚回来就去考试了，您见我给谁打电话了？再说那么多题，打了也记不下来啊。"

"你这卷子，真是靠自己实力答的？"

"爸，那题简单得都不需要我亮出实力，都是老师课上说的那点东西，一点难度都没有。"

肖恩爸爸忽然喜笑颜开，变脸的速度堪比川剧绝活："他妈，多做两个菜，文龙说咱儿子补考，考了个全班第二，男生里的第一。肖恩，好样的啊，再接再厉。"妈妈微笑着领命而去。

肖恩却没什么反应，此时他脑子里快速扒拉着班里同学的名字："我是第二，那第一是谁？女的？哪个女的？"

自从冬训归来，孩子们不但球技提高不少，身体也强壮了许多，再加上跟吴东体校的几次比赛都是大胜，自信心也爆棚了。在后来的训练中，孩子们更加努力，一个冬训，似乎让孩子们真正进入了足球运动员的角色中。

第二十二章　9:0

一日训练完，徐导把孩子们召集起来，说："明天的训练内容是要跟其他的球队比赛。"

"耶！"孩子们欢呼起来，回到海市就一直没比赛，这让孩子们对比赛非常渴望。

"徐导，咱们跟谁比赛？"队长林立问道。

"你们都认识，就是跟咱们旁边的女足比赛啊！"徐导笑着说。

"咦……跟她们啊，怎么跟女孩比赛？"小伙子们都感到很失望。

"怎么还瞧不起女孩子啊？上回我不在的时候，厉校长组织的比赛，你们可是输了。"徐导说。

第一部　亚洲雄风

男孩子们一听都不说话了，感觉很没面子。

徐导看到孩子们的反应后又说："之前的一次较量是咱们输了，但那都是差不多一年前的事了，你们这段时间这么努力训练，进步很大，这次的胜负可就不好说了，你们有信心赢吗？"

"有！"男孩们大声喊着。

"好，大家今晚早点睡觉，明天都穿红衣服，放学后别在路上玩啊，早点到球场。林立，你明天早点领着值日的来我这儿拿球和桶。"

解散后，男孩子们都无比兴奋，摩拳擦掌讨论着明天该如何完虐女足。王冠一跟肖恩吹："明天我要'帽子戏法'。"

"我要'大四喜'。"肖恩立刻反吹道。

金开石在一旁说："我听说，我们班的生活委员任笑球踢得好，你们明天要好好看着她。"

"你怎么知道的？"肖恩问。

"金开石是我们班的大班长，他什么不知道？"王冠一在一旁说。

"班长啊，得两道杠吧，厉害啊，你是啥？"

"我是语文课代表。"王冠一骄傲地说。

"语文课代表没杠吧？啥干部也不是吧！"肖恩和金开石哈哈大笑。

"干部有啥用，大班长，你明天让你的生活委员漏两个球，她听你的吗？"王冠一提高嗓门说。

"我不说咱们也能赢，说它干什么？"金开石信心十足地说。

这天晚上，男孩子们都激动得睡不着。明天，王冠一、金开石、肖恩、林立、于子傲、何俊、韩晨杰、朱循、王一凡、董力源，就要组成"复仇者联盟"，踢一场复仇之战。

第二天，孩子们从国富街小学来到球场，发现徐导早早就在场地中央画了两个五人制场地，白白的线画在黄土球场上显得格外好看，球场边配了四个球门，还挂了白色的球网。孩子们都显得格外兴奋，他们迫不及待地直接冲进场地开始射门。

王冠一刚到场边就一脚怒射，足球应声入网，然后他冲着旁边的金开石轻蔑地说："进喽！你能吗？这么远能射进吗？"

金开石听后把球从网兜里放出来，上去就是一脚，球也进了。"进喽，小样儿，哥是范巴斯滕。"金开石自豪地拍着胸脯说。

"你是饭啥？你是饭桶吧。"说完王冠一就开始跑，金开石就追，两人在球门处转了一圈又一圈，最后金开石隔着球网抓住了王冠一，俩人立刻跟球网纠缠在了一起。

一会儿，肖恩爸爸骑车带着肖恩也来了。看见球门上的白色球网，肖恩感慨道："终于不用跑那么老远去捡球了。"肖恩走到场地边仔细看了一下球线，总觉得这线不直，有些地方是弯的。他脚下带球进了场地时，还发现球会沾到白线的白粉，这让他感觉很不舒服，导致他每次带球到白线附近的时候都把球挑起来越过白线。球场上这一条一条的白线搞得肖恩很纠结，可以说整个场地都让肖恩纠结，除了球门。肖恩射门的时候非常快乐，足球进网的那一瞬间让他感觉很爽。

不经意间，肖恩发现金开石和王冠一在另一个球网里纠缠，于是他捡出球瞄准他俩，一脚抽射，球正好踢在金开石的屁股上。金开石咧着嘴，回头看看是谁让自己这么倒霉。王冠一趁机挣脱了，边跑边喊："够意思啊，肖恩，正义的'克塞号'，哈。"

金开石看王冠一跑了，就又按照既定程序，开始追肖恩了，俩人又是一通跑。由于每每跑到白线处的时候肖恩都会调整脚步跨过去，所以没跑几步就被金开石抓到了。

"你皮又紧啦。"

"我不是有意的，谁知道能那么准！"

"你就是有意的。看我怎么弄你！"

"我错啦，我帮你抓王冠一吧。"金开石看了看不远处还在张牙舞爪挑衅的王冠一，同意了。可是当他放开肖恩的瞬间，他就跑没影了，只剩下金开石傻站在原地。

徐导开始领着做准备活动了，孩子们比以往都要卖力。徐导布置阵容："这边 1 号场地，首发上场的是：前锋肖恩、王冠一，后卫金开石、林立，守门员周凯，咱们是 22 阵型（2 后卫 2 前锋）知道了吗？""知道了！"孩子们信心满满地回答。

这套首发阵容跟在吴东比赛的时候一样，往常训练的时候为了实力均衡，这四个首发的孩子都是被分开的，今天他们被分在了一起，孩子们自然信心满满，势在必赢。至于 2 号场地，徐导随意安排了一套阵容，让来实习的助理教练带队过去，他自己则留在 1 号场地现场指挥。

对面的女足队员出场了，由于肖恩不在国富街小学上学，所以不太认识这五个姑娘。肖恩最先看到的是最高的一个大眼睛姑娘，感觉快有自己妈妈那么高了，戴着手套应该是守门员。然后他注意到一个肤色特别黑的姑娘站在前锋的位置上，场地边她一头黄发的爸爸在不停给她鼓劲。"这么黑，是非洲人，不是中国人吧？"肖恩心想。后卫线上还站了一个头发黄黄的大个姑娘，其他人都喊她"大月儿"，正是孙玥，看着非常凶悍。肖恩对这个"大月儿"有印象，一年前正是她在后防线上，让小男足们吃尽苦头，这一年不见，"大月儿"又长个了，身体优势更明显了。

"大月儿"旁边站了一个稍矮点，人称"璐璐"的姑娘，"璐璐"这名字很柔弱，但身材一点都不弱。"这些姑娘一个个怎么都长得人高马大的，比一年前夸张多了，她们都吃什么啊？话说哪个是生活委员呢？"肖恩正在琢磨。

一会儿，一个笑眯眯的小眼睛姑娘冲着肖恩走过来，站在肖恩面前。肖恩看这个姑娘身材匀称、相貌端庄、肤色白皙，心想："终于有个看着顺眼的姑娘了，该不会这就是生活委员吧。"他回过头来对身后的金开石说："哪个是生活委员？"

金开石用手指了指肖恩身前笑眯眯的姑娘。

"我果然没猜错，就是她了，看我怎么盯住她，一帮小姑娘，看我还不过死你们。"肖恩暗下决心。

一声哨响，比赛开始了，中圈王冠一把球开给肖恩，肖恩拿球后特别有自信，立刻就想实现刚才那个"过死你们"的愿望。他准备带球，刚往右一拨球，"非洲人"和"笑眯眯"就马上过来夹击他，她们速度太快了，肖恩一看不好赶紧用右脚一扣，躲过了"非洲人"，谁知道"笑眯眯"这时从左侧冲上来用脚轻巧一捅，把球破坏了，足球刚好顺着肖恩裆下滚到了他背后。身后的金开石见势不好，立刻上前抢球，不料这个"笑眯眯"快速绕过肖恩，又轻巧地抢先一脚把球向旁边一拨，直接把重心前倾的金开石给过掉了，扑空的金开石又恰巧干扰了回追的王冠一。肖恩、金开石、王冠一只能眼睁睁地看着"笑眯眯"把球带到门前，踢进了球门，守门员周凯根本就是个站在门里看球的"空气"。

赛前自信满满，誓要复仇的男生们还没进入比赛状态就瞬间落后一球了。肖恩、王冠一、金开石、林立就像四个桩子一样被这个快速失球钉在了原地，男孩子的半场一片死寂，只有"空气"守门员低着头在球网里捡球。场地另一边的姑娘们用可爱的哆声庆祝着，姑娘们的家长更是兴奋不已。一会儿就听徐导在喊："没事孩子们，紧张起来，肖恩，没事啊。"肖恩爸爸这时也喊了一声："肖恩，加油！"然后向肖恩做了一个挥拳的动作。

　　比赛又开始了，王冠一跟肖恩中圈再次开球，这回肖恩没有再秀带球，他决定把"过死你们"的誓言先放放。只见他稳妥地把球回传给林立，足球径直滚向林立，但谁也没想到林立居然把球停大了，球像碰到了木桩，反弹了足有两米远。肖恩一看心想："我传得力量重吗？"正在这时一个黑影从肖恩身边插上，不是别人正是那个"非洲人"。

　　林立看球停大了，就快速前冲去拿球。但是速度奇快的"非洲人"抢先一步，跟刚才的"笑眯眯"如出一辙，顺势往旁边一拨轻松地把林立就给过了。这时，旁边的金开石从侧面上来补位，谁知被"非洲人"用手一架卡在了身后，只见"非洲人"倚住金开石，又稳稳地向前带了两步，一脚怒射，球不偏不倚正中守门员周凯那标致的侧脸，球折射后进了球门。

　　周凯捂脸倒地，球门里很快就传来周凯的哭声。

　　"这些小姑娘是人吗？太残忍了，把我们的守门员给打哭了！还有，那可是金开石啊，怎么这么轻松就被倚住了呢？"肖恩内心惊叹。

　　这两个快速失球太伤士气了，男孩子们感觉被踢蒙了。只有金开石快速跑到球网里把球捡了出来，踢给了肖恩，然后喊了一句韩语:"阿西、阿西吧……"

金开石是朝鲜族,生下来就说汉语、朝鲜语双语,他急的时候就会说朝鲜语,后来肖恩问他:"你急的时候都喊的啥?什么阿西、阿西吧……"

金开石一脸认真地说:"这个是'加油'的意思。"

肖恩说:"肯定不是,你肯定是在骂人!"

金开石不说话,冲着肖恩眯眯眼笑一下。

金开石的这句朝鲜语怒吼,全场应该就只有他爸妈能真正听懂,但是他的情绪却表达了他的斗志,也感染了周围的孩子们。

肖恩、王冠一五分钟内第三次站在了开球点上,中圈弧里,王冠一对肖恩说:"肖恩,这回开球你把球传给我。"肖恩听后心想:"王冠一平时踢球就主意多,这回看来是有好办法了。"于是这回肖恩在中圈把球开给了王冠一。

只见王冠一得球后二话不说,拉开架势就是一脚怒射,看得肖恩下巴一下子就掉到了地上。肖恩心想:"原来就这个!我还以为你有什么好主意呢?"

只见王冠一射出的球碰到了后卫璐璐的大腿出了边线,男孩们终于把球踢过半场了。王冠一跑过去发球给肖恩,肖恩拿球后在"笑眯眯"面前做了一套他最为娴熟的假动作,可惜一个人也没过掉,只能把球传给金开石。金开石拿球后,向前突然一个大蹚,蹚过了"笑眯眯",一看就不爱防守的"笑眯眯"象征性地追了一小下就不追了。

得意忘形的金开石以为是自己的速度轻松摆脱了对手,就又是一蹚,想顺势蹚过"大月儿"。谁知道这一下没控制好力量,蹚出了底线,沮丧的金开石一边说着"阿西……"一边快速往回跑。

高大的女足守门员发门球，一个大脚踢得很远，"非洲人"立刻冲过去抢点，林立抢先一步把球破坏了。比赛终于正常起来，男孩们开始组织起有序的进攻和防守，进入了比赛状态。但是首发的5个男孩还是始终无法得分，他们对这个由高大的守门员、"大月儿"和璐璐组成的后防线束手无策。

值得欣慰的是，在僵持过程中，林立、金开石和周凯组成的后防线没有再失球，两个快速失球让林立和金开石一下就明白了，防守时不能随便上前扑抢，很容易被过掉。"笑眯眯"和"非洲人"面对站稳的男足后防线也很难再取得进球。比赛进行到下半段，徐导开始换人，想给其他孩子一些锻炼机会，4名主力球员下场后，比分立刻被拉大了，最终定格在9:0，男孩子们被打得鼻青脸肿、个个灰头土脸、垂头丧气。只有肖恩，比赛结束之后还跑过去挨个儿跟女足姑娘们握手，这是他新近从电视上转播的球赛里学来的规矩。

"笑眯眯"任笑觉得这个同学挺有意思，就问他："你是哪个学校的，怎么没见过你？"

肖恩说："我没在你们那儿上小学。不过我知道你，王冠一说你踢得特别好。我叫肖恩，下次你就认识我了。"

女足姑娘们纷纷凑过来跟肖恩攀谈，觉得被踢成这样，这小男孩儿还能过来握手，挺有风度。王冠一实在看不下去，站在老远喊肖恩过去。肖恩跟女足姑娘们挥手道别，奔向王冠一。

"你怎么还有心情跟人家握手，你不嫌丢人啊？"王冠一气冲冲地质问肖恩。

肖恩嘴角一咧，说："这有什么丢人的，我爷爷说了——妇女能顶半边天。"

除了肖恩，小伙子们都沉浸在比赛结果中，有点缓不过来。看着小伙子们低迷沮丧的样子，"演说家"徐导立刻在赛后开始安抚孩子们，做了一场很体贴的心理辅导："小伙子们，看看你们，输给女孩子这么多球！上回也没输这么多球吧？"小伙子们一听徐导这么一说，都快哭出来了。

"啊？怎么都不说话了？你们平时都觉得自己不错，不认真训练，现在不嘚瑟了吧。肖恩，你平时训练过自己人不是挺溜的吗？这回怎么不灵了？你那套动作不做完不知道传球啊？你今天射过门吗？非得把人过完了再射门啊？低头带，把头抬起来啊，平时训练让你们抬头、抬头，为什么？就是要观察周围，把球传给机会更好的队友啊，过人是为了什么？快说，回答我。"

"射门得分。"肖恩答道。

"对啊，你怎么不射门，有机会就射了，不射门怎么得分？这点你就应该向王冠一学习，看他射门欲望多强烈。"听到这儿，肖恩跟一旁的王冠一对视了一下，俩人都乐了，王冠一乐是因为被表扬开心地乐了，肖恩乐是心想这欲望也太强烈了吧，都开始彪射了。

这时候，徐导看了一眼傻笑的王冠一，严肃地说："王冠一，你这么喜欢远射啊？中间隔了那么多人你也射啊？射门全靠蒙啊？你看你把那个璐璐灌（射）的，你俩不是同学吗？你这么灌人家，明天上学还好意思见人家吗？"

"我不是有意灌她，她自己上来挡的。"王冠一解释道。

"你射门的时候可以晃她呀，后来那小胖姑娘都知道你要射门了，你一射门人家一下就封堵上来了，你不会假射扣一下啊。"说着徐导做了一个假射扣球的过人示范动作，"就这个动作，你们不是练过吗？之前在吴东你们不是用得挺好的吗？怎么今天都忘了？王冠一要学会应变，还有肖恩，踢球要动脑子，别一脑子糨糊，你俩回去好好想想。"徐导说着用右手食指对着自己太阳穴狠狠地划了几圈。

"林立、金开石今天表现不错，开场的时候两次上前扑抢失误了，不过后来很快就不扑了，知道防守站稳了，不错。但是以后传球要注意，你俩给前边肖恩和王冠一传球要注意防守队员他们在哪一侧，不能随便那么一传，你传到防守队员和肖恩中间，你让他们去拼刺刀啊？要传到离防守队员远的队友脚上，这样让他们好拿球。你们都要听着啊，这种刺刀球不能传。其他人也都注意了，我说他们几个也是在说你们，这种球你们在吴东的时候对手弱，看不出问题来，你看今天，对手强了，就因为这个问题被断了多少次？"

"周凯，不错哈，很勇敢，被球灌脸上了还能坚持，像个男子汉，来大家给他呱唧呱唧。"孩子们一起给周凯鼓掌，周凯看着大家的鼓励也笑了。"但是，周凯，你比赛的时候为什么不喊呢？像个小姑娘似的。"周凯在徐导口中瞬间从男子汉变成了小姑娘，孩子们又开始笑起来。徐导冲着周凯开始比画："对方射门的时候可以向前迈一步封一下角度，关键是同时要大声喊一下，吓死对方前锋。来喊一个。"

"徐导，我喊什么？"

"你喊什么都行，'啊——'什么的都可以。"

周凯喊了一下："啊……"

"再来一遍，要有气势，吓死对方前锋，来。"徐导极有激情地启发周凯。

"啊——"周凯拼尽全力喊了一声。

"好，很好！"说着徐导看了看周围都在笑的孩子们，"你们都别笑，今天比赛对面小女孩是不是比你们喊的声音大多了，你们踢球怎么不呼喊呢？肖恩低头做动作的时候，旁边的王冠一你怎么不喊一声呢，喊一声他不就传给你了吗？之前不是挺能喊的吗？今天这都怎么了？"

徐导看向金开石，说："全场比赛我就只听见金开石在喊，其他人都是哑巴吗？平时金开石也不怎么说话，但在场上比赛我只能听见他的声音，你再看看你们，平时闹的时候一个比一个嗓门大，到场上就哑巴了。"孩子们都默默低下头，开始反思。

"金开石，好样的哈。不过有时候你喊的是什么意思，教练听不太懂。"

"哈哈哈哈哈哈！"孩子们一听又炸开了锅，纷纷开始模仿金开石的口音"阿西……阿西……"

"开石，继续保持，多鼓励队友，以后多喊汉语哈，可以喊：好的，好的，再来，再来，别总喊朝鲜语。"

金开石也乐了，冲徐导点了点头说："啊啦骚呦（知道了）。"

徐导和孩子们又听不懂了……

话说经徐导点拨之后，球队里出现了两个大嗓门，一个是金开石，另一个就是周凯。金开石在上场比赛前都会提醒自己喊中文，但是一上场比赛就全忘了，有时刚开场他还会刻意喊一两句："好球好球，再来再来。"那表情和语气就像电影《全民超人汉考克》里的威尔·史密斯对其他警察说"good job"，感觉极其不自然，不走心。之后随着比赛的进行，只要金开石一急，朝鲜语狂飙模式就开启了，"阿西、阿西吧……"喊个不停。

至于周凯，他之后出来扑球必定大声呼喊，嗓门那叫一个大，犹如一声惊雷，震惊四座。其实他大喊并不只是为了吓死对手，更是给自己壮胆。后来不知道谁教周凯的，出来扑球时居然喊："越位啦……"

周凯这孩子就这样学坏了，也就因为这过硬的口技，在队里三个门将的激烈竞争中站稳了 1 号门将宝座。

球队再次输给女足姑娘对王冠一是个不小的打击，他自己没能完成"帽子戏法"不说，还被徐导点出了不少问题。垂头丧气回到家，一向对他十分严厉的父亲却没有批评他，反而劝慰道："咱们家从你爷爷的爷爷那辈儿起就开始踢球，有丢了性命的，有受伤被迫退役的，有一辈子郁郁不得志的，什么事情没见过。你的天赋是全家最好的，爸爸给你起名'冠一'，也的确希望你能出人头地，实现全家的足球梦想。但想要做常胜将军只靠天赋可不行，得加倍努力。行了，别耷拉着脑袋了，输场球算不上什么大事。"

小伙子们两次输给了女足小姑娘的确不算什么，因为在那之后还输了好多次，在今后的日子里可以说是生活在女足姑娘的阴影里，比赛中总有一种被女足姑娘支配的恐惧。但这些并不代表小伙子们有多差，而是因为这支女足太强了，女孩子的发育要比男孩子早，不管是在身体还是在心智方面，更何况这支女足球队恰巧招来了一批极富天赋的球员。首发的 5 名球员中就有两名成了日后国足的核心球员。

如此看来，小伙子们输球也是合情合理。在那之后的一段时间里，小伙子们经常被女足蹂躏，在蹂躏的过程中，他们的球技在不断进步，同时也懂得了要尊重女性。

第二十三章　男人之间的较量

海市足校的小伙子们与女足多次交手，成绩十分稳定，一次都没赢过。糟糕的战绩多少影响了小伙子们的自信心，只能自我安慰说他们是让着女孩子，跟女孩子踢没劲，就算赢了也不长脸。这回终于机会来了，他们终于可以跟男孩子比赛了，对手是海市北东小学。海市北东小学是河口区体校的所在地，是一所家喻户晓的足球传统名校，历史上培养过许多足球名宿。

小伙子们下午来到北东小学，看见偌大的操场上都是踢球的孩子，大概有三四支球队。各支球队散布在场地中分头训练着。其中最引人注目的队伍要数场地边沙坑里的守门员队了。北东小学请了一名专业守门员教练带七八个年龄不等的守门员一起训练，守门员高矮差距巨大，不停地在沙坑里跃起扑球，其中有一个黄毛守门员，虽然个子不高，但扑球的动作极为灵活舒展，全身上下透着一股"俏"劲儿，每次扑出教练射门球都会做出一脸不屑的表情，看着感觉极为臭屁。这孩子的父母就坐在沙坑旁边的看台上不停地在孩子休息的时候给予指点，还时不时地送上一瓶芬达。

"周凯，你看看人家那黄毛守门员跃出去扑球的样子，再看看你，唉……你这都练了一年了。"王冠一叹气又摇头。

"我怎么了？别看他们训练这么跃来跃去，场上可不一定好用。我可是比赛型的。"周凯拍着胸脯说。

"哈哈哈哈，你训练都跃不起来，还比赛型的？我看你比赛就只能从网里捡球。"

"王冠一，你就知道说我，你行，你上去跃一个试试。"

别说，王冠一看了这些守门员的训练还真有点儿跃跃欲试，其实王冠一的守门技术还真是不错，起码比周凯好多了——是的，就是球队的1号门将。周凯之所以能成为1号门将不是因为他有多好，而是因为他的竞争对手实在太"强大"了。球队的2号门将韩晨杰身材极好，但是太笨；3号门将陈天泽，身材一般而且笨。所以周凯因为他不算矮、不太笨的特点最终成为1号门将。后期他又开发了大吼扰敌技能，最终坐稳了正选1号门将的宝座。

之前跟女足比赛，小伙子们偶尔撞大运也有领先女足的时候，每到这时王冠一都恨不得换衣服去代替周凯守门，想守住这得来不易的一分优势。但往往结局就是全队的得分能力永远比不上周凯一个人的失分能力，周凯他能做到：该进的球无一例外都进，不该进的球偶尔会漏进。这样稳定的发挥削减了球队一半的战斗力。因为周凯，孩子们开始相信一个好守门员能顶半支球队。

家长们都围在沙坑旁欣赏着黄毛小子的表演。周凯、韩晨杰、陈天泽的三个大个爸爸脸上挂着统一的羡慕表情，他们终于明白原来守门员应该这样来练，而不是每天让一个非专业守门员教练来糊弄了事，他们仨的儿子在过去一年的日子里，训练科目基本就是跟徐导的助理教练射射门扑扑球，就完事了。现在来看，他们儿子的守门基础与那个岁数小很多的小黄毛比起来已有很大差距。站在一旁的肖恩爸爸跟金开石爸爸说："这孩子真俏，看样子还没上学吧。"

"是啊，听说这孩子可有名了，北东小学有两个非常有名的'小豆子'，一个是这个小黄豆守门员周康，还有一个是小黑豆前锋姜山，都说以后肯定是球星。"金开石爸爸回答道。

"你看大陈他爸眼睛都亮了，咱们真是应该请个专业的守门员教练了。"肖恩爸爸又说。

"是啊，看这小守门员练得多好，听说这个小黄豆父母为了培养这个孩子把工作都辞了。"

肖恩爸爸听后露出惊讶的表情："工作都辞了？不过了？没工作吃什么啊？"

"说是在学校边上开了个烧烤店。"金开石爸爸回答道。

"就信自己孩子能踢出来啊，孩子之后受伤了怎么办？"肖恩爸爸感慨道。

"赌呗，赌赢了就赢了，赌不赢就……"金开石爸爸跟肖恩爸爸对视了一下，摇了摇头。

不远处徐导在默默注视着家长们的反应，意识到接下来应该找一个好的守门员教练了。

"市足校来了？"一声底气十足的调侃传到徐导的耳朵里，徐导回头一看——

"啊，三哥啊，您亲自过来啦？"徐导非常尊敬地说。

"当然要来了，市足校，我们这些散兵游勇的游击队不得来迎接啊？"

"哪儿啊，您别逗我了。"徐导有些不好意思。

"逗你干啥？你们老厉没来啊？"

"厉校长今天有事没过来。"

"你看看，都不稀的来看我。"

"三哥，您又逗我们领导。"

此三哥不是别人，正是家喻户晓的北东小学（河口体校）的青训教父刘煜东。他带着北东众多退役的教练搞青训，教练们把他当作大哥，他把教练们当作兄弟，一茬一茬的好苗子也是从他和他的兄弟们手里走向全国各支球队的。

一声哨响，比赛开始了，还是那五个小伙子首发。（前锋：王冠一、肖恩；后卫：金开石、林立；守门员：周凯）肖恩站在前场看了看对手，信心满满，对手的海拔不高，也没那么强壮，跟身高马大的女足姑娘比起来这次的对手简直就是小弟弟。

事实也是如此，北东小学派出的是 1984 年龄组的队伍，所以林立和金开石要比对手高出一头，也强壮很多。这时候，肖恩看见一个"小黑子"对上了王冠一，这个"小黑子"正是金开石爸爸口中的小球星姜山。肖恩心想："这么黑，比那个女足'非洲人'还要黑。为啥每个球队都要找一个黑人来作前锋？"

北东小学开球了，"小黑子"拿球后很稳妥地回传给后卫，然后就跑到林立身前转身靠住林立，对手后卫心领神会一个直传到了"小黑子"的脚下，只见"小黑子"倚住林立的同时把球牢牢地护在了身前，身高有明显优势的林立伸出大长腿想试着从身后把球破坏掉，但是被"小黑子"的屁股坐住了大腿，动弹不得。

被这么矮小的"小黑子"倚住，林立有点着急，只见他向右跨了半步想要再次从右侧伸腿捅球的时候，"小黑子"屁股向右一扭又坐住了林立的大腿，借着林立的力量向左边灵活转身，从林立的腰眼部位钻了过去。林立一看不好，想要转身回抢，已经晚了，身体已经被"小黑子"卡在了身后。

正当"小黑子"要加速带球摆脱的时候，金开石突然从斜侧杀出，只见他大腿一蹚把"小黑子"连球带人一起放倒在地，"嘟——"犯规，裁判判北东小学禁区前任意球。

此时的金开石急了，直接冲着林立就飙了一句朝鲜语"阿西……"林立刚被这个"小黑子"过得很没面子，又被金开石这么一吼，也急了，回怼道："你说啥？说人话！"林立是球队的老大哥加队长，在球队算是一人之下万人之上的狠角色。

但这些光环对球场上的金开石来说都不算什么，金开石立刻回怼："这就给过了，你彪啊！"

肖恩听了金开石的话，笑了，心想："原来'阿西'就是'你彪'的意思啊。"

林立在队里只有骂人的份儿，徐导为了树立队长的威信也很少说他，这在众目睽睽之下被金开石骂，也火了。

就在这时徐导在场边大吼："你们彪啊！闭嘴，都给我闭嘴，不想踢都给我下来！"这是孩子们第一次听见徐导骂人。

骂人果然有效，俩人立刻都不说话了，开始站人墙。

紧接着徐导又喊："人墙不够，肖恩你也过去站一下。"

正处于汉语、朝鲜语翻译乐趣中的肖恩一听要站人墙，心情立刻失落下来："什么？站人墙？最烦站人墙了，被球灌了多疼啊！"但他还是不得不站了过去，跟气头上的林立和金开石在门前站成一排，仨人手捂着小鸡鸡，一脸不高兴。

形成鲜明对比的是身后的守门员周凯，只见他睁一只眼闭一只眼站在近门柱后大声指挥着："林立，往左点，往右点，金开石、肖恩靠近他，别害怕，别撅腚。"看周凯投入的样子，球场上应该是没有比指挥站人墙更让他高兴的事情了。

指挥完毕，周凯狠狠地向守门员手套上各吐了一口唾沫，然后两手合十边搓边站到了球门的另一边。哨声响起，"小黑子"助跑——射门，"小黑子"主罚的任意球没有选择越过"不高兴"的人墙，而是直接射向了高兴的守门员，球速度飞快，应声入网，高兴的守门员一下就高兴不起来了，低着头从球网里捡球。身后传来了阵阵埋怨声："怎么，这就进了！""指挥我们半天站人墙，你那边也守好了啊！""你倒是扑一下啊，就那么看着啊！"不高兴的人墙集体发泄着刚才的不高兴。

"小崽子，都给我闭嘴，谁再埋怨，就给我下来！"徐导又大声吼了一句，场上立刻平静了。

中圈再开球，肖恩拿球习惯性盘带了一下，吸引了两名防守队员过来，然后把球分给了王冠一。王冠一拿球后向前一蹚故作射门，对方后卫赶紧上前封堵，这时王冠一又一个假射扣球动作将后卫轻松晃过，带球长驱直入，面对对方守门员王冠一非常沉着冷静，侧身脚弓推远角，球稳稳地滚入了对方球门。

比分被瞬间扳回，孩子们开心得不得了，但 4 个孩子的庆祝方式还是很含蓄，只是聚在一起拍拍手而已。这时他们身后突然迸发出一声惊雷，不是别人正是守门员周凯，只见他高举着双手向 4 人冲来，巨大的守门员手套就像是两只熊掌，跳跃着要跟每个人击掌庆祝，肖恩一看此景马上意识到那对湿漉漉的"熊掌"成分异常，所以就没敢伸手去迎，谁知道周凯击掌时身手如此敏捷，手向下一划拍在了肖恩的胸前，一个清晰可见的大掌印立刻留在了胸前。

"别拍我！"强迫症肖恩无奈地吼道。

跃起的周凯回头回应："传得漂亮，肖恩！"

周凯完成击掌任务之后又跳跃着跑回了球门，之前丢球的沮丧一扫而尽，身后留下三个在衣服上来回擦手的孩子。

之后的比赛，海市足校明显占据优势，肖恩跟王冠一的锋线组合又联手得了 4 分。北东小学也就只有"小黑子"能给他们制造一些威胁，林立和金开石利用身体力量的优势和补防配合没再给"小黑子"太多机会，但他还是利用仅有的两次机会取得了两个进球。周凯还是一如既往地在保证对方进球机会的同时，疯狂庆祝着本方的进球。

海市足校的孩子们终于赢得了一次外战，一场他们认为的男人之间真正的比赛。

第二十四章　足校拆了

时光飞逝，转眼两年过去了。

热爱足球的孩子们还是日复一日地每天下午来到位于观海路（现观海湾广场）的海市足校训练，除了孩子们长大了，足校好像没有什么其他变化，依旧海风猎猎，黄沙扑面。

两年里，足校的周围开始繁华起来，多了几座高大的建筑，其中最高的要数不远处的山上那座建了好久的欧式古城堡，肖恩每每训练抬头看到这座高高在上、依山傍海的城堡时都会想，那里面到底住的是什么王子和公主。后来才知道那座城堡是一个贝壳博物馆，里面住的是海蛎子王子和蚬子公主。

一日训练前，球场里的孩子们吹着海风，惬意地射着门，个个有模有样，力道十足，以周凯为首的三大门神则是忙得不亦乐乎。此时再看周凯的脚步、倒地、手型和反应，已经像是一个专业守门员，不再是球队的软肋了。

这时一个英俊少年站在中圈前一点的位置大喊："周凯，看这里，守我这个球，'超远冲力射门'！"

"王冠一，你射吧，我看着了。"周凯表面看似一脸不屑，连正眼都不瞧一下远处的王冠一，但其实他一点儿都不敢怠慢，默默地向手套里吐了两口唾沫，准备全力应战。

远处，王冠一助跑，拉起架势，大腿带动小腿，一脚射门，球像出膛的炮弹一样飞向了球门。周凯一看球速如此之快，立刻警觉起来，预判足球运行轨迹的同时开始滑步，准备侧扑。球被压得很低，在球门前快速下坠，周凯准备扑救之前，却又突然弹地改变了方向，向另一边弹去。周凯对这块场地极为熟悉，深知门前的石头跟足球总会搞这种事情，所以他立刻做出了反方向的扑救，但是球速太快，周凯已经无法拿住球，无奈之下只能腾空跃起单手把球托出横梁。

"最强矛盾"对决之后，周凯自认为更胜一筹，就地一滚立刻站了起来，刻意摆出一副轻松自如的架势，然后冲着远处的王冠一比了一个大拇哥，紧接着大拇哥慢慢倒转又指向了地面，守门员的大手套无限放大了这次挑衅的效果，看着格外招人讨厌。

"我是不会让任何人在禁区外射门得分的。"周凯说完还做了一个拽帽檐的动作，其实他根本就没戴帽子。（这句话出自《足球小将》门神若林源三之口）。

王冠一被激怒了，只见他快速冲向门前，在禁区线附近突然喊："肖恩，做个球。"

肖恩一听心领神会，立刻将球向后一踩，动作隐蔽，力度也恰到好处，王冠一不用调整，上前直接一脚怒射，球直奔周凯面门而去。周凯没有想到肖恩会突然做球给王冠一，更没想到球速如此之快，下意识地低头躲开，球进了。

"周凯，你怎么能躲呢？你可是守门员！"正在门后捡球的金开石质问周凯。

"球速太快了，冲着我脸就来了，我当然要躲了，这又不是比赛。"周凯解释道。

"不管是不是比赛你都不能躲，球速快就用脸挡出去。"金开石严肃地说。

"这就是玩，不至于吧？"周凯知道刚才那个躲避动作很没面子，但还是硬撑着狡辩。

这时一旁的王冠一喊："周凯，看这里！"

周凯看过去，王冠一正冲他做着大拇指向下的挑衅动作。

周凯看后乐了，戴着大手套立刻做了一个同样的动作，说："我的比你大！"

之后这句"我的比你大！"也经常挂在周凯的嘴边，尤其是在澡堂里。

一声哨响，徐导开始训练了，训练非常紧凑，孩子们也都打起十二分精神，各个项目之间转换的速度很快，唯独耽误一点时间的环节，就是搬球门了。

出于安全的考虑，搬球门这件小事，也算是孩子们学了最久的训练项目。

孩子们小的时候，球门对他们来说就是庞然大物，所以每到搬球门时，徐导就会请家长们进场帮忙，家长也很乐意效劳。

随着孩子们逐渐长大，徐导才开始让孩子们自己搬球门，再不用麻烦家长了。

一般来说，搬球门都是为了射门或踢小场地比赛，这两个都是孩子们喜爱的项目，所以每到搬球门的时候，孩子们就会快速冲到球门旁边，貌似搬球门比训练更让孩子们兴奋。

这里边最兴奋的就要数王冠一了，每到这个时候他总会第一个冲到球门前，一下跳到高高的球门横梁上，然后挂在横梁上打秋千，前后晃啊晃，直到把球门晃倒。

随着球门慢慢地倾斜，王冠一会跳下，然后立刻向前一躲，以防翘起的球门底杆撞到他。

这时站在门前的几个孩子会接住慢慢下落的横梁。肖恩一般会待在这个位置，因为这里最轻，也最安全。

而金开石正铆足了劲把立柱底角与底杆的拐角往上抬，看他卖力的样子就知道，那里是球门最重的位置。

在另一个立柱底角努力的，不用说也知道是队长林立。

孩子们搬球门的过程，徐导都看在眼里，从搬球门这件小事上能看出孩子的不同性格。他对队内关系最好的两个孩子喊："肖恩，你不是跟金开石好吗？你去帮帮金开石啊。"

"啊？"肖恩一愣，然后跑去帮金开石抬立柱的底角。

"王冠一，你把球门晃倒了就不管了？就干自己爱干的啊？还不去帮帮林立？"徐导又对王冠一说。

王冠一不情不愿地跑到了林立旁边。

这边是金开石，那边是林立，两员大将在两端压阵，其他的孩子们密密麻麻、七手八脚地围着球门，球门就像一只千足蜈蚣缓缓地向球场中心移动。

放球门时，徐导担心安全，大喊："大家都别松手，林立和金开石两边先放手，放了吗？"

"放了。"孩子们回答。确定两个立柱底角着地后，其他孩子才松手，最后徐导把球门慢慢推起，大功告成。

这时，周凯就会立刻站到球门中央，摆出一副"我的地盘我做主"的架势。

整个过程再也不用家长帮忙了，现在场外的家长相比前几年少了很多，孩子大了，不用天天接送，家长们也就不来了。

这一天，训练完后，徐导突然召集场边的家长和孩子们说："今天得到消息，足校要拆了，这里要建一个观海湾会展中心。哪位家长认识好的球场可以介绍一下，咱们之后要换训练的地方了，孩子们回家后也都问一下爸妈。在没找到新的训练场地之前，我们可以先去北东小学练一下，那边我都已经联系好了。"

那之后没多久，海市足校就被拆了，孩子们从此开始了四处漂泊的训练生涯。起初就像徐导承诺的，北东小学暂时收留了他们。但是没多久，他们又陆续辗转了很多其他学校的场地，其中就包括东山区体校、西山区体校、井田区体校这些各区大体校的场地。

在这段时间里，球队漂无定所，孩子们也趁此机会把海市的公交车线路搞明白了。

一日，肖恩坐着一路陌生的公交车来到一个陌生的地方，他沿路打听着井田体校的位置。井田体校是他们今天训练的地方。

"小朋友，沿这条路走……"好心人不停地给肖恩指着路，一切都很顺利，直到他遇见了三个小混混模样的人。

"哎，小孩儿，有钱吗？"小混混开门见山地问。

"没有。"肖恩淡定地回答。

足球是宝

136

"没有？没有就得挨打。"小混混吓唬道。

"啊？我真没有。"肖恩解释说。

"没有？把兜里东西掏出来我看看。"小混混生气了。

肖恩照着小混混的话，掏出兜，兜里空空的他心里明白，妈妈给他的 5 块钱塞在了月票夹后面的。

"书包，打开我看看。"小混混气急败坏地说。

肖恩又打开了书包，还是没有。这时小混混突然看到了肖恩脖子上挂着的月票，说："把月票拿下来。"

肖恩迟疑了。

"快拿下来。不拿下来，我们就打死你。"小混混面露凶相。

肖恩害怕了。

"肖恩！肖恩！肖恩！"这时远处有人不停喊着肖恩的名字。肖恩转头一看，看见一帮小孩儿肩背着书包、手拿着足球冲了过来，最前面的是金开石和王冠一，他俩身后是他的十来个队友。肖恩一下子勇敢了起来，冲着小混混们喊："我的兄弟们来了。你们想怎么着？"

转眼间，孩儿们就把三个小混混给围住了，为首的是林立，表情最为凶神恶煞的是守门员周凯，而金开石和王冠一一起站在了肖恩的身前，把肖恩护在了身后。

小混混被这一群皮肤黝黑的小球员镇住了，态度突变，说："你们都是前边井田体校的小球员吧。我有个弟弟也在那儿踢球。我就喜欢你们这些踢球的孩子。以后你们在这片有什么事就提我山鸡哥的名字，我罩着你们。"

"好的。"成熟的林立明白得给小混混一个台阶下。

很快，三个小混混顺着台阶快速地走了，头都没敢回一下。

"耶！"大家看着小混混狼狈的背影欢呼起来。

得救的肖恩从月票后面取出了那5块钱，买了10瓶汽水，跟大家一起庆祝。小队友们的兄弟情也在这一口一口的汽水中喷涌萌发。

打游击一样的训练方式就这样持续了好久，除了搞明白了公交车线路，孩子们其他收获也不少，在跟海市四区体校一起训练的时间里，互相踢了好多比赛。这些高水平的比赛让孩子们得到了锻炼，积累了很多的比赛经验，王冠一、肖恩、金开石这些主力球员进步飞快。

不得不说，漂泊期间有很多孩子离开了球队，一方面是因为训练场所不固定；另一方面是因为家长觉得练了这么长时间也没有成效，孩子不是这块料，就放弃了。这其中就包括韩晨杰，所以在以后的冬训中孩子们就再也没看到韩妈妈了。还有汪华，从此队里少了一个受气包。不过，踢得好的孩子基本都没有离队。

但是球队的人数在这段时间不减反增，因为有好多半路踢球的孩子自己找上门来，加入到了球队之中。这些"半路出家"的孩子加入进来当然是因为喜欢足球，但喜欢就能成为加入的条件吗？

要知道，王冠一、肖恩、金开石这些孩子可是当年百里挑一选拔出来的，又接受了将近4年时间的系统训练，已经达到了一定的水平。而现在这些"半路出家"的孩子却不费吹灰之力就可以进到队里来，这让那些从最初就在队里的老家长们感觉很不公平。

"感觉这些新来的孩子调皮捣蛋的多哈。"

"是啊，我大概了解了一下，好像大多都学习不好，看样子是家长们觉得孩子不是学习这块料，想给孩子再找个出路，所以就送孩子来踢球了。"

"就这样的孩子能踢好球才怪。"

"你们说这些'半路出家'的孩子凭什么就能进到球队里来呢？"

"水平不够用钱补呗。"

"真的吗？想来踢球还要花钱？"

家长们私下猜测、议论纷纷，一时间队内流言四起。

过了一段时间，老家长们慢慢发现，有些事情是不用去猜测的，新家长的确是在私下给徐导送礼，明着献殷勤。这种风气一起，搞得队里乌烟瘴气，有些家长逐渐开始攀比起来，费尽心思地巴结徐导，还投其所好搞起打麻将的牌局。

关键问题在于，徐导也是不争气，抵不住这些糖衣炮弹，开始慢慢被腐化。

第二十五章　酗酒打人

　　一日，肖恩爸爸早早来到阶段性固定训练地点中心小学准备看儿子训练，可说好 3 点半开始的训练一直到快 4 点了都不见徐导的人影。看着孩子们在操场上瞎踢、瞎跑，肖恩爸爸很是焦急，要知道孩子是放弃了下午上学的时间来这里踢球的，怎么就没人带着训练了呢？

　　没办法，肖恩爸爸只能把林立叫过来，叮嘱道："徐导还没来，你先领着做准备活动吧，一会儿徐导来了，正好开始训练。"

　　林立很听话，带着队友开始热身，热身快结束的时候，徐导来了。只见他一身西装，面色红润，脚步轻飘飘地走进了球场。看见林立已经带着孩子们热身之后，他表扬道："哎哟，不错哟，表扬林立！"

看见徐导来了，孩子们赶紧围了过来。徐导站在孩子中央，脸上像打了腮红，不停地在身上几个兜里摸啊摸，终于掏出了那个红色的哨子，然后吹了一下，说："集合了。"早已站在他身边的孩子们看着徐导这搞笑的举动，强忍着没敢笑。

"好，开始分队比赛。"徐导说，"李子楠、王冠一、肖恩、王一凡、吴本宇、朱循、陈天泽穿蓝的；林立、金开石、李国、董力源、陶飞、张清越、周凯穿红的。"

没想到喝多了的徐导，分配阵容的时候还没晕，清楚地把主力前锋分成了一组，主力后卫分成了一组。也是，这些孩子跟了他这么多年，不管什么时候名字都不会忘记。

孩子到了 10 岁这个年龄就不再踢五人制比赛，转而开始踢七人制比赛了。比赛开始了，仔细一看红队的实力要更强一些，他们的岁数稍微大一点，王冠一、肖恩面对人高马大的林立、金开石想得分并不是很容易；而且红队一旦断下球来就会全线反击，面对金开石犀利的助攻，蓝队的后卫束手无策。所以金开石在队内的分组比赛中就成为带刀后卫，经常后排插上射门得分。

至于肖恩、王冠一，踢前锋踢惯了，防守意识薄弱，回防不积极，所以队内比赛中蓝队一组总是输球。

天黑了，比赛快结束了，徐导的酒好像也醒了。徐导开始喊："王冠一，回防知道吗？你怎么不回防？"说完，追上去就是一脚，正好踢在了王冠一的屁股上。

王冠一感觉被踢得飞了起来，然后又落到了地上。徐导之前是不会打人的，连骂人都少。今天居然借着酒劲动手打了孩子。

肖恩见势不好，飞速跑回半场开始防守，生怕喝醉的徐导注意到他。

肖恩爸爸站在场边把这一切都看在眼里又无处发泄，只能默默忍着，心想："喝醉了来训练，当初一拳放倒你就对了，你骨子里就是个烂人。"

训练完后，肖恩爸爸上前跟徐导打了个招呼，然后拉着徐导走到一旁说："徐导，你这酒气熏天地来训练不太好吧。你之前都是穿着运动服来的，现在天天西装革履的。"

"啊，这个，老肖，今天有点事儿，没来得及换。下不为例哈，下不为例。"徐导脸更红了，看样子是知道错了。

"好的，徐导，我也没其他的意思，咱们处了这么多年了都知根知底，所以才跟你掏心掏肺地说实话，徐导别见怪哈。"

"没事，老肖，咱们这么多年，你说得是，都是为了孩子好，都是为了孩子好！"

说完肖恩爸爸走到肖恩这边来，带着肖恩往家走。父子二人走到校门口后，肖恩说："爸，那不是徐导和陈斐的爸爸吗？他俩这是要去哪儿啊？不会又是打麻将吧？"

"你怎么知道的？"肖恩爸爸问。

"听陈斐说的，说他爸跟徐导经常打麻将。"

肖恩爸爸看着徐导和不知从哪儿蹦出来的陈斐爸爸，摇了摇头，心想："这不都是在毁孩子吗？"

第二十六章　给徐导"扎针"

肖恩爸爸当晚就来到金开石家里，跟金开石爸爸一五一十还原了今天发生的事情。金开石爸爸一听，说："这些我倒是有听说，不过最近生意忙也没时间去看训练，真是没想到徐导现在变化这么大。"

"你也是大款，你也有钱，但是也没见你给徐导送礼啊，更没见你带着徐导每天胡吃海喝，打麻将啊。现在这队里的风气，怎么就变成这样了。关键是这徐导，怎么就堕落成这样了。完全变了一个人，以前只是抽抽烟，现在每天喝酒打麻将，把训练都耽误了。"肖恩爸爸激动地说。

"老肖，这跟有没有钱没关系，我不搞这些乱七八糟的东西。

不过，像过年过节，咱们给徐导送点东西，联络一下感情，也是应该的，但是我是真没时间陪着他徐导玩，我这儿还有买卖要做！"金开石爸爸说。

"你老金还是有实力啊，像我这样的怎么办？送人家点小东西，估计人家也看不上。"肖恩爸爸无奈地说。

"没事，老肖你那份我来准备，咱们两家这关系，肖恩那就是我半个儿子，我来准备两份。"金开石爸爸说。

"这怎么能行，咱们怎么也开始想着送礼了呢？"肖恩爸爸突然意识到，谈话的内容背离了他的初衷，他来这儿是想跟金开石爸爸商量如何改变徐导，改变球队的不良风气，怎么聊着聊着就同流合污了呢？

"但是，老金你能这么说，我真是很感动，也非常谢谢你，现在看来还是咱们这些最初一起踢球的家长感情真啊。我们那时候让孩子踢球多单纯啊，就是喜欢，就是觉得孩子好好踢能进国家队！

"我现在还记得我第一次带肖恩见徐导，徐导说，肖恩好好踢，以后进国家队。做家长的，我当时那心情，别提有多高兴了！我真觉得，只要咱们好好踢，就能进国家队。

"但是现在，徐常志怎么就变成这样了！就这样，他还怎么能带着咱们的孩子踢好球呢？我觉得当务之急是想想该如何能让徐导回到之前的他，而不是在这里想着咱们也送他点啥！"肖恩爸爸说完后看着金开石爸爸。

"肖恩爸爸，有句老话说'生活水平上去容易，下来可就难了'，之前的徐导是个几根好烟就能打发的小教练，现在呢？已经变成一个为了钱可以把不会踢球的孩子往队里塞的教练了，更不要说他喝酒打麻将了，这些嗜好更证明他现在经济基础跟过去不一样了，不好打发了。”

“是哈，听肖恩说，之前徐导打麻将就只是跟几个阿姨打个块八毛的，现在听说打得可大了，一晚上就好几百。”

“这么大呢？”金开石爸爸惊讶。

“是啊。”

“我也这么觉得，徐导他的需求已经提升了。话说回来，现在让你去跟徐导打麻将，你去吗？”金开石爸爸问。

“当然不去了，我也打不起啊！”肖恩爸爸说。

“就是，你没钱，我没时间，咱们都没法陪他玩。但是别的家长既可以赔上时间，也可以赔上金钱，看来咱们没法比啊，换作你是教练，你不也得对人家孩子好一点啊，人之常情。”

“我倒是没有觉得他对别的孩子好，我只是觉得他现在这么玩，耽误了孩子们的训练，我孩子放弃了上学时间来找你练球，你却喝酒迟到，不认真带着训练，居然还要酒疯打孩子。你没看今天他把王冠一踹的，我实在是看不下去了。我要是王冠一爸爸，我都能上去揍他。”肖恩爸爸讲到这里愤怒起来。

“送孩子来的时候跟徐导说该打打该骂骂，怎么真动手了，反而不乐意了？”金开石爸爸说。

“当时不都那么说嘛，哪知道他还真动手，关键是喝了酒来打人，我就不乐意了。”肖恩爸爸说。

“徐导这么胡搞，没人管他吗？厉校长知道吗？他不管吗？”金开石爸爸问。

“不管吧，管的话也不会让他搞成现在这样，过去训练场地跟办公室在一起，总能见到，自从换了地方训练以后，再也见不着厉校长了，他还是校长吗？是不是不管事了？"肖恩爸爸说。

"还是校长吧。不管是不是了，我觉得咱们是不是应该跟厉校长说说，反映一下情况，让厉校长看看怎么办。"金开石爸爸说。

"我觉得可以，厉校长这么看重你，你去找他，他一定会管的。开石爸爸，你这个主意好。"肖恩爸爸说。

"事不宜迟，我这几天就过去找他，你也一起来吧。"

"我就不过去了，厉校长见了我就头大，每次见我都有事，还是你这个优秀家长去吧。"肖恩爸爸推辞说。

"去吧，最近我都没去看过训练，就你去过，你去好好给厉校长讲一下。"金开石爸爸说。

"好吧，我去，去给徐导扎扎针。哈哈。"肖恩爸爸笑着说。

"对，扎针治病，哈哈。"金开石爸爸也笑了。

两位家长达成一致，第二天就去了厉校长办公室。

厉校长看见金开石爸爸带着肖恩爸爸，心情正负抵消，热情地接待了两位家长。刚坐下，两位家长就直入主题开始反映问题。当然两位爸爸还是避重就轻，只是说了一些表面问题，希望徐导能够调整一下私生活，少喝酒，少打麻将，能够准时来训练场地，好好训练。其他那些收礼、收钱、赌博、打人等问题都只字未提。

等肖恩爸爸说完以后，厉校长语气严肃地说："谢谢你们来跟我反映这些情况，徐常志要是这么搞的话，是要出事情的。我接下来会经常去学校监督徐常志训练的。我也有责任，自从足校拆迁以后，我看孩子们训练的机会少了。请你们家长放心，我找徐常志好好谈一下。"

两位爸爸听后，非常开心，心满意足地离开了。在金开石爸爸的坚持下，两位爸爸此行也未能脱俗，他们给厉校长带了点茶叶表示礼貌。

第二十七章 厉校长的"敲打"

肖恩爸爸和金开石爸爸走后的第二天，厉校长早早就来到了训练场地。这一天，徐导表现还可以，只是迟到了一会儿。徐导一到球场，发现厉校长正在跟家长们聊天，心头一惊，赶紧急跑几步到了球场里，跟厉校长打招呼。

徐导很不好意思地跟厉校长解释，厉校长显得并不在意，只是说："没事儿，你赶紧训练吧。"

徐导立马拿起哨子开始带孩子们训练起来，练得格外认真。

训练中间，徐导安排了一场教学比赛，比赛过程中，徐导和厉校长站在一起聊天。

徐导很尊敬地问："厉校长，您今天来是为了？"

厉校长回答说："我没什么事情，就是好久没有来了，今天来这边办事顺道过来看看你跟孩子们。"

"原来是这样，有日子没见您了，我还想着这几天去足校看您呢。"

"是啊，自从球场拆迁以后，我见你的机会也少了。不像之前天天见了。如果天天见的话，就能天天督促你了……怎么样，之前我跟你说的俱乐部那事你考虑得怎么样了？"

徐导就知道厉校长是为了此事而来，赶紧说："厉校长，说实话这事是大事，我还没想好。"

"是大好事，有什么没想好的，俱乐部成立后，我是法人，是总经理，你是副总经理兼总教练，多好的事。"

"是，是，是好事，感谢厉校长器重我，但是这一下子就放弃了市体委的编制，去到大集体搞个体经营了，您看我行吗？"

"你是不相信你自己，还是不相信我？有什么不行的？往远了说有国家政策在支持，往近了说海市汇文的李磊不是搞得挺好的吗？赞助的老板一到，就有源源不断的资金搞队伍，到时候你想怎么搞就怎么搞，你想买谁就买谁，你怕啥？"

"是，您说得是。"徐导嘴上说是，心里却想，"李磊也没有海市体委的正式编制啊，他搞俱乐部没有损失，而且人家是老板的钱到位了才组建的俱乐部，可我们的老板在哪儿呢？总说俱乐部成立了，钱就到位了，钱在哪儿呢？"

徐导继续解释说："厉校长，球队之前四处'打游击'，刚刚稳定，您再容我考虑考虑。"

厉校长也不想逼迫徐导，态度缓和地说："好的，我知道你前一阵子带队四处'打游击'不容易，这才刚刚稳定下来。没事，你慢慢考虑，考虑好了再说。"

"好的，谢谢厉校长。"

"徐导，话说你这有了稳定的地方，以后可要好好训练呀，你现在带的这些孩子们可是海市足球的未来，是海市足球的财富呀。"

"领导，您放心，我这边一定好好带这些孩子们。"

"好，那你可要认认真真地训练这些孩子，多带几个好苗子出来，可别耽误了人家孩子们的前途，辜负了人家家长们的期望。"

"您放心领导，我一定全心全意投入。现在不光是这些孩子们，家长们跟我的关系也都不错，就像亲哥们儿一样，他们也都了解我的为人。"

"嗯，的确，刚才我跟场边家长聊天的时候，他们的反映都不错，感觉他们对你都还是很有感情的，也特别认可你，那就好好干吧。"

说完，厉校长就走了，也没看完训练。

"扎针"的效果立竿见影，场边的肖恩爸爸和金开石爸爸互相对视一下，心想："厉校长还真是说到做到，立马就来敲打徐导了，真是个好校长。"

肖恩爸爸欣慰地看着徐导认真训练的样子，突然觉得有点对不住他，感觉不应该背着他去找厉校长。从那以后，徐导的态度确实大为改观，训练又准时又认真。但听说他酒还是照喝不误，麻将依然血战到底。由此可见，徐导确实没法完全变回以前了。

第二十八章　南云天

　　海市这座足球城对足球相当重视，时任体委主任梁主任不仅是足球名宿，也是海市足球联合会主席。而不久前，因病去世的海市体委足球办公室（以下简称海足办）主任、海市足球联合会秘书长张主任更是为足球的发展作出了不少贡献。张主任去世后，组织对他的接班人的选择慎之又慎。

　　现在组织上的两个候选人，一位是刘主任，一提起他，人们就会想到他的老婆，跆拳道世界冠军。除此之外，刘主任给人们的印象是为人谦卑，很肯干。多年来，刘主任通过自己的努力，终于坐到了海足办副主任（代理秘书长）的位置，主抓俱乐部和竞赛工作。而另一位就是南云天了，他年轻时是球员，学历高，又是足球专业毕业，刚被提拔为海足办副主任（副秘书长），主抓青训和注册工作。

刘主任比南云天大几岁，工作年限也比南云天长，但是基层传来的反馈却是南云天不管是工作能力，还是为人处世，都要更胜一筹，而且南云天近期刚刚升迁，整体势头很好，貌似领导也很器重他。

南云天主抓青训和注册工作后，对海市的足球青训情况做了一次深入调研。

当时的海市四区中，东山区、西山区、河口区、井田区每个区都有一个区体校，每个区体校都有84、85年龄段的球队，因为85年是奥运年龄段，能够先后赶上全运会和奥运会等重大赛事，所以各市、区都特别重视这个年龄段孩子的培养。

区体校球队一般会驻扎在区内一所足球特色小学里，比如东山区在青泥小学，西山区在西山实验小学，河口区在北东小学，井田区在井田小学。每到下午3点半，小球员们就会从四面八方的学校汇聚到这几所足球特色小学来训练。这跟肖恩从学校去海市足校训练，其实是一个道理，只不过四个区体校基本都在区内招生，孩子们离训练地点很近；而海市足校是全市招生，有可能去训练的路程要稍微远一些。

听上去海市足校要比四区球队高大上，感觉实力会更强一些，但事实上四区的教练员要比海市足校更强。四个区体校中几乎每个区都有一名足球名宿领军。比如，最强的河口区北东小学就是由足球名宿刘煜东（三哥）组建，他是中国足坛历史上的传奇"沈辽十连冠"中的一员，招募了好多沈辽队、八一队、海市队等专业队的退役球员来教孩子。

西山区体校的总教练李彬和井田区体校的总教练蔡明泽也都是海市的足球名宿，不仅球员时期风光无限，之后还有专业队的执教经历。

在调研过程中，南云天对河口区北东小学的"小黑子"姜山、冯威，西山区实验小学的邹琦、彭昊，海市足校的王冠一、肖恩等这些尖子球员做了详细的登记备案，从家庭住址到父母职业、身高体重，各种信息一应俱全。当时体委内就有人强烈提议要用行政指令将各区的84、85奥运年龄段的尖子球员选拔到一个队来集中培养。

主席梁主任也就此事找南云天征求意见，但是南云天坚决反对，他认为这种行政干预会导致青训资源配置效率变低，损害海市青训产业原有的生产和发展布局。各个区体校搞青训不容易，培养出几个尖子就更不容易了，直接用行政手段把孩子接管，会伤了基层教练的心，有损他们的积极性，会影响到海市日后的青训发展。而且他认为这些孩子还是在各自球队中成长比较好，一是孩子目前岁数还小，不适合离开家庭集中训练；二是这些尖子球员在各自队里能更好地培养其勇于担当的责任感，这种领袖气质是非常重要的；三是如果过早地选拔出来，他们原先所在的球队就会瞬间解散，可能使得目前队内还未显露足球天赋的孩子被埋没，以后市里也就没有同年龄的球队可以比赛了，这会严重影响孩子们能力的提高。海市汇文俱乐部就是一个活生生的例子。

最后，南云天感慨道："海市汇文最起码还给了钱，要是像咱们这么硬拔、硬抢的话，基层教练们培养孩子的心可就彻底凉了。"

"还有就是寻租空间的问题……"南云天的话只说了一半。

梁主任明白南云天的意思,他觉得南云天前边说得很有道理,最后那句关于腐败问题的话也很重要,所以此事就此搁置。

南云天提到的海市汇文足球俱乐部是一家由82、83年出生的十二三岁的孩子组成的青少年俱乐部,是全国大力推行足球职业化改革背景下诞生的海市第一家青少年足球俱乐部,是在工商部门注册,独立运营,有着独立法人的正规企业。

海市汇文集团的老板是海市当地的一个地产商,资金实力雄厚,这一点是市、区体校没法比的。被汇文选上的孩子都免训练费,而且俱乐部还给孩子们发足球装备,衣服、袜子、鞋、包等一应俱全,都是一水的印有叶子的国际大牌A,这让其他球队的孩子们羡慕不已。

海市汇文俱乐部总教练、法人李磊,也是"沈辽十连冠"中的一员,他与汇文集团合作,把海市四区所有的好球员都招募了进来,组成了海市83年龄段的最强球队。

当海市汇文这支球队建成以后,海市四区原有的同年龄段球队都纷纷解散了。球队的尖子球员都去了海市汇文,那原球队里剩下的球员再跟海市汇文比赛,只能是一败涂地,基本都是3球以上的差距。

原球队剩下的孩子们以及家长的自信心都受到了打击,认为自己的孩子没能进入海市汇文就应该是被淘汰了,是吃不了足球这口饭了。同时82、83年龄段的孩子们正值小学五六年级,小升初压力巨大,为孩子负责的家长们综合多方面原因,最终也就选择放弃足球安心上初中。自此，海市83年龄段的球队先后解散，只剩下海市汇文一家独大。孤独的海市汇文在市内无法找到适龄的球队可以比赛，真应了那句歌词：无敌是多么，多么寂寞……

第二十九章 不莱梅少年队

　　足球俱乐部的出现代表了那是一个新鲜事物不断涌现的时代，在高速发展的各行各业中，足球成了"走出去，请进来"的排头兵，海市足校的孩子们居然也承担起了国际交流的重任。

　　1994年的春天，中国海市和德国不莱梅成为姐妹城市后，双方举行了一系列的交流活动，足球作为两座城市共同的热爱，当然是不可或缺的项目。

　　由于两座城市的一线队都承担着联赛争冠的重任，实在没时间交流，所以在南云天的提议下，海市市政府决定以组织青少年友谊邀请赛的方式牵起两市的足球之缘，不莱梅政府欣然接受，承诺要派著名的不莱梅俱乐部少年队来华参赛。海市足校有幸代表海市迎战德国云达不莱梅少年队。

市政府对此次交流活动非常重视，听说德国孩子平时都是在真草上训练比赛，领导们就把比赛安排在了海市人民体育场里，要知道这里平时可是海市龙升队的主场。

"在真草上比赛，就要给孩子们配上皮足，一般的胶鞋在草上蹬不住。"徐常志非常坚持地跟领导请示。

最终在体委领导的安排下，每个孩子都可以去体育场旁的绿强体育用品商店凭券领一双皮足。

一日训练完后，孩子们在家长的带领下来到了绿强体育用品商店，皮足种类并不多，也没有传说中印有叶子的国际大牌A、带个大钩的国际大牌B和"马王"。可以选的就只有"金杯活钉"（6个金属鞋钉，可拆卸）皮足和一款叫不出名字的"死钉"（胶皮鞋钉，不可拆卸）皮足。前者要比后者贵20块钱，且看着凶悍无比。所以孩子们争先恐后地要"金杯活钉"。

"现在孩子还小，脚踝力量不行，穿'活钉'皮足会不适应，也容易崴脚。"金开石爸爸对身旁的肖恩爸爸说，说完给金开石选了一双"死钉"皮足。

"爸，我就要'活钉'皮足。"肖恩眼巴巴看着爸爸。肖恩爸爸无奈，就由着肖恩的性子给他选了一双"金杯活钉"。

王冠一当然也跟其他小朋友一样拿了一双"金杯活钉"，而且迫不及待就要穿着回家，只见他像踩着高跷一样，在妈妈的搀扶下一拐一拐地走出了商店，一路上发出"咔嗒、咔嗒、咔嗒"（鞋钉踩地面）的响声。

肖恩和其他几个孩子也想模仿王冠一踩着高跷回家，但是被爸爸制止了。

"不行，这样走回家，路上太危险了，等回家去楼下花园的草地上穿上试一试吧。"肖恩爸爸严肃地说。

在楼下花园的草地上，肖恩穿着"金杯活钉"玩命跑着，尽情感受着那种超乎寻常的抓地力，然后就是一顿猛带球，他在左脚拉球后突然倒在了地上。

"疼！"肖恩抱着右脚踝躺到了地上。

"怎么了？"肖恩爸爸关切地问。

"左脚鞋钉刮到右脚了，袜子都破了，疼！"肖恩坐在地上抱着右脚，痛苦地说。

"这皮足鞋钉太长，不能做拉球动作，你这球没动，脚先收回来了。"肖恩爸爸说。

"爸，这鞋不好，咱们还是听金开石爸爸的，去换个'死钉'的吧。"肖恩问。

由于肖恩只是穿着"金杯活钉"在松软的草坪上活动了一会儿，所以皮足和鞋钉几乎没有什么磨损，在肖恩妈妈的精心擦拭下，与新鞋无异。再加上"金杯活钉"要比"死钉"贵20元钱，肖恩爸爸愿意舍弃差价，商店欣然换货。

肖恩穿上"死钉"并无"金杯活钉"的新奇感受，可以说就是一双大博文胶鞋的加强版，只是鞋身更厚，鞋底的胶钉更硬。

比赛当天，家长们早早把孩子带进球场，由于是第一次进入海市人民体育场内场，孩子们像疯了一样冲上草坪，在草坪上互相追逐，嬉笑打闹。

家长们也都走到场边蹲下来，用手抚摸着这绿油油的草坪，平时他们都是在看台上望着这块场地，而这一次有幸站在了上面，感觉比俯视球场时大得多，真的很难想象孩子们在这硕大的球场上比赛是一种什么景象，这也是孩子们第一次踢11人制的比赛。

不久，德国云达不莱梅的孩子们走进了球场，在场的所有人都惊讶了起来，这些孩子看着要比海市足校的孩子"小"，德国人身材高大的优势在这些孩子们身上全无体现，反而是林立、金开石的身材更像是"德国人"。

事实也正是如此，云达不莱梅的孩子都是85年的，而海市这边的孩子从82年到85年不等。

比赛开始了，海市足校利用超强的个人能力和身体优势占了上风。德国孩子虽然在团队传接球上展现出了比中国孩子更高一筹的技术水平，但是无奈身体条件太差，球门被中国孩子一次次洞穿。

不知是因为进球太容易，还是觉得以大欺小，中国孩子进球后都不是太兴奋，连个像样的庆祝动作都没有，家长们也都安安静静。

虽然海市足校进了好几个球，但全场的焦点却是有着一头金黄色大长发的不莱梅10号球员，他身材不高，可是球风非常老练，像一名成年球员，处理球非常合理，从不丢球。肖恩、王冠一都被他比了下去，可以说水平明显高于场上的其他球员。每当10号拿球，都会引来观众的欢呼。

上半场补时阶段，不莱梅10号球员与队友做了一个二过一配合，但队友的球传得大了一些，周凯赶在10号球员出脚前扑到了球，但10号来不及收脚踢到了周凯的肩。

10号球员赶紧对周凯说："Sorry！"

周凯则抱着球，一下子愣住了，琢磨了一会儿，回答："Thank you."

肖恩和王冠一一听，乐坏了。

10号友好地把周凯扶起来，说："Are you OK？"

"Thank you." 周凯这回不假思索立刻回答。

"你怎么啥都'Thank you'啊？"一旁的肖恩和王冠一乐得不行。

比赛进行到下半场时，在领导的授意之下，徐常志换下了场上的主力。

终于，10号进球了，而且是个漂亮的倒钩。进球后的10号挥舞着双拳兴奋地跑向了主席台德国家长的方阵前，一个漂亮的滑铲，跪倒在地，振臂高呼，德国家长们也都站了起来，一起助威呐喊。此时此刻，仿佛这一球就是本场比赛的绝杀。

赛后，主办方非常有心地为两国小朋友组织了一个烧烤趴，同时为了增进孩子们的友谊，特地安排两队孩子乘坐同一辆大巴车前往用餐地，而两队家长则乘坐另一辆大巴车前往。

一路上，德国孩子在教练的带领下非常老练地唱着歌，这些歌可能是云达不莱梅的队歌，也可能是其他什么歌，总之大家又唱又跳，非常开心地"疯"着。

中国孩子静静地坐在车的前半部回头看着德国孩子们"疯"，他们开心的样子就像是德国赢得了比赛。

徐常志看着死气沉沉的弟子们，心里有些着急，于是开始鼓励弟子们跟着一起"疯"，但是无奈德国孩子们"疯"得有组织有水平，双方语言又不通，中国孩子们只能傻傻跟着喊几声，然后就是继续看着。

聪明的徐导灵机一动向云达不莱梅的中方翻译提议：找一首中德孩子都会唱的歌，大家一起合唱。但年轻的翻译与德国教练沟通半天也没找到一首合适的歌，徐导在一旁看着直着急，忍不住说："德语歌和中文歌不好找，那就找个英文歌吧，英文的他们能唱吗？"

"我们一直都在说英文歌，德国教练也一直在跟我说英文。"翻译回答说。

"……哦，是吗？"徐导有些尴尬。

就在徐导和年轻的翻译对话时，德国教练开始哼唱起："Oh, Jingle bells, Jingle bells Jingle all the way..."

徐导立刻激动地说："这个我们会，叮叮当，叮叮当，好的就这首。"

之后两国的孩子们就开始合唱，歌声忽大忽小，无比悠扬，唱到"叮叮当"的时候歌声和气氛就达到了顶峰。

伴着孩子们轻快、嘹亮的歌声，大巴车来到了烧烤趴的地点。这是一个露天酒吧，在明亮的星空下，孩子们准备大吃一场。周凯守在炉子前，羊肉串一出炉就利用守门员的手法，一下抓了一大把。当他得意扬扬地要转身离开之时，撞见了两手空空的不莱梅10号。于是，周凯从他十几串的库存中分出两串，递给了10号。

10号开心地对周凯说："Thank you！"

周凯顿了一下，然后萌萌地回答："No thank you。"

这一幕恰巧又被肖恩和王冠一看到，俩人又是一顿嘲笑。

酒足饭饱后两国孩子们开始交谈起来，于是烧烤趴上，开始反复回荡着："How are you！I'm fine, thank you, and you？"只有肖恩能够跟德国孩子们多聊两句。肖恩是英语课代表，本来英语就不差，又听说与德国队比赛，聪明的他早早跟英语老师讨教了几招绝活以备不时之需。所以小伙伴们此时都在围观肖恩放大招。

"Do you like Chinese food？"肖恩拿着饮料杯子，夸张的口型简直要把口水喷到德国小朋友的身上，生怕蓝眼睛们听不懂。

德国孩子很热情，立刻叽里咕噜七嘴八舌说开来。肖恩表情严肃，感觉若有所思，不时接着德国伙伴落下的话音"Yes、Yes"地边回应边点头。球队的小伙子们简直要奉肖恩为神，忍不住一个劲儿地问肖恩，德国洋娃娃们在说啥。肖恩故作镇静，右手在空中往下按了按，示意大家不要着急，然后清了清嗓子说："他们说的，我一会儿听完了一起告诉大家。"

现场嘘声一片。

肖恩不慌不忙，又向蓝眼睛们大声呼出一句："Do you like Hai Shi？"

德国孩子们纷纷点头，叽里呱啦说了起来。

肖恩故技重施，又边点头边"Yes、Yes"起来。

"肖恩，你倒是说说，他们到底说啥啊，我们也好说几句，你帮我们翻翻啊。"

"对啊对啊。"

"你该不会是不知道人家说啥吧？"

"肯定是不知道！"

队友们这回是真着急了，对肖恩步步紧逼。肖恩把饮料往桌上重重一放，认真检视了一遍周围队友们的求知眼神，突然拔腿就跑，边跑边喊："想知道他们说什么是吧，好好听着啊——我就不告诉你们，哈哈哈哈。"

"揍他！！！"队友们立刻一哄而上，"围剿"肖恩，只剩下了满桌子不知道发生了什么的德国孩子。

与孩子们的热络不同，大人们都比较腼腆，没啥交流，除了教练这一桌。

徐导和德国教练虽然语言不通，但是酒品相投。只见两人手握扎啤，反复碰杯。旁边，年轻的翻译也在酒精的作用下，精神抖擞，翻译俱佳。

当徐导得知对方教练的名字翻译成中文叫哈斯勒时，激动地说："我特别喜欢，小个子哈斯勒，你的个子可一点也不矮！"

德国教练笑着回答："哈斯勒这种类型的球员在德国是不多见。"

俩人越聊越起劲，扎啤一杯一杯地干，再看年轻的翻译已经倒在一边不省人事，但此时似乎也已经不需要什么翻译了，徐导和哈斯勒交流得全无障碍。

最后，德国孩子送给中国孩子一人一个"小丑娃娃"，说是幸运的象征，还能辟邪。可惜中国孩子也没给远道而来的德国孩子准备什么。希望留下的遗憾能有机会再还。这天晚上，一向什么都不在乎的肖恩兴奋得睡不着觉，他的小脑袋瓜里，有好多问题跑来跑去，为什么感觉德国孩子踢得那么放松，一点都不像在比赛？为什么感觉他们每个人都很享受比赛，连输了都快乐？为什么他们有那么多奇怪的习惯，还要唱歌，他们到底唱的都是什么啊？……肖恩实在太累了，他仿佛在德国孩子的歌声中进入沉沉梦乡。在梦里，他拿着足球和好多蓝眼睛们在绿茵场上侃侃而谈，用英语流畅交流着……

之后的日子里，最惨的就是周凯。因为肖恩和王冠一经常会当着周凯和大家伙的面开始模仿：

"Sorry." 肖恩说。

"Thank you." 王冠一回答。

"Thank you." 肖恩又说。

"No Thank you." 王冠一又回答。

然后孩子们就哈哈大笑，周凯则憋红了脸，气得不行。

终于有一天，周凯在两人的表演后发出了灵魂拷问："王冠一、肖恩，你们知道'没关系'英语怎么说吗？"

王冠一一下被问愣了，看了看肖恩。而肖恩则看着王冠一一脸坏笑，不说话。

"王冠一，你知道吗？"周凯追问。

"我知道，就不告诉你。"王冠一勉强回答。

"你不说就是不知道。"

"怎么着？你知道了？"

"我知道了，是闹太套（Not at all）。"

"啥？闹太套？"王冠一哈哈大笑。

"别说，还真是闹太套。"肖恩突然补刀。

王冠一脸上的笑容戛然而止，周凯和大伙开始哈哈大笑。

"肖恩，你知道你不说，别跑……"

第三十章　海市体校联赛

在 5 月底的一次体委工作会议上，南云天报告了海市青训的调研情况。南云天认为，海市足球正值盛世，青训百花齐放，但是隶属于海市体委直接管理的足球青训就只有海市足校里徐常志的那一支男足队伍和关导带的那一支女足球队，力量稍显单薄。

由于此前的大年龄段女足上调到国家曲棍球队，所以目前这支女足球队是海市当时唯一一支女足球队，无论如何都是第一。而海市足校的男足在同龄球队的位置却并不突出，河口体校和西山体校实力雄厚，海市足校男足只能算是处于第一梯队（总共就五支队，第一梯队三支队），所以南云天接下来工作的重点就是提高海市足校男足的水平。

南云天根据此前不莱梅青训教练的座谈和与德国其他青训专

家的交流，总结提出，青训不能只练不赛。时间固定，赛制合理的高水平比赛，可以有效调动孩子们的积极性，同时可以在比赛中发现问题，再带着问题进行针对性训练，可以更有效地提高青少年的专业水平。所以他提议海市体委组织全市范围内的体校联赛，联赛共有 6 支球队参加，参赛球队为海市四区体校 + 海市汇文俱乐部 + 海市足校。联赛第一轮将于 1994 年 7 月 16 日开打，每周六进行一轮比赛，比赛为 11 人制，地点为海市人民体育场外场。

南云天的报告得到了梁主任的认可，现场就任命他为赛事组委会主任。此前他就单独向梁主任汇报过调研结果和办赛计划，所以对领导的这次任命也不感到意外。

南云天汇报之前，海足办副主任刘主任已经汇报了联赛和俱乐部的相关工作，相比南云天，刘主任报告的内容都是常规操作，梁主任也没做太多批示。

之后轮到了海市足校校长、足球联合会副秘书长厉山东，他在会上做了一个简短的请示，请示虽然短，但内容却引起了南云天的高度警惕。厉校长提议要响应国家足球改革小组和中国足球联合会的足球职业化改革号召，成立海市足球学校足球俱乐部，利用行政和市场的两只手来更好、更灵活地促进海市足球的发展。其中一条提到要利用俱乐部主体吸纳有才华的青少年球员加入职业化、市场化的俱乐部青训体系。

南云天听到这里就明白，此前以行政手段接管四区体校尖子球员的提议一定就是出自厉校长，看样子现在是变着法要将四区体校的队伍干掉。南云天开始佩服厉校长的聪明才智，借响应国家政策号召来成立俱乐部，复制海市汇文的办法用钱直接购买球员，这样一来竞争对手河口体校和西山体校就可以直接被他买空乃至解散，他的海市足校就成为海市当之无愧的老大，亏他想得出来。

梁主任对厉校长的请示表示认可，批示厉校长就此事提交详细的方案计划，强调要重视俱乐部成立过程中"人、财、物"的问题，方案中要妥善解决足校的人员编制，做好足校财务分割，合理管理分配足校现有资产。

南云天听到这里就明白领导这是让厉校长提"玩法"了，也就是将此事全权交由厉校长负责了。海市足校俱乐部一旦成立，不出意外的话厉校长将成为俱乐部法人，这样一来还有一年退休的厉校长就可以退而不休，顺理成章换一种角色继续管理球队，既不用退休了，又可以兼并对手一家独大，可谓一箭双雕。

虽然领导没有在会上直接说同意此事，但梁主任的态度也是很明显的。看来厉校长肯定事先走过上层沟通路线，南云天对厉校长的佩服之情又加深了一层。

南云天觉得自己应先把自己想做的事情做好，至于厉校长的想法，他并不赞同，但也不方便直接提反对意见。他把精力都放在了体校联赛上，废寝忘食，赛事的筹备工作迅速开展。

各队都极为重视此次赛事，报名非常积极。海市汇文上报了全市最好的 83 年球员和个别 82 年球员，是本次赛事公认的最强球队。其他四个区体校各上报了 84、85 年龄段最强的队员。至于海市足校，没得选，就只有徐导的这一支球队，足校拆迁后，球队四处"打游击"时又增加了不少年龄偏大的孩子，球队实力有所增强，这也算是因祸得福吧。所以他们的年龄构成最为随性，82、83、84、85 年的球员都有。

海市足球联合会很快就下发了本次赛事通知，后边还附上了赛程和规程。本次比赛是 11 人制（当时国际特别是德国流行一种理念，11 人制比赛对青少年的意识和大局观有帮助），当然青少年的 11 人制比赛场地尺寸要比成人的小得多。关于赛程，当然也是由主办方海市体委制定的，由于准备充分，南云天早早就公布了赛程。赛程一出，各队教练都认为这是专门为海市足校定制的赛程，海市足校的对手一路由弱到强，循序渐进，最后一轮才碰到最强球队海市汇文。各大区体校都认为这是海市体委有意为之，主教练们甚至在一些公开场合表示自己输在了产房里，只因不是亲生的。

这个夏天，各参赛球队都在美国世界杯期间玩命备战，在他们心里，海市体校联赛要比世界杯更重要。

第三十一章　首战告捷

美国世界杯结束了，对于孩子们来说，世界杯无所谓精彩还是平淡，就是看个热闹，但是他们在热闹中记住了忧郁的巴乔、灵动的罗马里奥、摇啊摇的贝贝托，还记住了决赛中那残酷的点球大战，孩子们不大理解为什么离那么近会射不进去。

一次，训练完后王冠一要求周凯站门里，他要射几个点球。百发百中的王冠一说："就一个守门员站在门里，怎么射都能进啊，十个周凯站门里我也不怕啊，一样射进去。"

肖恩跟着说："要真是周凯守门，一百个我也能射进。"

俩人开始你一脚，我一脚，对面的周凯只是卖力地扑着球，隐约感觉俩人在说他。

"你俩射点球怎么也不叫我。"金开石抱着球走过来说。

"我俩突然想起昨晚那点球就来射两脚。昨晚那决赛看着真没劲，就最后的点球还有点意思，挺让人激动的。"肖恩说。

"我也觉得没意思，我爸说上一届世界杯最后的决赛更没意思，还不如这一届的决赛呢。"金开石说。

"但我叔跟我说上一届世界杯开幕式的意大利模特都特别好看。"王冠一说。

"我听我爸好像也是这么跟你爸说的。"金开石跟肖恩说。

"说胸也大。"王冠一继续说。

"王冠一，你净瞎扯。"金开石说。

"是呀，你瞎扯。"肖恩也跟着说。

"好，我扯，我扯，我比你俩都扯，但我脚法比你俩好。"王冠一说。

"谁说你脚法好了？来比一比吧。"金开石说。

于是金开石跟王冠一开始你一脚我一脚地比起射点球。几脚下来俩人全中，王冠一射进一个角度刁钻的点球，金开石射进一个角度速度都一般的点球。

王冠一忍不住说："周凯，你太次了，一个都扑不出来吗？"

"我在这陪你射点球，你还老说我，我回家了，不守了。"周凯生气了，撂挑子就要走。

"别啊，再来一组。"

"不来了，回家了，明天还有比赛呢！"周凯头也不回。

金开石摇摇头："王冠一，你射就射呗，还挖苦周凯，你过分了。"

"我没说什么，是他太次了。这要是点球大战，就他这破守门员，咱们肯定输，还不如我换衣服上去扑呢。"

"联赛没有点球，咱们过几天的比赛你是没机会了。"肖恩在一旁说。

"是吗？联赛没点球大战？"

"是啊，世界杯是杯赛，所以有点球。联赛就像世界杯小组赛，各个队转圈都要打一遍，平了就平了，没有点球大战。最后算胜平负的积分，积分多的是冠军。"

"肖恩说得对，王冠一你还是好好踢球吧，别想着扑点球了。"

这时听见徐导喊："开石你过来一下。"

金开石赶紧跑到徐导身边。

徐导说："开石，明天比赛要打东山区体校，之前咱们交过一次手，你还记得吗？"

"记得，在青泥小学。"

"对，你觉得这个队怎么样？"

"这个队没咱们强，除了任远，其他人都不行。"

"很好，明天你的任务就是盯好任远，别让他拿球，死死盯住他，知道了吗？"

"知道了！"

"知道就好，你明天任重道远啊。"徐导跟金开石开玩笑说。

"嗯，我一定盯好任远，不让他得分。"金开石眼神坚毅，完全没领会徐导的梗。

最近这段时间，徐导控制了训练的强度，训练内容也都是为比赛做准备。他明白，想要取得好成绩首先就要防守好，世界杯中的意大利就是个典型的例子，所以他着重训练了防守，当然防守也是最好练的。至于进攻，徐导专门让孩子们练习了几套定位球进攻套路，由此可以看出，他其实是一个功利足球的崇尚者，很看重这次锻炼的机会，但更看重这次比赛的成绩。

星期六，第一场比赛开始了，孩子们在家长的带领下早早来到了海市人民体育场外场。海市人民体育场是海市足球的圣地，每到比赛日成千上万的球迷就会拥向这里为海市队加油助威。平日里这里的球迷也不少，有的球迷会聚在人民体育场外的"球迷角"聊球，有的就在人民体育场外场看海市汇文队的训练和比赛。

海市体委对此次"海市体校联赛"非常重视，专门组织了一个开幕式，"东道主"海市足校推选的运动员代表肖恩在开幕式上发言，平日里人称"肖老师"的肖恩显现出来的文学功底促使徐导把这个艰巨的任务义无反顾地交给了他。肖恩不负众望，把在李文龙指导下完成的稿子，念得神采飞扬，感觉中国足球的未来就在于本次大赛。鉴于肖恩精彩的发言把该说的都说了，海市足球联合会主席梁主任最后直接宣布比赛开始，大家各就各位。

海市体委在人民体育场外场特地画了两块适合 10 岁孩子的 11 人制场地，场地虽小，可五脏俱全，能同时进行两场比赛。首先进行的是：

西山区体校 vs 海市汇文；

河口区体校 vs 井田区体校。

徐导带领的海市足校与东山区体校的比赛只能稍后再进行。

西山区体校与海市汇文的比赛可谓第一个比赛日的重头戏，场地边上聚集了好多家长和路过的球迷。家长们知道，海市汇文是此次联赛最强的球队，都想目睹一下强队的风采。

比赛开始了，两队在中场争夺非常激烈，从场面来看应该是四六开，海市汇文稍占上风。

此时，肖恩爸爸和金开石爸爸带着肖恩和金开石，四人手把栏杆站在球场外面，聚精会神地注视着场内的比赛。这是一次非常好的机会，让孩子们见识一下外面的球队，同时家长们通过看比赛，也可以横向比较孩子们的水平，看看自己的孩子在海市到底处于什么位置。

开场不久，海市汇文就发动猛攻。在顶住了海市汇文的进攻后，西山体校也开始进入自己的进攻节奏制造了两次机会，但都被海市汇文的后腰王强和中后卫王刚破坏了。

肖恩在场边说："爸，那俩人长得一样。"

"对啊，还真是，那俩应该是双胞胎吧。"

"是的，那俩是一对双胞胎，他们可有名了，哥哥叫王刚，弟弟叫王强，真没想到俩兄弟都踢得这么好。"金开石爸爸说。

王刚、王强这对双胞胎兄弟，身材高大，长得一模一样，在场上跑动积极，善于拼抢，所以总给对手一种在跟一个人踢球的错觉，刚过完一个他又上来一个他，感觉哪儿哪儿都是他，时刻处于《黑客帝国》中被同一副黑墨镜纠缠的恐惧。

随后比赛中，西山体校中锋郝帅两次头球射门，但足球绵软无力，都被守门员轻松没收。

"开石爸爸，你看这个郝帅的脚下技术不错，但是头球功夫不灵啊，白长这么高了。"肖恩爸爸说。

"是啊，这孩子有点像海市队那个王小涛，大个儿，脚下功夫好，头上功夫一般，他要是头球好的话，肯定就进国家队了。"

"还真是，你看西山体校的那个大个儿后卫邹琦，他的头球就不错，海市汇文开出来的高球都被他给顶了出去。"

"嗯，这个邹琦是不错，各队教练都看好他。他比我家开石小两岁，但这个子跟我们开石一样高。"

"嗯，都挺高的。你家开石的头球也相当不错哈，感觉这高球也总能顶着。"

"好吗？还行吧，我觉得我家开石年龄大，个子高，可能有点优势。"

"可不只是因为个高，你看场上这孩子个子也挺高，但照样抢不着点。我觉得你家开石对球的落点判断挺好的。"

"是吗，开石？肖叔叔说得对吗？"

"是吧？反正我就觉得那球能落到我头上。"

"哈哈，还落到你头上，球长眼就往你头上落啊？说你胖你还喘上了。"肖恩挤对道。

"哈哈哈哈。"两对父子轻松地笑了起来。

就在此时，海市汇文前锋李晓力为球队打破僵局，比分变为0：1。

"漂亮！"肖恩喊道。

"海市汇文是真的强啊。"

"是啊。"肖恩和金开石爸爸感慨。

很快，海市汇文迎来了第二个进球，两球领先西山体校，上半时比赛结束。

下半时，西山区体校把中后卫邹琦的位置前提到了中场，他细腻的技术和传球，一度让他们占据主动。但在比赛进行到37分钟的时候又是李晓力再下一城，将比分扩大到0：3。

海市汇文李晓力进球后，只见一个脖子上横挂一条大金链子的家长喊："好球，晓力，再进一球，'帽子戏法'，爸爸领你吃羊肉串。"

"好！"李晓力向爸爸挥挥手。

"这李晓力他爸我认识，叫李力，道上人称力哥，社会人。之前我在一夜总会就看见过他打人，跟咱不是一路人。"金开石爸爸说。

"的确不是一路人。"肖恩爸爸回答。

在之后的比赛里，西山体校的中后卫邹琦似乎被李晓力爸爸的"羊肉串"奖励所刺激，把李晓力盯得死死的，后者再未取得进球，但无奈对手实力太强大，最终西山体校以0:5输给了海市汇文。

在另一个场地上同时进行的比赛也结束了，河口体校以3:1战胜了井田体校。"小黑子"姜山和刘正彤联手拿下了3个进球，井田则是利用角球机会由身体强悍的李川以头球得分。

先进行的两场比赛一结束，徐导立刻带队入场开始热身，孩子们之前在场边已经由林立带着拉伸过了，所以上场后立刻进入热身环节。前锋、后卫两队开始逼抢，最后练习射门，射门练习中王冠一感觉极好，力道十足，角度刁钻。

本场比赛徐导布置的阵容是：

前锋：李子楠、王一凡。

前卫：王冠一（右）、肖恩（左）、林立（中）、张清越（中）。

后卫：金开石（中）、于子傲（中）、李国（右）、隋明俊（左）。

守门员：周凯。

徐导采用了一个传统的4-4-2的阵型。锋线主要得分手李子楠是球队"打游击"时捡来的，之前想去海市汇文，但是没能如愿，其实这孩子水平不错，速度快，力量好，技术也不差。后腰是队长林立，林队后期被徐导改造成了中场，本想场下场上都让他组织，但他偏偏走向了中场绞肉机的角色。另一个后腰是张清越，也是"打游击"时入队的，听说他之前在海市汇文待过，但是他的家长不愿他给双胞胎（王刚、王强）打替补，宁做鸡头不做凤尾，所以就来到了这里。

徐导的战术理念受匈牙利和前南斯拉夫的影响，很重视边路进攻，讲究两翼齐飞，中路接应，所以安排了得意门生肖恩、王冠一踢左、右边前卫。至于后防端，徐导现在已经全权交给了金开石。后期进队的于子傲实力不俗，俩人配合也还默契。首发门将还是周凯，他不上谁上呢？

比赛开始了，金开石坚决贯彻徐导的指示，上来就盯上了东山体校的核心10号任远，寸步不离。任远也习惯了这样的"特殊照顾"，所以不慌不忙地向金开石身后跑了几步，让自己处于越位两步的位置。别小看这两步，这两步让金开石非常难受。你说跟吧，就破坏了后防线造越位的阵型；你说不跟吧，任远在你身后两步，你不好把握他的动向，他随时可以后撤再向前插，这样跑动就不会越位，可见任远这孩子是一个反越位高手。

就在金开石犹豫时，就听身后传来一声："哎，10号，你彪吗？你越位了你知道吗？"

任远听到这熟悉的声音立马怒火中烧，回嘴："你才彪呢，你个大彪子！"

看得出来这俩人结怨不浅。

回想两队第一次比赛的时候，周凯全场都在用言语骚扰任远，不停地"提醒"他鞋带松了，搞得任远心烦意乱。任远终于反越位成功获得了一次单刀的机会，正当任远全力追球的时候，守门员周凯大喊："裁判说越位啦！"任远鬼使神差地停了下来，以为真的越位了，球就被迎面出击过来的周凯没收了。单纯的任远意识到被骗后感觉人生被颠覆了，原来人世间有如此无耻之人。那之后任远开始疯狂射门，只为能一球射到周凯的嘴上。

仇人见面分外眼红，互骂不停，这时金开石想起了徐导之前教他的造越位战术，"你可以后撤站在整条后防线的最后，但是一定要指挥队友保持平行，因为你看得最清楚。你还要观察球的动向，当你预判对手要传球给他们前锋的时候，你可以快速向前两步把他甩在身后，这样他一拿球就越位了"。

于是，金开石观察着场上的局势，后撤两步跟住了任远。

这时，中场林立断球，就近传给了肖恩，肖恩拿球后，王一凡快速斜插边路，中路的李子楠紧接着快速前插王一凡拉出的空当，肖恩心领神会将球向内线一拨，右脚一个小长传将球塞到了中路的空当中，李子楠停、蹚球一气呵成，不加调整直接左脚射门远端，球进了，海市足校1：0领先。

王冠一喊："好球，李子楠！肖恩传得好！"

一开场就一个助攻，让肖恩非常开心，美滋滋地向回跑着。这时一个熟悉的身影从远处跑了过来，那就是守门员周凯，他不辞辛苦地从禁区里冲出来，要跟肖恩击掌，肖恩一脸无奈，举起手说："你大老远跑过来不累吗？"

"不累，好球啊，肖恩！"

说完，啪地一下完成了击掌。当然不远处的得分球员李子楠也未能幸免。

周凯击完掌之后就又心满意足地向回慢慢跑着，这时就听一声哨响，紧接着有人大喊："周凯！小心！射门！"周凯回头一看，皮球已经冲他飞来。

"不好，吊门！"等周凯反应过来，皮球已经从他身边划过。

"完了！"周凯心想。他赶紧回头看向球门，皮球冲着球门左侧而去。

"偏偏偏偏偏偏——"周凯心里暗暗念叨，还好皮球在门前减速落地，点地后变向，偏出了球门。

"吓死我了。"周凯长出一口气。

"周凯你傻啊，不知道赶紧往回跑吗？"队友们也纷纷埋怨起来。

"周凯，你老老实实地给我在禁区里待着，别出来瞎嘚瑟！"徐导怒吼。

球门后边，周凯爸爸说："没事哈，凯凯，再来。"

"爸，你怎么站这儿来了。你别站这儿，影响我。"

"好，好，我走，我去那边。"

周凯爸爸说完就迈着四方步不慌不忙地离开了，周凯看着爸爸那叫一个着急啊，心想："我爸来这是跟我抢戏的吗？"周凯转过头，沮丧地把球摆到门球点上。

远处中圈里，"仇人"任远也非常沮丧。

"就差一点，进了该多好，让那个彪门闭嘴。"任远喃喃自语。

"任远，好样的，漂亮，好想法！脚背再绷直一点，绷直一点，就进了，好样的！"东山体校的何生教练边鼓励边用手做了一个绷脚背的动作。

任远，这个10岁的孩子，能有中场吊门的想法就已经相当不错了，这得跟守门员有多大的仇恨，才能激发出孩子如此强烈的射门欲望。可惜任远还是年纪太小，力量不足，没法像成人那样中圈直接吊射进门。当然，成人守门员也不会像周凯这样冒失地庆祝。

周凯把球摆到了门球点上，左右稍微旋转一下，然后抬起头看向远方，慢慢地后退，优雅地停住，再举手向前一挥，示意大家向前压上。

"阿西，别演了，大家都站好了，赶紧踢吧。"金开石不耐烦地说。

周凯爱演就是随了他爸，周凯的爸爸是海市京剧团的演员，据说是大花脸，不管站哪儿都端着一股子曹操的劲。那时候京剧日子不好过，周凯爸爸又酷爱足球，所以就没让孩子学京剧学了足球。

周凯的模仿能力极强，这套动作是周凯看意甲学来的，已经养成了习惯，开门球必走一遍流程，平时队友还能忍，但是这个节骨眼儿上他还这样，队友们就忍无可忍了。

周凯一听金开石催了，马上加快进度，抬起右脚点了点身后的地面，再原地一个小跳就开始助跑，最后一个大脚，球踢趴了。球没踢起来，平直快速地飞向后腰林立，林立一看球突然奔他而来，有点慌了，赶紧胸部一停就大脚向前解围，球被东山体校后卫吕平拿到。

"老驴！"（吕平的绰号）任远边喊边反插到金开石身后。

吕平立刻一个长传想送给任远，被金开石跳起头球顶出边线。

"我的，我的，我的。"周凯不停地向队友们道歉。这回他是真的意识到自己连续犯错不应该，心里愧疚不已。

队友们这回也没再说他什么，可能都已经对他无语了。只有徐导在场边喊了一句："开石，之后门球你来发！"

接下来的比赛，海市足校对东山体校全面压制，海市足校的三条线压上以后，就像一口锅将对手扣在里边出来不得。

东山体校基本无法组织像样的进攻，几次长传进攻也都被身高优势明显的金开石头球顶回，使得单箭头任远被牢牢封死，急得只能原地打转。

虽然海市足校占尽优势，但是中场运转还是不太流畅，完全没有上一场的西山体校好，更跟海市汇文没法比。

"开石爸爸，咱们队的这个中场怎么传球老是不流畅，给人感觉总是别扭得慌。"

"是啊，你看咱们中前卫这两块料，都是打中后卫的料，组织进攻还是不行啊，其实吧，我觉得你家肖恩和王冠一打中前卫可以，这样咱们队就是技术型中场了。"

"徐导说咱们队讲究两翼齐飞，所以让我家肖恩和王冠一打边路。"

"得了吧，他那套战术早过时了，那套是老掉牙的匈牙利战术，匈牙利在世界杯里都看不见了。现在都开始讲究控球，控制中场了，没技术你怎么控制中场。"

此时徐导站在场边，看着两名中场大将林立和张清越心里也着急。这二人的技术特点类似，都是身材高、力量好，但是技术一般，张清越的左脚长传是他一个致命弱点，几次长传失误，张清越就没了信心，开始选择保守的短传或回传。

徐导在场下看着张清越每每从左侧接球，短传给右侧的林立或后卫金开石时就急得原地跺脚，但这就是能力所限，也没办法，还好他在右侧拿球时还能长传转移给肖恩。

快速的长传转移，让肖恩接球后有足够的时间来准备一对一过人，几次漂亮的过人都很抢眼，只是在下底传中的那一下稍欠火候，都没传到点上，也难怪，肖恩是右脚球员，并非左脚。徐导让肖恩打左路是因为队内真无左脚队员可用，只能出此下策。

之前徐导怕肖恩爸爸多想，还跟肖恩爸爸解释说："肖恩是队里左右脚最平均的，所以就让肖恩踢左前卫。"肖恩和肖恩爸爸就真信了。其实徐导没别的意思，就是认为王冠一更强，所以让王冠一踢右边前卫。

这时肖恩又一次边路传中，被防守队员挡出了底线。

"肖恩，可以扣回来再传中，左脚扣回来，正好右脚传中。"徐导说着做了一个扣球动作。

肖恩点点头后去发角球。他把球摆好，看见林立、张清越、金开石都已在禁区就位后，肖恩把手高高地向上举起，然后大力将球开出，足球弧度很高落到了小禁区后点，人群中的金开石高高跃起一头将球顶进网窝。2∶0，海市足校扩大比分。

"好球，顶得好，你家开石头球真好，感觉禁区里就你家开石一个人，如入无人之境。"

"好球，你家肖恩传得好，传得好。开石顶得也好，也好。"

"这角球战术是练过的。那天我看徐导专门练了角球战术，肖恩向上举手是后点，就是你家开石争顶；肖恩向前举手就是中点，是林立的点；肖恩摸头是前点，是张清越去争顶。"

"哦，我说嘛，看你家肖恩发球前举手示意了一下。"

"就那次训练，我就感觉你家开石的头球好，总能抢到点，连林立的中点也是他的。"

"哈哈哈哈，都是他的了。"俩父亲笑得很开心。

半场休息，徐导先是肯定了孩子们的表现，然后开始鼓励孩子们说："孩子们，你们看场外，刚才比赛完的球队都没走，他们为什么不走，是为了东山体校吗？我想不是，他们应该是为了我们，因为我们强，他们怕我们。下半时比赛，我们要向他们证明我们有多强。海市汇文5∶0赢的，我们就要6∶0赢，能做到吗？"

"能！"

"好的，加油！"

孩子们被徐导的一针鸡血打得热血沸腾。

徐导很明白，按照目前的形势，海市汇文不出意外的话就应该是第一了，西山体校、河口体校，还有他们算是第二梯队，互相之间谁赢谁都有可能。这样的话，对第三梯队的东山体校和井田体校的比赛就尤为重要，最后极有可能是计算净胜球来决定名次。所以徐导激励队员们，要取得尽量多的进球，来积累小分优势。

的确，海市汇文、西山体校、河口体校、井田体校，一个都没走，都在场外看着海市足校的比赛。

海市汇文的主教练李磊跟助理教练说："海市足校这个队不好踢，要小心啊，这队里的几个大孩子的身体、力量、速度不比我们的差，甚至比我们的还强，但是技术和意识还是比我们差不少。"

"是的，你看他们后腰张清越的左脚长传根本不灵。其实海市足校的那个大中后卫（金开石）挺好的，作风顽强，身材也好，看样子快 1 米 7 了吧。但是这孩子的技术动作太僵硬，不协调，而且我观察场边那个男的应该是他爸爸吧，跟他差不多高，估计这孩子以后可能长不起来，也就这么高了。"

"是啊，这孩子我之前就注意到了，头球好，作风好，但做动作不协调，不舒展，太硬了。"

下半时比赛开始了，海市足校大举进攻，东山体校防守顽强。几次进攻未果，球正好又滚到王冠一的身前，王冠一不假思索，果断远射，球的力道十足，穿过人群直奔球门左侧，如此突然的远射让守门员反应不及，一个侧扑，已经来不及了，球应声入网，比赛扩大为 3∶0。

王冠一兴奋异常，整场他拿球的机会不多，但在这寥寥的几次机会中，他就完成了如此精彩的一记远射，让他把之前的压抑完全释放了出来。

"好球！王冠一射得好！"队友们纷纷喊着。

周凯站在禁区里也狂喊："王冠一，射得好！"说完冲他竖起了大拇指。现在他学乖了，也不跑出来嘚瑟了。

场边的海市汇文和西山体校的教练们也都对王冠一的这次远射大加赞赏。

之后的比赛中海市足校再进两球，比分变成了 5∶0。但领先的他们并没有放松，还是积极进攻，球出边线时，孩子们都是全速去捡球，好抓紧时间继续比赛，因为他们一直记得徐导的那句："我们就要 6∶0 赢。"

眼看比赛就要结束，东山体校大脚解围，金开石抢到头球，顶给了王冠一，王冠一胸部停球，不等球落地，直接把球传到了对方后卫身后的空当。这时肖恩及时杀到，过掉守门员小角度射空门得手。6:0，海市足校的孩子们完成了任务。

就这样海市体校联赛第一个比赛日结束，海市足校以净胜球的优势力压劲旅海市汇文暂时排名第一。

在还没有笔记本电脑的年代，徐导在本子上工工整整地整理了第一轮赛况。

第一周：

西山区体校 vs 海市汇文 0:5

河口区体校 vs 井田区体校 3:1

海市足校 vs 东山区体校 6:0

第一轮积分榜：

No.	球队	胜平负	进球	失球	净胜球	积分
1	海市足校	1/0/0	6	0	6	2
2	海市汇文	1/0/0	5	0	5	2
3	河口区体校	1/0/0	3	1	2	2
4	井田区体校	0/0/1	1	3	−2	0
5	西山区体校	0/0/1	0	5	−5	0
6	东山区体校	0/0/1	0	6	−6	0

足球是宝

第三十二章　"背锅侠"周凯

周一下午，又开始训练了，看着孩子们精力充沛的样子，他们周日应该休息得不错。小哥儿几个聚在一起谈论起周六的比赛。

王冠一嘲笑周凯说："你那球要是被吊进去了，你还有脸来训练吗？"

"来啊，怎么没脸来了，最后他不是没进吗？"周凯辩驳。

"你脸皮是真够厚的，铜墙铁壁啊，你什么时候能给我们长长脸，别一提起你全是丢脸的事。"王冠一一脸无奈。

"你守得好，你上啊！"周凯提高了声音。

"我守得还真就比你好！"

"你脸皮也够厚的，铜墙铁壁啊。"

"你不信啊，你问问队友，我是不是守得比你好，亏你还练这么久守门员。"

周凯一听气坏了，立刻问肖恩："肖恩，你觉得我跟王冠一谁守得好？"

肖恩故作思考状，说："嗯……说实话吧，我觉得，还真是王冠一守得好。"

"你看吧，群众的眼睛是雪亮的。"王冠一得意地说。

周凯一愣，说："肖恩，我真是对你太失望了，亏了我对你那么好。"

"你怎么对我好了？"

"你哪回进球，我不是大老远去跟你击掌庆祝。"

"就这？这就是对我好啊？"

"对啊，这不算吗？我算看出来了，你跟王冠一是一伙的，你俩踢前卫的都太聪明了，不老实，都是坏人。开石，我相信你，你说我跟他谁守得好？"

"有意思吗？周凯，有这时间你去好好练练滑步和下地，你天天练守门员，这点自信都没有啊？"

"别废话，你就说到底谁好？"

"当然你好了。"

"好，开石，还是你诚实。"

"好了，好了，赶紧去练球吧。"

"好的，我这就去练。"

周凯跑向球门，没跑几步，又转过头说："你们看着吧！总有一天，我会为咱们队长脸的！"

"好的，我们看着。"王冠一、肖恩一脸坏笑，只有金开石没笑。

"开石，你信吗？"王冠一问。

"我信。"金开石回答。

徐导本周的训练都是结合周六比赛中出现的问题进行的。

他专门为俩大后腰张清越和林立制定了一个传球练习，为的就是提高他们二人的长传球能力，特别是张清越的左脚长传球能力。

只见场地上，张清越一次次用左脚将球长传给边路的肖恩和王冠一，肖恩再一次次下底用左脚传中，李子楠和王一凡在中路练习包抄射门。

在无对抗的状态下，孩子们的配合成功率还是很高的，但是稍有防守队员干扰就立刻露了原形，只有王冠一的右路突破传中还是一样的犀利。

第二个比赛日开始了，首先进行的两场比赛是海市足校 vs 井田区体校和河口区体校 vs 西山区体校。

海市足校在比赛中占据主动，孩子们可以感觉到，井田体校这支球队除了一个叫李川的边后卫，其他人都没有什么威胁。最终海市足校以 4:2 拿下了本场比赛。王冠一表现抢眼独中两元。而本场比赛中肖恩遇到了前所未有的挑战，他在左边路对上了李川。井田体校的右边后卫李川，身材高大，速度快，力量好，跑动能力强。肖恩在跟李川一对一的过程中完全处于下风，他就像一辆坦克肆无忌惮地来回碾压着肖恩把守的左路。

"撞他就像撞墙一样，这可怎么踢啊？"肖恩全场踢得都极其郁闷。

本场比赛更为郁闷的人就是守门员周凯，他被李川踢进了一个中场附近的超远距离"世界波"。谁能想到，上一场任远的远射，他逃过一劫，而这一场他就被李川的大远射钉在了耻辱柱上。

本轮比赛结束，西山体校一球险胜河口体校，海市汇文以14∶0大胜东山体校。这一战成就了本届联赛的最佳射手，那就是海市汇文的李晓力，他在本场比赛中包办了球队的一半进球，再加上第一轮的两个入球，李晓力现在以9球傲视射手榜。

徐导在本子上整理的第二轮赛况如下。

第二周：

河口区体校 vs 西山区体校 3∶4

海市足校 vs 井田区体校 4∶2

东山区体校 vs 海市汇文 0∶14

第二轮积分榜：

No.	球队	胜平负	进球	失球	净胜球	积分
1	海市汇文	2/0/0	19	0	19	4
2	海市足校	2/0/0	10	2	8	4
3	河口区体校	1/0/1	6	5	1	2
4	西山区体校	1/0/1	4	8	−4	2
5	井田区体校	0/0/2	3	7	−4	0
6	东山区体校	0/0/2	0	20	−20	0

第三十三章　海市足校的"黑科技"

周一下午，小哥儿几个又照例聚在一起讨论周六的比赛。

王冠一又怼周凯："老远了，你丢那个球，老精彩了！全场鼓掌！"

"那球能怨我吗？那不是林立传丢的吗？林立不丢，李川他能……"周凯说到这，赶紧确认一下队长林立在哪里。

"别害怕，队长在跟徐导摆桶呢。"肖恩指了指场地。

"谁害怕啦？这就得怨他。"

肖恩一听笑了，说："对，对，你没害怕，你是对的。"

王冠一接着怼："你还学会怨别人了？还说要给咱们队长脸，这就是长脸啊？"

"你能不能不说话？！"

"我说怎么了？你看看井田那守门员，角球全是他出来摘。你再看看你，你什么时候敢出来摘过，小胆儿！"

"这两场角球丢球了吗？你说啥？"

"那还不是多亏金开石，全让金开石顶出去了，你就会等着金开石顶出去以后，傻喊一句'压出去'，压你个头啊。要你有啥用？"

周凯听得快哭了，拿起手套转身就走，肖恩伸手拦都没拦住。

肖恩说："王冠一，我觉得这个也不能全怨周凯，你看看，咱们队到现在都没有一个专业的守门员教练，都是些外来的临时教练代练守门员。"

"是啊，河口体校和井田体校都有专业守门员教练，所以他们就水平高一些。"金开石也说。

"也对，我过分了哈？"

"嗯，你是过分了。"

"我以为周凯他是二皮脸，不会生气呢。"

"你看看，周凯已经去那边练手型了，他其实还是很刻苦的。"

"那我去跟他道个歉吧。"

周凯看到王冠一跑过来，立刻转过身去，继续双手向地面大力砸球，接反弹球。

"生气啦？"

"没生气，你别妨碍我练手型。"

"别生气啦，训练完，我请你喝汽水。"

"不喝。"

"真不喝啊？"

"……"

"给你买个橘子汽水？"

"我要桃子味的。"

"……好的，没问题，别练手型了，让我射两脚门吧。"

"好吧，你离远点儿，别太近。"

"不能太远，远射你都守不住。"王冠一笑着说。

"你大爷的！"周凯怒道。

训练准时开始，徐导安排了进攻和防守演练，练得非常有针对性，完全服务于克制下一个对手——拥有强大中场的西山体校。从守门员开球门球开始，到前锋争高球落下的二点球，再到中场的组织和防守，几乎每个细节都照顾到了。孩子们站在场地上看着徐导跑来跑去，声嘶力竭地讲解，多少也感觉到，接下来的比赛会很艰难。

第三个比赛日开始了。徐导亲自带着全队做准备活动，他很明白，真正的比赛才刚刚开始，海市足校要想取得亚军的成绩，就必须战胜西山体校和河口体校这两个强劲的对手。

一声哨响，比赛一开始，海市足校就按照徐导之前训练的战术安排，防守时采用了人盯人的战术。金开石对上了郝帅，林立对上了朱赫，王冠一对上了彭昊，王一凡对上了王琨。

徐导在赛前特地嘱咐王一凡，要贴身防守对方的核心球员王琨，还嘱咐王冠一在右路一定要用进攻压制彭昊。徐导的战术奏效了，海市足校场面占优。徐导开始在场边更加卖力地呼喊，想让球队一鼓作气尽快把优势转化为得分。

西山体校的李彬教练则比较淡定，在洞察场上形势后，他把左前卫彭昊和右前卫赵志佳对调位置，同时他又对中后卫邹琦喊了几句，做了一个前压的手势。

邹琦收到指令，从中后卫位置前移，开始左右接应，担负起了后腰转移、组织进攻的重任。谁能想到一个身高将近1米7的大个子，脚法居然如此细腻，头脑如此清楚。这一战术变化，效果立竿见影，西山体校慢慢稳住了中场，扭转了局势。

在球队核心王琨被限制的不利情况下，后卫邹琦站了出来，这让王一凡不得不分散精力来逼抢邹琦，结果减少了对王琨的防守压迫，王琨又获得了拿球的机会。这样一来，西山体校加上邹琦其实有5人在中场，他们又牢牢控制了中场。

中场占优后右路的彭昊又悄悄回到了左路，跟王冠一的右路对攻起来。针尖对麦芒的边路对攻，最后比的就是支援。西山体校的中场王琨、前腰朱赫、前锋郝帅，对彭昊的支援是非常到位的。他们之间配合娴熟，在左路制造了几次有威胁的机会。而海市足校的中场林立、张清越对王冠一的支援，只能是防守层面的，导致王冠一在进攻端孤掌难鸣，只能被动挨打。西山体校的压迫性打法，让海市足校特别不适应。西山体校的前锋顶住了海市足校的后卫，中场前压，后卫线更是压过了中场线，占据了海市足校的半场。西山体校像一口大锅一样，把海市足校牢牢地扣在了后场，连续制造威胁。

这时，西山体校的中后卫邹琦利用身高优势，又一次争下头球，给了彭昊。彭昊拿球跟王琨做了一个二过一配合下底传中，郝帅抢前点头球攻门，球偏出了球门。海市足校开球门球，这已经是海市足校的第三次球门球了，前两次金开石开出的球门球都被对方大个邹琦头球争到，形成了连续进攻的态势。海市足校似乎进入到了被动防守—开球门球被对方争到—继续被动挨打的死循环当中。

这时，金开石又把球放到了门球点上准备玩命向前开球，但是他这么大的孩子就算拼尽力气又能开多远呢？此时，徐导在场边大喊："周凯！"一旁的守门员周凯突然向禁区右侧跑去，金开石赶紧把球传给了他。周凯没有直接停球，而是等球滚到了禁区外才停住球。对方前锋郝帅立刻上前抢球，周凯马上把球向禁区里一拨，把球带回禁区后，迅速用手把球抱了起来。

两人这一次眼花缭乱的操作简直就是酷炫吊炸天，把对手和场外的观众都看傻了。裁判员把哨子放到了嘴边，但又没敢吹，而是扭头转向边裁喊："这球可以吗？"

边裁回答："不知道啊，应该没问题吧。"（当时国际足联刚刚改规则，守门员不能在禁区内用手接回传球）

就在裁判犹豫的时候，周凯拿着球，一个大脚，把球开了出去，球又高又飘，距离出乎对手意料地远。周凯这个星期接受了徐导的特训，所以开球门球有明显进步，距离增加不少。

对方邹琦果然没预料到球的落点会如此之远，在李子楠的干扰之下，漏顶了。王冠一机敏地预判到了漏顶，立刻前插，利用速度的优势，追到了球，带球进入禁区，面对出击的守门员，王冠一向右一拨，过掉了守门员。这时全速回追的杨通赶了上来，但是已经来不及了，王冠一推射空门得手，海市足校 1∶0 领先。

这宝贵的进球，让孩子们此前的压抑情绪得到了释放，他们开始疯狂地庆祝着。海市足校守门员周凯直接助攻前锋射门得分，这样匪夷所思的精彩配合，出乎所有人的预料。赛前，徐导就预料到了这场比赛不容乐观，苦心研究了这套"黑科技"，在球队最被动的时候发挥了奇效，帮助球队突破了重围。

庆祝过后，西山体校发中场球。周凯不敢怠慢，赶紧跑回了球门。西山体校大举进攻，占尽优势，禁区前就开始紧逼的郝帅没有再让海市足校的"黑科技"得逞。肖恩在左边路被赵志佳紧紧跟着，几次拿球都无法过人，既没法下底传中，又没法带球内切射门，只能是乱晃几下再回传或者横传。

相比之下，右边路的王冠一利用个人能力，苦苦支撑起全队的进攻，但是几次有威胁的直塞球都被西山体校的两个中后卫邹琦和杨通解了围。

终于，上半场比赛结束了，海市足校虽然 1∶0 领先，但是场面相当被动。

中场休息的时候，徐导鼓励孩子们："不错，上半场踢得真不错。这场的对手要比前两场的对手强很多，但是大伙儿也都顶住了，而且我们还领先一球，所以大家在场上一定要有耐心，不要盲目传球，要控制住球。张清越，不行的话，可以回传给金开石，后场倒脚。咱们一定要稳住，现在急的应该是他们。王冠一，你拿球后，可以控制一下节奏，别一味地快速进攻，可以拿住控制一下。肖恩也是，拿住球，发挥你控球的优势，别轻易把球权交给对方。关于防守，金开石做得不错，基本把对方的前锋郝帅看死了。王一凡，可以再回撤一点，跟住王琨，不管有没有球都跟住他，明白吗？"

"明白了，但是那个大个邹琦提上来组织进攻怎么办？我现在还要去看他。"

"他不用你管。李子楠，邹琦交给你，你撤回来封堵一下邹琦，不让他舒服地拿球，然后你还要伺机反击，明白吗？"

"明白！"

"好了，大家伙都明白了，咱们一起拼，拿下这场球！"徐导给大家打气。

"好！！！"孩子们一起喊。

下半时比赛海市足校依然异常被动，被西山体校全面压制，只有王冠一、肖恩偶尔能给西山体校制造一些威胁。但是全队上下众志成城，一直拼命守护着这一分的优势。

西山体校获得过几次机会，但是都未能转化成得分。比赛进行到了尾声，西山体校主教练李彬看所剩时间不多，把邹琦调到了前锋线上，跟郝帅组成双塔，开始长传冲吊。这样一来金开石就要同时对抗西山体校的两个高点，防守压力骤增。金开石天生的坚韧品质赋予他强大的信念，只见他一次次跳起与两人争顶，一次次把球顶出。在他不知疲倦，机器人一般勤勉地化解对方攻势的时候，比赛也进入到了伤停补时。此时的西山体校别无选择，只能孤注一掷地坚持长传，试图打开局面。

王琨后场再次起球，一个力度适当的长传球找到了邹琦的头顶，邹琦跳起想头球摆渡，但是他身后的金开石高高跃起力压他，成功把球顶了出去。

"嚯……"裁判一声哨响，金开石压人犯规，西山体校获得前场任意球，位置相当不错，正好在禁区前沿靠左的位置，这应该是西山体校最后的机会了。他们的三大任意球高手，王琨、彭昊、朱赫站到了球前。

此时肖恩赶紧站到了球前以防西山体校快发，但看起来西山体校完全没有快发的意思，三大任意球高手不紧不慢，沟通了一下，然后彭昊把球摆了摆，三人就各自站好了。

"林立你站第一个，往左点，再往左点，其他人贴住。"球门里的周凯高声指挥着人墙。

"李国你太矮了，你别站人墙，你去盯人，让肖恩站那儿。"

李国："你还嫌我矮？"

肖恩："好，好，都听你的。"

是的，每到这个时刻周凯就觉得自己是"王"。根据"王"的经验觉得在这个位置，对手应该会选择一个右脚球员射门，这样球的角度和弧线会更"合理"一些。

为了保险起见，他要求人墙站6个人。海市足校的林立、张清越、肖恩、王冠一、金开石、于子傲组成了一个声势浩大的血肉长城，只见他们手捂小命根，眼神坚毅，视死如归，互相还不忘提醒说："别害怕，别撅腚，别转身，挡出去就赢了！"

裁判员一声哨响，站在球前的三位任意球高手都开始跃跃欲试，摆出了射门的架势。这时彭昊最先启动助跑。

"假的。"周凯心里想，脚下还是稳稳地站在门线上。

一转眼，彭昊在球前做出了射门动作。

"假的，应该是假射，身后跟上的人射门。"周凯坚持。

周凯错了，球随着彭昊的射门动作飞向了人墙，快速从林立的右耳掠过，擦着球门的右侧立柱飞进了球网。周凯站在原地，什么也没做，只是目送球入网。1∶1，西山体校在最后时刻扳平了比分，孩子们开始庆祝。

海市足校的孩子们都低着头，万分沮丧，此时金开石快速从门里把皮球抱起，一个大脚踢到了中场，嘶喊："李子楠，快开球！！！"

海市足校一开球，裁判就吹响了结束的哨声。西山体校和海市足校的孩子们都没有庆祝，两支球队都像输掉了比赛。本场比赛中，西山体校得势不得分，海市足校在最后时刻被扳平，最终的结果让两队都不满意。

两队孩子互相谢场后，徐导把孩子们召集起来进行赛后总结："都把头抬起来，别垂头丧气的。今天的比赛大家踢得不错，我们只是打平了，又没输，怎么搞得像输了似的，看看你们刚才去西山体校那边谢场时垂头丧气的样子。你们觉得去对手那谢场是为了什么？只是走过场吗？是感谢对手这一场没踢你吗？啊？肖恩你来说。"

"嗯，是为了礼貌。嗯……是为了友谊，友谊第一，比赛第二。"

"嗯……你说得也对。我觉得还有，就是你们要去感谢对手，因为通过这场比赛你们从对手身上学到了东西。今天的对手很强，要比之前的那两个强得多，是不是？"

"是。"

"那对手最值得我们学习的是什么？王冠一你来说。"

"嗯……配合还行，技术还行，传球还行。"

"嗯，你对他们的评价还挺高，他们的确是还行。但是我觉得今天最值得你们学习的，是他们一直拼搏到最后的这种精神，虽然他们落后了整场比赛，但是他们并没有放弃，而是按照教练的战术安排，一直努力拼搏到了最后，最后他们利用一个任意球，扳平了比分。我们在最后时刻被扳平，是很可惜，我看着都很窝火，但是这就是足球，不到最后一刻，裁判不吹哨你就要拼下去。经历这么一场比赛，我相信，在将来的某一天，当我们比分落后时，也会像今天的对手西山体校那样坚持到底，拼搏到底，把比赛扳回来。你们说是不是？"

"是——"大家拉长声音大喊。

"隔壁那场比赛海市汇文以7∶1赢了河口体校，这样我们就还是排名第二，大家回去都好好休息吧。周末愉快！"

"Yeah！"孩子们欢呼，看得出来，徐导的一番话让孩子们立刻摆脱了阴霾。

徐导轻轻拍了拍正在呼喊的金开石的肩膀，真诚地说了句："开石，够爷们儿！"

徐导说完一转身，发现南云天正站在他身旁："呀，南主任，什么时候来的？有什么指示？"

"来一段时间了，没啥事，我就是想过来祝贺一下，踢得不错。"

"来，南主任跟孩子们说两句吧。"

"不说了，徐导，你刚才说得真好，我就不说了。"

"说几句吧。"

"不说了，赶紧让孩子们回家过周末吧。"

"好的，孩子们就地解散，回去好好休息。"

"徐导再见！南主任再见！"

徐导本子上的记录如下：

第三周：

西山区体校 vs 海市足校 1∶1

河口区体校 vs 海市汇文 1∶7

东山区体校 vs 井田区体校 0∶2

第三轮积分榜：

No.	球队	胜平负	进球	失球	净胜球	积分
1	海市汇文	3/0/0	26	1	25	6
2	海市足校	2/1/0	11	3	8	5
3	西山区体校	1/1/1	5	9	−4	3
4	井田区体校	1/0/2	5	7	−2	2
5	河口区体校	1/0/2	7	12	−5	2
6	东山区体校	0/0/3	0	22	−22	0

第三十四章　滑铁卢

周一训练，小哥儿几个又聚在一起聊上一场的比赛。

王冠一挤对周凯说："上一场最后那个任意球，是给你表现的机会吧？但是你还是没把握住。"

"我以为那个小左脚会虚晃一枪让后面的人射，谁知道他直接射了，所以也就没反应过来。"

"这是你判断的失误，还是得怨你。我们的比赛还真是没法指望你。"

"我还有个助攻哪！你怎么不说？"

"有吗？你什么时候助攻了？"

"你是不是在装傻啊？你进的那球不就是我神勇地开出大门球，越过所有防守队员，你追上后打进的吗？"

"嗯……是吗？你是蒙的吧？"

金开石说："是呀，我见你看的是王一凡那边，怎么把球踢到李子楠那边了。"

周凯说："声东击西你们懂吗？我看着李子楠传，防守队员不就提前过去了吗？"

肖恩说："周凯你可以啊，这小词儿跟的，都会'声东击西'啦。"

周凯说："我本来还想说指南打北呢。"

肖恩说："就是说你还有备用的小词儿呗？"

"这还用说！"

"哈哈哈哈！"孩子们哈哈大笑。

周一的训练，徐导专门练习了防守，有针对性地让后防线练习盯人和协防，又让李子楠和王一凡模仿河口体校的前锋"小黑子"进行了防守演练。演练效果不错，防守队员分工明确，互相之间协防也有提高。此时的徐导很清醒，下一场跟河口体校只要打平就至少是个季军，他在领导那儿也就有交代了。

周二一大早，徐导的摩托罗拉大汉显嘟嘟地响起："今天上午来我办公室，厉山东。"

徐导看后有些诧异，自从足校拆迁以后，厉校长就很少召唤他了，这是有什么急事吗？还要当面聊，不会又是俱乐部那事吧？

徐导来到厉校长的办公室，厉校长已经在那里等着了。

"厉校长，您好！"

"常志，你来啦，快坐，你这好久没来我办公室了吧？"

"是啊，自从拆迁以后就没怎么来过。"

"我知道你现在一门心思都在球队身上，不来就不来吧，你这天天训练，风吹日晒，天寒地冻的，也挺不容易的。"

"应该的，厉校长，您这找我来，有什么事情吗？"

"也没什么事，就是最近的联赛领导们都很重视，听说咱们队现在排第二，成绩不错。"

"还行，还行。"

"这都是你的功劳。"

"厉校长领导得好。"

"跟我还客套什么，这都是你积极训练的结果。现在想想，我5年前力排众议，把你放在主教练的位置上，是多难啊，要知道当时有多少有名、有威望的教练都想要带这个队。"

"是啊，要不是厉校长当时力挺，我这么年轻，也当不上这个主教练。我一个从海市青年队退下来的年轻小教练，最后能有这个机会，也真是多亏了厉校长。"

"嗯，当时还真是挺费劲的。挺好，现在看来我的选择是正确的，你把这些孩子带得不错。现在是第二名，第一名是海市汇文？"

"是的。"

"海市汇文我知道，岁数大一些，第一是应该的。咱们要继续努力，再接再厉啊。"

"好的，一定努力。"

"嗯，有些事情也不能闷头瞎干，昨天班子开会的时候，有人说咱们队的成绩还行，但是比赛内容不尽如人意啊。"

"啊？"

"说咱们跟西山体校的比赛很被动啊，虽然说是平了，但从比赛内容上看，西山体校踢得更好一些。"

"这个……其实算是势均力敌吧。西山体校的孩子起步早一些，队伍组建时间长，配合可能更默契一些，但是咱们也很不错，一直领先，最后才被扳平。而且咱们的孩子，比如说王冠一，表现很突出，一看就是最好的。"

"嗯，我觉得也是这样的。但是有些图谋不轨的人在说闲话，从现在起你要小心，已经有人开始搞小动作了。"

"这都是谁说的？"

"这个不重要，我就不说了，反正这回比赛你要好好比，不但要成绩好，还要踢得漂亮，让那些说闲话的人闭嘴。还有就是领导们对这次联赛都很重视，说是后两轮都要去现场观战，你这边一定要好好安排比赛，要打得漂亮，别让领导看得揪心。"

"明白，领导，我这边一定全力以赴，让孩子们踢得漂亮，让领导看得顺心。"

"嗯，这个我相信你。还有就是关于成绩，咱们现在这个成绩不错，领导也很满意，你一定要保持住，而且要在现在第二的基础上，看看能否有所突破。"

"好……"徐导回答得有些迟疑。

"你也不要有压力，领导们当然希望咱们球队能够夺冠。但比赛也不要太功利，为了成绩不要过程，场面太难看就会被别人抓住把柄。他们再借题发挥，搞些小动作，到时候只怕我也保不了你。"

"好的，领导，您放心，我保证完成任务。"联赛开始始终保持前两名，让徐导觉得保三争二不是问题。

"嗯，好，还有件事情，其实都过去了，但是我觉得还是要再提醒你一下。"

徐导一听立刻想到了俱乐部的事情。

"之前肖恩爸爸和金开石爸爸来找过我，说你喝酒打麻将不认真训练，我帮你把他们安抚好了，但是你以后要注意了。还是那句话，这要是被人借题发挥，抓到把柄，我也保不了你。"

"好的，厉校长，我一定注意。这是什么时候的事？"

"还记得我那天去球场找你吗？"

"记得。"

"就是那前一天，他们来找的我，我怕夜长梦多，他们再跟别的人说这事，所以第二天就赶紧去了。这事说大就大、说小就小，要是被那些别有用心的人知道了，对你可就不利了。"

"明白，我的事让您费心了。"

"嗯，你以后要小心了，这回比赛一定要好好踢。"

"明白。请您放心。"

徐导从厉校长办公室出来，心里非常生气，心想："这俩是啥爹！我对你们家孩子那么好，你们居然还在我背后捅刀子。"同时徐导又马上想到那天球场上就只有南云天一位领导在场，他觉得："应该是南云天在会上说的坏话。但是南云天又是为了什么呢？新官上任三把火，要把我搞走，霸占球队？难不成肖恩爸爸去南云天那儿告状了？应该不会，厉校长第二天就来找我了，他们应该就满意了。哼，不管怎么说，想让我走人，没那么容易，厉校长不会让，家长和孩子们也不会答应的。"

至于徐导之前担心的俱乐部的事，厉校长半个字也没提，他也就没再多想。

徐导下午去训练场的路上脑子里一直琢磨着厉校长的话，

"不但要成绩好，还要踢得漂亮"。于是徐导决定在接下来的日子里要重点训练球队的进攻战术，踢河口体校的时候不能一味防守了，要踢漂亮足球。

徐导来到训练场地，一眼就看见了场边的肖恩和金开石，气不打一处来，但还是平息了一下情绪，觉得这些事跟孩子没关系，都是大人不懂事，队里大赛当前也真的需要这俩孩子，所以还是照常对待肖恩和金开石。

转眼到了第四个比赛日，场内，徐导又亲自在烈日炎炎下带队热身，其实太阳底下一站，什么不干也很快就热透了。

场外的肖恩爸爸和金开石爸爸站在阴凉处，肖恩爸爸说："这老天爷真不错，前天和昨天还下了两天雨，这一到比赛日就不下了。"

"还真是，天公作美啊，希望孩子们今天争气来一场大胜。"

"我看徐导这周练了不少进攻套路啊，看来今天是要以攻为主，占据主动。"

"是啊，上一场太被动了，场面不好看。"

"希望这场赢得漂亮。"

一声哨响，比赛开始了，海市足校全线压上，大举进攻。王冠一在右路表现活跃，不停地带球过人，组织进攻，同时肖恩在左路也制造了几次直塞和下底传中的机会。一时间，海市足校两翼齐飞，频频威胁对手门前三十码的区域，控制了比赛。可惜海市足校一直未获得绝对机会，没能把优势转化为得分。

反观河口体校，虽然一上来就处于被动防守的状态，可是5-3-2防守阵型让他们在防守端游刃有余。

仨中卫冯威、崔守杰、郑艺声个人能力都很不错，互相之间配合默契，没有给海市足校留下太好的机会。

其中右中卫冯威看似身体单薄，但在对抗中却不落下风，利用自己对球路良好的预判和出色的卡位技巧，一次次化解了海市足校王一凡的进攻。

中后卫崔守杰身材高大，岁数应该稍大一些，他拖在整条后防线的最后，以清道夫的角色来回补位，同时还伺机制造越位。

左中卫郑艺声速度快，身体好，经常上前助攻。

再加上个人能力极强的左边后卫邢波和右边后卫刘杰，河口体校的整条后防线在经历本次联赛的锻炼之后变得愈加成熟，固若金汤。

徐导看着自己的球队场面占优，却始终没有什么像样的机会，心里倍感焦急，在场边不停地喊着锋线的李子楠和王一凡，还指挥后防线压上，意图把河口体校压制住。

就在这时肖恩得球，与李子楠边路做二过一配合下底传中，球到禁区内，前锋王一凡根本不是对方中卫崔守杰的对手，被对手抢点头球解围。解围出来的球落到了冯威脚下，他拿球的同时，迅速抬头观察前场的前锋队友，此时小黑子正被金开石贴住，但是另一端的刘正彤已经半转身做好了插对方身后的准备。

冯威马上一个长传打到了金开石和于子傲的身后，刘正彤快速插上，速度之快让身材高大的金开石和于子傲望尘莫及。

刘正彤左脚稳稳地将球停到身前并向前带了一步，此时周凯迅速出击断球，被刘正彤向右稍稍一拨，轻松过掉，然后推射空门得手。比分 1:0，河口体校领先。

刘正彤进球后跑回本方半场跟队友们开心地庆祝。

这边金开石站在后防线上对于子傲说："我盯着小黑子，你倒是把那个 9 号看住了啊。"

于子傲很不好意思地说："我的，我的，这个球我的错，这人是哪儿来的，之前没见过，我怎么都追不上。"

"我之前也没见过，反正之后你要小心了。"

海市足校中圈开球，快速的失球让孩子们有些急躁，肖恩、王冠一一再尝试传一些威胁球，但在河口体校高密度的防守之下，成功率不高，反而还让对手打了几次有威胁的反击。

这让场下的徐导不停地摇头，冲场上喊："于子傲、金开石注意补位，别站太平。"边说边用手前后比画着。

金开石以身高优势在阵地战中控制着高空球，但在面对河口体校这种防守反击的打法时，他转身慢、速度慢的缺陷就显现无遗。一旁的于子傲跟金开石也属于同一类型，在这种情况下对金开石帮助不大。

徐导确实已经看出了问题，但是苦于队里人员短缺，就只能靠他俩来应付河口体校的快速反击。

这时前场王一凡一个意图明显的传球被冯威断下，冯威立刻抬头找锋线队友，小黑子在远端举手要球，冯威一个高球传了过去。金开石一看准备破坏解围，但是球飞到小黑子身前就减速弹到了地上，小黑子娴熟地用身体向后一靠倚住金开石，然后用胸脯把球停到身前。金开石立刻在身后贴住小黑子不想让他转身，谁承想小黑子一个踮步，顺势将地上弹跳的球轻轻一挑，球刚好从金开石头上越过。待金开石转过身来，小黑子已经带球长驱直入，于子傲快速补位被小黑子轻巧地变向过掉，推射远角得手。2 : 0，河口体校再下一城。

海市足校开场 10 分钟不到就丢了两个球。要知道在隔壁场地与海市汇文比赛的井田体校都还未丢球，而这边已经0∶2落后了，吸引那边的观众们不停地向这边张望。

场边的肖恩爸爸捶胸顿足，对金开石爸爸说："河口体校实力这么强吗？他们不是输给西山体校了吗？咱怎么这么被动，是不是战术有问题？"

"肖恩爸爸你小点声，我也觉得这战术有问题。"

两位家长说得很对，2∶0其实不是实力的体现，而是战术安排上的问题。海市足校用不擅长的大举压上进攻战术来对抗河口体校驾轻就熟的防守反击，当然是以卵击石，漏洞百出。

从比赛到现在，河口体校的进攻几乎不经过中场，都是由后卫直接长传发起。而且河口体校在防守转进攻的刹那，前锋和后卫跑传配合非常默契，这一看就是精心训练的结果。

现在海市足校已经落后两球，所以他们也没得选择，只能孤注一掷，继续大举进攻，争取多进球来扳平比分。

王冠一在右路开始了个人表演，不断地拿球寻求机会，但河口体校优秀的防守让他很难获得突破。防守他的左后卫邢波，在应付王冠一的同时还不停地插上助攻，每当他助攻的时候，河口体校的郑艺声就会补位过来，把阵型变为传统的4-4-2。所以说河口体校的5-3-2并非传统意义上的防守阵型，在进攻的时候会利用邢波的特点进行改变，看来主教练刘煜东在球队打法上花了不少心思。

与王冠一相比，肖恩这一侧正对着河口体校的刘杰，相对压力小一些，也算占到一点便宜。但是肖恩爸爸还是非常着急，在场边喊："肖恩过他，敢做动作，过他呀。"

本来就对肖恩爸爸不满的徐导一听肖恩爸爸在场边瞎喊，更生气了，他按压不住胸中怒火，大声喝止："肖恩爸爸，你别喊，让肖恩自己踢。"

肖恩爸爸一听，脸红了，就不再喊了，他哪里知道徐导的话里其实还附加着其他情绪。

金开石爸爸看肖恩爸爸着急的样子，安慰说："别急，老肖，慢慢来，肖恩这边不踢得挺好的吗？"

"唉，到现在也没有什么像样的机会，两球落后能不急吗？"

"也是，谁能想到王冠一那个边今天打不开局面。"

"是啊，对方那个小左边后卫不错啊。"

"防王冠一那个小左边后卫叫邢波，别看他长得小，其实一点都不小。他可是河口体校的尖子，技术好、速度快、意识好。"

"水平挺高的啊！"

俩家长说着，上半场比赛就结束了。2：0，河口体校领先。唯一的好消息是，隔壁的井田体校在李川的四处扫荡下终究未能顶住海市汇文的进攻，已经3：0落后。

中场休息，徐导情绪激动地总结上半场说："李子楠和王一凡，你俩上半场就知道在前边那一亩三分地转悠，对方有三个中后卫，你俩不把他们带出来，前边就一直没有空当。你俩加对方三个后卫聚在中路，空当都被站死了。你们下半场要多跑动、多拉边、多回接，把前边的空当倒出来，让肖恩、王冠一他们后排插上。还有中场球员上半时的远射呢？怎么不远射？对方都囤积在后场，打不进去，不会远射吗？王冠一你的远射呢？下半时加强远射，知道了吗？"

"知道了。"

"对方中后卫冯威都助攻俩球了。咱们前锋和前卫丢球后要原地开始反抢，不能让对方后卫这么舒服地长传进攻，明白了吗？"

"明白了。"

"金开石、于子傲看住小黑子和那个9号，特别是攻守转换的一刹那一定要精力集中，别把自己盯的人丢了。而且有些球，该犯规的时候就犯规，看不行了就拉倒他，知道吗？"

"知道了。"

"好，我们现在已经落后两球了，非常被动，但是你们要想想上一场的西山体校，想想他们一直拼搏到最后一刻，扳平了比分。所以下半时大家打起精神，把比分拼回来。好不好？"

"好！"

下半时比赛开始，河口体校继续防守反击的打法，海市足校也继续大举压上进攻。前锋李子楠和王一凡明显加强了跑动，不断地在河口体校的后防线上跑动接应着。但是仍然拉扯不出像样的空当。河口体校的三名中后卫以不变应万变，任由他们跑来跑去，还是坚守阵型，保持防守阵线。

比赛中王冠一试着传了两次对方身后，让李子楠插上，但是河口体校的守门员董小磊的活动范围和后卫线的距离恰到好处，球稍一过顶，就会被守门员上前没收，搞得王冠一非常难受，只能用盲目远射来碰运气。但是对方守门员董小磊注意力特别集中，几次都稳稳地将球直接摘下，丝毫没有威胁。

肖恩在左路的进攻也屡受挫折，刘杰和补防过来的冯威让肖恩无从下脚，只能无奈地横传或者回传给左边后卫隋明俊。

随着时间的推移，孩子们越来越急。这时肖恩在左路拿球，试图强突刘杰。刘杰跟上肖恩，肖恩一个扣球晃过，然后立刻用身体卡住刘杰准备内切，却被刘杰从身后伸出一脚捅到了球。肖恩赶紧调整离开身体的球，结果冯威协防上来断掉了球。

又是同样的长传，冯威找到了 9 号刘正彤，刘正彤拿球后一个同样的扣球过掉了回追的于子傲，起左脚射门。球进了，3∶0，河口体校扩大了比分。

"完了。"肖恩爸爸失望地说。

金开石爸爸跟其他家长也在一旁不停地摇头。

河口体校的孩子们开心地庆祝着。

金开石赶紧从球网里捡球，踢给了王冠一，王冠一拿球直接和李子楠站在了发球点上，把前锋王一凡挤到了中圈外。

一声哨响，再次开球。

王冠一接到李子楠的开球，向后一拨，所有人都以为他要回传，谁知他突然转身直接中路带球突进。只见他一个加速蹚过了身侧来抢断的小黑子，紧接着轻巧地用右脚外侧一拨又过了正面冲过来的前卫戴琳，然后右脚内侧一个快速的连贯动作向前一蹚甩掉了过来夹击的程谋义。这时，李子楠、王一凡从两边开始前插要球，吸引了对方后卫的注意力，中后卫崔守杰上前移步，准备造越位。王冠一预判到了崔守杰的意图，出其不意地一个小搓把球传到了中后卫郑艺声和崔守杰的身后，然后全速从郑艺声和崔守杰中间穿过，追上了球，此时只有冯威看出了王冠一的意图开始回追，无奈身体不济被王冠一撞到了一边。

王冠一拿到球面对出击到一半的对方守门员董小磊，上来就是一脚怒射，董小磊下意识用手一挡，胳膊蹭到了球，但由于射门力量太大，球并未改变方向，而是划出一道弧线钻入了网窝。3∶1。王冠一凭借个人能力把球传给了 2 秒后的自己，穿越了河口体校的整条后防线。不，更准确地说是他一个人单挑了河口体校整个球队，取得了1分。

进球后的王冠一伸出右手食指对着自己的太阳穴俏皮地画着圈圈。这个独特的庆祝动作仿佛是在问全场的人们：

"惊不惊喜？"

"想不到吧？"

"我这脑子！"

肖恩看着王冠一的庆祝动作，立刻想到了徐导。徐导经常会做这个动作来提醒孩子们，"用脑子踢球，别一脑子糨糊"。所以肖恩觉得王冠一的这个庆祝动作是在嘲笑对手"没脑子"。

不管王冠一的意思到底是什么，这一粒精彩的进球让场内的对手目瞪口呆，让场外的徐导和家长们鼓掌叫好，就连场地栅栏外的观众也都献上了惊叹的掌声。

几个来自河口体校小队的小球员，同样被这个进球征服，他们卖力地为对手王冠一拍手鼓掌。其中就数"小黄豆"周康拍得最卖力，他边拍边说："如果是我守门的话，这球一定能够扑出来。"周康自此记住了王冠一，也把他当成了自己的对手。

王冠一跑到对方球门捡起球，放在了开球点上。裁判一声哨响，吹响了海市足校反攻的号角。

海市足校的孩子被这一球激励了，像打了鸡血一样，拼命地大举压上，前场就开始积极地拼抢，前锋丢球后立刻反抢，让对方后卫不能舒服地长传进攻。海市足校开始控制比赛，河口体校非常被动。

肖恩左路带球晃过了刘杰，又被冯威逼住，这时从不过半场的边后卫隋明俊居然套边插上助攻，肖恩赶紧传给隋明俊。左脚的隋明俊接球后一脚传中，质量很高，中路的李子楠抢到点头球攻门，可惜球被反应灵敏的董小磊扑出了底线，海市足校获得角球。

肖恩站在角球点上，手向前举，示意金开石开后点（赛前孩子们更换了暗号）。球发出，速度很快，直奔后点而去。金开石找准落点，高高跃起如入无人之境，一头把球顶向了球门右下角，角度非常刁钻，守门员董小磊只能望球兴叹。谁知就在这时，球却被站在后门柱的邢波伸出一脚挡出。乱军之中，不知是谁大脚解围，把球踢到了左路小黑子的脚下，小黑子拿球后，轻松晃过边后卫李国带球长驱直入，面对守门员周凯他一脚推射，球钻入网窝，4∶1，河口体校再次扩大了比分。

这一进球就像一盆冷水瞬间浇灭了海市足校刚刚燃起的斗志，唯有金开石依然信念坚定，又一次把球踢给王冠一。

这一次王冠一的中场带球被早有准备的对方封住，只能回传给林立再组织。两队一直僵持，比赛再无波澜，最终河口体校以4∶1的比分战胜了海市足校。

赛后，金开石和王冠一都哭了，肖恩上前安慰两个好朋友："男儿有泪不轻弹，别哭了。"

徐导赛后也蒙了，他预感到，除非最后一轮战胜海市汇文，否则他们是不可能拿到亚军了，但是战胜海市汇文又几乎是不可能完成的任务。

如果输给海市汇文的话，他们就连季军都拿不到了。这样的话，就是连厉校长的保三争二的最低要求都无法完成了。

徐导看着南云天和厉校长从主席台上起身直接离开的背影，顿时感到压力山大。

徐导还是强撑着站在孩子们面前，说："来，大家抬起头来，把眼泪擦一擦。今天你们踢得都很好，输了就输了，没什么可哭的，还有下一场比赛。"

看着还在哭泣的孩子们，徐导眼睛也湿润了："今天怪教练，是我战术没安排好，没指挥好，都是我的错。你们都是好样的。"

徐导说到这里，也开始哽咽了。看得出来，他的这番话是发自肺腑的，他为了比赛踢得漂亮而放弃了球队本来的打法，才酿成了恶果。他明白这个比赛结果不是两队孩子们实力的真实写照，是他把一手好牌打成了烂牌。

徐导停顿了好半天又说："都别哭了。回家吧，好好休息，我们还有一场比赛。解散。"

"散……"

来到场边，肖恩爸爸安慰了一下金开石，就带着肖恩回家了。

路上肖恩爸爸问肖恩："你们输球了，别的孩子都哭，你却没哭，为什么？"

"输了就输了，为什么要哭？"

"输球不难过吗？"

"难过啊，哭也没用啊，不是还有一场比赛吗？"

"你想得还挺开。"

"想不开的话，之前输女足那么多场，为什么不哭，偏偏这场哭？我倒是觉得输给女足那么多回，更让人难过。"

"哈哈，你输女足的时候怎么也不哭？"

"我一男子汉怎么能在女流之辈面前哭，男儿有泪不轻弹。"

"哈哈，还一套一套的。"

徐导独自回到家中，郁闷地坐在床上。

"你这一身脏衣服回家就往床上坐！一回家不是喝得醉醺醺的，就是一身臭汗。你怎么一点都不珍惜我的劳动成果？"徐导爱人大声呵斥道。

徐导没理她，而是立刻拿出小本子开始计算这一轮的排名，更新了积分表，计算显示海市足校仍以微弱的优势排在积分榜第二位。在输掉这场球后，这看似靠前的排位，实际上已是风雨飘摇。因为不出意外的话，最后一轮比赛，排名第三的西山体校和排名第四的河口体校都会战胜各自的对手。

这样一来，最后一轮，海市足校面对排名第一的海市汇文可谓毫无退路。如果输球，那么就会立刻从第二名跌到第四名。

徐导在小本子上演算着最后一轮比赛的各种可能性，如果最后一场海市足校能够逼平海市汇文，那海市足校就有极大的可能保住前三，获得季军。

"还在那傻坐着，也不知道管管儿子。这又周末了，你倒是带儿子去澡堂洗个澡啊，这儿子大了，也不能总让我带去女澡堂洗吧！你这当爹的……"

"好了，别说了，我先出去一下，一会儿回来再带儿子去澡堂。"

"又走了，一天到晚就知道往外跑，天天在外边打麻将、喝酒，你管过儿子，管过家吗？你别回来了！"

"咣当"，徐导关门离开了家，找到一个小卖铺打电话给厉校长的传呼机留言："领导，最后一场全力以赴，保证完成任务。"然后他就直奔北东小学，这里是河口体校的大本营，徐导来这里直接找到总教练刘煜东。

刘煜东看到徐导，笑问："常志，咋了？今天上午的比赛不服气啊？"

"服气，心服口服。"

"那来找我什么事？"

"来向三哥取经、学习来了。今天上午你们那五后卫防守阵型真不错，我们根本打不进去，我就想学学这个。"

"我们这次比赛到现在都丢了13个球了，仅次于井田和东山。你还来学我们？"

"哈哈，我今天是亲眼所见，就觉得你们的防守阵型好、战术好。"

"防守是个体系，可不是4个后卫变5个后卫这么简单。我建议你别临时换5个后卫了，还是坚持自己4个后卫的防守体系吧。你多上来一个后卫，跟其他后卫配合不默契，如果能力不强的话，那就是个雷，站哪儿哪儿是空当，还不如不上这个人呢。"

"嗯，有道理。但是……"

"没什么但是，我们跟李磊的海市汇文也碰过了，那拨孩子的能力可不是你防守人多能顶住的。"

"那怎么办呢？"

"嗯……我们那场是1:7输的，赛后我们教练组开会总结过，觉得防守不能只靠后卫，中场也应该加强对抗，海市汇文他们中场那几个孩子能力太强了。其实那场比赛中我们的后卫都已经拼尽全力了，但是我们的中场实在是跟他们的没法比，所以场面特别难看，被压在后半场挨打。没有一个好的中场防守体系作为屏障，对方进攻直接就打你后卫线，是守不住的。"

徐导说："是啊，第一天西山体校打海市汇文那场比赛我看了，其实西山体校还可以，场面不难看，不是那么被动。"

"这个你说到点子上了。那天我们同时踢，我没怎么看。但是听说西山体校场面不难看，主要得益于他们的中场。所以说我建议你要让中场的孩子们加强防守，让王冠一和肖恩一定要好好限制汇文那两个边前卫。让你们的两个大中前卫，在中场玩命地来回扫荡，在后卫身前做好屏障。我建议你把李子楠给撤回来看好'双棒儿'那个弟弟王强，紧紧地跟着，别让他随便出球。"

"好，三哥说得是，我都记下来了。"

"还有就是心理，孩子比赛心理很重要。心理波动巨大，比赛的时候可能一下就泄气了，也可能被你几句话激励得就像打了鸡血一样。"

"嗯，这个我在行。"

"不是，鸡血打得太足也不行，我们打西山体校那场就是鸡血打太足了，原本防守反击的战术都不顾了，压上去跟人家打对攻，被打了4个。"

"嗯，对啊……"

"就跟你们今天上午的比赛一样，也是鸡血打过头了吧。压上来，被我们打了反击。其实你们之前的防守挺好的。"

"对啊，我这个后悔啊，这事其实挺复杂的，就不说了，都是我想多了。"

"嗯，你那拨孩子不错，按部就班地好好打，我觉得我们打不过你们。"

"嗯，别说了，都怪我。"

"你们那个王冠一进那个球，可以啊，是最佳进球了吧。这孩子有能力，还有魄力！他可是难得一见的好苗子啊。有人找你签约吗？"

"谁找我？"

"大概两个月前，罗州青川的副总高刚来找我说要签下我整个84、85的队伍做他们的梯队，我没答应。"

"怎么不答应？罗州青川是做什么的？"

"听说他们是北方一个挺大的集团。如果孩子们签约了，去了罗州，我们河口体校以后这个年龄段的比赛谁来踢？我们的合作学校北东小学以后的比赛谁来踢？没北东小学的支持，没学校的场地，我们去哪儿训练？没了这些孩子，教练们以后吃什么喝什么？我想来想去，觉得不能杀鸡取卵，就没答应。"

"嗯，真是，不能为了这点钱，把后路给断了。咱们不说钱，光是带了这些孩子这么长时间，都有感情了，也不能随便把他们签了。"

"嗯，罗州青川让我另推荐一个其他队，我觉得西山和井田体校跟我们性质一样，估计李彬和蔡明泽也不会签。东山的何生那个倔劲就更不可能了，所以我就推荐了你们队，你们跟我们不一样，你们没有合作小学的比赛任务，也不用考虑场地和孩子的上学问题，关键是你们就老厉跟你，一个将一个兵，想签就签，是吧？"

"啊？我们的确是没什么比赛任务，孩子们都在国富街小学上学，不用他们的场地，也不用代表他们比赛。"

"嗯，所以，我就让他们联系老厉了。老厉没跟你说吗？"

"啊？最近厉校长忙吧，他没跟我说。"

"老厉这还忙啥，都快退休了，还能返聘吗？"

"应该可以吧。"

"你觉得可以？我觉得不可以，南云天没来之前，我觉得还可以，现在我觉得他还是潇潇洒洒地回家安享退休生活吧。"

"您的意思是南云天之后能当我们足校校长吗？"

"他要是想当就能当，但我觉得他应该看不上这个校长位子。他现在可是海市足球青训主任，管着整个海市的青训，也不会在乎你们这个小破足校。"

"他这个青训主任，哪有您说的那么厉害？他也就能管管我们海市足校，我们队和一支小女足，哪里能管得了你们的队伍？"

"能啊，他想管的话，马上就能管起来，你没听说他要把海市所有的青少年小球员注册登记吗？"

"没听说。"

"不可能啊，你们市体委搞的规矩，你居然不知道，老厉又没跟你说啊？"

"没有，最近没怎么见，还没告诉我。"

"好吧，我告诉你，南云天说要把海市这些孩子都注册登记了，不注册以后就没资格参加比赛。这不就等于他一下子把海市的孩子们都收编了吗，以后谁也跑不掉了。"

"先注册了，就能留住孩子了吗？"

"当然了，以后孩子想跑到外地，只要海市足球联合会不盖章，谁也跑不掉，而且听说南云天还要减免优秀孩子的训练费，跟孩子家长签协议，就是培训协议，为日后打官司立合同呢。"

"别说，南云天这招挺狠啊，他不给注册，你就比不了赛，他不同意，你哪也去不了，那还不都得听他的呀。我这辛辛苦苦带了这么多年的孩子，带来带去，最后命运却掌握在他手里。这么搞对吗？"徐导质疑。

"有什么不对的，你要记住，不管你带了多久，这孩子也不是你的，都是孩子爹妈的，都是海市体委、海市政府的。以后孩子长大，去别的地方踢球，调档案、调关系都需要海市足球联合会盖章。我觉得这样做也是对海市足球的保护，孩子以后就不会不明不白地被挖走了。"

徐导摇摇头无奈地说："这东西，走走看吧，这个南云天，我总觉得他太能折腾，自从他一来，我们这边就多了很多是非。总之，这些都跟我无关，我也不想掺和，就想把这些孩子带好。"

"哦？这些跟你可不是没有关系啊。"刘煜东意味深长地说，"好吧，兄弟，这些事也别当回事，领导和俱乐部的人，都是聪明人，咱也别得罪。"

"管他们什么样的，我这刚把孩子养大就给别人啊？我可舍不得。"

"嗯，也是，咱们基层教练都是这个心情。"

"好，谢谢三哥，我就不耽误您时间了。"

"嗯，回去好好练。足球是圆的，一切皆有可能。"

"好的，我回去好好准备。"

徐导从北东小学出来，心里琢磨着三哥的话，这些话也正合他的意思。海市汇文，虽然已经夺冠了，但是他们肯定还是会全力争胜的，所以徐导决定，最后一场坚决打防守反击，什么漂亮足球，都滚蛋，我只要结果。

至于罗州青川和厉校长的事，徐导倒是不太在意。他觉得他尊敬的厉校长没告诉他这些事，一定是怕他在大赛中分心，搞不好厉校长都已经回绝罗州青川了。

徐导本本上的记录：

第四周：

海市足校 vs 河口区体校 1：4

井田区体校 vs 海市汇文 0：10

西山区体校 vs 东山区体校 6：0

第四轮积分榜：

No.	球队	胜平负	进球	失球	净胜球	积分
1	海市汇文	4/0/0	36	1	35	8
2	海市足校	2/1/1	12	7	5	5
3	西山区体校	2/1/1	11	9	2	5
4	河口区体校	2/0/2	11	13	−2	4
5	井田区体校	1/0/3	5	17	−12	2
6	东山区体校	0/0/4	0	28	−28	0

第三十五章　兴奋起来!

周一下午，训练前，小哥儿几个又聚在一起聊球。不知是天气炎热还是什么其他原因，聊天气氛低沉，远比不上之前热闹。

人群中的周凯看着王冠一，王冠一没有挤对他，让他浑身不舒服。

周凯忍不住了："王冠一，我不得不说，你上一场那球进得不错哈。"

"嗯，你上一场表现也挺好的，我都不知道说你什么了，挑不出啥毛病。"

周凯都不敢相信自己的耳朵："你这是在夸我吗？"

"当然是在夸你了。"

"唉，可惜啦，那4个进球，我一个都没扑出来。"

"没事的，就算你扑出来2个，咱们也还是输，更何况我对你也没抱什么希望。"

"靠，还是瞧不起我。"周凯生气地走开了。

"哦，又生气了。"王冠一模仿小品《演员的烦恼》里赵本山的语气，逗得大家哈哈大笑。

"王冠一你恢复正常了。"肖恩说。

"天太热了，热得我都不想说话了，赶紧下雨吧，凉快一下。"王冠一说。

训练开始，徐导重点练防守，他的目标很明确，就是要打防守反击，守一个平局。

第五个比赛日，也是本次联赛的最后一轮比赛，几位体委的领导在南云天的陪同下也来到了赛场。

今天的重头戏，当然是排名第一的海市汇文对战海市足校，所以这场比赛被安排在了最后。

首先进行的是西山体校对井田体校，以及河口体校对东山体校的比赛。

徐导站在场边一直注视着河口体校对东山体校的比赛，不出所料，场面一边倒。随着东山体校的守门员一次次地把球从门里捡出来，比分也变成了6∶0。

徐导紧张起来。之前他认真地计算过，河口体校6∶0的话，他们的进球就是17个，失球是13个，那么他们的净胜球就是4个，比海市足校的5个净胜球少一个。这样海市足校只要逼平海市汇文，拿到1个积分，就可以以净胜球的优势获得季军。

但是现在比赛还剩十多分钟，徐导觉得以河口体校的攻击力应该还会取得进球。如果河口再进一球，那么两队的净胜球就都是 5 球，海市足校的进球数只有 8 个，比河口体校少了足足 10 个之多。这样的话海市足校就只有孤注一掷战胜海市汇文才能进入前三。逼平海市汇文已是非常艰难的任务，要想战胜海市汇文那更是不可能完成的任务。

王一凡爸爸始终跟在徐导身边，似乎看出了徐导的心事，好心安慰着，但是始终没能安慰到点上。徐导理解王一凡爸爸的好心，开始给他解释起现在的局势。王一凡爸爸认真地听着，还不时发出各种专业的感叹。

怕什么来什么，小黑子进球了，完成了'帽子戏法'，比分变成了 7 : 0。徐导和王一凡爸爸在场边直摇头。

"看来这边就这样了。一凡爸爸，我过去带孩子们准备比赛去了，你在这帮我瞅着点。"

"好的徐导，没事，我觉得咱们今天能赢。"

"好，咱们全力以赴。"徐导说完开始向比赛场地走去。

东山体校守门员再次发球，比赛继续。刚才那个失球是东山体校本次联赛中的第 35 个失球，但球队并没有因此灰心丧气，而是在何生指导的带领下继续顽强地战斗。

在何生指导的呼喊声中，东山体校继续积极拼抢，而河口体校有些懈怠，放慢了进攻的节奏，开始后场倒脚。眼看比赛时间就在这一次次的倒脚中过去，比赛仿佛进入了 NBA 的垃圾时间。

很明显控球并不是河口体校的强项，后卫们看似闲庭信步的倒脚，其实险象环生，多次差点被断。河口体校的前锋站在原地不再跑动接应，让后卫们的出球点减少，难度增加。

徐导一步三回头，边走边继续关注场上的动态，最后还是在场地边缘站了下来。

在东山体校的积极拼抢之下，河口体校的后场倒脚破绽不断。后卫郑艺声拿球，看对方前锋任远从中路冲来逼抢，边后卫的位置又被对方边前卫挡住，无奈之下他只能选择传给中路的后腰。后腰球员还未拿球，身边就已经有东山体校的队员上来逼抢，后腰球员一慌，连忙把球再回传给郑艺声，却不小心传到了郑艺声和崔守杰二人中间。俩人对视后，互相让了一下，就在这时任远突然杀了出来，在二人中间抢先拿到球，向前一蹚，带球突进，面对张开双手出击的董小磊，冷静射门。皮球从董小磊的腋下穿过，钻进了球网。比分变成了7：1。

东山体校的孩子们兴奋地庆祝着，家长们也在场边高声呼喊，这是他们本次联赛中的第一个进球，35个失球算得了什么，只要一个进球就可以让他们振奋起来。

和他们一样开心的是场边的徐导，这一球让他看到了希望，徐导握着拳头，心中默念："只要打平就可以……"

就像电视剧中大事发生前必定天现异象一样，海市足校对战海市汇文赛前，球场上空乌云压顶，阴沉的天气让球场的气氛越来越压抑、越来越紧张。

徐导周详地布置完战术，让孩子们都去把水瓶拿过来。

徐导神秘又严肃地说："孩子们，来，每人都喝一口水，含在嘴里别咽下去，好，都含住了吧？"

"含住……"几个孩子刚想说话就漏了出来。

徐导一看笑了："傻孩子，都别说话，都含住了。好，来，让我们做漱口的动作，做3分钟。"

孩子们一听都很诧异，不知道徐导到底要干什么，但还是按照徐导说的，开始漱口。

家长们在一旁看着可爱的孩子们噘着小嘴漱口，小腮帮一鼓一鼓的，也都发出了阵阵笑声。

徐导笑着揭开谜底，说："孩子们，俄罗斯科学家研究发现，漱口3—5分钟，对舌头的刺激会引起中枢神经系统的兴奋，分泌出的大量唾液会加剧大脑的兴奋。你们是不是感觉开始兴奋了？"

"是……"几个孩子下意识地回答，嘴里的水又喷了出来，水流直奔前排孩子的后脖颈，从而引起了连锁反应。吐出水的孩子赶紧补水，然后继续做漱口动作。

徐导继续说："金开石，兴奋起来，后防的高空球就都看你的了。林立，兴奋起来，中场来回扫荡就看你的了。李子楠，兴奋起来，限制对方核心王强就看你的了。王冠一、肖恩，兴奋起来，两个边的攻守就看你俩的了。于子傲、李国、隋明俊兴奋起来，后防就看你们的了。最后，周凯，你一定要兴奋起来，你就是半支球队，今天是赢是输就看你的了。好了，都有了，我喊一二三，大家一起把水喷出来，能喷多远喷多远。来一、二、三。"

"噗噗噗噗……"一时间水花四溅，球队气氛伴着水汽和笑声达到了高潮。

孩子们各自把水瓶送回放好。这时徐导突然想起了王一凡，于是走到王一凡跟前拍了拍他肩膀说："今天就留你一人在前边，进攻就看你的了！"

王一凡点点头，王一凡爸爸在一旁露出会心的笑容。

一个都不能少的徐导最终还是忘了一个人，那就是张清越。张清越的妈妈就站在场外，作为一位母亲，她清楚地知道，自己的儿子被忽略了，也敏感地认为半路进队的儿子永远不会像林立、王冠一、肖恩、金开石那样被重视。

阴云之下，随着一声哨响，比赛开始了。孩子们上来就直接对位，干净利落。李子楠紧紧地贴着王强，于子傲紧盯着对方"得分王"李晓力，肖恩和王冠一则对上了边前卫尹建平和杨德清，林立在中场来回扫荡，金开石坐镇后防，大家同心协力，目标明确。

一开球，海市汇文就明显占据了主动，控制了比赛。但海市足校的防守非常积极，训练有素，各个位置间的配合协调也流畅有序，海市汇文始终没能获得太好的机会。反而海市足校倒是有几次抢断后的反击打得非常坚决，直接打对方身后，让王一凡去拼。但单兵作战的王一凡还是巧妇难为无米之炊，被对方后卫一夹击就失去了球权，没能形成任何威胁。

比赛就这样不温不火进行了 5 分钟后，感觉在防守端丝毫没有什么压力的海市汇文开始放心大胆地全体压上，疯狂地冲击着海市足校的后防线。

其实海市汇文一上来还是打得比较稳妥的，待了解了对手的意图，发现海市足校明显是要死守，也就不再犹豫，开始大举进攻。

海市汇文就像一辆阿斯顿·马丁，一下子就把比赛节奏提到了峰值，极强的"推背感"让海市足校一时无法适应。

海市汇文从前锋做起，丢球立刻就地反抢，海市足校的后卫只能仓促解围，甚至连摆腿大脚解围的时间都没有。

对手积极的前场紧逼、高位逼抢把海市足校死死压在后场，门前险象环生，就连场边看球的家长都跟着喘不过气来，感觉城门随时都会失守。

徐导紧张地看着场上的动向，手里攥出了汗。他知道如果一直这样被动挨打，丢球就是早晚的事，唯有像刘煜东所说的，发挥中场的作用才能适当缓解压力。于是他大喊："别轻易丢球，王冠一、肖恩，拿住球，控住球。"

王冠一、肖恩收到指令，开始努力控球，不再盲目地解围。

这时海市汇文尹建平下底传中未果，被隋明俊断下，后者将球就近传给了身前的肖恩。肖恩拿球后，对方边后卫郭乐水快速上前逼抢，不让肖恩转身。肖恩护住球，向中间观察，但两名中前卫都未能靠近接应，所以他只能选择稳妥地向外线转身，试图从边线抹过去。郭乐水还是经验老到，他用身体顶住肖恩，然后伸出一脚，准确地捅到了球，把球破坏出了边线。

球出边线后，全队的防守稍有喘息，队长林立立刻调度："压上去，来，都压上去。"

徐导一听，赶紧喊："可以了，林立，这个位置就可以了，别压上太大。"

隋明俊捡起球准备发边线球，无奈没有好的出球点，他只能沿边线又将球扔给了肖恩，肖恩倚住郭乐水护住球，周围还是缺乏支援。肖恩想再次沿边线转身过人，但是这次离边线太近没有转身的空间，眼看对方已经形成围抢，肖恩急中生智，用脚后跟向后一磕，想穿裆转身过人，他的想法是好的，但是球碰到了身后郭乐水的腿，被断了下来。

郭乐水拿球，只是向前一蹚就轻松过掉了隋明俊，这一下虽然过的是隋明俊，但对身后回追的肖恩打击不小，他直接站在原地，心想："这小子速度可真快啊。我这一整场比赛都对着他，该怎么办啊？"

　　还好这时后腰林立补了过来，防守日渐成熟的林立逼住了郭乐水，后者只能回传边前卫尹建平，隋明俊赶紧逼抢尹建平。尹建平拿球直接向内带球切入，中间李晓力接应了过来，二人做了一个二过一配合，随后尹建平就像一条泥鳅一样杀入了禁区，就在起脚射门瞬间，金开石侧方杀出铲球，球碰到了金开石的脚折射向了球门近角，此时周凯按照经验已经扑向了球门后角，是的，他就是这么一个有"经验"的守门员。

　　"完了。"徐导看着球门，心中打鼓。

　　"乓"的一声，皮球击中了球门立柱，反弹了回来，正好弹到了倒在地上的周凯的后背，说时迟那时快，周凯左手一个机敏的反勾，把球留在了怀中。

　　"好球！"在场的家长叫好。

　　徐导也长舒了一口气。

　　金开石坐在地上说："好球，周凯！"然后站起身把周凯拉了起来。

　　周凯抱着球走向了刚才被击中的球门柱，亲吻了一下门柱。

　　"他在干吗？"王冠一问。

　　"他在学帕柳卡，世界杯决赛时亲吻球门。"林立回答。

　　"哦……真骚。"王冠一无语。

　　"周凯他爸，你家周凯性格真好。"金开石爸爸说。

　　"这孩子人来疯，爱演，也不知道他像谁了，全是外路精神，比赛以外的心思可多了。"周凯爸爸无奈地说。

　　"还能像谁？这不就像你了吗？"肖恩爸爸和金开石爸爸心想。

"看来今天这是来状态了。"肖恩爸爸说。

金开石近距离看完周凯的表演，什么也没说，按照以往他肯定会斥责周凯别演了，但今天没有。他知道要不是这个幸运的门柱，刚才那球就是他的乌龙球了。

海市汇文继续进攻，海市足校门前险情不断，还好没有变成得分，几次有威胁的射门不是被后卫挡出就是被状态神勇的守门员周凯扑出。

海市足校这种反复死里逃生的状态让海市汇文主教练李磊看得烦心，让海市足校的徐导看得揪心。

李磊多么希望谁能够站出来打破这个僵局。突然，一声惊雷，老天爷站了出来，下起雨来。

家长们纷纷撑起了雨伞。徐导并没有半点躲雨的意思，还在场边大声地指挥着，这是他盼望已久的大雨，每一滴雨滴落在身上都让他兴奋不已。

清凉的雨滴让场上的孩子们也兴奋了起来，跑动更卖力，呼喊更大声。

王一凡爸爸走过来给徐导撑伞，徐导拒绝了，他要跟孩子们一起在雨中作战。

此时的徐导觉得，天时已至，再看逐渐泥泞的场地，地利也不远了，就差人和了，如果谁能站出来攻入一球，那就再完美不过了。

徐导就像一个被神庇护的孩子，想什么来什么。王冠一得球，右路带球突破，对方后卫对他不敢怠慢，采用了犯规战术，海市足校获得前场右侧任意球。

海市足校"三大将"（金开石、林立、于子傲）进入对方禁区，王冠一准备罚球。"三大将"在禁区内互相挡拆，然后跑向各自的位置，吸引了海市汇文几乎所有的注意力。

王冠一把球开出，球并没有吊向禁区内的"三大将"，而是低平球传向了禁区前沿。这时，肖恩从左侧插了过来迎球拔脚怒射。

王冠一的这一传，出乎所有人的意料，所以肖恩身边没有防守队员，可以轻松施射。

球吃正了部位，就像出膛的炮弹，但是与炮弹不同的是，球没有自转，硬挺挺地飘向了球门。

对方守门员隋鑫，开球到现在一直没摸到过球，又被大雨一淋更是浑身凉凉，完全不在比赛状态。再加上禁区内进攻防守人员众多，干扰了他的视线，球掠过禁区内的人们，直奔隋鑫面门而去。

隋鑫赶紧抬手去接球，可能是球速太快且又不规律的飘动，又或是球沾了雨水比较滑，隋鑫居然脱手了，皮球点地滑向了左侧立柱。所有人注视着皮球的轨迹，皮球不负众望"乓"的一下撞到了立柱，弹进了球门。

"Yeah！"海市足校的队员、家长们齐声欢呼！

王冠一与肖恩抱在了一起，其他孩子们也都围了过来，周凯更是百米冲刺跑来抱住了大家。

"肖恩，好球，射得漂亮！"大家不停地说。

肖恩被簇拥在人群中间，感觉有点蒙。要知道，训练的时候他射了十多脚，也就只进了一个。

徐导在练习这个任意球战术的时候，要求肖恩压低别射高就行，好让禁区内的人混战或者补射得分，谁知道肖恩今天直接就射门得分了。

王一凡的爸爸与徐导抱在了一起，开心的徐导脸上不知是雨水还是泪水。

主席台上，领导也齐声叫好，南云天居然开心地站了起来，厉校长则淡定地坐在座位上。

很快，比赛再次开始，海市汇文立刻组织进攻，不过由于海市足校气势正高，防守注意力集中，他们也没能获得什么机会。

雨越下越大，场地变得越发泥泞，被人踩踏多的地方，尤其是海市足校的半场开始积水。球落到积水中立刻失去了向前的速度，进攻队员只能将球挑起，踢出积水区域，这严重影响了进攻节奏。

海市汇文被迫放慢进攻速度，只能东一脚西一脚地在后场来回倒脚寻找机会。上半场比赛结束了，海市足校1∶0领先。

中场休息时大雨逐渐变小，组委会派人稍微清除了一下积水，但效果甚微。为保证比赛质量，南云天询问裁判下半时是否需要延迟开球，裁判的意见是雨在变小，下半时比赛可以正常进行。

徐导鼓励着球队，给每一个球员打气。海市足校的队员们气势高涨，誓要守住这1分，取得胜利。

下半时比赛开始，双方易边再战。海市足校半场的场地状况，不像另一边那么糟糕，海市汇文展开了猛烈的进攻。

但面对求生欲望强烈，摆明了要跟你在后场摆大巴的海市足校，海市汇文也没有什么好办法。只能是打打远射，或是通过边路设法下底传中。

海市足校的两个边路早已做好准备，王冠一、李国搭档的右路和肖恩、隋明俊搭档的左路，防守都相当到位，海市汇文很难真正做到底线传中，只能是40°角向禁区内起球，这种球就成了金开石的表演时间，只见他一次次高高跃起将球顶出禁区。

在金开石的身后，周凯表现更加亮眼，注意力特别集中，远射悉数被他没收。每扑到一个远射，周凯都会大声激励自己："没有人能在禁区外射入我的球门！"

渐渐地，汇文这边半场也开始泥泞起来，出现了积水。比赛似乎不只是在两支球队之间进行，积水成为第三股势力。两队的球员们都拼命想把球从水坑里踢出来，但踢出一个水坑就又落进另一个水坑。

无尽的水坑使得带球、传球都变得不可能，只留下水坑中纹丝不动的球和漫天飞舞的水花。

家长们可能也是很少看到这种有趣味的比赛，边看边笑，但是没过几分钟，他们发现球员们都在不停地把球挑起，在空中踢来踢去，也就觉得乏味起来。

海市足校的两个边路王冠一和肖恩在徐导的指挥下，拿球后就会在边路护球，就像肖恩上半时那样沿边路进攻。由于二人技术出众，对手很难直接抢断，往往都是破坏出边线。

在场的人们可能也没预料到，这场关键的比赛还真就像世界杯决赛一样保守、无趣，让人看得昏昏欲睡。

突然，场边的第四官员举起了换人牌，比赛补时3分钟。

"太好了，还有3分钟。"徐导心中窃喜，这一切正是他想看到的。现在徐导感觉今天的天、地、人都在眷顾他。

正在徐导开心得意之时，海市汇文前场抢断，李晓力得球，过掉李国下底传中。球又高又飘，金开石在禁区内看着球判断好落点，原地起跳，准备头球解围。可就在他要顶到球的瞬间，一个人从后向前冲跑过来，高高跃起，抢在金开石之前顶到了球，球力道十足，砸进了网窝。

海市足校这边所有人都闭上了眼睛，发出了沮丧的叹息声，场边的徐导气得一脚将身边的水瓶踢得老远。

守了这么久，眼看再有 3 分钟比赛就要结束了，可两周前与西山体校的那一幕又再次上演，不禁让人扼腕叹息。

顶进这一关键进球的不是别人，正是后腰王强。他刚才在李晓力传中的那一刻从禁区外向禁区内快速冲刺，助跑起跳，高高跃起，力压金开石头球得分。

进球后，王强立刻从球门内捡出球摆到中点。金开石站在原地看着远处的王强，心有不甘，这种自己的强项被别人力压的感觉，不好过。

海市足校开球，王冠一拿球开始边路过人，对方破坏，发边线球，继续沿边路过人，发边线球。同样的套路，看来很难再创造肖恩的奇迹。

海市汇文拿球，乘胜追击，气势高涨，攻势一波接着一波。随着比赛的进行，留给海市汇文的时间也不多了。

几次猛攻之后，比赛进入到最后 60 秒，海市汇文尹建平再次拿球，这可能就是海市汇文最后的进攻机会了。

只见，尹建平与杨通配合下底传中，金开石高高跃起头球解围，球被顶出，滚到了禁区前沿，早已等在这里的李晓力拔脚就射，从来都不倒地铲球的肖恩竟然不顾泥泞飞身冲上前去铲球封堵，球碰到了肖恩的脚，产生了折射，变成了一脚吊射，这下让守门员周凯扑了个空。

球划出一道很高的弧线，吊向了球门左侧，此时的周凯倒在地上已没法起身，眼看球就要掉进球门。这时一个熟悉的身影蹿了出来，用一个漂亮的鱼跃侧扑，单手把皮球扑出了底线，是王冠一。

这一精彩的扑救引得场下一阵欢呼，也引来了裁判的哨声，红牌，裁判立刻掏出红牌将王冠一罚离出场。更糟的是，海市汇文还获得了一个点球。

王冠一情急之下的精彩扑救暂时挽救了球队，但球队仍然要面对点球这道鬼门关。

就在这生死时刻，大雨突然停了，周凯瞪大眼睛，站了球门线上，对面的李晓力站在了罚球点上。王冠一并没有离去，而是站在球门后对周凯说着什么。

此时肖恩和金开石抢占了两端禁区弧角的位置，这里是离球门最近的地方，也是他们目前唯一能做的事情，剩下的就全看周凯的了。

裁判一声哨响，李晓力开始助跑。这时周凯重心开始下沉，在门线上稍作垫步，一蹬地跃了出去，球大力射向了球门右侧，周凯扑对了方向，球角度刁钻、力道十足，周凯只是指尖蹭到了球，球并未停下继续向球门右侧飞去，"嘭"皮球击中了右侧立柱，弹了出来。孩子们蜂拥而上，离球门最近的金开石先出一脚把球解围出边线。随后就响起了比赛结束的哨声，裁判也没再给海市汇文任何机会。

海市足校的孩子们一下子沸腾了，冲向了周凯，王冠一从底线又冲回了球场，一下子把周凯扑倒在地，趴在地上的周凯被一股脑儿冲过来的孩子们压得嗷嗷叫。他一定想不到，作为球队的救世主，今天他没有像其他救世主那样被举高高，而是被众人压在身下，翻身不得。

徐导与身边的王一凡爸爸紧紧地拥抱在一起，肖恩爸爸和金开石爸爸也在场外与周凯爸爸击掌庆祝。周凯爸爸热泪盈眶，这绝对是儿子长这么大最给他长脸的时刻了。

最终，海市足校跟最强王者海市汇文战成了1∶1平。

接下来，组委会进行了颁奖仪式。

6支代表队的孩子们在场地中线区域面向主席台站成6列，等待颁奖。徐导站在队伍最后边，边维持秩序，边等待着组委会宣布比赛名次。看得出，他对于与海市汇文比赛的结果非常满意。

徐导知道如果没有东山体校任远最后时刻的进球和周凯最后时刻的神勇扑救，他们是不可能以一个净胜球的微弱优势拿下季军的，他感到特别庆幸。

徐导从后边向前喊："林立，一会儿领奖，你代表队里上去领。"

"好。"林立点头示意。

海市足校的孩子们都很开心，因为他们是季军，也是唯一一个与汇文打平的球队。

欢声笑语中，肖恩问王冠一："刚才点球你在门后跟周凯说了什么？"

"我跟周凯说扑左边。"王冠一回答。

"哎，周凯，那你为什么扑右边了？"肖恩又问周凯。

"我是专业门将，干吗要听他的，我只相信我自己的判断。"周凯得意地说。

王冠一看着周凯臭屁的样子没说话，这一次他想让周凯赢。

事实上，周凯回身听王冠一说话时，以为王冠一说的是自己的左边。最终让他歪打，扑了个正着，成为一扑定乾坤的大英雄。

赛事秘书长南云天站在领奖台前喊道："下面宣布，获得本次市体校联赛精神文明奖的是井田体校、东山体校和海市汇文，请三支球队代表上台领奖，有请颁奖嘉宾——海市足校厉山东校长。"

厉校长上台颁精神文明奖时，内心其实很遗憾，但是外表却喜气洋洋。

徐导在台下淡定地看着台上颁精神文明奖，觉得这就是个"安慰奖"，他心里早就有数，王冠一最后的那张红牌肯定扣掉了好多精神文明分，球队得不到这个奖也是必然的。相比之下，他更在意下一个奖。

南云天继续主持："台上的三支球队在球场上赛出了水平也赛出了风格，在红黄牌统计上，并列第一，一起获得了本次赛事的精神文明奖。"

"Yeah！"孩子们在台下为这个"安慰奖"欢呼雀跃，就像在为下一个奖预热。

南云天接着说："下面宣布，获得本次市体校联赛季军的是……"

孩子们开始骚动，徐导心里也开始出现波澜，脑中甚至提前说出了"海市足校"的名字。

南云天慢慢说道："河口体校代表队。"

"啊？错了吧？"徐导不假思索，立马边大喊，边从队伍后面冲到主席台前。

"错了吧？我们是季军。我们跟河口平分，净胜球多一个。我们应该是季军！"

南云天一愣，立刻又看了一眼成绩表，说："没错啊，你们没平分，河口比你们多一分。"

"不可能，都是6分，我们5个净胜球，他们4个。我们应该是季军。"

"不对，你们是8分，他们是9分。他们多1分。"

"怎么可能！让我看看。"

"你看吧。"

两人的争论通过话筒广播给了台下所有人，台下的人们面面相觑，不知所措。

这时，台下的一位河口体校的家长大喊："应该是先比较胜负关系吧，我们赢了海市足校，应该第三。"

"什么胜负关系？不懂就别瞎喊。"徐导回过头来，激动地回应。

河口体校的孩子们刚开始庆祝就又停了下来，海市足校的孩子们则盯着徐导的背影开始默默祈祷。

"你们怎么算出这么多分来？他们三胜两负怎么能得9分？"徐导说到这里顿了一下，似乎意识到了什么。

"是啊，赢一场3分，赢三场当然是9分了。"

"规则什么时候改的？"徐导立刻问。

"之前世界杯就是用的这个积分规则，你不会不知道吧。"南云天开始不耐烦。

"不是，没人通知我啊！"

"赛程和竞赛规程一起发的，你不会没看吧？你现在不要在这里争论了，这么多人看着，别影响颁奖。"南云天有些急了。

徐导看着主席台上的领导和身后无数双眼睛，知道自己已经骑虎难下，只能据理力争了。

"竞赛规程是世界杯前发的，那时候世界杯都还没用的规程我们为什么就要用？我们就应该采用之前的 2 分规则。"

"你早不说，现在想起争辩来了。好吧，国际足联一年前就发函通知世界各个足球联合会要在 1994 年世界杯小组赛采用胜 3 分、平 1 分、负 0 分的新规则了。你看竞赛规程了吗？"

徐导开始后悔自己的一时冲动，关键还犯了这么低级的经验主义错误，他扭头无助地望向主席台上的厉校长，但厉校长只是坐在那里，一言不发，连看都不看他一眼。

"好了好了，你快下去吧。一个教练，这么来闹，像什么样子！"南云天语气严肃。

徐导涨红了脸，情绪一下子崩溃了。

"南云天，你针对我！你是有意搞我！这么大的事，你瞒着，也不告诉我！你就是想让我走，我跟你没完！"徐导歇斯底里地喊着，虽然南云天已经关闭了话筒，但是徐导的喊声，大家还是听得一清二楚。

"徐常志，你给我冷静点。我针对你什么了？你这是干什么？"南云天很无奈。

眼看着徐导指着南云天的鼻子越说越激动，王一凡爸爸冲上去拉住了徐导，肖恩爸爸和金开石爸爸也跟着冲到台前，一起把徐导拉了下来。

徐导在众人的簇拥下走到场边，一屁股坐在台阶上，家长们都聚了过来开始安抚他，站队的孩子也都跑了过来围住徐导，6支领奖球队瞬间变成了5支，台上的领导们脸色铁青，而厉校长还是面无表情作壁上观。

此时刚刚停下的雨又开始稀稀拉拉地下起来。徐导看着身边的孩子和家长们，内心交织着温暖和愧疚，他无奈地挥了挥手，说："散了吧，大家都散了吧。"说完就起身离开了。

孩子和家长们在雨中看着徐导独自走出球场的背影，也不知他的这句"散了吧"是指今天还是永远。

第五周：

海市足校 vs 海市汇文 1：1

河口区体校 vs 东山区体校 7：1

西山区体校 vs 井田区体校 2：0

第五轮积分榜：

徐导按照以往胜2平1负0的积分方法，积分榜如下：

No.	球队	胜平负	进球	失球	净胜球	积分
1	海市汇文	4/1/0	37	2	35	9
2	西山区体校	3/1/1	13	9	4	7
3	海市足校	2/2/1	13	8	5	6
4	河口区体校	3/0/2	18	14	4	6
5	井田区体校	1/0/4	5	19	−14	2
6	东山区体校	0/0/5	1	35	−35	0

南云天采用了美国世界杯后最新的胜3平1负0的积分方法，积分榜如下：

No.	球队	胜平负	进球	失球	净胜球	积分
1	海市汇文	4/1/0	37	2	35	13
2	西山区体校	3/1/1	13	9	4	10
3	河口区体校	3/0/2	18	14	4	9
4	海市足校	2/2/1	13	8	5	8
5	井田区体校	1/0/4	5	19	−14	3
6	东山区体校	0/0/5	1	35	−35	0

第三十六章　王有成来了

雨渐渐变大，不远处广播中传来仓促的声音："祝贺海市汇文夺冠，本次海市体校联赛圆满结束！"随后，人们很快从球场散去。

南云天在散去的人群中发现了一个人，那就是海市乙级球队海市千阳的主教练王有成。

王有成观看了本届联赛的所有比赛，经过仔细观察，他在自己的小本上记下了一串名字。他们是：

前锋：

姜山（河口）

刘正彤（河口）

郝帅（西山）

任远（东山）

前卫：

王冠一（足校）

肖恩（足校）

朱赫（西山）

彭昊（西山）

王琨（西山）

后卫：

邹琦（西山）

冯威（河口）

郑艺声（河口）

邢波（河口）

郭辉（河口）

刘杰（河口）

杨通（西山）

赵志佳（西山）

李川（井田）

守门员：

余铭亮（井田）

董小磊（河口）

南云天走上前去："什么风把王指导吹这儿来了？"

"呀，南主任，我来这当然是来看孩子喽。"

王有成如此直截了当让南云天有点意外，他上下打量了一下王有成，说："怎么着，看好谁了，跟我说说。但是你是看好了，人家教练可不一定放呢，你从人家手里把最好的挖走了，还叫人家今后怎么带队，估计剩下的球队也就散摊了。"

"南主任说得是，所以我决定都要了，而且也不会亏待启蒙教练。"

"哈，都要了？可以啊，有魄力。都要了，你图个啥？"

"我不图啥，就为了留住这些孩子们，保住海市足球的未来。"

"嗯，你的说法是好的，但是以这个借口来搞垄断就不好了，海市汇文就是个例子。你看看他们现在连个同龄的对手都没有，踢个比赛都没法踢。"

"南主任说得是，但是南主任，你不觉得要是没有李磊，没有海市汇文，可能你也留不住海市 82、83 年的孩子，估计也早就被挖到外地去了。"

"你也可以这么认为，但是不准确。其实我们已经找到对策来解决人才流失的问题，我们的注册工作已经快搞完了，还差跟几个家长签培训协议，等都搞定了，谁也别想走。"

"嗯，有这么有效吗？恐怕是来不及了吧，我还是用我的方式来帮你解决问题吧。"

"好的，谢谢，我觉得你还是好好带你的乙级队，想办法冲甲 B 吧。"

"好的，一定全力以赴，请领导多支持。"

二人的谈话针锋相对，虽然他们都很看重足球青训，但对于青训的理念却大相径庭。南云天崇尚的是教育普及、自然发展的方针，而王有成很明显是崇尚精英选拔、单独培养的路线。

二人为了捍卫各自的观点，都说了善意的谎言，南云天说想出了解决人才流失问题的方法且接近大功告成（其实并没有）。而王有成说准备把这些孩子都要了，一个都不能少，但其实他没说下半句，那就是都要过来进行选拔，残酷地淘汰一大部分。

第三十七章　徐导得罪了谁

　　徐导回到家中，默默地领着儿子去了澡堂。他泡在池子里，看着身边戏水的儿子，感觉稍微好了一些。

　　闭上眼睛，徐导脑中出现了自己大声指责南云天的场景，然后又出现了厉校长那冷漠的眼神，肖恩爸爸和金开石爸爸上前拉住他的那一刻。

　　徐导脑子很乱，不知谁是敌，谁是友。

　　从澡堂出来，徐导找了一个电话亭给厉校长的传呼机留了一个短信："厉校长，我冲动了，我晚上去您家。——徐常志。"

　　徐导等了好久，终于等到了回复，大汉显上显示："晚上有事，改日吧，别担心。——厉。"

　　"别担心"这仨字让徐导好受了很多，看来领导还没有放弃他。

周一上午，海市体委召开班子工作例会，南云天汇报工作时只字未提徐常志最后大闹会场的事，只是总结汇报了本次市体校联赛的情况。最后，南云天委婉地催促厉校长加快球员注册及培训协议签署的工作。

南云天说："厉校长，之前我提议，班子会议研究通过的要给每个孩子在海市体委注册，个别好孩子可以免训练费，然后跟家长签一份培训协议，这事还请厉校长早点落实。"

厉校长立刻回答："我第一时间就已经把任务布置给徐常志了，并要求他抓紧，但是他迟迟未落实，我觉得他现在的思想和态度有问题。周六他居然还做出了大闹颁奖会场的举动，当时现场那么多人，影响极坏，性质极其恶劣。为了严格管理，惩前毖后，我提议给予徐常志严肃处分。"

梁主任听完厉校长的话和身边的刘主任不知说了些什么，然后刘主任说："那天我们也都在场，徐常志的举动是比较冲动，但是竞技比赛嘛，为了成绩冲动一下，也可以理解，我觉得就没必要处理了吧。梁主任您觉得？"

梁主任："嗯，我们都当过教练，都是过来人，这当教练的心情都可以理解。这样吧，问问'受害人'的意见。南云天，我看他那天主要就是冲着你去的，你觉得我们要怎么处理他？"

南云天一听乐了，说："我觉得这都不是事，厉校长不提我都忘了，我觉得就别处理了。徐导这么些年带队也是兢兢业业，他就是赛前没注意看竞赛规程，致使这个到手的奖牌没了，换了谁都可能冲动的。这也不是什么大问题。"

梁主任："嗯，小南，不错。厉山东你回去口头批评教育一下，一定要让徐常志来跟小南赔个礼，道个歉。这个过程还是要有的。"

刘主任："领导说得对，这又不是什么贪赃枉法、玩忽职守的原则问题。"

出乎意料的事发生了，与众人的好言解围不同，厉校长居然一脸严肃地说："嗯，让刘主任先说出来了，关于贪赃枉法，还有个重要的情况正准备向领导汇报。"

"什么事？"刘主任问。

"徐常志的问题可不止那一件，之前就有家长反映他不认真训练，接受家长吃请和礼品，甚至是钱财，我觉得这可就是原则问题了，严重败坏了足校的风气。"

刘主任的表情开始严肃起来："这是什么时候的事？"刘主任在海市足球联合会还负责纪检工作。

"这次比赛之前。我觉得此事非同小可，所以在比赛期间也一直在调查，发现此事证据确凿。现在比赛完了，我也赶紧向各位领导汇报一下。"

刘主任跟梁主任对视了一下，严肃地说："徐常志既然有这种问题，厉山东同志，你作为他的主管领导，就请你全面认真地调查此事。我们体委一贯重视廉政建设，像这种受贿、贪腐问题一经查实，我们就要立刻严肃处理，要坚决打击混入队伍蜕化变质的蛀虫！"

梁主任："对于贪腐，我们的原则就是零容忍，作为主管领导，你要好好调查，再提交一份处理意见，供班子研究决定。"

厉校长："好的领导！"

南云天心想："厉山东这是什么情况？搞得那天徐常志大闹的

是他一样，这是要替我出气，还是说要在领导面前大义灭亲呢？这事一出，徐常志肯定以为是我在报复，岂不是要恨死我。"

会后，厉校长立刻召唤了徐常志。

徐导自知闯了大祸，第一时间就去见了厉校长，见面后徐导力表忠心，希望厉校长能帮他。

厉校长苦口婆心地说："我在会上已经全力保你了，但是你犯的错误实在是……唉，所有人都知道你是我的人，我也没忌讳，一直为你争取。最后领导看在我这张老脸上，没有直接把你开了，而是说让我来处理你。"

"谢谢您，太谢谢您了厉校长，我知道自己这回闯了大祸，在那么多人面前冲撞南云天，估计他不会放过我。"

"嗯，你知道就好，现在有人盯着你，我也不好不处理你。"

"是，我也不想让您难办，但是您看在我这么多年为足校和这个球队付出的分儿上，要帮帮我。"

"嗯，我一定会帮你的，我准备让你先离开球队，休息一段时间，趁着这个时间你也去学个教练证书什么的。"

"好……但我要休息多久？这球队没我谁来带呢？"

"这个你放心，我会替你带队，我可不想外人来插手咱们的球队。"

"您带队我就放心了。辛苦厉校长了。"

"我暂时带队，以后也方便你回来接管。至于时间问题，看事态的发展吧，我也很难说出个准确时间，怎么也得个把月吧。等盯着你的人懈怠了再说，有我在你就放心吧。"

"放心，放心，有您在我就放心了。"

"嗯，好，你这几天就别来了，免得干多错多，再被不怀好心的人盯上。球队那边回头我去帮你跟家长孩子说一下，就说你去进修学习了，我暂时带一下。"

"嗯……好，球队那边就辛苦您了。"

"没事，还有就是接下来我还会发个你的通报批评啥的，这也都是必须要走的形式，毕竟是犯错了，你该写检查还是要写检查的，要好好写，要深刻，等回头交给我。"

"好的，我一定写好。"

"哦，还有就是你赶紧给我写个训练计划出来，我好帮你带队训练。"

"好，我这几天就写出来。"

徐导见过厉校长后心情好转了一点，虽然就这样被迫离开，把球队交出去，他也倍感不舍，但他相信这一切都会像厉校长说的，只是暂时的。

第三十八章　金元足球

第二天，厉校长就去球队把徐导的情况告知了孩子和家长们，大家在得知徐导只是暂时离开时也就放了心。

与此同时，王有成带着诚意，举着钞票快速席卷了河口体校、西山体校和井田体校。王导的诚意满足了各大体校的需求，他承诺球队不会离开海市，以后各大体校或所在学校有任何比赛需要孩子回来的话，他都会大力支持，一定放行，各大体校完全没有拒绝的理由，都欣然被他收编。

王导顺利收复了三大体校的城池，只差海市足校这最后一座堡垒。

王导找到厉校长，表明了来意。厉校长连个价都没有开，就义正词严地警告他说不要碰我的孩子。

王导很诧异，生意是要大家一起谈成的，像厉校长这种一点理由没有就谈都不谈的，真的让人很奇怪。

没过多久，厉校长就开始逐渐跟家长们透露，他费尽心思给球队拉来了一个赞助，拉来这个赞助有多么艰难。家长们感觉球队要像海市汇文一样有钱了，反映相当好。

之后厉校长趁热打铁又介绍了一些赞助商许诺的好处，比如赞助商会提供免费的训练装备和足球，出钱供我们租用更好的训练场地，以后冬训之类的活动赞助商也会给我们补贴，等等。

家长们一听都很开心，纷纷表示厉校长能耐大，接手球队后，球队马上就得到了全方位的提升。此时，徐导这个曾经受人爱戴的球队掌舵人，似乎已经完全被厉校长比下去了。其实现实更加悲哀，因为家长们完全没将二人做比较，而是彻底忘记了徐导。

没人知道徐导走前还安插了一个眼线，那就是王一凡爸爸，这段时间他经常会去见徐导，汇报球队的动向。

起初徐导从王一凡爸爸处得知，厉校长遵守诺言自己接手球队，没再找其他教练，他心里就踏实了，而且心存感激。但这次，当徐导听王一凡爸爸眉飞色舞地说厉校长给球队拉来了赞助的时候，整个人就沉默了，他似乎意识到了什么，但又不敢确定。

他问道："知道赞助商是谁了吗？"

王一凡爸爸说："不知道，厉校长还没说。"

"不出意外的话，应该就是罗州青川了。"

"是吗？徐导你怎么知道的？"

"唉，人心叵测啊！"

"怎么了徐导，有什么事吗？"

徐导在王一凡爸爸的追问下就把此前厉校长跟他说的话、刘煜东跟他说的话，还有肖恩爸爸和金开石爸爸去告状的事情，一五一十地讲给王一凡爸爸听，说到最后徐导嘱咐王一凡爸爸："千万不要往外说，因为现在还不知道赞助商是不是罗州青川，也不清楚厉校长到底拿没拿罗州青川的钱。"

"好的徐导，我不往外说，这几天我一定好好盯着球队那边。"

这边，厉校长觉得家长反响相当不错，就公开了罗州青川赞助商的身份，说罗州青川是北方一个非常有实力的企业，最近想要投资足球。他还强调这是一家新俱乐部，以后出人头地的机会多。如果能签署一份"注册协议书"的话，孩子们就连训练费都可以免了。

小白家长们都是亢奋的足球门外汉，厉校长这么一忽悠，他们立刻被牵住了鼻子，纷纷表示要听厉校长的，厉校长说怎么干，就怎么干。

厉校长一看时机成熟了，擅长动员群众的他，迅速召开了一个签约动员大会。会上，厉校长一再给家长洗脑，说拉来这个赞助商是在帮助球队改善条件，帮助家长减轻经济负担，为孩子的足球未来寻求上升通道，一切都是为了大家。

家长们被厉校长慷慨激昂的演说打动了，几乎一边倒地表态支持厉校长的做法，要与罗州青川合作，还有家长在会上提议要推选厉校长作为球队代表与罗州青川签署合作协议。

厉校长感谢家长们的信任，但还是希望家长们都能单独签一份"注册协议书"，说这样孩子和赞助商的利益都会受到法律保护，别你今天拿了装备又免费出去冬训，明天就跑了。厉校长说到这里，看到家长迟疑的眼神，又立刻补充说："这只是一个'注册协议书'，仅注册关系，不是什么'培训协议'，没有委培关系，所以家长真想让孩子走的话，罗州青川也没办法。家长们可以放心，孩子想走就可以走，这不是什么卖身契。"

小白家长们也都表示理解，几个性子急的家长现场就签了，但大部分家长还是嘴上说得欢，并没急着签字，而是说把这个"注册协议书"拿回家跟家人商量商量再签。

厉校长并没有因为家长的保守举动而生气，反而还很有耐心地鼓励家长们别急着签，都回家仔细看看，深思熟虑后再签。

家长们都很信任厉校长，全然不知他葫芦里卖的其实是迷魂药。

王一凡爸爸当晚就向徐导汇报了开会的内容，还把"注册协议书"带给徐导看。

徐导认真看了一下这个"注册协议书"，说："这哪里是赞助球队，分明是把孩子们廉价收购了。你看这题目写的是'注册协议书'，但内容就是一份'培训协议'嘛！这东西一签，你们不就变成罗州青川培训的球员了吗？你看这里写的时限，培训协议一下就签了5年，还说之后享有优先签署职业合同的权利。"

"这5年之后也才十五六岁啊！能签职业合同吗？"王一凡爸爸问。

"是啊，能签吗？这上边还写着，之后会给孩子们办理注册。"

"哪里注册？注册到哪儿？"王一凡爸爸又问。

"当然是注册到罗州青川俱乐部了，在罗州注册呗。"

"这不就是卖身契吗？"

"嗯，是的，这就是一个卖身契，厉校长把你们都卖了。"徐导说完狠狠地吸了一口烟。

"还以为他在为队里谋福利、拉赞助，殊不知都被他给卖了。"

"对的，现在家长们都签了吗？"

"还没有，大部分的家长都还没签，但是看样子签是早晚的事，这可怎么办？"

"其实我觉得吧，家长们也不傻，一看这培训协议也应该明白是怎么回事。大家啥也不说，也是因为从目前来看这事对孩子们也没什么坏处，就算之后跟罗州青川撕破脸非要让孩子走的话，打官司也是可以走的。但问题是人家俱乐部是个企业，你就是一个家长，你有精力和资源去跟人家打官司吗？"徐导说完摇摇头。

"嗯，要是家长们知道厉校长在里边拿钱的事，是不是就都不会签字了？"王一凡爸爸问。

"拿钱这事咱们也没看见，都是猜的，但是我觉得罗州青川不会亏待厉校长。其实只要你们不被罗州青川注册，5年之后你们就是不跟罗州青川签合同，他也拿你们没什么办法，我孩子就是不踢了，上学了，俱乐部总不能拿枪逼你继续踢吧。俱乐部其实也明白这点，现在这样做就是想先与这些孩子们建立起联系，好为日后签约培养感情。"

"嗯，也是。"王一凡爸爸听得直点头。

"厉校长说签了以后是待在海市还是去罗州吗？"

"没说，厉校长就说这是一个赞助。这以后孩子要是背井离乡去罗州了，我们这些家长怎么舍得！"

"嗯，估计厉校长也不会说，但这个球队之后在哪儿就不好说了。其实罗州青川过来挖人这事我觉得很正常，但是厉校长前前后后的举动，让我越想越不对劲，甚至让我开始怀疑好多事。"

"怎么了？"

"没事，我这几天一直在琢磨，现在有点想明白了。一凡爸爸，这几天你还得多帮我盯着点队里。"

"好的，徐导放心吧，咱们保持联系。"

王一凡爸爸走后，徐导开始梳理之前的事情：

厉校长一直瞒着他罗州青川这事，曾以言语试探过他，也试图拉拢过他，未果。之后就说有人要害他，还说有人要借成绩让他走人。现在看来，其实真没什么人想让他走，想让他走的人其实就是厉校长自己。徐导走了，厉校长直接接管球队，想签谁就签谁。

至于南云天，徐导觉得之前自己在厉校长的挑唆下，想多了，其实南云天并没有针对他的意思。但是在大闹颁奖会这事之后就不好说了，可能南云天现在就真的想让他走了。

徐导越想越气，觉得自己被人当枪使了，得罪了人不说，现在知道了真相以后还没法反驳，谁让自己真的冲动，犯了错误，真是哑巴吃黄连，有苦说不出。

徐导思来想去，一夜没睡。

第三十九章　他这么狠？

第二天，徐导去了体委，在走廊上刚巧碰见了开会出来上厕所的南云天。南云天一看是徐常志，第一反应是来闹事的，赶紧转身就要回会场。但这三急可等不得，没办法，南云天硬着头皮，又转了回来。

徐导看见南云天，赶紧迎了上来。南云天向徐导挥手示意了一下就钻进了厕所，徐导也跟了进去。

南云天说："徐导，有什么事一会儿再说哈，我正在开会。"

徐导诚恳地说："南主任，我是来向您道歉的，之前那事是我太冲动了，我的错。是我没看规程，还强词夺理，不分场合地点地顶撞您，都是我的错。您大人有大量，还请原谅我。"

此番话出乎南云天的意料，也让他紧绷的弦放松了下来。南云天说:"没事,我都没当回事。那就是正常的讨论业务,跟场合地点没关系。你这其实就是一般的参赛球队跟组委会申诉竞赛规程,很正常,没什么错。现在这种场合地点你都可以跟我讨论,还有什么地点不能讨论呢?"

"不,我有错,我们不是一般的参赛队伍,我们是市体委体校的队伍,作为东道主,还不分场合地点地顶撞组委会,我觉得我是真错了。"徐导没听出南云天话里有话,还盯着南云天继续说。

"没那么严重,徐导别想那么多,竞技比赛为了成绩去争取,是对的,你没错。开会时领导问过我意见,我当时就说没事,不用处理。但是……"南云天说着提上裤子。

"但是什么?"徐导赶紧问。

"但是厉校长大义灭亲啊,我拦都拦不住,你俩这是演的哪一出啊?周瑜打黄盖吗?"

"哼,厉校长可没把我当自己人,应该是把我当敌人了。"

"哦?你这话里有话啊。你稍等我一会儿,散会到我办公室再说哈。"

在南云天办公室,徐导把事情的来龙去脉仔细地说了一遍。

南云天:"嗯,厉校长跟罗州青川的事,我最近刚知道。让你这么一说,我就明白为什么他在会上要那么坚决地处理你了。他会上说有家长举报你不认真训练,还有吃请、收礼等问题。你要知道,这可就上升为经济问题,是原则问题了,那就必须要处理你了。"

"他这么狠,竟然这么说我。"徐导气愤。

"你也别生气。"南云天安慰。

足球是宝

"南主任，您得帮帮我，不能让厉山东他这么胡搞。"

"让我帮你？你想要我怎么帮你？"

"嗯……帮我把这些孩子保住。"

"徐导，你可想好了，这些孩子保住了，就是你的了吗？你已经离开球队了，你觉得你还能回来吗？我跟你说的可都是大实话，你好好想想。"

南云天的话，字字戳心，徐导崩溃地说："但是您就这么眼睁睁看着他把这些孩子签给罗州吗？"

"这个你不用操心，我心里有数，这些孩子跑不掉。我一会儿还有会，徐导你这段时间好好休息，也别想太多。"说完南云天就起身送客。

徐导出了体委，走在路上，感觉非常无助，一想到自己可能就像南云天说的要永远离开球队了，心里无比惆怅。

与南云天谈过后，徐常志心里很清楚，南云天虽然没有害他的意思，也不会再追究之前的过节，但南云天也不会伸手来帮他，更不会为了他去得罪厉校长，断了人家的财路。南云天有自己的底线，不巧，他的底线与他徐常志无关。

由于厉校长的警告，王有成不方便再出现在海市足校的训练场上，但是他并不灰心，开始着手私下联系队员家长，他的首选当然是表现最突出的王冠一。

一番四处打听，他终于找到了王冠一的家里，苦口婆心地游说半天，得到的却只是王冠一妈妈削的一个苹果。至于其他，只是一句："等孩儿他爸跑船回来再说。"

巧合的是，当王导离开王冠一家的时候，看见了一个身穿运动服的大汉向王冠一家方向走去。作为足球圈里的老人，王有成当然也知道此人的来历。

王导远远看着大汉走进了王冠一家的单元楼，决定在楼下看看情况。没过多久，大汉就出来了，手里也拿着一个削了皮的苹果，看样子这个大汉也收到了同样的回复，王导放心地走了。

王冠一妈妈坐在家里，看着三份协议，不知如何是好。虽说孩子他爸常年在外，家里大事小情都是她决定，但作为市排球运动员的她也从来没见过这种抢人的阵仗。面对孩子未来的三条路，这位妈妈还是感受到了重重压力。此时此刻，她唯一能做的就是给贵宾削一个苹果，再等着孩子爸爸回来做主。

这位神通广大的大汉一看就是做家长工作的高手，他不知从哪里搞到的信息，又分别找到了肖恩家和金开石家。肖恩爸爸一听大汉说以后孩子都要在俱乐部基地里的学校上课，同学都是队友，就一口拒绝了。金开石爸爸妈妈也还是不舍得金开石去外地，虽说这个足校是全国最好的，但还是觉得太远了。关键金开石还有个脾气暴躁的爷爷，有老爷子在这儿，金开石爸爸说什么也不敢把金开石送到外地去。

一周过去了，家长们陆陆续续都签了协议，队里就只剩下几个人没签。厉校长一看没签的基本都是踢得不错的孩子，老谋深算的他明白这里边一定有事情，于是就开始挨个做工作。

厉校长首先选择了队里最好说话的好家长王一凡爸爸。王一凡爸爸面子上跟厉校长聊得开心，其实心里非常看不上他。聊完过后，厉校长就去找肖恩爸爸和金开石爸爸了。

王一凡爸爸走到王冠一妈妈跟前问："王冠一妈妈，你签了吗？"

"没啊。"

"我也没签，但是刚才厉校长跟我聊的意思就是过了这个村就没这店了，让我赶紧签。"

"是吗，厉校长这么急？开始催啦？"

"是啊，估计一会儿就该催你了。"

"没事，之前我都跟他说了，孩子他爸在外跑船，等跑船回来商量一下再说，这在海上也联系不上他。"

"嗯，对。这是大事，是应该等王冠一爸爸回来商量一下。而且我觉得这事也得去问问徐导吧，咱们都是普通家长，这孩子日后踢球的事咱们也不懂，还是应该去问问专业的人。徐导一手把孩子培养起来，这种大事应该先去问问他。"

"对啊，但是徐导在哪儿啊，不是说在外学习吗？"

"徐导没在外地，还在海市，就在家里，你随时去找他就行，让他给你点建议。"

"嗯，一凡爸爸你说得对，就咱们跟徐导这感情他一定会为孩子着想，给个好建议。"

王一凡爸爸接着又去找肖恩爸爸和金开石爸爸。

王一凡爸爸直言："前几天我去见了徐导。"

"徐导怎么样？"两位爸爸关切地问。

"徐导状态不是太好，在家闭门思过。"

"我们呼过徐导，但是他都没回。"

"嗯，估计他情绪不太好，不太想见人。"

"也是，休息一下，调整好了，再回来。"

"你们觉得他还能再回来吗？"

"为什么回不来？厉校长不是说是暂时离开吗？"

"嗯，我去见徐导，听意思，可不是这么乐观。"

"为什么啊？就因为颁奖会那个事？"

"因为什么事你们不知道吗？"王一凡爸爸口气略有挑衅。

"你这是什么意思？"肖恩爸爸反问。

"你们应该很清楚，自己去厉校长那告状都说了什么？"

"啊，告状？没那么严重，我们就是去跟厉校长说了一下球队训练的事情，希望他能出面改进一下。"

"听徐导的意思，可不止这些，还有吃请、收礼的事吧？"

"啊？这些我们可没说过。徐导误会了吧，厉校长可以做证。"

"现在这些事可就是厉校长说的，你还指望他给你们做证？"

"啥？这事怎么整得这么复杂？"肖恩爸爸越说越急。

金开石爸爸在一旁一直没说话，他拍了拍肖恩爸爸的肩膀说："看来这事有误会，大家需要坐下来好好聊一下，要不今晚咱们就去徐导家吧，王一凡爸爸不是说徐导在家吗？"

"好，今晚咱们过去一趟吧。"肖恩爸爸表示同意。

晚上，三位家长来到徐导家，徐导一人在家喝茶看电视，看着状态还挺好，不像王一凡爸爸说的那么惨。

肖恩爸爸和金开石爸爸见到徐导，多少有点尴尬，虽说两人也真没说徐导什么坏话，但那也是背着人家去的，多少有打小报告的嫌疑。

当然两位家长既然去了，也不怕徐导知道这事。不过在得知徐导可能就此被踢出球队，再也回不来后，俩人都心存愧疚，也想为徐导做些什么。

徐导并没有埋怨两位家长的意思，还不停地自我检讨，表示理解两位家长的行为，这让两位家长听了更加难受。

肖恩爸爸红着脸说："徐导，去找厉校长是我出的主意，那天我看你喝醉了来训练，还迟到了。说实话，我比较气愤，就硬拉着金开石爸爸去见了厉校长，但是我们可以对天发誓，我们只是说了你喝酒训练不认真的事，没说其他的事。金开石爸爸是被我拉去的，跟他没什么关系。"

"肖恩爸爸，我理解，我没有怨你们的意思，那天是我的错，我喝了点酒，还迟到了，你们说得没错。"

"但是我真没想到，你却是因为这个被厉校长给停职了。"

"这个就比较复杂了，里边有很多事，让我给你们慢慢讲吧……"徐导把整个事的来龙去脉讲了一遍。

肖恩爸爸听后说："原来是这样，厉校长在这里没起好作用啊！怪不得，他这么积极地撮合罗州青川的事，催我们赶紧签，原来里边有利益啊。徐导需要我们做什么吗？这事咱们要想办法扳回来，得把你弄回来啊。"

徐导摇摇头："不需要你们做什么，我现在挺好的，不带队了，一身轻松，在家看看孩子。挺好的。"

"你也不能这么一直在家待着啊！"

"这不挺好的嘛，也没停工资。还是说说孩子吧，你们都签了吗？怎么打算的？"

"还没签，徐导，实话跟您说，现在我们不止厉校长那一个选择，可能还有两个地方可选，听说人家看上我们孩子了，也不确定。不知道为什么，突然一下子蹦出这么多人来要孩子。"

"嗯，孩子岁数到这儿了，而且现在球市这么好，俱乐部也都开始重视年轻后备力量了。除了厉校长，那两家是哪儿啊，说来我听听。"

"是海市千阳和齐州电力。孩子是您一手练起来的，徐导，您给我们点意见。"

"好吧，虽然我不在球队了，这事跟我也没半毛钱关系了，但是咱们一直处得都很好，也有感情了，我就给你们分析分析。"

"好，谢谢徐导。"

"首先说一下罗州青川，排除厉校长这层因素，这家俱乐部也是不能去的，因为它还没有真正成立，他们之所以急着要收一个队，就是为了要达到职业俱乐部注册的要求（必须要有两支梯队）。海市的队伍多且水平高，所以他们才急着来这边收购咱们队做梯队，日后孩子是一定会离开家长去罗州的。你们一定要好好考虑。"

"再说一下乙级队海市千阳，我对王有成还是比较了解的，认真，肯干，他们钱老板很信任他。但是听说钱老板贼得很，搞足球其实就是为了跟政府搞关系好拿地做房地产，就是个商人，不是正经搞足球的人，而且我觉得这种小民企不长久，随时可能就干不下去了，他们日后转手把孩子签了的可能性大一些，不会等你们这批孩子长大了一起从乙级打到甲级的，他们没这耐心。以后一旦政府政策变了，钱老板这支无利可图的球队是否还留在海市就难说了，搞不好就跟罗州青川一样，孩子要去外地。"

"最后再说说齐州电力，大家都知道，这是甲A的俱乐部，这几年一直保持大投入，他们的赞助商是搞电力的大国企，资金雄厚而且稳定，国企不会像民企那样说不搞足球就撂挑子不干的。关键他们这几年在青训上投入巨大，最近建成了一所非常好的足球学校，那校园就是个足球基地，里边的场地设施都是全国最好的，说以后会长期坚持投入，搞成全国最好的青训学校。我估计他们这是地方建好了，就差人了，所以跑咱们这里来招人了。我看这意思，他们还是想招好的，就联系了你们几个好的。王一凡他们都没联系，是吧？"

"是的。估计是没看上我家王一凡。"王一凡爸爸大方地说。

"齐州电力刚开始大搞青训，他们之前的梯队水平都不行，咱们孩子是他们特地从外地挑选的，所以去了那以后应该会重点培养。那边的孩子水平肯定不如海市这边高，竞争小，所以我觉得踢出来的可能性大一些。我就这么帮你们分析哈，到底去哪儿，还要你们自己选择。"

家长们听了徐导的分析也都表示认同，觉得徐导说的都是大实话，是在设身处地为孩子着想。不过肖恩爸爸和金开石爸爸也有自己的主意，他们想把孩子留在身边，海市千阳才是他们的首选。

第四十章　不会耽误学习

王有成不知从哪里得知金开石的爸爸刚开了一家韩式烤肉店，这天下午便不请自来了。

说来也巧，金开石爸爸正好中午在店里请朋友吃饭，喝了点酒，于是留在店里小憩。

店长过来说："老板，外边有个叫王有成的足球教练说要见您。"

金开石爸爸听说是王有成，赶紧从包厢走了出来，心想：我还想去找他呢，他倒自己找上门来了。金开石爸爸已经听说王导在四处招募球员，考虑到家里老爷子看孙子的刚需，金开石爸妈觉得王导的海市千阳是最好的选择，每周末都能回家，基地虽在郊区，但平时想见开车也能去，正琢磨怎么联系呢，他倒是不请自来了。

金开石爸爸从包间出来，一眼就看见一个其貌不扬，有点秃头，个子比自己略高的"小壮汉"坐在那里。

王有成站起身来迎上金开石爸爸，两人亲切地握了握手，金开石爸爸立刻吩咐店长上菜。

王有成连忙说："不用不用，我中午都吃了。"紧接着，他就开门见山表明来意。

金开石爸爸一听，连忙说："谢谢，谢谢王导赏识，这是好事，也是个大事，让我再考虑考虑。"嘴上说考虑考虑，其实他心里已经美滋滋地同意了。

不一会儿，桌上就摆满了各式朝鲜风味小菜，两人喝起啤酒。

王有成边喝边说："海市足校的比赛我都看了，你们队我就看好了三个人。"

金开石爸爸："嗯，你不说我也知道，肖恩、王冠一，还有我家开石，是吧？"

"是的。"

"王冠一、肖恩大家都说好。"

"嗯，对啊，要是方便的话，肖恩爸爸也请你帮忙联系一下吧。"

"没问题，我跟肖恩爸爸很熟的，这事不急，等我考虑一下，找个好时机跟他说一下。"

"嗯，也是。你慢慢考虑，这事也不急。"

"对，这是孩子的大事，踢了这么久，跟教练和队友都有感情了，真有点儿舍不得，但王导你那边听起来也真是好的选择。"

"可以理解，在一块儿这么长时间，大家都是讲感情的人。"

说到这里，王有成感觉大玻璃窗外有人在向店里张望。

"呀，肖恩爸爸，这么巧。"金开石爸爸忙起身迎接。

只见肖恩爸爸跨着他那辆自行车在窗外向店里招手，金开石爸爸赶紧开门把肖恩爸爸接进店里来。原来肖恩爸爸从单位回来，准备去看肖恩训练，正好路过这里。

金开石爸爸热情地介绍。

王有成说："真巧啊，刚才还提到你家肖恩，你就来了。"

"提到我家肖恩啦？哈哈。这就叫'说曹操，曹操他爹就到了'。"

"哈哈，肖恩爸爸真幽默，看来我今天真是来对了，这一下俩孩子家长就都见到了。"

"真是挺巧的，我路过这儿，往店里一瞅就看见开石爸爸了，想着过来打个招呼，谁知道这对面坐的就是王导。"

"缘分啊，看来我跟你们二位家长有缘分啊。"

金开石爸爸赶紧张罗大家坐下："刚才王导说了挺多的，来我这的目的就是看好俩孩子了，问咱们能不能过去。"

"这个……"肖恩爸爸踌躇不决。

"王导，具体情况你再跟肖恩爸爸说一遍吧。"

"好的，我们千阳的钱老板很重视青训，让我从一队下来亲自组一个队伍，要组建海市84、85年龄段最好的队伍。以后要用这批孩子打乙级联赛，冲甲B、甲A。"

"嗯，这就跟海市汇文一样呗？"肖恩爸爸问。

"一样也不一样，模式一样，但是海市汇文是个小俱乐部，上边没有一队。看他们老板的样子就是个本地的小地产商，也没经济实力组队去踢乙级联赛。估计日后玩不了多久，这个球队还得签给别人，至于签哪可就不确定了，签到南方离家远的地方，就苦了孩子和家长了。"

"也是，我这个小老板也听说，海市汇文老板的实力一般。"金开石爸爸说。

"是嘛，我们钱老板可就不一样了，年纪轻轻却家底殷实，房地产做得很大，全国都有地，还有进出口贸易和能源生意。你们尽可以放心，企业非常稳定，而且钱老板也说了，就要以海市作为根据地发展足球，孩子们就在家长眼皮底下，也不用去外地，每周末都能见面。多好啊？"

"每周末都能见面是什么意思？"肖恩爸爸问。

"我们准备把老煤矿基地租下来，那边条件非常好，真草的场地，吃住啥的条件也特别好，孩子以后就集中住那里，其他都不用家长操心了。"

"那上学怎么办？"

"啊？"王导被肖恩爸爸问住了。

"孩子开学才上五年级，这小学还没毕业，不能不上学吧？"

"这个……"王导还是说不出话来。

肖恩爸爸看着尴尬的王导也不说话，似乎就是要等着王导给出一个答案。

王导显然之前就没考虑过孩子上学这事，被这么突然一问憋得满脸通红。

金开石爸爸为了缓和气氛，向王导解释："肖恩爸爸是个特别重视孩子学习的家长，肖恩本身学习也特别好。王导你看看孩子上学的问题怎么解决，孩子踢球是重要，但上学也很重要。"

"孩子上学比踢球重要，九年义务教育是法律规定的，谁都不能耽误孩子这九年的教育。"肖恩爸爸严肃地补充道。

"对，还真是，肖恩爸爸说得是，我回去好好研究一下，肯定不能耽误孩子的九年义务教育，违法的事咱们不能做。"王导拍着胸脯说。

"孩子上学这事先不说，我们这边的徐导待孩子不错，现在徐导被暂时发配外地学习去了，我们在这个节骨眼上走人就太不仗义了。让我们再考虑考虑吧，谢谢您的好意。"肖恩爸爸说。

"是的，这个不急，家长们应该好好考虑。"

肖恩爸爸还要赶着去看肖恩训练，没说几句也就散了。

又过了几天，足校的厉校长也失去了耐心，开始吓唬没签协议的孩子们："你们这么多年一直都在足校训练，我们已经在体委把你们注册了，你们想跑是跑不掉的。"

对于年纪尚小的孩子们来说，厉校长的恐吓还是很有效果的，大家都回家老老实实向家长转达。

王一凡爸爸为此专门咨询了徐导，徐导让他放心大胆地告诉其他家长，没事，随便走，他都没给孩子们注册过。

没签的家长觉得厉校长这么做有点过分了，有什么事情来找家长啊，别冲着孩子去。岂不知越往后，厉校长越变本加厉，训练居然都开始区别对待，签字的孩子照常训练，没签的放一边自个儿练。

厉校长这些不理智的举动加速了孩子们的离去。

又一日，王导约了肖恩爸爸和金开石爸爸见面，兴奋地汇报："上学的事，已经跟钱老板汇报过了，他愿意出钱让孩子们去老煤矿基地边上的老煤矿小学借读，这样孩子们就可以在正规学校跟普通学生一起上课，不会耽误学习了。"

肖恩爸爸和金开石爸爸一听都很高兴，王导解决了孩子上学的问题，肖恩爸爸也再没有拒绝的理由了。

"什么时候开始去那边上学呢？"肖恩爸爸问。

"这个不急，进基地还需要一段时间，这段时间，我们先在火车头体育场训练，都是草坪，条件可好了。孩子放了学就可以来，欢迎你们随时过来看看。"

.

第四十一章　以防后患

肖恩爸爸和金开石爸爸第二天就去了火车头体育场观摩王导的训练。王导的敬业精神和卓越的场地条件，深深打动了两位家长。

不久，两个孩子就加入了海市千阳俱乐部。

肖恩和金开石的离去，让球队震动不小，搞得球队不少家长也蠢蠢欲动。厉校长为了达到震慑效果，放出狠话："肖恩和金开石胆敢私自跑到别的队，我要废了他们。"

这句黑社会一样的恐吓听得王冠一妈妈心里慌得很，也传到了肖恩爸爸的耳朵里，肖恩爸爸很气愤，对厉校长那仅有的一丝好感也没了。

王冠一妈妈终于等到了孩儿他爸的归来，俩人来到徐导家。

徐导把那日对肖恩爸爸和金开石爸爸的话又说了一遍，把眼前和未来的形势仔仔细细分析了一下。王冠一爸爸是个爽快人，立刻表态要听徐导的把王冠一送到齐州电力足校去，同时王冠一妈妈也说要陪着孩子一起去齐州练球，做全职妈妈。孩子爸爸长年在外跑船，其实对于她来说，在哪儿看孩子都一样。

　　徐导一听非常开心，终于有个家长愿意听他的了。

　　但其实王冠一关于足球的抉择还要经过一位重要人物的同意——王冠一爷爷。

　　"我说老大，你说这么多废话，什么俱乐部、大老板、房地产的我都听不懂。我就知道体工队、八一队、省队、国家队。你就说吧，去哪儿我大孙子能进国家队？"王冠一爷爷不耐烦地说。

　　"爸，齐州电力据说是全国最好的足校。但那边离海市比较远，您以后就不能经常见……"

　　"不用考虑我！全国最好，那就是全国冠军，以后国家队就能以他们为班底组建。好，就去齐州电力！"王冠一爷爷愿意用千百个思念孙子的日夜，给孙子换一个光明的未来。

　　没几日，王冠一就与齐州电力签了协议，收拾行囊准备踏上齐州大地。

　　王冠一、肖恩、金开石离队的消息很快传到南云天那里，作为海市青训的掌门人，南云天当然不忍看到海市足校里最好的队员就这样离去。南云天对此事有着一个明确的底线，那就是最好的队员去哪儿都可以，就是不能离开海市。所以他明确表态，厉校长手里的那一堆孩子都可以走，但是王冠一这个孩子就是不能走。

　　南云天亲自找到王冠一妈妈说："你们的孩子是在海市体委挂

了号的，已经在海市足球联合会注册了，未来是要代表沈辽参加全运会的，你们哪也不能去。谁要是把你拐跑了我们就去足球联合会和法院告他。"

王冠一妈妈一听说跑了是要吃官司的，一下子就怕了，赶紧联系孩子爸爸，孩子爸爸说："咱孩子能不能走这事是南云天说了算吗？"

"应该是吧。听徐导说他就是管球员身份注册的，想走就要他签字。"王冠一妈妈说。

"看来这事只能找二弟来解决了，他一定有办法。"王冠一爸爸说。

于是，王冠一妈妈找到了王冠一的二叔。

二叔说："这事简单，要不我做东，咱们请南云天吃个饭吧，好好商量一下，看看怎么解决。"

王冠一妈妈一听这么容易，感觉甚好，立刻托徐导来组这个饭局。

很快，南云天接到了徐常志的邀请，理由是王冠一不走了，孩子家长想跟体委领导缓和一下关系，让我攒个局，请您吃个饭。南云天欣然接受，只身一人赴宴。

在离海市足校不远的光彩酒家，大招牌在夜色中招摇地闪烁着五颜六色的光，南云天、徐常志、王冠一、王冠一妈妈，还有王冠一的二叔，都坐进了包厢里。王冠一二叔请南云天和徐导上座，自己坐在了门口。

这样一个看起来很普通的饭局，从二叔脱下外套露出大文身的那一刻起，变得不再普通。

二叔说话底气十足，话语间掺杂着一些黑话，让人时懂时不懂。南云天顿时觉得这不是普通酒席，这是一场鸿门宴啊。聪明的南云天与二叔还是相谈甚欢，而王冠一妈妈在一旁比较沉默，看得出她有些不安。

谈笑间，二叔突然举起酒杯说："这杯酒，我还是要敬南主任，其实今天请你来这儿，就是要你写个字据，好同意我们家王冠一去齐州电力。"

说完，他把酒一饮而尽，把杯子摔在了地上。几个彪形大汉，立刻走进包厢，在门口站成一排，手中还握着各种家伙。

南云天先是一愣，这时他才明白为什么二叔要坐在门口，是怕他跑了。

南云天笑了笑说："摔杯为号，这是要硬来啊。"

"王冠一他二叔，别激动，有话好好说，你们这是干什么？"徐导在一旁劝说。

"徐导，不关你事，今天南主任答应也要答应，不答应也要答应，否则就别想出这个门。"二叔语气坚决。

此时，王冠一妈妈已经提前带着王冠一出了包厢，二叔怕这阵势吓着她们母子，所以提前安排二人离开了。

南云天看着这阵势，苦笑说："至于吗，大家都是为了孩子，搞得这么……剑拔弩张的。何必呢？"

南云天看着二叔一干人等这个架势，知道今天自己是不可能混过去的，他决定好汉不吃眼前亏："好吧，我答应了，王冠一走吧，我不管了。"

"好，南主任果然是个明白人，来，拿纸和笔来，让南主任写个字据，以防后患。"

"还什么后患啊？你们这都玩命了，我日后绝对离你们远远的。"南云天摇摇头。

笔和纸摆在了南云天的面前，他提笔写下："同意王冠一转至齐州电力俱乐部……日后也无须回来踢全运会。——南云天。"

南云天安然无恙地走出了包厢，在大堂碰见了正在看鱼的王冠一母子俩，他俯身对王冠一说："王冠一，以后不管去哪儿都要好好踢球，知道吗？"

"我知道。"王冠一仰着脸，认真回答。

南云天看了一眼满脸愧疚的王冠一妈妈，说："没事，都是为了孩子。"

徐导把南云天送出大门，想跟他解释什么，但南云天头也没回就直接走了。

徐导站在原地，无奈地对身后的王冠一妈妈说："你们这一出是闹的什么呀？这不把我给卖了吗！"

第二天，徐导家里来了一个人，不是别人，正是那位之前曾去过王冠一家，获赠苹果的大汉。

大汉说："王冠一现在来我们这里了。真是太感谢您了！"

"感谢就不用了，但我有个要求。"

"啥要求？"

"你把王一凡也带走吧。"徐导恳求大汉。

大汉犹豫了一下，说："好，王一凡我带走。"

没多久，王冠一就和王一凡远赴齐州，去了中国最好的足球学校——齐州电力足球学校。

第四十二章　其利断金

　　王冠一离开之前，肖恩和金开石才得到消息。周三下午不上课，肖恩跑到国富街小学找王冠一和金开石。三人相见，明知是道别，但又不想说出口，只能相视无言。

　　"咱们去看看旁边的海市足校吧，看看那拆成什么样了？"肖恩的提议打破了沉寂。

　　"好的。"王冠一和金开石都赞成。

　　三人很快来到海市足校，曾经硕大的足球场和房子已不知去向，只有海市足校的灰色大铁门作为现在工地的大门被留了下来。

　　三人走近大铁门，看到大门上还挂着那个熟悉的牌子，上面写着：海市足球学校。三人看着这个曾每日擦肩而过的牌子，又沉默了。一想到以后不能在一起玩耍了，他们心里都不太痛快，但是也不知道应该跟谁撒气。

"咱们把这牌子给砸了吧。"一直少言寡语的金开石突然提议。

"好！"三人立刻争先飞起，用脚飞踹那牌子。三人越踹越起劲，也不知牌子犯了什么错。

"小兔崽子，你们干什么？你们哪个学校的？班主任叫什么？"看门大爷冲了出来，三人撒腿就跑。

不知跑了多久，三人停了下来，气喘吁吁地一齐傻笑了起来。

"金开石，你逃跑比你场上回追可快多了。"王冠一调侃说。

"是啊，刚才转身就跑，也比你在场上转身快。"肖恩跟上一句。

"哈哈哈哈。"肖恩和王冠一大笑。

"嘭！嘭！"金开石立刻给了二人，一人一拳。

三人就地坐道边马路牙子上聊了起来。

"金开石，你为什么要砸牌子啊？"肖恩问。

"我也不知道，就是觉得不爽，想发泄一下。"

"是因为王冠一要跟咱们分开了吧？"肖恩又问。

金开石没回答，三人无语，默默地看着马路上车来车往。三人从来没有想过会分开，也根本想不到他们的父母就这样决定了他们的人生轨迹。

"王冠一，你爸就那么放心让你去那么老远的地方踢球啊？"肖恩又问。

"我妈会陪我一起去。其实我也不想离开你们，但我爷、我爸和我叔，全都说那是中国最好的足校，去那一定能踢出来，能进国家队，为老王家光宗耀祖。我也想进国家队，所以我得去。"王冠一回答。

"哈哈，进国家队？我爸也想让我进国家队，但我爷一直就不想让我踢球，要让我上学。我觉得上学、踢球都行，对我来说无所谓。"肖恩说。

这时一直沉默的金开石突然开口："冠一，我真羡慕你，你是真喜欢足球啊。我跟肖恩一样，好像就没那么喜欢踢球。"

"我是无所谓，不是不喜欢。"肖恩反驳。

金开石不理会肖恩继续说："我踢球是为了不想让我爸失望。他总说我是踢球的料，可是我觉得自己好像也没那么擅长。但我爸想让我坚持，那我就坚持。"

"那你这不就是为你爸踢球吗？"肖恩说着，"嘭"又挨一拳。

"就你知道。"金开石挥拳说。

"哈哈哈哈。"王冠一在一旁看得大笑。

就这样，三人越聊越开心，聊到夜幕降临，聊到离愁散去，最后互诉一声"再见"就头也不回地走了。他们相信他们很快就会再见。

第四十三章　各表一枝

在徐导的幕后操控下，肖恩和金开石进入了竞争激烈的海市千阳选拔队，王冠一、王一凡去了齐州电力足球学校，至于海市足校其他的孩子们，厉校长带着他们投奔了罗州青川，而他自己则提前退休做了罗州青川俱乐部的青训总监。他之前设想的成立海市足校俱乐部来兼并四区的宏图伟业已不可能实现，王导的海市千阳已先人一步一统天下。

让王冠一和王一凡感到意外的是，当他们来到齐州电力足校的时候，张清越已经先他们一步来到了这里。如此看来张清越的家长私下也联系了齐州电力足校，可能也与神通广大的大汉达成了某种默契，为他提供了某些方便或者信息。

王冠一一来齐州电力足校就被重点培养，江教练让他改打前腰，成为球队进攻的核心。这位江教练，正是那位神秘的大汉，也就是齐州电力的青训总教练。

王一凡则一直作替补，少有出场机会。张清越被放到了大队，跟一帮82、83的孩子一起踢球，虽然张清越可以勉强当上主力，但是由于球队的整体实力不行，全国排名靠后，俱乐部也没报以太多希望，只是为俱乐部准入充数。

海市这边，王导组成了全市规模最大的84、85年龄段球队——海市千阳，队伍大概有30多人，其中有王导亲自挑选的25人，剩下的都是慕名而来的。

每当训练时，足球场上人丁兴旺、热火朝天，王导不拒绝任何一个孩子，火车头体育场这么大，来再多孩子，场地都足够用，他要的就是这种声势，让老板看看，也让海市足球圈看看，他的影响力，他管这个叫作"大选才"。

王导心里很清楚这些孩子到底谁轻谁重，他也在等一个时机，完成最终的筛选。

第四十四章　大选才

　　经过一段时间声势浩大的"大选才"，王导开始实施筛选的第二步——残酷"劝退"。

　　所谓"劝退"，就是训练中大量的时间都用来安排分队比赛，而有些球员却没有任何上场比赛的机会，这样一次两次，球员或者家长就明白是什么意思了。最终大概有 10 多个孩子离开，球队只剩下 27 个孩子。

　　王导按照他所了解到的球员年龄，把 83、84 的孩子安排在一起，称之为大队；而另一队就是 85 年的孩子，称之为小队。两队比赛当然大队胜多，但优势并不明显，更多的是身体和速度的优势，在技术和意识方面，其实小队的孩子更显灵性。

　　肖恩虽然是 84 年生但也被王导安排到了小队，这让肖恩爸爸比较意外，就此事询问了王导，王导的解释是肖恩是年底的孩子，也算小的。从王导的言语中可以感觉到，他更看重小队，对小队寄予厚望。

当然不管大队小队，这些基本都是王导之前名单上挑中的孩子。

一日训练完后，肖恩气冲冲地质问金开石说："今天比赛，你一拿球就分右路，怎么也不给我这边啊，亏了咱俩还是一起从足校出来的兄弟。你天天跟我这装大哥有什么用啊，球都不传。"

"啊？"金开石先是一愣，然后解释说，"你那边李川总是逼着你，我也不好传啊。"

肖恩眼睛一亮，笑了："不好传，也得传啊。咱俩不是好兄弟吗？"

"好兄弟也不能胡踢吧。肖恩，不是我这个大哥说你，你就是懒，你多跑几步，拉开宽度，我就好传你了。你看右边的赵志佳拉边拉得多开啊。"金开石严肃地说。

"好了，好了，你别找理由了，你就是不想传我。好吧，明天我就多跑几步，不，我就站到边线上，看你还传不传我。"肖恩臭屁地对金开石说。

"看你那样儿，明天你只要拉开，跟李川保持距离，我就好传你了。要不然，传给你，你也不好处理，也得被李川抢下来。"金开石继续严肃地说。

"咱俩都是海市足校出来的，我的实力别人不知道，你还不知道吗？我可是海市足校突破第一人，人称'突破小王子'，搞定一个李川还不是轻松自如。"肖恩继续笑着说。

"啥？你把自己当王冠一了吧。我觉得王冠一弄李川都费劲，你还是算了吧。"

"王冠一哪有我这脑子。"肖恩说着做了一个王冠一的食指绕太阳穴的招牌庆祝动作。

金开石看着肖恩,感叹道:"王冠一,也不知道他怎么样了?"

随后,两人都陷入了思念之中。

在齐州电力足校,王冠一的妈妈住进了学校给安排的一个小宿舍里,过去在海市的时候王冠一妈妈就是一名全职太太,王冠一爸爸在外跑船,她天天自己待在家里,来到足校只是换了个地方宅着而已,所以并没有不适应。

王冠一跟队里其他小朋友住在一起,白天上学、训练,晚上去跟妈妈见面聊聊天,妈妈白天则是帮着队里的孩子们洗洗衣服、缝缝补补。

随着时间推移,齐州电力足校逐渐壮大,在全国又选拔了一些好苗子,俱乐部对这批孩子非常重视,给这支球队配备了最好的资源,誓要培养出国家队成员。

"王冠一是南云天放走的。"王冠一去齐州电力之后,这个消息在海市足球圈里传开了,其中还掺杂着一些捕风捉影的钱权利益内容。南云天为此单独向梁主任解释了那天在光彩酒家事情发生的经过,梁主任表示非常信任南云天,相信他的人品不会做出有损海市足球的事情,所以对他未做任何处理。

但在不久之后的海市足球联合会换届大会上,代理秘书长刘主任顺利转正,当选为足球联合会秘书长,同时也被任命为海足办主任,成为海市足球未来很长一段时间的一把手。

半年过去了,海市千阳队还是每天在火车头体育场训练,王导所说的进驻基地封闭训练的诺言始终未能兑现。有些家长等不

足球是宝

284

及了，开始询问王导，王导的回答是老煤矿基地正在装修，很快就会去了。

孩子家长中，肖恩爸爸倒是一点都不急，他觉得现在这样孩子白天上学，下午训练的状态是最好不过的，这样既不耽误学习，又可以训练足球，简直完美。

金开石爸爸妈妈这段时间却不是很好过，金开石近来已经不是首发了，分队比赛中，小队那边由冯威和邹琦搭档的中后卫组合雷打不动，而大队这边郑艺声和杨通变成了首发中后卫，不再轮换，金开石只能是替补。这让金开石爸妈开始担心起来，一种被"劝退"的阴霾笼罩着他们。

一日分队比赛，金开石还是没能获得登场的机会，只能在场地旁边看比赛，他的身旁是曾经东山体校的王牌——任远，这对难兄难弟正处于相同的困境。

比赛场上有一人看着场下的金开石，心里比金开石本人还不是滋味，那就是肖恩。从上回两人讨论"拉边"后，金开石只要一有机会就会立刻长传给站在边线的肖恩，不管肖恩之后的处理球是怎么被李川抢断的，金开石还是会坚决传给肖恩。肖恩认为金开石是这世上最够意思的兄弟了，此时他看着场下的金开石，很想为兄弟做点什么。肖恩眼珠一转，计上心头……

下半时开始不久，肖恩突然向王有成举手示意自己脚受伤了。

"坚持不了？"王导问。

"掰了，好像，坚持不了，王导把我换了吧。"肖恩看着场边的金开石说。很明显，肖恩想用自己的诈伤换来一个兄弟上场比赛的机会。

“好的，那个，任远！任……”王导冲场下喊。

“啊？王导。”肖恩立刻惊道，“好了，王导。我这活动一下又好了。”

“又好了？”王导疑惑地看着肖恩，“嗯，好吧，感觉不好就下来休息，别瞎坚持。”

“好的，王导。”肖恩说着看向了场边同样看向他的金开石，人生第一次有了一种力不从心的感觉，“兄弟，我怎么能帮上你啊？！”

第四十五章　长毛了

老煤矿基地终于装修好了，王导通知家长孩子可以进驻基地进行封闭训练了，但只字未提孩子上学的问题。警觉的肖恩爸爸立刻追问，王导安抚说："肖恩爸爸，上学的事情很快就解决了，正在跟学校协调当中。"

"什么时候能协调好？不会都搬进基地了，还没法上学吧？"肖恩爸爸继续问。

"不会的，我们俱乐部正在跟学校协调，应该很快就会解决。"王导解释说。

听到这里，肖恩爸爸当着众位家长的面，立刻表明了态度："孩子上学的问题不解决，我们就不进基地。"

此话一出，还没等王导发话，周围就有其他孩子家长开始劝肖恩爸爸："肖恩爸爸，不用这么较真儿吧，咱们可以先搬进去等等，给俱乐部一点时间嘛。"

"孩子进了基地，那边条件好，可以一天两练了，到时候咱们孩子的水平可就突飞猛进了。"

"对啊，肖恩爸爸，俱乐部在协调了，上学也不差那么几天。"

"这可不行，孩子现在都上五年级了，课程紧张，耽误几天，可就跟不上了，这事不能拖，一天都不能耽误。"肖恩爸爸坚定地说。

肖恩爸爸的这番话，也得到了金开石爸爸在内的部分家长的赞成。还是有家长和肖恩爸爸一样在乎孩子的学习的，虽然不是全部，但是王导意识到了问题的严重性，当场表态会立刻解决上学问题。

时间一天一天过去，上学问题始终没有解决。这时，王导想到了一个折中的办法，就是周五带队进基地训练，周日再回来，周末吃住在基地，一天三练（早操、上午、下午），这一提议得到了家长的全票通过。

从那以后每个周末，孩子们就会被俱乐部的大客车接到基地住一天，周日下午训练完，晚上再回家。

王导训练认真，而且练得特别狠，孩子们在痛苦之中迅速成长。这些孩子都是来自各个队的尖子，过去在队里带球过一个两个人都是小菜一碟，长途奔袭更是家常便饭，可来到这个队里，大家的能力都超强，都特别有自信，谁也不服谁，训练中竞争十分激烈，每球必争。

王导在队内始终灌输一种竞争意识，时刻提醒孩子们现在还不是最终队员名单，真到进驻基地那会儿，还会淘汰一批孩子。这让孩子们都上紧了发条，时刻紧绷着神经，生怕自己被淘汰。

球队里的氛围像职业球队一样残酷，充斥着你死我活的竞争感，优胜劣汰成为主旋律，少了此前体校球队的那份童真和快乐。

训练之余，孩子们还是会跟之前的队友更亲一些，河口出来的一起玩，西山出来的一起玩，肖恩、金开石和落单的任远在一起玩。

一次周末在基地训练结束后，孩子们在澡堂里打闹嬉戏，王导一进来，大家立刻安静下来。

今天王导有点古怪，一进澡堂就挨个盯着孩子们看，仔仔细细上下打量。孩子们被看得浑身不自在，甚至有点紧张，以为是自己犯了什么错。

王导走到金开石面前，终于发话了："金开石，你这下边挺浓密啊，快赶上我了。"

王导这突然的一句极不着调的话，让金开石不知该如何回答，只能是扭身稍微遮掩一下。

原来，王导挨个打量着孩子们的"小弟弟"，他认为如果孩子岁数大的话，那么现在就应该"长毛"了。

观察结果也非常符合他的预判，几个83年出生的大孩子，多多少少都长毛了，其中数金开石的最浓密，85年的邹琦虽然身高跟金开石一般高，但是底下还光秃秃的。

王导由此判断邹琦日后一定会比金开石高，从现在的技术、意识等方面看，日后也更有发展。

外表虽然木讷的金开石略加思索就明白了王导的意思，懂事的他为了不让家长担心，就没把此事告诉爸妈。

王导一离开，孩子们又开始打闹起来，这时队里的"坏孩子们"大喊一声："大家快穿衣服去吃饭，'饭霸'要洗完啦，他去食堂就没饭啦，快拦住他。"

只见几个"坏孩子"拦着"饭霸"刘正彤不让他出来，嘴里还不停喊着："你们先走，我掩护。"其他孩子也很配合地赶紧擦身子往外跑，"坏孩子"们还不停地往刘正彤身上抹泡沫，刘正彤不恼也不怒，只是笑着一次次回到喷头下把身上的泡沫洗掉。

在"坏孩子们"的团结努力下，刘正彤果然最后一名到达食堂，排在了队伍的最后边。孩子们开心地看着他和他手中那巨大的饭盒，倒吸一口凉气，说："好险，今晚差点没饭吃了，差点就饿死了。"说得跟真事儿一样。

善良懂事的刘正彤也不说话，只是笑眯眯地看着大家，最后把大饭盒盛得满满的，找个座位坐下跟大家一起吃。

当然，无聊的"坏孩子们"还是会拿他的饭量取笑他，他也不生气，只是笑眯眯地吃完一盒，再去盛满满一盒继续吃。

"又来一组啊。"大伙儿惊叹。

饭没有白吃的，刘正彤在队里虽然年龄小，但身体素质却是公认的好。其实，在澡堂里要是他真想挣脱，凭那几个"坏孩子"哪里能拦得住他，只是刘正彤脾气好罢了。

终于，残酷的日子到来了，王导宣布了最终入队的 23 人的大名单。肖恩在其中，而金开石和任远两人不在其列。

这次刷下去的 4 个人可就没之前那么简单了，因为这些孩子都还是很有实力的，虽然家长心里早有预感，也有准备，但是也需要教练给个说法。

王导的说法是，依照他的心思，他想都带走，不差这 4 个人，但是进了基地，每人每年的借读费要两万多，所以老板要求严格控制人数在 23 人以内。但为什么下去的是这 4 个孩子，王导也没能说出个所以然，只是说请家长理解，如果想要去别的队，一定帮忙推荐。

就这样，肖恩与其他 22 个精英一起来到了基地，从此走上了职业足球道路。而金开石由于未来的足球之路不太明朗，只能先在家休息一段时间。

沉着稳重的金开石，此时第一次对自己一直以来的坚持产生了动摇："我真的适合踢球吗？"

他不止一次想问问父亲："爸爸，我真的适合踢球吗？"可一看到父亲那慈爱又严厉的面孔，到嘴边的话又咽了下去。

此间，厉校长曾托人带话让金开石回他的球队，但金开石爸爸没有回应，倒不是因为好马不吃回头草，而是真的忌惮厉校长的为人。

金开石爸爸又一次领着金开石找到了徐导，徐导此时已经复职回到海市足校，在户食科工作，顾名思义就是做户籍和食堂方面的工作，与足球已经没有任何关系。

徐导给金开石的建议出乎意料，他觉得如果想让孩子留在身边，不想去外地的话，厉校长的球队目前看是最好的选择了（由于罗州青川是家新俱乐部，供梯队住宿训练的基地还未建成，所以厉校长还是带着全队驻扎在海市）。

金开石爸爸再三考虑后还是无奈地选择回到厉校长的球队。

金开石回到球队，看见周凯、于子傲、林立和昔日的队友们，感到亲切又熟悉，曾经快乐的足球生活再次继续，只是少了两个最亲密的朋友，肖恩和王冠一。

现在的肖恩过着每天早上去学校，下午 3 点半去训练，晚上回家跟父母、爷爷吃饭，周末去老煤矿基地集训两天的生活。可以说，这种不脱离父母，不脱离学校的生活，对于一个小球员来说是最理想、最完美的状态。

第四十六章　肖恩爸爸又闹事儿

马上就要进入基地训练了，肖恩就要离开班主任孙老师和同窗多年的同学们了，他有点伤感。但此时的卫红小学正被《灌篮高手》席卷，同学们对"足球小将"肖恩的离去并不带感。愤怒的肖恩为了捍卫足球在校内第一运动的地位，把同学们天天哼唱的《灌篮高手》主题曲怒改成了：

> 我们都是足球小将！
> 足球小将！
> 冠军——永远——属于——我……

新歌词完美嵌入《灌篮高手》的曲中，没有任何违和感，把同学们都唱蒙了。等同学们开始自发传唱时，肖恩已经走了，离开了他早想离开的李文龙，离开了他早就不想爬的长台阶，离开了他并不想离开的同学们。

从进基地的第一天起，负责的肖恩爸爸每天都会给肖恩打电话，询问这一天的情况，一连几天，在得知孩子们并未如约上学的时候，肖恩爸爸怒了，立刻给王导打了电话，得到的回复是，借读费下周到账，孩子们就能上学了。

肖恩爸爸开始犹豫，不知道下周是让孩子去基地还是留在家里去上学。最后，他还是选择相信王导，让肖恩坐上了去基地的大巴车。

肖恩走后，肖恩爸爸还是每天打电话询问王导上学的事情。就这样从周一打到了下一个周一，孩子们还是没能上学，肖恩爸爸开始威胁要把孩子领回来。王导一再劝说、安抚肖恩爸爸，说明天应该就能上学了。眼看着第二周也要过去了，肖恩爸爸心急如焚。

周末到了，肖恩回到了家里。

一进家，肖恩就主动问爸爸："爸，你给教委打电话了吗？"

"什么意思？给教委打电话？怎么了？"

"王导今天把我叫过去说有人给教委打电话告状，说俱乐部违反教育法，不让孩子上学。"

"王导跟你说的意思是怀疑是我告的，是吗？"

"王导当然知道是你告的，你一天给王导打一个电话，队里就你一个家长在闹上学这事。别说王导了，就连我一听都觉得是你告的。"

肖恩爸爸笑了，脸红着说："对，就是我打的，我就不信还没人管得了他们了。这么胡搞，我就得告他们。"

回想五年前，肖恩爸爸大闹海市足校，指着徐导鼻子说："你们再这么胡搞我就去告你们。"回想一年前，肖恩爸爸带着金开石爸爸去厉校长那里告徐导。再到今天去教委告俱乐部，肖恩爸爸可谓孩子家长中的奇葩，名副其实的刺头。

为了孩子，他不惧强权始终勇敢去争取，但这种"告告告"的处事方法，当然也会招来记恨，对孩子不利。

这一次，千阳的老板就知道了肖恩这个孩子和他的爸爸，老板怕公司名誉受损，亲自督促，50 万借读费很快打到学校账上，孩子们终于可以上学了。

第二天一早，千阳的大巴车开进了校园，这是一所又大又漂亮的学校，分小学部和初中部。足球小将们穿着整齐的队服，走下车来，并未看到想象中的欢迎仪式，而是立刻被安排到了相应的班级之中。

来到教室门口，学生们正在慵懒地早读，偌大的教室，学生却并不多，他们像看外星人一样看着这些足球小将走进教室，在讲台前站成一排供人观赏。

班主任袁老师是个可爱的小胖姑娘，她热情地介绍着每个足球小将。之后，同学们就鼓掌欢送所有的足球小将走向最后一排，可笑的是最后一排离倒数第二排居然还有一段距离，这可能就是教室大的好处，可以隔离异己。

第一堂课是数学课，由于李文龙的缘故，肖恩的数学一直挺好，而这堂数学课后，他觉得自己以后应该会成为华罗庚一样的数学家。

刚开课，数学老师问了一个关于圆面积的公式，居然没有人举手，肖恩坐在最后一排："这是什么情况？送分题啊，就在书上写着居然不答。"他举起了手，老师一看足球小将举手了，又惊又喜，立刻有请，肖恩回答得干净利落，从此一发不可收，整堂数学课变成了他与数学老师的二人转舞台。

每当老师提问肖恩就举手回答，肖恩一回答，队友们就拍手叫好，课堂气氛好不热闹。

课后数学老师把小胖班主任叫来，指了指肖恩好像在说着什么。小胖班主任看着肖恩笑了笑。

第二堂课，英语课，班主任的课，小胖班主任上来就说："各位同学请拿出一张纸来，大家听写。"班主任说完走到教室最后，站在了肖恩旁边。肖恩在学校是英语课代表，英语很好，几个小破单词自然不在话下，轻松搞定。班主任和肖恩的同桌李川一起看肖恩写着单词，同时露出了满意的笑容。

课上，班主任让肖恩朗读了英语课文，又让肖恩回答了几个问题。课后，小胖班主任把肖恩叫到身边问："肖恩，你学习不错啊，是哪个学校的？"

"我是卫红小学的。"

"好学校啊，怪不得，学习这么好。你去收拾一下书包跟我来。"

肖恩拿着书包跟着小胖班主任来到了隔壁班，刚才的数学老师笑盈盈地把肖恩接进了教室。教室里坐满了人，孩子们正奋笔疾书，也没太注意肖恩。肖恩还是坐在最后一排，但是这回坐在他旁边的都是穿着校服的同学，也不再和倒数第二排拉开一段距离。

一会儿，数学老师又从前边走到后边，送来一本练习册，说:"这节课讲题,你先看看,那谁,你帮肖恩指一指在哪儿。"

又是一堂数学课,但较之前风格完全不同,老师快速地过着练习册上的考题,同学们也都反应很快。肖恩终于找到了上学的感觉,但数学家的梦也瞬间破灭了。

中午足球小将们坐上大巴车回到了基地,吃饭、午睡、准备下午训练。

晚上吃完晚饭,孩子们就在食堂写作业,负责的王导和守门员教练叶导就坐在一旁盯着。王导走到肖恩旁边想见识一下传说中学习好的孩子是个什么水平。细心的王导发现肖恩的作业跟其他孩子不一样,王导就问:"哎,肖恩你写的跟其他人不一样啊?"还没等肖恩回答,一旁的李川就抢着说:"肖恩今天上了两节课就被老师带走了。"

"被老师带走了?肖恩,怎么回事?"

"老师把我带别的班了。"肖恩回答。

"怎么就把你带别的班了?"

"肖恩可厉害了,数学课的题他都会做,英语说得也好,老师都表扬他了。"李川又抢着说。

"好!不错啊肖恩,继续努力。孩子们,都要好好学习,向肖恩学习,听见没有!"

"听见啦……"孩子们回答。

从此肖恩"肖老师"的名号又在这个队里传开了。

王导此时开始理解肖恩爸爸,他觉得如果他的孩子学习也这么好的话,他也会像肖恩爸爸一样竭尽所能来为孩子争取学习的条件。

作为队里唯一的"家长"——王导经常要给孩子们的作业

签名，而且一签就是 23 个。王导感慨："我闺女跟你们这帮小兔崽子一样大，我这常年在外跟队，一次都没给她签过，都是她妈签，这回真是都补上了。你们都好好写，别老师一批回来都是零分，丢我的人。"

转眼冬天到了，一年一度的冬训就要开始了，海市千阳俱乐部果然出手不凡，冬训地点定在了春海明珠国家训练基地。每到冬季电视报纸里铺天盖地都是明珠基地的新闻，对于孩子和家长们来说，明珠就是心中的足球圣地，任谁也想不到自己的孩子，年纪小小就可以奔赴那里冬训。正当家长们亢奋之际，肖恩爸爸又提出了学习的要求，俱乐部无奈之下花钱聘请了两位老教师随队给孩子们上文化课。

孩子们坐着火车从海市到春海，一路上打打闹闹，吃吃睡睡，躺在铺上看看风景，完全不觉得旅途劳累。反而是王导、守门员教练叶导和两位老教师在旅途中身心俱疲，骨头都要散架了。主要原因是这车实在太慢了，见站就停，就像一辆公交车。比方说车来到江阳，一个城市就要从北到南停三个站，一个都不能少，而且都是认认真真停，少停一会儿都不行。

终于临近春海站了，王导要求乘务员先给孩子们检票下车，乘务员没答应，因为这几天孩子们没少给乘务员惹麻烦，光是方便面撒地上就好几回。

王导被无情拒绝后，悻悻地坐到自己的位置上。

明珠基地终于到了，跟电视上的一样，大铁门对着美丽的春池，但是没有大狼狗。据说过几天等甲 A 队伍来了，狗就放出来了，也许是因为成年人精力比较旺盛，更需要大狼狗来保证封闭。

孩子们住进了明珠基地里最差的宿舍楼，宿舍旁边有个四周围上的工地，也不知道在修什么。宿舍里原本4人的房间也被加了床，住进了8个人。

宿舍原先的主人——老鼠，也不管房间里住的是4个人还是8个人，一样在地上大摇大摆地走着，吓得8个大小伙子跳到床上尖叫。

第一天训练，王导带着孩子们来到明珠基地里的一个田径场慢跑，这里的跑道是炉灰渣铺的，中间的草坪杂草很多，但还算平整，场地边上挂着一个大牌子，牌子上写着一句细思极恐的话，"12分不是终点，1万米只是起点"。孩子们看到这句标语还没什么体会，但是甲A的职业球员们每每看到这个标语都会产生一种"想死"的感觉。

第一天王导训练时没敢给孩子们上量，他怕孩子们会有高原反应。别说队里还真就有一人不舒服，那就是身体最棒的李川。李川刚到明珠基地，晚上睡不着，白天打不起精神，食欲不佳。孩子们开始纷纷笑话李川身体不行，居然会有高原反应，殊不知，正是因为他身体好，耗氧量大，才会不舒服。

适应几天后，球队训练步入正轨，一天三练雷打不动。每天早上，孩子们要出早操，拉拉伸，跑跑步，动动球；上午，孩子们要练技术；下午，要练对抗，分队比赛。

每天在保证三练的前提下，孩子们会利用晚上和上午的一点时间来学习文化课，两位老教师非常认真负责，教的都很投入。

时间长了，这次冬训的问题就来了，球队在这里就只能是训练，因为基地里就只有他们一支青少年球队，完全找不到适龄的球队来打教学比赛。周围的甲A、甲B老大哥们也不可能大老远上高原来给你带孩子玩，他们来的任务是通过体测，通过 12 分钟跑，拿到上岗证，所以各支球队都练得很苦，号称"一天一万米才能一月一万块"。

孩子们看见老大哥们在炉灰渣跑道上嘴眼歪斜地坚持向前，听见过他们在炉灰渣跑道上生不如死的怒吼"我要退役"，也见识了他们躺在炉灰渣跑道上胸脯上下起伏就快炸裂，连话都说不出来的痛苦表情。

冬训中最让孩子们印象深刻，也最受教育的，不是一支足球队，而是同在明珠基地里集训的中国女子垒球队。

孩子们每天去训练的路上，都会路过一个长长的铁笼子，女垒队员们在笼子里，面对发球机喷出的垒球挥舞着球棒，发出"砰啪砰啪"的声音。

每当孩子们训练完，往宿舍走时，也会看见女垒队员在笼子里"砰啪砰啪"挥着球棒。

孩子们每日三练，回回都会看见同样的场景，当他们去训练时，女垒队员已经在练了；当他们训练结束后，女垒队员们还在继续练着。

王导不止一次地跟守门员教练叶导感叹姑娘们练得真苦，也不止一次在路过女垒训练的时候勉励孩子们要向大姐姐们学习。

当孩子们离开明珠的时候，宿舍楼旁边的工地也终于落下了帷幕。原来是 3 个网球场，不知哪个球员会在训练之余还有精力玩网球。

1996 年的夏天，美国亚特兰大奥运会，中国女垒因为美国裁判的一个错判本垒打，败给了东道主美国，获得了亚军。

孩子们得知这个消息后都开心不起来，因为他们目睹了女垒姑娘们的努力，在他们心里女垒姑娘是永远的冠军。

　　女垒姑娘也让肖恩想起了之前虐过他们无数次的海市足校小女足，不知道那些姑娘们正在哪里吃着苦，"笑眯眯""非洲人""大月儿"都变成了什么样子。还有跟肖恩一起被女足虐的金开石和王冠一，也不知他们现在过得怎样。

第四十七章　年度关键词

　　1998 年初，金开石爸爸的生意做到了吴东，吴东的一个合作伙伴与吴东地产俱乐部有些渊源，一听说金老板的公子足球了得，就跟金开石爸爸透露，吴东地产在巴西建成了一个基地，据说今年就要送一批孩子去巴西培训，问金开石愿意去吗。

　　金开石爸妈确实不舍得孩子离开他们去外地，但是足球王国巴西的吸引力是无与伦比的。最后征得老爷子同意，金开石爸爸与厉校长解了约，让金开石去了吴东地产俱乐部。

　　吴东地产俱乐部虽是甲 A 球队，但常年忽视梯队建设，实力非常一般。正因如此，俱乐部才有了巴西培训的计划。

　　主教练邱子如接到俱乐部领导通知说会推荐一个孩子进队，内心是抵触的，他觉得一定又是哪个领导的关系户，但没想到这个关系户一进队就显现出了不错的实力，坐稳了主力中后卫的位置。

金开石来到吴东后，金开石爸爸几乎每月都来吴东出差，说是出差，其实就是带老婆来看儿子的。时间长了，金开石爸爸跟邱指导也就混熟了，很巧，邱子如也是朝鲜族，这让教练和家长之间又多了几分信任。

1998 年夏天，当法兰西英雄齐达内用两记头槌搞定有着"外星人"的巴西，捧起大力神杯的时候，金开石和王冠一在中国足球联合会组织的小甲 A 赛场上相遇了。

金开石司职中卫正好对上了前腰王冠一，此时的王冠一正处于发育期，个子长高了好多，眼看就快 1.8 米了，缩小了与金开石的身高差距。

"你终于不长个了，看这样子，我就快追上你了。"王冠一语气略有挑衅。

"小样，你拿球，我就铲你。"金开石恐吓说。

俩人在场上你争我夺，火药味十足。

金开石憋着劲地要防死王冠一，逼得特别紧，给王冠一的拿球施加了很大压力。但今日的王冠一变得更强了，他不再像过去那样粘球、带球长驱直入，现在的他控球更合理，更有大局观，有着相当的策动进攻、掌控比赛的能力。

最终凭借王冠一组织的两次进攻，齐州电力以 3∶1 战胜了吴东地产梯队。

赛后，王冠一与金开石凑到了一起。

"可以啊，你们吴东地产的装备全是国际大牌 B，这是真的假的？"王冠一说着伸手摸向金开石胸前的"大钩"。

金开石打掉他的手说："当然是真的了。"

"不错，比我们这破美津浓强多了。"

"你们队水平不错哈，都是哪儿的？"金开石问。

"全国各地都有。水平不错吧，我们可是夺冠大热门。"

"看给你嘚瑟的，哎，王一凡呢？不是跟你在一起吗？"

"没来，在基地呢。张清越之前也在我们这儿，后来走了，不知道去哪儿了，也没跟我和王一凡道个别就走了。"

"我年底也要走了。"金开石语气中略有不舍。

"啊？去哪儿？"

"去巴西。"

"可以啊，要去学桑巴足球了，但我觉得那不适合你。"

"啥意思？"

"你应该去汉城。阿西……"

金开石立刻回应一锤。

最终王冠一带领球队真就夺得了小甲A的第一名，1998年对于14岁的他来说就是俩字：冠军。

金开石于11月18日踏上了飞往巴西的飞机，1998年对于15岁的他来说也是俩字：巴西。

而1998年对于一直顺风顺水的肖恩来说，也是俩字：西巴……

这一年，对14岁的肖恩来说真是无比坎坷，先是在春季的一次越野跑训练中被狗咬伤了屁股，打了半个月狂犬疫苗，之后又在夏天得了甲肝，住院、康复了好长一段时间。沮丧的肖恩不止一次想，如果王冠一、金开石和他在一起，他们一定会冲上来救他，他也就不会被狗咬，也就不会有后面这些祸不单行的烦恼。

等回到球队，曾经干瘦的肖恩就像一个被吹起来的皮球，胖得不像样子。平时大运动量训练的球员，一旦停下来就立马肥成了梦奇。队友和教练们都在嘲笑他身上的赘肉，王导还时不时捏一捏他圆嘟嘟的大脸。

肖恩归队后的第一堂训练课，跟了不到 20 分钟就吐了。此时肖恩才感到自己之前原来那么厉害，现在的他完全跟不上训练节奏了。

眼看着队友们在场上快速地飞奔、拼抢、冲撞，而自己却做不到，肖恩很受伤。竞技运动就是这么残酷，不容半点含糊，不行就是不行。肖恩只能先在场边一圈一圈地跑着，一段时间之后，肖恩终于减肥成功，但他也失去了主力的位置，队内 1985 年的孩子们身体逐渐发育，表现出了更强的竞争力。从小踢球一直是首发的肖恩，现在开始也不得不品尝替补的滋味，肖恩感觉这比他减肥还要痛苦百倍，他是世上最难过的人。

海市千阳俱乐部钱老板也觉得自己是世上最难过的人。

钱老板志在冲甲 B，不断加大投入，但在几次关键比赛中还是遭遇了裁判的暗算，未能取胜，这样的结果气坏了钱老板。

正在气头上的钱老板偏偏遇上了执着的肖恩爸爸，后者还在不停地要求俱乐部继续支付高额的借读费，好让孩子完成初三的学业。

老板生气归生气，还是征询了王导的意见，王导的意见是别因小失大，得罪了家长们，应该让孩子们完成九年义务教育。钱老板听后并未回应，而是说再等等。此时的老板已经不想再付钱了，经历太多的黑哨，他伤透了心，已经有了退意。

不光海市千阳钱老板被足球伤了心，还有一位海市足球的大老板也被伤透了心，开新闻发布会宣布年底就退出足坛，那就是海市龙升的大老板。

第四十八章　逐梦巴西

　　在浦东国际机场，爸爸妈妈围着金开石，仰望着自己的大儿子，目光中满是不舍。

　　"儿子，到那边要经常给家里打电话。"

　　"爸，国际长途啊，可贵啦。"

　　"没事，爸爸付得起。"

　　"到那边，不管遇到什么事别着急，心态一定要好，爸爸是你坚强的后盾，实在不行就回来接爸爸的班。"

　　"爸，这还没去呢，就想着不行回来的事了？"

　　"爸爸这是想给你减压。"

　　"爸，我没压力。"

　　"一点压力没有也不行，算啦，只要你开开心心就好。到那边一定注意安全，听说那里治安不好。"

"没事，那么多人在一块儿，没事的。您别瞎操心了。"

"我不想操心，都是你妈在我身边念念叨叨，昨晚还问我你坐的是大飞机吗，说大飞机安全。我说飞那么远肯定是大飞机啊，小飞机也飞不过去啊。"

金开石妈妈在一旁不说话，不停抹眼泪。

"妈，别哭啦，我会经常给你们打电话的，一年就回来啦，别哭啦。"

"对啊，别哭了，明年这个时候儿子就回来了，咱们就又团圆了。"

金开石跟着大部队进了安检，他不时地回头，爸妈一直站在原地望着他，直到再也看不见。

世界知名的巴西圣保罗足球俱乐部，培养了无数绿茵巨星。金开石和队友来了，来到这里接受巴西足球的熏陶。吴东地产与巴西圣保罗此次是全方位合作，不仅一起建造了基地，还从圣保罗俱乐部高价聘请了主教练和3名外援。

圣保罗俱乐部当然不会亏待来自中国的朋友，他们为孩子们配备了一组优秀的巴西外教团队，所有的训练、比赛都由巴西外教亲自安排，中方教练邱子如只是负责一些生活安排，比方说每周日做一顿中餐给大家改善一下伙食等。

孩子们平时都在俱乐部餐厅吃西餐，健康的餐食搭配和良好的饮食习惯可以让孩子们更好地摄入营养，促进身体发育。同时这里的巴西外教认为18岁以下的孩子不适宜通过负重训练力量，而是要通过跑、跳和一些结合球的动作来增强力量。

科学的吃和练让金开石进入发育的高峰，来巴西两个月的时间就长到了一米八七。金开石出众的身材和头球能力让巴西外教格外喜欢，经常被借调到圣保罗青年队去打比赛。

在青年队，金开石遇见了一位长相白净、身材高挑的小帅哥，卡卡。卡卡为人和善，总是面带微笑。金开石刚到巴西语言不通，卡卡经常用英语帮他解围。当时圣保罗青年队里的巴西孩子普遍只能说葡萄牙语，卡卡家境较富裕，受过良好的教育，所以英文很棒。一来二去，金开石与卡卡最早熟悉起来。随着金开石的葡萄牙语日渐进步，二人能交流的越来越多，他们的友谊也越来越深。

巴西由于地形缘故火车交通并不发达，但长途巴士非常便利，前国际足联主席阿维兰热就经营着全巴西最大的长途巴士公司。

金开石特别喜欢跟着巴西队友一起坐大巴外出比赛，对他而言，每次比赛都像是一次郊游。金开石由于力量、技术、意识等方面的欠缺，在青年队只能作替补，因此他加倍珍惜每次短暂的上场机会。

当时圣保罗青年队里有个前锋叫巴普蒂斯塔，绰号"野兽"，他身体强壮，射门好，意识好，抢点能力强，是队内的头号球星。卡卡与他相比，身材瘦弱，速度、力量都很一般，但是卡卡凭借出众的技术和意识在队里也能占据一席之地。

卡卡和金开石一样出生在中产家庭，他心态良好，并不着急。他不像圣保罗俱乐部基地门口那300多个等着试训的孩子，他们多出自贫民窟，就像斯巴达300武士一样，他们没有后路，只能用球技拼命杀出一条血路。

这些孩子如果踢出来了，他们的家庭就会跟着受益；但如果踢不出来，他们就只能回到贫民窟，继续过着社会最底层的生活。金开石在这里理解了足球对于巴西孩子的意义，那是能够改变人生命运和家族命运的神圣力量，这种力量感是中国孩子永远无法体会的。

卡卡告诉金开石，足球烙印在每个巴西人的基因里。即使没有球鞋，没有像样的球场，巴西的小孩也能光着脚，在河边、在稻田、在垃圾场、在一切人们无法想象的简陋场地上演一场漂亮的球赛。那些野蛮生长的、没有受过正规训练的脚法形成了巴西独特的球风，也是巴西人血液里的足球天赋。

此时的圣保罗青年队打法偏硬朗，注重身体对抗，队内都是巴普蒂斯塔似的人物，卡卡潇洒的球风显得有点格格不入，也就不被重用，只能游荡于主力与替补的边缘。身体条件好的金开石虽然会被巴西教练借调来打教学比赛，但正式比赛一点机会都没有。

圣保罗州一次重要的青年比赛，主教练把所有主力都带了过去，卡卡没入教练的法眼只能在家留守，金开石就更不可能去了，只能在家陪卡卡和几个巴西球员一起训练。

这天训练的时候，一队的助理教练突然找到留守的青年队教练，要求赶紧找两个人去补充一队的力量，此时一队伤病太多，缺人缺得厉害。青年队教练二话不说立刻安排卡卡和另一个队员跑步去一队场地。

金开石眼睁睁看着卡卡从这边的训练场离开，跨进了两米之外一队的场地。在周末的州锦标赛决赛上，卡卡在下半时居然被替换上场了，他灵动快速的球风，优秀的意识和大局观，帮助球队反败为胜，从此一战成名。

在之后的州联赛中受到主教练赏识的卡卡得到了更多的上场机会，他也不负众望，不但为球队打进了多个进球，也贡献了不少助攻。卡卡拿球快速推进的踢法成为赛场上的一股清流，感觉就像骑着小摩托在踢球一样。一队主教练对他非常看重，认为他就是圣保罗乃至巴西未来的核心。

自上次在球场目送卡卡离开，金开石就只能在电视上看他了。直到金开石快要离开青年队时，卡卡出现了，送给了金开石一条精美的24k纯金手环。

金开石看着眼前大红大紫的卡卡，内心无比羡慕，他觉得巴西不愧为足球的国度，人的境遇在这里会因为足球瞬间天差地别，怪不得成千上万的孩子前赴后继地在圣保罗俱乐部门口排队试训，这里的确是改变命运的地方。

卡卡的一夜成名早已成了训练基地的谈资。提起卡卡，巴西外教用得最多的词就是"天赋"。是的，"天赋"，这也是金开石在巴西最常听到的词。卡卡的成功令他想起了自己的挚友王冠一。他们是那么相似，两人身上出色的足球天赋塑造了他们潇洒自如的球风，也赋予了他们气定神闲的自信心态，他们都坚定相信自己的天赋不会被埋没，总有一天能被世人看到。这与勤勤恳恳的金开石不同，自从被王有成淘汰，他总是如履薄冰，生怕再度被否定，从此无缘赛场。

"精诚所至，金石为开。"金开石的名字正是他父母的信念，这也是他从小被灌输的信念。他知道自己不聪明，于是他付出200%的努力，希望能弥补自己在天赋上的缺陷。但他和父母都没有意识到，足球是一项残酷的竞技运动，99%的努力也许都无法替代那1%的天赋。"天资平平"的后卫名宿加里·内维尔靠勤奋熬出头，可是多少年才能出一个加里·内维尔呢？

事实证明，世人很少能看见"努力"，但几乎不会错过"天赋"。因为在背后付出的是努力，在场上显现的则只有天赋。

巴西外教很喜欢金开石硬朗的作风，但又惋惜于他天生欠缺的灵性。不同于中国人的迂回含蓄，巴西教练直截了当地告诉金开石："金，在足球的世界里，只靠努力是不够的。"

足球这条路，除了"天赋"，真的别无选择吗？

自我怀疑的阴霾一直笼罩在金开石心头，压得他喘不过气来。在和妈妈的一次电话里，他忍不住问："妈妈，如果我不踢球了……"

话音未落，那边的金开石妈妈就接过话柄，急迫地说："儿子，最近训练太辛苦了是不？多休息，别太累，别想太多，爸妈都相信你能踢出来的。你别担心，你爸最近联系上一个足球联合会的大领导，想着给你转到一个更好的甲A俱乐部呢……"

金开石一听，感觉脑袋里嗡嗡作响，心想有些话还是当面讲比较合适，所以敷衍道："妈，你让爸先别忙乎，我现在在这挺好的，还不想转会，一切等我回去再说吧。"

第四十九章　噩耗

1999 年 11 月，金开石他们终于回国了。俱乐部对这支巴西归来的队伍非常重视，高层与一队外籍教练组计划这些孩子回国后立刻安排一场教学比赛，选拔优秀队员到一队或预备队。比赛时间定在了 11 月 26 日下午，对手是吴东地产预备队。

金开石爸爸妈妈迫不及待地要去吴东看他，但被他拒绝了，他跟爸妈说，回来后有个重要的比赛，他想专心准备，不想分心。其实，金开石是不知怎么跟父母开口说自己不想踢了的事。他也希望能借这次选拔赛，给自己最后一个证明的机会。金开石劝爸妈说："等比赛完队里就放假了，我马上就回家去看你们。"爸妈只能按捺住思儿之苦，继续等待。

不久，金开石接到了父亲的电话。

"开石，猜猜爸爸在哪儿？"

"爸，你不会是来吴东了吧？"

"你这孩子，"金开石爸爸笑道，"爸爸在吴东，帮你联系甲B俱乐部的事儿呢。"

金开石说："爸，不是跟你们说了等我回去再说吗？"

"这种事哪等得了？错过这次机会，下次不知道什么时候了。儿子我跟你说，进了甲B球队，你就能参加更高级别的比赛了。"

金开石火从中来："爸，你能不能先问问我的意见，你们从来没问过我想不想踢球，也不管我适不适合踢球，从来都是自己一厢情愿！"

金开石爸爸停了两秒："……你说什么？爸爸做这些还不都是为了你好？"

金开石索性一吐为快："我说，我根本没有踢球的天赋，我不想踢了！你是为了我好，可你从来没问过我想不想要！"

金开石爸爸急了："你不踢球你能干什么？你以为读书有那么容易出人头地吗？你以为我的产业够你吃一辈子吗？我告诉你，你踢也得踢，不踢也得踢，否则就别回来！"

金开石气得发抖，"啪"地合上了手机。这是他从小到大第一次如此激烈地反抗父亲。

主教练邱子如认真准备比赛，调整着孩子们的状态。金开石作为队内的主力中后卫，邱子如指导对他寄予厚望。

11月25日一早（离比赛还差一天），正准备出门训练的金开石接到了妈妈的电话，电话那头妈妈已经泣不成声，在断断续续的通话中，金开石得知了噩耗，爸爸昨晚在吴东出了车祸，人没了。

金开石一下子瘫坐在床上，手机掉到了地上。他冷静下来，决定立刻买机票飞回海市，他知道此刻妈妈需要他。在机场，邱子如指导送金开石走进安检，金开石错过了明天的比赛，他觉得非常可惜，这是一个多么好的机会啊。

金开石回到家，家里聚了好多人，大客厅被挤得满满当当。妈妈从屋里出来，看见高大的金开石站在门口，眼泪又不受控制地汹涌而出，金开石快步走过来，紧紧抱住妈妈，轻声说："妈，别怕，还有我呢。"

金开石没有哭，他知道自己现在是家里唯一的男子汉了，他不能软弱。他先安慰妈妈，再送走了关心他们的亲戚朋友，其中就有肖恩爸爸，此时的肖恩爸爸也不想打搅金开石，只捏了捏金开石结实的肩膀说："开石长大了，有需要就给叔叔打电话。"

两天后的葬礼上，来了好多人，有亲戚朋友、生意伙伴，还有一位从吴东来的金开石爸爸的朋友，金开石爸爸此行也正是为了托他找关系才遇此劫难。葬礼上放的不是普遍用的哀乐，而是《小白船》的旋律。金开石想，爸爸一定更愿意听到这首歌。

开石爸爸的这位朋友把开石爸爸留在上海的遗物带回来了，他拿出一个包装精美的盒子递给金开石。"听老金说，你的偶像是加里·内维尔，所以他托我辗转要到了这个，谁知道还没来得及给你……"他拍了拍金开石肩膀说，"开石，你要加油啊。你爸的心愿就是看到你成为全中国最好的后卫。"

金开石颤抖着打开盒子，里面是一双加里·内维尔的签名鞋。开石爸爸的朋友继续道："以后有什么需要，记得来找叔叔。"

金开石再也忍耐不住，放声大哭。

肖恩爸爸离开葬礼现场时在帛金簿上也写上了王导的名

字，王导得知此事后让肖恩爸爸也带来了一份心意。人群之中，徐导和王一凡的爸爸，还有厉校长和几个球队家长也来了，家长们与徐导和厉校长互相打招呼，但是徐导和厉校长彼此视而不见。

葬礼过后，金开石才见识了什么叫人间冷暖。爸爸的合伙人告知金开石，公司这些年一直经营惨淡，资不抵债。生意伙伴开始陆续登门表示之前两家的债务一笔勾销，互不相欠，更有甚者当着金开石的面就把不知哪来的借条撕得粉碎。金开石妈妈多年来一直是家庭主妇，从不过问金开石爸爸生意的事情，对公司境况一无所知，金开石常年在外踢球同样两眼一抹黑，最后爸爸的公司合伙人带着公司法务、财务申请了公司破产清算程序。金开石和妈妈不明白，一直经营好好的公司，怎么一下就破产了呢?

这些都是他们眼前看得到的损失，其实背后还有一些他们料想不到的，金开石爸爸这两年在吴东为儿子经营的足球人脉也随着他的离去而断了线。

母子二人现在只能靠着爸爸生前留下的三套房子和一个餐馆过活。

这天傍晚，金开石靠坐在窗边，看到天上又升起了一轮半月，恰似一只小白船。他闭上眼睛，脑海里浮现出爸爸那张慈爱的面孔。

签名鞋被金开石小心地放在柜子最深处，他说不清这是因为珍视还是自己根本害怕看到它。

"爸爸是被我害死的。"这个念头像一只利爪攫住他的心。如果当初他再争气一点，爸爸就不用为他奔走;如果当初他早早袒露自己不想踢球的心声，爸爸就不会在那时去吴东；如果当初没有和爸爸争吵，也许……

他大口喘息，想把这个念头驱逐出去，可是无能为力。它就像在脑海里扎了根。

金开石妈妈走进屋，看到儿子望着天空发呆，就知道他在想父亲。她摸摸儿子的脑袋，轻声说："儿子，你爸的事，不怪你。"

金开石没说话，像只温顺的小兽把头埋在妈妈胸前。

金开石妈妈继续说："儿子，这些年也苦了你了，上次你不是问我如果不踢球了会怎样吗？如果你不想再踢了，可以回家和妈妈一起经营馆子，我们一样可以安生地过一辈子，别再离开妈妈啦。"

金开石抬起头，鼻尖红红的："妈，我要踢。"

——这是爸爸最想要的，不是吗？

金开石魔怔了。本来就不善言辞的金开石，变得更加沉默寡言、独来独往，每天除了吃饭睡觉就是苦练，有时还对着月亮喃喃自语，哼着熟悉但叫不上名字来的歌谣。

金开石每天把自己逼得很紧，只要他一停下来，那个可怕的念头便如"达摩克利斯之剑"一般悬在头顶。他把自己封闭起来，肖恩和王冠一给他发短信、打电话，他也不回复。他像个没有感情的训练机器，不知疲倦、不知疼痛，过着苦行僧一样的生活。他觉得只有这样才对得起爸爸。

从前他踢球，是为了获得胜利时的快感，为了获得父母、教练和周围人的认可；现在他踢球，只是为了让自己好过一些，只有踢球的时候他才能把心上的巨石搬离一些，感到一丝还完债般的轻松，有的时候他甚至觉得只有在踢球的时候他才是活着的。

他有时沉重得抬不起脚，有时身体又轻飘飘地好像不受自己控制。他想哭，却流不出一滴眼泪；他想大喊，最终只在喉咙深处发出一声呜咽。

第五十章 "美丽足球"

出乎所有人的预料，海市龙升的大老板真的就此退出了足坛，临别前他花了2000万买下了海市千阳老板手中的青年队，送给了新接盘的海市东胜老板，说："送你一个未来。"

海市千阳把肖恩所在的队伍卖给海市东胜后，小球员们第一次出门比赛就坐上了飞机，这一鸟枪换炮的革新让小队员们格外激动，这也是小队员们第一次坐飞机出行，孩子们欢呼："噢耶！终于不用坐绿皮火车和大破船喽。"

此行，全队将飞往泽州参加全国U17青年联赛。出发前王导一再提醒："各位家长一定要早点把孩子送到机场，因为托运行李、安检需要时间。"王导说的时候，能看出来不光孩子们没听懂，家长们也没太听懂。

肖恩爸爸问道:"王导,大概几点到好?"

王导回答:"11 点的飞机,那就 9 点到吧,家长们都听好了,明天早上 9 点到机场,记得要带户口本啊,孩子没有身份证,坐飞机要用户口本,都别忘了。"

大家异口同声地回答:"好的。"

第二天,肖恩爸爸早早地就把肖恩送到了机场,到机场时发现其他家长和孩子基本也都到了,孩子们穿着整齐划一的东胜大衣在机场里格外扎眼,周围路过的旅客都投来羡慕的目光,孩子家长们个个得意扬扬。

一会儿,王导来了,孩子们纷纷走上前向王导问好,王导跟孩子们打完招呼就叫守门员教练叶导收齐孩子们的户口本,准备清点人数后到柜台前办值机手续。

王导对身边的队长说:"郑艺声,带几个人把球和训练装备都拖过来,跟我去柜台托运。"刚走几步,王导又回过头来大声问:"孩子们,有谁要托运行李吗?"这一问倒好,所有孩子都举手要托运行李。

只见王导抱着一大摞户口本站到了柜台前,后面跟着一排衣着统一、手提大包的孩子们。值机柜台里的漂亮女柜员接过厚厚的户口本,温柔地对王导说:"您好,咱们人多,要不这样,我先把你们的登机手续办好,再办行李托运,您看可以吗?"

"可以。"

柜员逐一办理登机手续,每办完一个王导就会把登机牌和户口本亲自交到孩子手里,还不忘嘱咐一句:"户口本别丢了,好好放起来。"

孩子们嘴里认真回答:"好的,王导。"

最后孩子们排着队把自己的手提行李挨个放到托运台上，托运过程中，王导认真负责，小队员们懂事又有礼貌，一片和谐景象。

安检前，孩子们跟家长潇洒道别。这些孩子们走南闯北，离别已经是家常便饭了，家长也早已习惯告别场景，嘱咐的重点都是"注意安全，好好训练，好好比赛，听教练的话，记得给家里打电话"等，简单高效。

也就肖恩爸爸最慢，因为他的嘱咐多了一项："肖恩，不管回来还能不能补考，在那边记得看书，别胡玩，知道了吗？回来让你文龙叔考你！"

"他怎么考我？他一小学老师，我都上初中了。"肖恩一脸不屑。

"当然能考了，你文龙叔肯定没问题。你就等着回来考试吧。"

"好吧，知道了。"肖恩无奈地摇摇头。

王导带着孩子们走到了安检口，转过头来提醒："孩子们，把刚才给你们的登机牌和户口本准备好，一会儿过安检时给安检人员看一下。"

身边的李川立马举手："王导，户口本跟包送走了。"

"跟包送哪儿了？"王导问。

"跟包托运了。"

王导脸一下子绿了："你怎么给托运了？"

李川委屈地说："我想好好放个地方，就放包里了，我不知道还要用户口本。"

"王导，我的也在包里。"

"王导，我的飞机牌跟户口本都跟包送走了。"

孩子们纷纷跟王导汇报。

王导听到这儿一下子急了，大声说："谁让你们放包里的？"

人群里有人喊："王导说让好好放，我们就放包里了。"

"还怨我了？"王导此时已经疯了。

走在后边的肖恩爸爸问肖恩："你的户口本呢？"

"在包里啊。"肖恩淡定地回答。

"也托运走了？"肖恩爸爸面露急色。

"是啊，没事，这么多人都放包里了，没事，爸。"

肖恩跟他在球场上的表现一样，永远不急不躁，不慌不忙。

刘正彤妈妈看着肖恩爸爸说："肖恩真是好脾气，一点都不急。"

远处，王导小跑着来到值机柜台求助，漂亮的柜员立刻打电话请示。一会儿，安检口出来一位负责人，非常热情，反复表达对海市足球的热爱，对东胜队的喜爱，之后他领着孩子们单独走了一条安检通道，把大家直接送到了登机口。

家长看着孩子们顺利进入安检也都长舒了一口气。经此一吓，王导的额头都是汗，叶导在一旁不停安慰他，也提醒他，这帮熊孩子不能信任，等到了那边咱们还是把户口本收起来统一存放吧。

孩子们呢，一路打闹就像刚才什么都没发生过。肖恩过了安检回头跟爸爸挥了挥手，心头窃喜："终于自由了！"

孩子们此行的目的地是泽州，中国南部的一个小城市，三条江水汇聚于此，自古以来便被称作"三江总汇"，丰富的水资源让这座城市充满了"湿"意。

泽州足球训练基地就坐落于这座小城市中，它虽然没有春海明珠基地那么家喻户晓，但也不可不称为中国足球的青训圣地，几乎每位成名的中国球员，年少时都在这里接受过洗礼。

泽州足球训练基地的布局可谓相当大气，也极富浪漫主义情怀。基地分为两部分，住宿和球场分别建在大江两岸。小球员们需要在江南岸的渡口坐船横渡大江才可以来到江北岸的球场训练比赛。

大浪淘沙，多少年来，有多少中国球员从这里走向甲A联赛、甲B联赛、乙级联赛的舞台，也有多少满怀足球梦想的孩子在这里折戟沉沦，最终被淘汰。

大江之上，小球员们乘坐的大船犹如一片枯萎的叶子，慢慢地漂过。黑色的船篷之下，昏暗的船舱里纵向摆放着6排长长的凳子，若干纪律巡查员（各球队选派队员来监督纪律，多为各队替补队员）分散在大船四角，小球员们前胸贴后背地紧靠在一起坐成6排，互相不能说话，因为说话会被罚款。全程就只有船尾柴油发动机的轰鸣声，给船上无比压抑的气氛带来了一点节奏感。

小球员们手拿钉鞋，表情木讷，看着对岸由远到近，就像是好莱坞大片《诺曼底登陆》里的场景，只是少了枪林弹雨和血肉模糊。同样地，随着离岸边越来越近，危险也就越来越近，因为江北岸是一大片浅滩，大船只能停靠在离岸100米左右的江面上，小球员们需踩着半米宽、两米长的木板连接成的简易木桥，慢慢地走上岸去。

木桥架在很多钉在浅滩里的木桩之上，每当小球员走到木桩之间的木板处，木板就会上下颤动，木板中心颤动幅度最为巨大。

起初，小球员们走在木板桥上都还小心谨慎，但后来就调皮起来，像一匹匹脱缰的小马，活蹦乱跳。只见前面的孩子在木板上灵活跳跃，每走到木板中间就会使劲向下一踏，目的很单纯，就是为了给后面的孩子制造麻烦。

不得不说这些孩子都身手矫捷，不愧是各地选拔出来的足球精英，脚下功夫了得，不费吹灰之力就能化解前人的"苦心"。几天过去了，一个孩子都没有落水，但孩子们还是对此游戏乐此不疲。

终于有一天喜报传来，八一队的守门员不慎落入水中，孩子们听后欢欣鼓舞。据说那守门员落水后，在水中着实挣扎了一会儿，后来站起来才发现水只到他的大腿，幸亏此守门员是队内三号门将，属全队最闲人等，所以球队比赛并未受到任何影响。

此次中国足球联合会主办的泽州冬训也是全国 U17 青年联赛决赛，所以全国高水平的青年队都来了，是的，这次王冠一、肖恩、金开石终于聚齐了。金开石因为父亲离世，错过了一队选拔的机会，还待在吴东地产青年队。王冠一的齐州电力和肖恩的海市东胜这次都成了夺冠大热门。

自从到了泽州，每天晚上王冠一、肖恩、金开石三人都会聚在宿舍一楼大堂的沙发上，听着旁边小卖部里周华健的歌，围着一个大柚子，边啃边聊天，聊的内容全无营养，唯有八卦。

王冠一由于常年待在与世隔绝的齐州电力足校，导致信息匮乏，金开石又不爱说话，于是肖恩成了主讲，他绘声绘色地讲着他去年的背运，怎么被狗咬了，怎么得了甲肝，怎么跟着病友翻墙出去逛街，最后又怎么减肥成功。

"你这就叫减肥成功啦？"王冠一指着肖恩的小肚子说。

"成功了啊，这已经不错了。"肖恩回答，"你们是没看我甲肝出院那阵子，都圆了。"

"我爸说肝炎是'富贵病'，只能好吃好喝地养着，没别的办法，你那会儿肯定胖死了。"金开石说。

肖恩顿了一下，看金开石说起他爸如此自然，心里有些担心，不知道金开石有没有从悲伤中走出来，之前给他打了那么多电话他都不接，发短信也不回。他仔细观察金开石表情没什么变化，也就整理思绪，赶紧接着聊起来。

"你说我怎么就那么招猫逗狗，王导带着我们队那么多人一起越野跑，那狗就偏偏来咬我。"肖恩边说边摇头。

"哈哈，算你倒霉，要是我跟金开石在的话，你也不至于被咬进医院。"王冠一说着把手搭在了肖恩的屁股之上。

"哈，我那是甲肝住院好吧。我要是被狗咬进医院，那还得了。"肖恩把王冠一的手从屁股上挪开，"冠一怎么变成这样了，想摸，摸自己不好吗？"

"摸自己，哪有摸你有意思啊？"王冠一边说边站起身来，然后哈下腰，两手撑地，双脚搭在沙发上，开始做起了俯卧撑。

王冠一这一突如其来的举动把肖恩和金开石都看傻了，两人瞠目结舌，大气都不敢出地看着王冠一在那儿上上下下，最后较劲的几下，王冠一还发出了努力的喘息声。

"你这自娱自乐，挺高兴啊。"肖恩开玩笑说。

王冠一气喘吁吁，也没回答。

"这也不行啊，这才做了几下俯卧撑就不行了。"金开石说。

"我这是高难度俯卧撑，一个顶十个，今天量不够，一会儿回屋里还得做三组。"王冠一说。

"你现在可以啊，都这么努力了。"肖恩诚恳夸赞。

"不努力不行啊，你们也知道，对我来说足球不光是自己的事情。天赋决定了我的起点，努力决定了我的高度。"王冠一表情一下子严肃起来。

肖恩和金开石都被王冠一这突如其来的"鸡汤"给灌醉了，两人看着他不知该接什么，场面一度尴尬。

"哈哈哈哈哈，你俩那是什么表情？我又不是踢球踢傻了，work hard，play hard 才是我的风格。球要踢，该玩儿的也不能落下。你们还有什么八卦没，说来大家一起乐一乐呀。"

"好吧，你赢了。"肖恩无奈地说。

肖恩又开始东拉西扯上学的事情："有一天上学，我一摸座位里有一个东西，拿出来一看是一个小水晶球，到现在都不知道是谁送的。"

"你没去找找或者问问啊？"王冠一说。

"没啊，我们在老煤矿学校里每天就上半天课，同学都不熟，都没怎么说过话，问谁啊？"

"要是一个漂亮女生，那多可惜啊。"王冠一感叹。

"那班里我都看了，没漂亮的，算了。"肖恩回答。

"那也够可惜的，你这真是身在福中不知福，我在齐州电力足校，周围同学都是男的，班里阳气太重，搞得我一进教室就上火。"

"男的多怎么了，男的也能送你水晶球啊。"金开石突然发话。

"啊哈哈哈哈，说得对。"肖恩大笑。

"靠，男的送我，恶不恶心啊。肖恩你别乐，你那个也不一定是女生送的。"

"啊哈哈哈哈哈！"金开石和王冠一又大笑。

"走廊里不许大声喧哗。"一个纪律巡查员走了过来。

"关你什么事？又没笑你。"王冠一嘴里嘟囔。

"你们怎么把这儿搞得这么脏，全是柚子皮，你们叫什么？是哪个队的？要记过扣分。"纪律巡查员瞪着眼说。

"别，别，我们马上收拾，别记过，别扣分。"肖恩赶紧央求道。

"不行，赶紧说名字和球队。"纪律巡查员说着拿出了本子就开始记。

"哎，你这就不讲理了，我们是准备吃完收拾的，这还没收拾你就来扣分啊？"王冠一不耐烦地说。

"别废话，看你们的队服应该是齐州电力、海市东胜和吴东地产吧，快说名字。"纪律巡查员继续追问。

"别啊，先别写啊，我们这就收拾。"肖恩又恳求。

一旁的金开石倒是不说废话，伸出大长胳膊一下把纪律巡查员的本子拿了过来，纪律巡查员没想到有人敢抢本子，立刻大声说："把本子还给我，还敢抢本子。"

"怎么了？"一个大人走了过来。

肖恩、王冠一和金开石一看此人心头一震，心想："坏了。"

此人正是组委会秘书长奚留。奚留是中国足球联合会官员，亦是此次泽州冬训的最高长官，奚留这名字听起来挺吸溜的，但真人可一点都不"水"，以魔鬼、地狱般的军事化管理著称。

金开石一看，赶紧机灵地把本子塞回了纪律巡查员的手里。

"他们在这里大声喧哗，还搞得特别脏，还抢……"纪律巡查员一看本子回来了也没再说这茬。

"我们没大声喧哗，地上的柚子皮，也准备一会儿吃完立马收拾。"王冠一解释。

"那你们是被冤枉的喽？这大堂这么多人，他干吗不管别人，偏来管你们？"奚留继续问。

"奚指导您好，我们还真就是被冤枉的，这些纪律巡查员为了让自己队排名在前头，都狠命地扣其他队的分数，已经丧心病狂了。您看旁边这堆柚子皮，我看队服应该就是这巡查员队友吃剩下的，他也不管，我们一来，他就管。"肖恩义正词严。

"是吗？"奚留看了看纪律巡查员。

还没等纪律巡查员解释，奚指导的手机铃声响起。他瞅了瞅肖恩说："这回就这么着吧，下不为例，你们好好把这儿收拾了。"

"对了，还有旁边那一堆。"

说完，他就接通手机，转身走了。

兄弟三人一看没事了，开心得不得了，心想这奚留还是通情达理的嘛，看来是坊间传说把他妖魔化了。

没有丝毫耽搁，三人把"犯罪"现场清理得一干二净。

一旁的纪律巡查员一看奚指导都不管这事了，自己也就悻悻地走开了。

进入到集训阶段，各个球队都没安排训练，而是互相约着打教学比赛。来自祖国各地、四面八方的球队，拥有不同的技术风格和战术打法，大家伙儿难得凑到一起，还不打个天昏地暗。这可真是一个让孩子们大开眼界的好机会。

其实约不约的，主要看教练之间的关系，两队能约着比赛，要么教练过去是队友，要么就是来自同一个地方的，总之都得有点故事。

肖恩、王冠一、金开石三人的教练八竿子打不到一起，所以他们就无法在集训阶段的赛场上相见。

但根据各队教学比赛的反馈来看，海市东胜和齐州电力确实是公认的强，不愧为夺冠大热门。

进入正式比赛阶段，海市东胜展现了超人的实力，场场比赛都占据优势，取得了全胜战绩。比赛中，这支队伍表现出了高出同龄球队的战术水平、沉稳的心态和老练掌控比赛的能力。

齐州电力也表现不俗，最终海市东胜和齐州电力两队杀到了决赛。

而金开石的球队虽然在巴西熏陶一年，却还是未能学到巴西足球的精髓，进攻乏力，只能依靠金开石和几名后卫的顽强防守来与对手僵持，最终难逃被淘汰的命运。

决赛前夜，仨孩子还在沙发上聊天。王冠一今天问题颇多，总是有意无意，旁敲侧击地问一些海市东胜的信息。

肖恩明白他的意思，直截了当地说："别玩迂回战术了，我们队你还不知道啊，基本都是之前河口和西山体校的那些人，你都认识！"

"我是都认识，但好久没碰见啦，都不知道现在什么样了。"

"都没啥变化，以前啥样现在就是啥样。"

"听说水平很高啊，搞得我这个两届小甲A冠军都开始认真了。"

"我们要是去年就被东胜收了，能参加小甲A的话，就没你们什么事了。"

"有那么强吗？"

"强啊，没看我都踢不上了吗？"

"你那不是得病耽误的吗？"

"也有这个原因，但我觉的他们是真的变强了。就拿彭昊来说吧，那小左脚现在可有数了，踢球可贼了。朱赫在场上可能跑了，自己在前场舞弄一大片，连攻带守都承包了。"

"前场不是有个巨快的吗？他是哪儿的？"

"你是说刘正彤还是郭辉，他俩都快。"

"刘正彤我知道，是不错。我是问另一个。"

"难得你能说一个人不错，小刘的身体素质是我见过最好的。至于郭辉，以前北东踢边后卫的，你没印象啊？现在改前锋了，他百米在炉灰地上穿胶鞋，11秒整吧，巨快。但是技术糙点儿，脑子钝点。"

"是吗？我还是没印象。对了，我听说李川改后腰了？"

"嗯，这个应该是我们队的最大发现，你之前是不是觉得李川踢边后卫身体好，往返能力强，但技术糙。谁知道让王导改了后腰以后发现他攻防俱佳，一人就能扫荡整个中场，没想到他处理球还巨合理，不丢球，偶尔还能传一两个威胁球。"

"糙中有细啊。"王冠一说。

"是的，以前就觉得他有个好身体，没想到改了后腰发现脑子也好使，大局观也好，长传居然也很准，时不时还能蒙进远射了，整个人都不同了。"

"是不是皮肤也有光泽了？"金开石一旁调侃。

"哈哈，金开石你别插话，我们说正事呢。让你说神了都，有这么牛吗？但我的确记得他踢咱们的时候进过一个大远射，周凯那二货也没扑到。哎，周凯怎么样了？"

"搞曲艺去了。"金开石说。

"啥？跟他爸唱京剧去了？"

"不是，听说拜师傅学相声去了。"

"学相声去了？可以啊，他是挺能演挺搞笑的。"王冠一说。

"他为啥不守了？"肖恩问。

"他一战成名以后，人膨胀了，觉得足球容不下他了。"金开石一本正经地说。

"假的吧？你好好说，他到底怎么了？"

"我后来回咱们队，厉校长找了专业的守门员教练来训练他们，3门陈天泽进步神速，把他挤了。关键周凯个子一直长不起来，一个守门员个子长不起来那不就废了吗，后来就不守了。"

"也是，守门员个子长不起来，再好也没用了。"王冠一说。

"'小黑子'姜山也让个子耽误了。"肖恩说。

"是啊，我看他也打不上了。"

"你们也看见了，他现在也没发育，长得像个小孩一样。其实我觉得他还是有能力，有特点的，但是这个身体已经跟不上对抗了，被人家一抬大腿连球带人就放倒在那里了。你再看刘正彤、郭辉，要身体有身体、要速度有速度的，这一对比，王导就不用他了，这回比赛都没带姜山来。"

"可惜啦，以前多好啊，贝贝杯最佳射手，球星啊，北东球王，我们的后卫被他虐得那个惨。"王冠一说。

"他爸现在每天中午都开车到基地，请一个老中医来给他耳朵的穴位放血，说是能长个儿，那蓝瓶的钙一天好几个，补锌的药一天一大把。"肖恩边摇头边说。

"这真是为了长个儿都玩命了，金开石这个头儿要是给他，他就是球王了，可惜啊。"王冠一说。

"嘭，"王冠一吃了一拳，金开石说："什么意思？我长这么高可惜了是吗？我长这么高就是为了教育你的。""嘭"，金开石又送了王冠一一拳。

"哎，邹琦怎么样了，有金开石高吗？"王冠一问。

金开石正了正身子，抬头仔细听（当年正是因为邹琦千阳王导才放弃了金开石）。

"好像高一点，主力中后卫，头球牛着呢，对方的长传全是他的点，全都能封出去。脚法还是很细腻，性格还是那么温柔。他跟冯威两人搭档，脑子都好使，一个管天，一个管地，俩门神。"

"你们守门员是谁？"

"董小磊和余铭亮俩人换着来，都说余铭亮未来更有发展，但董小磊现在也不错，俩人都行。"

"还有啥牛人吗？"王冠一打破砂锅问到底。

"王琨，还是后腰，还是那么强，跟李川俩人打中场，他组织。邢波是边后卫，还那样。哦，郑艺声改边后卫了。"肖恩粗略一说。

"谢谢啊，你是超级替补呗？"王冠一问。

"我是超级赛亚人。别光我说了，你们队什么情况啊？"肖恩问。

"我们队说了你也不认识。"

"怎么不认识？你们有个小胖子不是海市的吗？比咱们小吧？"

"是，还认识谁吗？"

"其他的就不认识了。"

"你认识我就行了，让你们王导一定看住我。看住我，你们才能赢。"

王冠一臭屁的样子激怒了金开石，"啪"，金开石给了他后背一掌，"你不吹牛能死啊？散了散了，听不下去了。"

金开石站起身来，说："明天你俩还有比赛，早点睡吧。"

三人起身，肖恩看着窗外的江水说："想想咱们儿时一起踢球的孩子，有那么老多人，而现在能提起名字的也就剩下咱们刚才聊的这几个人了。感觉其他人不知不觉就都消失了，即使像姜山这种儿时的小'球王'也是说没就没，真是'千淘万漉虽辛苦，吹尽黄沙始到金'。"三人沉默。

"后边这诗什么意思？"王冠一和金开石问。

"你们这都不知道？"肖恩不懈。

王冠一和金开石对视了一下，一起上手捶肖恩："就你知道得多。"

打闹声惊动了纪律巡查员，三人就此散去。

第二天，决赛，赛前王冠一跑过来跟王导打招呼，可见情商极高。

王导看着王冠一心中满是惋惜，忍不住说："王冠一，回海市吧，来王导这里。"

王冠一笑着说："王导，等我再提高提高水平就去您那儿。"

"不用再提高了，现在就来吧。"王导笑着说。

王冠一只是笑也不回答。

"好啦，去热身吧。这场差不多得了，别太卖力啊。"王导摸摸他的头。

"好的，王导。"王冠一跑回了半场。

比赛开始了，海市东胜的首发跟肖恩昨晚说的几乎一模一样。肖恩不是没有保密意识，只是觉得他们实在是太强了，根本不需要保密。但是肖恩还是留了一手，他没有告诉王冠一他们踢的是 3-5-2，不是肖恩不够意思，而是王冠一没问，于是他也就没说。

肖恩滋润地坐在替补席上看着王冠一在场上辛苦地跑着，身边的李川如影随形。是的，王有成就像王冠一昨晚说的那样，专门安排了一个人看守他，而且这个人是李川，全国首屈一指的防守大后腰，看来这场比赛对王冠一而言是一次极大的挑战。

王有成胸有成竹地站在场边，看样子他对这个冠军是志在必得，他的这份自信当然也来自于他平时的积累和学习，他本人就是一个爱琢磨的人，在那个满是 4-4-2 的年代，当所有教练都还在纠结 4-4-2 是平行站位还是菱形站位，或者是否设置拖后中卫时，王有成却特立独行地打起了 3-5-2。

让他做这种尝试的原因很简单，就是他手中的人。他现在队里的这些孩子们都是海市最好的，也是全国同年龄中的佼佼者，特别是在中前场位置，有着大量有天赋、有能力的孩子。他想派尽可能多的有天赋的孩子上场比赛，这样一来，3-5-2 就成为他的最佳选择。这也是他多年来梦寐以求的，实践他曾经无数次设想的"美丽足球"。

1986 年墨西哥世界杯，王有成看了中央电视台的全部录播比赛，那届世界杯上 3-5-2 阵型大肆盛行，最终阿根廷凭借着马拉多纳和 3-5-2 夺得了世界杯冠军。

于是王有成迷上了 3-5-2，但他迷的不是比拉尔多（阿根廷主教练）的 3-5-2，他认为那是为马拉多纳一个人设置的 3-5-2，是功利的、丑陋的足球。真正让他着迷的是皮翁特克（丹麦主教练）的 3-5-2，那种水银泻地般的足球，让丹麦队在小组赛里以 1:0 战胜了苏格兰，6:1 横扫了乌拉圭，2:0 战胜了强大的联邦德国，比赛过程赏心悦目，让人极度舒适。就像国际足联世界杯官方技术报告说的那样："丹麦踢出了本届赛事最漂亮的足球……冒险的意愿加上不惜体力的跑动，为丹麦队的比赛赋予了特别活力。"

虽然最终他们败给了西班牙，但他们所崇尚的"美丽足球"在王有成心中刻下了深深的烙印。

在王有成心中，墨西哥世界杯上斯黛芬妮·劳伦斯演唱的那首《别样英雄》并非只是马拉多纳的赞歌，更是献给丹麦队这种有追求、有信念，但未能最终夺冠的"别样英雄"。

20 世纪 90 年代末，一般教练眼中的 3-5-2 阵型其实更像是 5-3-2，边路的两个球员是攻弱守强的边后卫，是一种 5 后卫的防守反击阵型。但是王有成对于 3-5-2 的理解却与众不同，他的 3-5-2 就像丹麦队一样积极、主动，在他的 3-5-2 中，边路的球员必须要有较强的进攻能力，不仅是下底传中，更要具有内切射门得分的能力，所以在这个位置上邢波和刘杰的特点就显现了出来，二人都是速度快，耐力好，技术佳，往返能力强的类型，在 3-5-2 中起到了关键作用。

而在中后卫位置上，王有成安排邹琦踢中后卫，冯威踢右中后卫，郑艺声踢左中后卫，三人从防守意识到个人能力都是一流，关键是三人的脚下技术和出球能力堪比中场球员，即使面对对方的前场高压逼抢，也能够很轻松地从本方后场将球传出，组织起有效的进攻。

为了这种控球的打法，王有成甚至对守门员的脚下技术都进行了严格的要求，守门员不能盲目开大脚，要把球拿稳传出，真正成为球队的第一个进攻发起者。也是因为这个苛刻的要求，本场比赛的守门员王有成选择了董小磊，在他看来，虽然余铭亮身材更高，在角球等高空球方面更具优势，但是董小磊的脚下技术更好，出球能力更强，能够保证球队的控球打法。

与某些队伍不停地将球传来传去，不提倡个人带球的传控球打法相比，王有成积极鼓励前场有天赋、有能力的进攻球员发挥自己的想象力和创造力去带球突破。当然他手中的进攻手也都具备这样的能力，刘正彤、郭辉、朱赫、彭昊、邢波等，都是一对一突破的高手，所以在面对对手密集防守时，经常会有某个进攻手站出来，带球强突，冲破防线，制造得分机会。

总之，在当时甚至是今天来看，王有成专门为这些优秀的孩子量身打造的 3-5-2 战术是相当先进的，这些优秀的孩子们也真的实现了王有成的设想，在取得优异成绩的同时，也踢出了"美丽足球"。

对王有成而言，每场比赛，他不需要在场边喊太多，只需默默享受即可。

果不其然，比赛中海市东胜占据了主动，李川和王琨搭档控制了中场，前锋刘正彤和郭辉轮番冲击着齐州电力的后防线。

朱赫在前场积极的拼抢使得齐州电力后卫只能被迫大脚解围，引发的高球都被邹琦争到，又或是被冯威控制住，海市东胜完全把齐州电力压制在了后场。

不得不说齐州电力的防守还是不错的，顶住了海市东胜的狂攻之后，他们开始组织起有效的进攻，发起点当然就是王冠一。王冠一在中间更多的是背身拿球，伺机转身，又或是梳理球路，有时他也会回撤到后腰位置拿球转身，面对前场组织进攻。

此时的王冠一已有一米八的身高，高挑的身材，让他的动作显得格外舒展，清晰合理地处理球的技术，让人感觉他踢球特别优雅。

身后如影随形的李川，看起来也不着急，只要你王冠一不向前带球，什么横传、回做都不是问题，现实却是齐州电力的每次进攻都是从王冠一的一脚脚横传和回做球中发起的。

这时王导从替补席上站起身来走到场边喊李川，然后向后者做了一个手势。从这之后，李川就一改之前的绅士踢法，变得丧心病狂起来。王冠一立刻感受到了李川脚下和手上诸多的附加动作。很快，李川做了一个危险的踩踏动作，王冠一对这个伤人的动作忍不住了。

"裁判，裁判，这什么动作，还不吹？"王冠一立刻大声向裁判求助。

"不要喊，我看到了。海市7号，你踩踏了，注意动作。"裁判掏出黄牌警告李川。

"我动作怎么了？至于这么喊吗？"李川边说边瞪着王冠一。

王冠一瞪着李川，没说话。

之后，李川一张黄牌在身，动作有所收敛，虽然还是紧盯王冠一，但王冠一并未受太大影响，他在高速强对抗下完成动作的能力可不是一般的。任凭李川的脚踩了他的脚跟，手拽着他的衣服，膝盖顶了他的大腿，不管动作有多脏，他都能很好地控制住球权。

金开石站在场边看着王冠一，觉得他又进步了不少，球技已经特别成熟。他试想如果自己此时在场上盯他，可能已经无法限制住他了。但海市东胜强在整体实力，整个球队的攻守体系压制了王冠一个人的天赋和能力。

终于，海市东胜觅得良机，邢波在边路犀利突破后被放倒在禁区内，制造了一个点球。王琨主罚得分，1：0。

之后的一次反击，刘正彤再下一城。刘正彤的进球非常简单，前场拿球一拨、一蹚、一个加速过人，射门，角度力量俱佳，守门员望尘莫及。2：0。

总有人说刘正彤踢球不太动脑子，但在王导看来，不是刘正彤不会动脑子，而是他强得已经不需要动脑子了。对手知道刘正彤要做什么，也阻止不了他，所以刘正彤踢的不是足球，是寂寞。

下半场彭昊策动进攻，下底倒三角回传，朱赫包抄推射，3：0。

三球领先，王导开始陆续换人，肖恩上场打右边前卫。王冠一看肖恩上来了，冲他使了个眼色，肖恩也冲他笑了笑，时隔五年他们终于又同场竞技了，只是这次俩人变成了对手。

比赛后程，也算惊心动魄，齐州电力突然起势占据了上风，抓住了两次进攻机会，居然扳回了2分，气得场下的王导直接开骂，他对自己弟子领先后懈怠的表现非常生气。

肖恩表现中规中矩，最后时刻间接助攻刘正彤又拿下1分，稳住了局面。最终海市东胜4：2战胜齐州电力夺得全国U17青年联赛的冠军。

海市东胜的孩子们非常高兴，欢呼雀跃。王冠一这边的齐州电力队员个个垂头丧气。

简短的颁奖仪式后，人们就开始收拾东西准备回江南岸去了。在回去的船上，王导和金开石看见了彼此，但金开石立刻转过脸去。王导理解金开石的心情，同时惊讶金开石的身材能长这么高。

肖恩坐在船头，看着两岸初春的景色，心中想起一首王安石的诗："京口瓜洲一水间，钟山只隔数重山。春风又绿江南岸，明月何时照我还？"

临别之际，肖恩、王冠一、金开石三人又聚在了小卖铺前，动情地啃着盐水菠萝，哈喇子流了一地，连道别的话都顾不上说。

五年后的重聚就这样匆匆而过，三人就此回到各自的球队，奔向不同的前程。

肖恩拖着行李马上要踏上离开的大巴车时，鬼使神差地回头看了一眼，目光正好与同时望向自己的王冠一和金开石相会，恍惚间，他又看到了那两个满脸是土跟自己一起站在海市足校灰色大铁门前的孩子，眼眶有点酸涩。

忽然，肖恩邪恶地一笑，嘴型夸张的佯装大喊，但其实什么声音也没发出来。不知情的王冠一大叫："你说什么？"大巴车车门已经关上了，留下了面面相觑的王冠一和金开石。

大巴车越走越远，肖恩哼得越来越大声："朋友一生一起走……"

第五十一章　"大王"赵嵩

　　由于王冠一在本次大赛中的出色发挥，他与海市东胜的李川、邢波、刘正彤等其他几名大赛中表现抢眼的球员一起入选了新一届的国家少年队。

　　王冠一进入国少队后，认识了他足球生涯以来的第一位足球联合会官员，国少队领队赵嵩。此人对工作积极主动，善于把工作做在领导的眼皮底下，深受领导器重。

　　赵嵩原本负责注册报名事务，由于工作表现突出，每每接到举报都会亲自带队远赴案发地点，现场查处办理了多起年龄造假事件，其果敢的做事风格，受到领导肯定，遂很快升任至青少室副主任。

　　用领导的话说："赵嵩是南都体育大学的高才生，又曾经踢过球，作为领队带球队出征，能更好地发挥他的特长和作用。"

王冠一一到队就感受到了队内特殊的气氛，一种另类的"一言堂"，虽说"一言堂"在球队中是一定的，但一般都是以主教练为主导的"一言堂"。

集合后第一次开会的时候，主教练水导（是的，他就姓水）几乎没说什么，90%的话都让领队赵嵩说了，从精神面貌到生活中的衣着，从平时训练要求到日常饮食营养，从国家荣誉到比赛场上的技战术，他无微不至、面面俱到地给孩子们灌输了很多内容。

这些内容对于多年在球队打拼的国少孩子们来说一定是老生常谈，但孩子们还是收获匪浅，他们一下就明白了这"一言堂"球队里的"牌序"，球队里的"大王"就是赵嵩，如果算上他带来的足球联合会"小弟"，主教练水导就只能算是个黑桃2。

王冠一也是第一次遇到这种情况，原来一支球队不全是主教练说了算，也可以是领队说了算，而且不管是在场下还是在场上。

幸运的是"大王"非常喜欢王冠一。王冠一虽是队内年龄最小的几个队员之一，但球场上的实力相当出众，球场下的情商更是无人能敌。

每次训练王冠一都会早早到训练场地帮助理教练布置一下，训练后还会帮队务拿球和装备，平时开会王冠一总是认真听讲，以各种充满崇敬和求知欲的表情来与领队赵嵩互动。

晚上，活泼开朗的王冠一还会积极主动地跟领导沟通，交流牌技。这让赵嵩对这个聪明伶俐的好孩子格外喜爱。

集训结束后，球队直接去马来西亚参加亚足联 U17 锦标赛预赛。开拔前赵嵩交给了王冠一一个精致的小盒子，告诉他一定要拿好，别摔了。

王冠一接过来发现还挺重，调皮地问："赵领，这是啥贵重的好东西？"

"你自己打开看看吧。"赵嵩笑着说。

王冠一打开盒子看见一块红布，他又揭开红布，原来里面包了一座小佛像："呀，真好看，一看就很灵，我一定保护好它。"

"嗯，你保护好它，它也保佑咱们，从各个方面保佑，一直保佑到牙齿。"赵嵩笑着说。

球队到达了吉隆坡，亚足联官员居然在国际航班的廊桥口就接上了球队，然后一路走快速通道将中国队送出海关上了大巴，全程畅通无阻。

水导跟赵嵩感叹："这亚足联可以啊，海关外接机，还一路绿灯，不愧是洲际协会，就是牛。"

"亚足联总部就在吉隆坡，他们在这儿势力大，可以搞这些服务，换个地方也不行。"赵嵩冷静陈述。

到了酒店，水导按照赵嵩定的名单安排了孩子们的房间，王冠一与一个叫李嘉奇的孩子住在了一起。

这个李嘉奇在队内比较高调，话多，爱与人交往，但实力有目共睹，大家对他的评价就是"这水平也能进国少，那我家里的队友都能进国少"。

王冠一也瞧不起李嘉奇，觉得这家伙肯定是靠关系进来的，至于是什么关系，就不得而知了。

王冠一进了屋子，放下佛像，看见桌子上还放了一个香炉。

"呀，你这也是帮别人拿的东西啊？"

"赵领。累死我了，我这个香炉比你那个小佛像可沉多了。"

"哎，你可以啊，你怎么知道我这是佛像啊？"

"我之前帮赵领拿过。"李嘉奇回答。

两人放下行李，不敢耽搁，先去把各自的"任务"交接给赵领。赵领不跟队伍住一起，他单独住在719房间，看到俩小兄弟完璧归赵，赵领非常满意，说："奖励你俩给家里打个电话报平安。"说完拿出手机交给了王冠一，王冠一在赵领队的帮助下拨通了家里的电话。

王冠一从小走南闯北，但是当王冠一妈妈接到电话时还是非常激动，让王冠一一定要感谢领导，要好好踢球，为国争光。那时的国际漫游非常贵，母子俩怕浪费赵领电话费，捡干货说完，立刻就挂了。

王冠一把电话递给了李嘉奇，然后就开始帮赵领摆起"神坛"。

李嘉奇用赵领的手机熟练地拨通了家里的电话。李嘉奇不慌不忙地跟家里聊着，一切都很自然，直到他说出一句："嗯，我舅也挺好的。"

对这句话，正在仔细摆神像的赵领和打电话的李嘉奇都没任何反应，但机敏的王冠一却立马明白了其中的奥秘。

赵嵩领队应该就是李嘉奇的舅舅，王冠一边想边继续自然地帮赵领干活。

回到屋内，王冠一主动跟李嘉奇说："嘉奇哥，你想睡哪张床，你先选。"

"我就睡窗边这张床，谢谢啦。"

"哥，客气啥，不用谢。"生存的本能让王冠一对李嘉奇的态度有了180°的转变。

一天的飞行劳顿，让王冠一很快在殷勤的卧聊中睡去。

远在马来西亚首都吉隆坡，赵嵩运用多年所学，施展"法力"，算得神仙指引：中国此次比赛最幸运的颜色就是白加灰，也就是球员穿白色客场球衣，守门员穿灰色。

赛前两日的比赛联席会上，亚足联比赛监督召集了小组四支参赛球队的领队来开会，会上要确定诸多比赛事项，其中重要一项就是要确定所有 6 场比赛的球衣颜色。

中国队的领队赵嵩坚持，不管中国国少队作为主队还是客队，都要选择白色球员球衣和灰色守门员衣服。这两个颜色与首先交手的两支弱旅的颜色并不冲突，中国队如愿以偿。

但是到了最后一场跟东道主马来西亚队的比赛就发生了一点意外。作为本组里最强的两支球队，亚足联有意把强强对决放在最后一轮进行。

此前中国一直选白色，马来西亚可能是看出了中国的意图。他们故意使坏，利用主队先选颜色的优势，让球员选了黄黑，让守门员选了一件不常用的白色球衣。

按理说主队有了白色，中国此时就只能选择红色球衣了，但是"虔诚"的赵嵩怎能就此罢休，为了赢，他绝不会放弃。

赵嵩思考了一下，让"小弟"翻译说："我们守门员的灰色球衣和对方守门员的白色颜色很相近。看开球时间应该是夜场比赛，晚上灯光一闪，这两种颜色根本区别不开。"

比赛监督没立刻回应，而是让各队的球衣展示官员把球衣摆到了室内灯光下边。

别说，灯光下两件衣服的颜色还真是有点接近，于是比赛监督又让各队展示了一下另一件守门员服装，马来西亚是绿色，中国是黄色。

这时马来西亚领队发话了："两队守门员的颜色接近也应该是OK的吧。站在各自的门里，互相不影响。"

"可不能这么说，如果最后时刻守门员冲到对方禁区，混战中裁判很难分清禁区内冲撞的到底是哪个守门员，有可能造成判罚失误，影响比赛胜负。"赵嵩说。

听到这里，比赛监督转头与裁判监督沟通了一下，最后裁定说："由于马来西亚的球衣颜色是黄黑，所以中国守门员就不能穿备用的黄色，只能选灰色。而马来西亚的白色守门员衣服又与灰色很接近，所以建议马来西亚的守门员换成备用的绿色。"

"好，谢谢监督，这样的话，我们球员就选白色，守门员选灰色。"赵嵩重申。

最终中国的三场比赛都如愿选择到了幸运色白色。

会后，赵嵩的"小弟"问："赵领，咱们为什么一直不选红色服装呢？"

"中国人一看红色就想到过年，想到放假，场上一下就放松了。松懈了，还怎么赢球？所以咱们得选白色。"赵嵩一本正经地胡说八道。

"哦，怪不得中国队穿白色的胜率高，原来如此。"很难说"小弟"是真信了，还是誓要将马屁一拍到底。

"幸亏马来西亚今天没选蓝色上衣白色短裤的那套球衣，要不然咱们今天就选不到白色了。""小弟"又说。

"放心吧，他们是东道主，他们首选一定是主色黄黑，就像咱们在中国踢的话一定首选主色红色一样。"赵嵩解释道。

"小弟"此时觉得赵嵩就是神机妙算的诸葛亮，他哪里知道赵嵩掐指算出来的这些，可比诸葛亮"神"多了。

最终中国国少队身穿"开过光"的白色战袍一路过关斩将，顺利小组出线。王冠一更是在最后一场关键战中以一记石破天惊的远射击溃了东道主马来西亚队。

进球后的王冠一调皮地做出了他标志性的"食指绕太阳穴"的庆祝动作。

赛后，领队赵嵩特地走过来说："冠一，那球进得漂亮，晚上给你加个鸡腿。"

"谢谢，赵领。"

"还有，你那个庆祝动作什么意思？"

"啊？没啥意思。就是我这个突然远射，你们想不到吧。"王冠一解释说。

"哦，以后这种国际赛事要注意庆祝的方式。别被人误以为你在骂人家没脑子。"谨慎的赵嵩让王冠一第一次体会到了自己的国际影响力。

第五十二章　"水星"应该属于他

　　有一天王有成告诉大家，一队教练可能近期要来看大家打比赛。话没点破，但是谁都明白，这是鲤鱼跃龙门的机会，有人可能会被选中进入一队，登上中国最顶尖联赛的赛场。

　　这天，队内比赛还没开始，大家就看见一队的主教练站在了赛场边上。"居然是一队主教练！"大家伙儿惊叹。整个球场好像温度都突然升了起来，说不清是希望还是绝望的情绪笼罩在草地上。

　　比赛中，肖恩看到了单刀的机会，快速带球向球门移动。忽然，斜后方一个身影追了上来，做了一个铲球的动作，接着只听到"嘣"的一声，就像爆胎的声音，肖恩感觉到撕心裂肺的疼痛，他躺在草地上动弹不得，"啊——"地哭喊起来。周围的队友们都看傻了，王导不让人碰肖恩，赶紧拨打 120 急救。救护车很快到了，直接把肖恩拉到了医院。

医院确诊肖恩是胫骨腓骨开放式骨折，整个急救室都是肖恩惨烈的号叫声，画面惨不忍睹。

之后的日子，是肖恩不愿意触碰的记忆，因为实在是太痛苦了，他只能每日看着自己高高吊起的右腿，迎接无休止的吊瓶，牵引，手术，缝合，夹板，石膏。

起初肖恩的情绪绝望、低落，他觉得自己的足球生涯就这样结束了，自己之前的努力也白费了。他从来都没受过伤，谁知这一下就是致命的。他跟谁也不想说话，和谁也不想联系。

肖恩爸爸看着肖恩在病床上消沉的样子，非常难受。他心想，之前天天跟其他家长说："孩子学习不能扔，一旦伤了怎么办？"谁知自己儿子就真的伤了。此时的肖恩爸爸宁愿自己儿子学习不好，也不愿看着儿子遭这样的罪。

肖恩爸爸妈妈一直没敢告诉肖恩爷爷，就只说肖恩在外比赛，害怕老爷子心疼孙子再病倒了。一直到一个多月后出院，肖恩拄双拐回家，爷爷才知道自己孙子腿断了，一直反对孙子踢球的爷爷瞬间爆发了，说什么也不让孙子再继续踢球了。

在家休养的日子里，肖恩还是每日把腿举得高高的，因为只要低过心脏就会胀疼得难受，复原的过程极其漫长，痒，水泡，拆石膏，复查，拍片，敷药，循环往复，让人疲惫不堪……

李文龙来看肖恩，此时的他调到了教委工作，已不再是那个热爱体育的年轻数学老师了。李文龙看着床上一蹶不振的肖恩，觉得如此下去，肖恩整个人就要废了。

为了肖恩的前途，他托师范院校的朋友找了两名大学生每天来给肖恩补课。补课的日子里，肖恩天天都有具体的事儿要干，有了精神寄托，身体也恢复得越来越好。

李文龙趁机和肖恩说，既然在家养病，不如就抓住这个机会好好复习考个高中吧。肖恩表示同意。

其实病床上的肖恩想了很多。一开始他恨那个踢伤他的小子，但是慢慢地也能理解他了，那个小孩儿是农村出来的，家里不富裕，原来是练武术的，半道改行踢足球。他一定是太想被一队的主教练看见了，才会那么拼命地追上肖恩，收不住脚的时候他估计也蒙了。肖恩太能理解他迫切的心情了，谁不希望自己在场上是最出彩的那个呢。

他想起他的两个兄弟，两个人都已经在不同队伍里拼搏许久了，他们遇到过这种事吗？可能也遇到过吧，也没见他们说什么。也许这就是男人的烦恼，肖恩自己宽慰自己。"我可不能比他俩差。"肖恩为自己突然冒出来的这句话吓了一跳，他摇头笑笑，感觉自己真幼稚，但接下来的想法让他觉得自己更幼稚了——我得比他俩学历高，"哈哈哈哈！"这下肖恩大笑起来。

金开石所在的吴东地产又去巴西训练学习了，上回选秀，老外教练看上的三个人去了预备队，所以这回球队又补进三个新人，新人报到，金开石一看乐了，居然有任远。

"任远，你怎么来啦，这些年你都去哪儿了？"

"华夏足校。"

……

两个老熟人见面格外亲切，聊了好多。

来到这里，金开石再次看到了卡卡，此时的卡卡壮了很多，不再像过去那么瘦弱，已经变成大人了。

与卡卡重逢是金开石一直期待的，他从中国给卡卡带了一件工艺品——一副印有熊猫图样的筷子，筷子上系着精美的中国结。卡卡看了爱不释手，表示要练习用这筷子吃饭。金开石说这是工艺品，想要练习用筷子，我再送你一副便宜的。

就这样，卡卡用24k金手环换来了金开石的两根木头（一双筷子），成就了一个中巴贸易合作的经典案例。

肖恩凭借着扎实的学习基础，通过半年的努力，顺利地以足球特长生的身份考入了省重点高中——海市八中。此时两条路摆在他面前，一是上高中，二是回俱乐部继续踢球，他开始犹豫。

肖恩爸爸也为难，孩子九年义务教育已过，俱乐部不会再安排孩子上学；高中在市内，俱乐部基地远在开发区，所以上了高中就不可能再去俱乐部训练，看来这回真的是熊掌和鱼不可兼得了。

肖恩爸爸感慨："我一直想让儿子成为苏格拉底那样的三高球员（学历高、球技高、高薪），可咋就这么难呢？"

肖恩爸爸为此写了一篇万字长信，后经李文龙润色，发给了报社，很快报社就发表了此信，题目为《球员家长致中国足球联合会的一封信》。

题目是报社加的，此信并非专为中国足球联合会而写。文中肖恩爸爸用孩子多年踢球的经历为例，提出了很多发人深省且急需解决的问题，同时肖恩爸爸又结合自己的思考和经验总结了一套让青少年学习、足球两不误的俱乐部与校园足球相结合的青训体系。

由于篇幅很长，所以报社分了两期两个版面刊登。肖恩爸爸也因此获得一笔不菲的稿费，创造了单位稿费之最。

肖恩爸爸拿着稿费一点也没得到安慰，他只想让孩子健康地学习、踢球、成长，但这个愿望是那么难实现。

最终肖恩爸爸选择让肖恩上学，先把伤养好，肖恩也表示可以先念着看看再说，他宽慰爸爸："说不定我是个学习天才呢。"现实生活就是这样，很多事情是无法立刻做决断的，越是重要越是如此。人们往往会选择拖着，又或是走一步看一步，好让时间来决定一切。

金开石的队伍这次从巴西回国后，俱乐部就没有像第一次那么重视，也没有安排选拔。孩子们听说俱乐部接下来要大变动，正在跟政府协商股权转让，其中还有一项就是将一支全国闻名的青年队吴东 02 整队并入一队。

这支吴东 02 球队是全国 81、82 年龄段的强队，他们的并入直接宣布了金开石等"巴西帮"的死亡。83、84 年出生的他们会被小哥哥们一直压到死，永远不得翻身。

金开石和队友们代表吴东地产参加全国 U17 青年联赛，这是他们最后的机会了，如果成绩好的话，他们的球队可能还会有一线生机。

金开石跟队友们拼尽全力，希望能拿个冠军。可惜他们提前遇到了上届亚军、上上届冠军、王冠一的齐州电力。

赛前王冠一跟金开石两人来到场地中线附近礼貌寒暄。

"一会儿，看我不蹚死你（蹚球过你）。"王冠一说。

"你过来，我就飞你（铲球铲飞你）。"金开石回答。

比赛场上，金开石和队友虽然全力以赴，每球必争，但不得不说整场比赛中王冠一表现得更像是巴西归来的球员，他细腻的脚法，精湛的技术，在激烈的对抗中还不失创造力地处理球，让人印象深刻。

金开石全力逼抢，眼睁睁地看着王冠一在他面前拿球、分球、射门却无能为力。高手对决，光有态度和决心还是不够的，更要看实力。比赛结束了，王冠一的齐州电力又一次取得了胜利，淘汰了吴东地产。

赛后金开石和王冠一俩人凑到一起。

"你们这国际大牌 B 装备越来越漂亮了，你这鞋是'水星'吗？"（"水星"是国际大牌 B 于 1998 年专为"外星人"罗纳尔多设计的球鞋）王冠一两眼放光。

"是的，这不是我们发的，是我自己买的。"金开石说。

"你一后卫穿啥'水星'，给我吧。"

"给你？你脸皮可真厚。我脚这么大，你也穿不了啊。"

"我 41 到 44 的都能穿，你这鞋多大的？"

"你这脚可够包容的。"

"你这鞋多大的？快说。"

"43 的……"金开石一说完就后悔了，感觉这鞋就快不属于他了。

"正合适，我就是 43 的脚。没想到你 1 米 9 的大个，脚这么小，1 米 9 的小脚老太太。"

"嘭。"金开石就是一拳。

"那你拿走吧，给你了。"金开石说完就开始解鞋带。

"真给我了？"王冠一不敢相信自己的耳朵。

"给你了就是给你了。少废话，快拿鞋走人，一会儿我后悔了就不给你了。"

"金开石你太够意思了。谢谢啊。"王冠一拿着鞋赶紧就走了。

金开石看着王冠一匆匆离去的背影，心想：这个没良心的。

金开石从小跟王冠一一起踢球，到今天他才开始真正佩服王冠一的球技，"水星"应该属于他。

最终王冠一带领着齐州电力又一次取得了全国 U17 青年联赛的冠军，王冠一和李川等几个小队员，由于出色的表现被破格征召到了高指导的国青队。

国青队的御用集训地点是中国足球的又一圣地——庆边国家足球训练基地。虽然这一基地位于一个穷乡僻壤，但这可是官方授权的足球联合会直属单位，所以各级国字号的集训无一例外都会放在这里。

王冠一来到基地后才得知中国女足国家队也在基地里集训，多年来女足成绩虽然不错，但一直不像男足那么被关注，所以新一届女足国家队在庆边集训这等大事也没有什么新闻报道。

庆边基地虽位于穷乡僻壤，运营资金也不宽裕，但是基地内的伙食相当不错，这与庆边基地主任高超的管理水平分不开，在这里巧妇就要能为无米之炊，所以大家开玩笑说，在庆边基地虽然房间里的洗澡水从来都不热，但是食堂里的肉饼肉还是非常多的。

一日训练完，王冠一在食堂打饭，听见身后有姑娘操着一口海市普通话，他转头一看，不远处任笑在那笑眯眯地和队友聊天，看样子她一点都没变，只是身上多了五星红旗。

王冠一马上凑了过去，说："这位女同学，咱们聊两句呗。"

"呀，怎么是你？你怎么在这里？"任笑惊讶地问。

"我是来看你的呀。"

"……"

周围女足大姐姐们看着帅气的王冠一"调戏"任笑，露出了会心的笑容。

两位小学同学见面格外亲，俩人就近随便打了个菜就放下餐盘坐那儿聊了起来，丝毫没有察觉周围八卦的国青队员们投来的羡慕目光。

任笑望着王冠一说："进国青队啦，厉害。"

"什么啊，你都国家队了，我这国青算啥。"

"男足竞争还是激烈，女足没你们那么难。"

"那你也是厉害啊，这么小就进国家队啦。你是年龄最小的吧？"

"我也不知道，差不多吧。"

俩人又聊起过去的同学们，金开石、王一凡、周凯，还有肖恩，肖恩虽不跟任笑在一起读书，但是比赛总能见到且是对位，所以也很熟。

"呀，王冠一，你怎么在这儿啊？任笑你怎么也不告诉我，亏了我眼尖。"这时刘昀突然从身后跳出来。刘昀就是小时候肖恩常说的"非洲人"，比任笑和王冠一大一岁，虽然跟王冠一不是同班同学，但也很熟。

晚饭过后，高指导召集国青队员们上战术课，课前为了调节气氛，高指导问："你们好多都是第一次来庆边吧，有谁知道庆边最出名的三样东西是什么？"

"肉饼！"大家异口同声。

"哈哈，对，还有呢？"高指导说。

"足球基地？"大家又回答说。

"不是，是家具。"高指导回答。

"哦，那最后一个是足球基地？"大家又问。

"不是，是庆边老太太。"这时一个陌生的声音从门口传来，高指导往门口一看，原来是庆边基地主任奚留，王冠一和其他孩子们也都认出了"泽州的王"奚留。

"呀，奚主任，下面我给大家隆重介绍一下，庆边基地奚主任。大家鼓掌感谢奚主任对我们的照顾。"高指导带头热烈鼓掌。

不用高指导介绍，孩子们也都认识奚留，"泽州的王"在他们心中印象深刻。回想在泽州的全国 U17 青年联赛一个多月的时间里所有人都圈在一个楼里，无论是纪律严明的半军事化管理，还是来来回回坐船去训练比赛，都是孩子们永生难忘的独特记忆。相比之下，庆边基地的条件不知要好多少倍，孩子们热烈鼓掌以谢奚留的不杀之恩。可能是斯德哥尔摩综合征，后来在庆边基地的日子里，孩子们对奚留产生了深厚的感激之情。

"别鼓了，孩子们停吧，你们继续努力吧，别辜负了我们对你们的希望。"奚留说完向高指导和孩子们挥手道别，潇洒离去。

王冠一看着奚留的背影，心想这个足球联合会领导说话可真干脆，与赵嵩完全是两个风格。

"高指导，什么是庆边老太太？"有孩子好奇地问。

"没人知道，是吗？好吧，我来告诉你们……"高指导一脸神秘、绘声绘色地讲起这位死后成为传奇的庆边老人……

在高指导的调解下，此次集训的氛围相比之前要好很多，真正做到了团结、紧张、严肃、活泼。但相聚的快乐时光总是很短暂，国青队集训没几天就结束了，任笑、刘昀跟王冠一就此分别，临别时任笑送给王冠一一个精巧的十字吊坠，这是她在集训三个月中，亲手做的。

第五十三章　苹果有"毒"

2001 年 9 月，17 岁的肖恩像普通学生一样在海市重点中学八中入学就读，肖恩已经好久没有上过整天的课了，之前最多也就是上半天文化课而已。从球员到学生，这一角色的转变让肖恩一时间还无法适应。

面对全市考来的尖子生，肖恩老觉得自己跟他们不一样。同样，这里的老师和同学们也认为肖恩跟他们不一样，虽然他们没有直接表达，但是言行举止间都会流露出一种感觉：我们不是一类人。

在学校，永远都坐在班级里最后一排的肖恩，有着天然的特权，就是你爱做什么就做什么，没人会在意你，只要不影响别人，你不听课，不学习，不值日，不参加集体活动，都无所谓，因为你是校队的球星，这些都是你的特权。起初肖恩觉得很自由，但日子一天天过去就逐渐感到莫名的孤独。他对于每天上午上课，下午训练的日子失去了期待，并始怀疑自己为什么要来重点高中上学。

一天下午，班级大清扫，同学们动手做着各自的清扫工作，肖恩还是习惯性地准备从后门开溜，去楼顶放放风。刚溜出教室门口，肖恩就听见背后传来爽朗的喊声："肖恩，你要去哪儿，你给我回来值日。"

这突如其来的呼唤让肖恩一愣，他回头看见新任卫生委员佟果同学正在讲台上盯着他，样子好像是生气了，转眼间她又从教室前门冲了出来。只见她举着双手，带着灿烂的笑容，两只脚一撇一撇地迈着内八字，就像一只小企鹅，冲到肖恩面前突然一个急刹车。肖恩只觉得一阵清风扑面而来，让他这颗运动员的大心脏扑腾扑腾乱跳。

肖恩看着这个姑娘，白皙的皮肤，高挑、丰满的身材，红润、性感的嘴唇，蓝黄色的校服穿在她身上显得格外好看，陶醉的肖恩完全忽略了她在说什么，耳边只是回荡着她的笑声，这笑声让他整个人都飘了起来。

这一刻，仿佛时间都静止了，红色的地板，白色的墙面，蓝色的窗棂，柔和的阳光，还有美丽的她，在肖恩心里留下了美好的印记，是从未有过的美好。等肖恩回过神来，她已经飘走了，就像仙女一样，只留下一块"爱"的抹布。肖恩手握着抹布，心中无限温暖。"哎，她跟我说什么了，给我抹布干什么？"肖恩有些恍惚，佟果的呼唤又到了："肖恩，窗子，你的任务是最后面那扇窗子，赶紧擦，我一会儿检查。"

"好。"肖恩迷迷糊糊就往窗户前走去，感觉被什么施了法。

没过多久，班级轮换位置，佟果被换到了肖恩前边的座位。有一天，她突然转过身来，看着肖恩笑了一下，然后眼神微微发散，目光慢慢上飘，好像在思考什么。她甜甜的表情，让周围的一切都空了，就只剩下他和她，"好美啊!"肖恩心里感叹。突然，她手一抬，手中出现一个苹果，她冲着肖恩又甜甜地笑了一下，就转了回去。

"原来她只是从背后的书包里掏苹果。"此时肖恩的脸热得不行，一定是这个苹果有"毒"，差点要了他的命。现在肖恩对上学开始有点期待了，今天她会回头吗?

肖恩每天白天按时上学，晚上放学准点回家，家里最开心的就是肖恩爷爷了。孙子自6岁起就每年外出冬训，最近几年更是常年待在基地只有周末才能回家，老爷子平时想孙子也见不到。这下好了，现在老爷子每天都能见到大孙子了。

一天白天，大人都上班了，孙子也上学了，老爷子自己在家看电视。一会儿，家里电话响了，老爷子接起来:"喂，找谁啊?"

对方说:"你好，我找肖恩。"

"肖恩不在家，去上学了，你是谁啊?"

"我是肖恩海市东胜的新教练，我姓杨，我找……"

"肖恩不踢了。"还没等对方说完，老爷子就打断说。

"什么?"杨导打电话本来是想慰问肖恩伤情的，没想到——

"肖恩不踢球了，上学了，上高中，以后上大学，再也不踢球了。"

"你是?"

"我是肖恩家长。你们也别再打电话来了。"

"家长，这个……"

"嘟嘟嘟嘟……"老爷子把电话挂了。

肖恩爷爷挂了电话，很是开心，这么多年他一直反对孙子踢球，但一直也做不了什么，今天终于出了一口气。

没承想，过了一会儿，电话又响了。

老爷子接起来："喂……"

"喂，您好，我是海市东胜俱乐部竞训部部长，梁洪兵。"

"你们怎么又来电话了？不是说不踢了吗？"

"您好，肖恩家长是有什么问题吗？怎么就不踢了？"

"没问题，肖恩上学了，不踢球了。"

"家长，肖恩在我们俱乐部注册了，可是不能随便去别的地方的。您要清楚啊。"

"我管你注册不注册的，肖恩不踢了，哪里也不去，就是不踢了，上学了。"

"您好，您是肖恩的……"

"嘟嘟嘟嘟……"肖恩爷爷又一次把电话挂断了。

晚上老爷子把这事跟全家宣布了一下，看得出老爷子非常高兴。肖恩爸爸很生气，但又不敢发作，只能说："爸，你电话里就不能不说这些，等我们回来再说？"

"等什么等，我孙子我说了算。肖恩就是不踢了，天天给我去上学，晚上回家吃饭，就这么着，我决定了。"

"爸，这是肖恩的前途，可不能儿戏，你也得问问肖恩的意见吧。"

"好，孙子，你自己说，你还想踢球吗？"

爷爷、爸爸、妈妈同时看着肖恩，肖恩想了想说："其实……上学也行。"

"你看吧，孩子都说不踢了。"

"爸，肖恩说是上学也行，没说就不踢了。"

"别说了，就是不踢了，这事我定了。"

"爸……"

肖恩边吃边听爷爷和爸爸争论，不以为意。如果时间向前推一个月，那时的肖恩还觉得自己不属于学校，哪儿哪儿都不得劲儿，想赶紧养好伤、恢复好，重返俱乐部。但此时的他觉得上学也不错，有些懵懵懂懂的快乐，是他十几年来从未体验过的，他想好好感受感受，日子好像也有了颜色。

自从新卫生委员佟果上任以来，肖恩就被盯上了，大清扫时很难再逃到楼顶天台去了，但课间操他还是会去天台放放风的。

天台入口位于学校配楼楼顶，此楼过去是学校的校办工厂，专门生产秋衣秋裤，所以很少有正经学生闲来无事来这里。巧了，肖恩就是这么不正经且闲得五脊六兽的学生。

一次，他为了逃避课间操和值周生，闲逛到了这里，发现了楼顶这个通往天台的小门，但门上有锁。于是肖恩上前给了锁一脚，锁纹丝不动，但固定锁的铁片被踹开了，看来肖恩这么多年的足球还是没有白练。

肖恩捡起掉在地上的铁片和螺丝又重新装到门上，门连着铁片，铁片连着锁，一切看上去都完好无损。从此，这里就成了校足球队的秘密集会场所，队员们每天一到课间操时间就会准时聚到这里，开始欣赏女同学们做广播体操。是的，这个年龄的男孩们聚在一起只有一个话题——女孩。

他们趴在屋顶上，从第二节"扩胸运动"就开始讨论着楼下做广播体操的女生们，气氛随着广播体操的进行逐渐热烈。

肖恩也有不错的发现，但他没有分享，只是独自欣赏，他可绝对不会分享给别人的。"原来卫生委员的身材这么好，我之前都没太注意。"

一群没见过世面的高中足球小男生在学校屋顶手舞足蹈地欣赏着楼下的女孩子们，也许他们身上可笑的幼稚才是青春本来的味道。

多年在外训练，肖恩回家长住后，倒是扎扎实实补上了这么多年都没看成的电视剧。每天晚上放学回家，趁着爸妈睡着，他都会偷偷打开电视好好过过瘾。这段时间 CCTV-8 正在播放韩国电视剧《看了又看》，肖恩看时还不知道这电视剧有 100 多集，不过真追上剧了才发现欲罢不能，必须得看了又看。是啊，多年单调的训练生活，让肖恩的精神世界亟须灌溉。无奈这个电视剧每天演完都要半夜一两点了，导致肖恩早上去了学校就得补觉。这天他睡得正香，同桌把他拍起来，说下节课要考试，赶紧醒醒。肖恩使劲伸了个懒腰说："昨晚电视看得太晚，实在是撑不住了。"

同桌好奇地问："什么电视剧那么好看？"

肖恩舔了舔干涸的嘴唇，做了个这你就不明白了的表情，开始普及神剧《看了又看》。讲到兴味正酣处，佟果忽然转过头来说："你讲得不对，银珠是自己主动追求基正的，她喜欢基正啊！"

"啊？"被打断的肖恩有点蒙，"你也在看《看了又看》？"

佟果抵抵嘴："我为什么不能看，电视台不是播给全国人民看的吗？"

"不是不是，我不是这个意思，我是说你不学习，不睡觉吗？你怎么有时间看呢？"肖恩连忙解释道。

"你不学习，不睡觉吗？你怎么有时间看呢？"佟果歪着头，冲肖恩眨了眨眼睛，就转过去了。

肖恩一时有点回不过劲来，怎么好学生也看电视剧，怎么好学生也不睡觉不学习啊，乖乖。他想起佟果纠正他的细节，感觉这是对自己过人记忆力的挑衅，于是鼓足勇气用一根手指戳了戳佟果的后背，佟果转过来，眼神在问"你要干吗"？

"我为什么讲得不对？基正明明喜欢银珠啊。"肖恩解释道。

佟果看着肖恩皱了皱眉："我这么解释吧，如果只是你喜欢我，我喜欢你，那这部剧也就没什么特别的了。这部剧特别就特别在这是一个明知道自己社会地位与男性远不相匹配的女性，还努力追求自己喜欢的男性的故事，为了追求真爱，她还用了一些手段，但是她很勇敢，也很坚持。这部剧好看也好看在这儿啊。精明算计的灰姑娘，最后能不能打个大胜仗？人们到底是喜欢单纯善良的啥也不会的白雪公主，还是喜欢生命力顽强智慧比后妈还高的灰姑娘？所以我纠正你，是纠正你主动和被动的关系很重要，讲故事的时候要从这个视角切入，才能传达准确。"

肖恩感觉自己听明白了，又感觉自己没听明白。踩着上课铃，佟果问了肖恩最后一句，就转过身去。

"你喜欢哪种，是单纯但啥都不会的善良的金珠，还是聪明会算计的银珠？"

肖恩自此看电视简直比做语文阅读理解还要认真，他要准备充分，才能与佟果深入探讨剧情发展，也要随时应对佟果的提问："你最喜欢哪个情节？""你觉得他／她这么做对吗？""如果是你，你会怎么做？"肖恩很感谢这部电视剧，160多集的容量，让他和佟果有了无数交换彼此看法的机会，这些交流让他深入了解了另一个有趣的灵魂，也让他认真审视了自己——原来高中里什么样的学生都有，而他之于高中，并没有那么不主流。

　　非典来了，毫无征兆，恐惧并不是校园里最核心的情绪，学生们只会感谢一节课上30分钟，就能休息20分钟，这给他们创造了更多的娱乐时间。肖恩总是情不自禁地关注着佟果的动态，他敏感地察觉到，佟果好像也有什么事儿，这两天对他有点不太热情。此时，佟果正趴在桌子上，一动不动。

　　"佟果，你是不是来大姨妈啦？"肖恩蹦出这一句时自己都傻了。"我的天，我说了啥，真希望我现在消失，赶紧消失，她没听见，她没听见她没听见。"肖恩心里打鼓。

　　佟果有点不敢相信自己的耳朵，缓缓挺起身，转过来，歪着头，略显犹疑地看着肖恩，不过几秒，她就一副恍然大悟的表情："你是不是以为我趴在桌子上是不舒服呢，没有没有，我挺好的。"

　　肖恩差点就把"你真是个天使"这句话说出声来，这姑娘也太善解人意了，怎么自己想什么她全知道？

　　佟果没有在意肖恩脸上扭曲不自然的表情，她偷偷将自己宽大校服袖子下的东西展示给肖恩："我最近在看这本书，有点上瘾，好几个晚上没睡了。"

　　"什么书这么厉害？"肖恩好奇。

　　"《红楼梦》。"佟果回答。

足球是宝

"可真够厚的。"

佟果没理肖恩的感叹，自顾自又转过身去俯身投入到另一个世界。

肖恩呆呆看着佟果的背影，觉得这姑娘怎么这么有意思。你说她是个好学生，她好像"五毒俱全"，看电视、看闲书、唱歌、运动什么都干；你说她善解人意、玲珑剔透，但是好多时候她好像都憨憨地沉浸在自己的世界里，并不知道自己已经掀起了别人心里多大的波澜。

肖恩其实很感谢佟果，如果没有佟果，他不知道原来学生生活可以这么丰富，这么有意思。他曾经以为职业球员生涯的结束意味着他的人生不再有光亮了，现在才发现，人生原来有很多很多盏不同的灯，只要你想，哪一盏都可以点亮。

晚自习的时候，肖恩从厕所回来，发现佟果带着她同桌正和自己的同桌争论，说他同桌唱歌跑调。同桌一看肖恩回来了，就说："正好肖恩回来了，咱们比试比试，一人唱几句，其他三个人听，看看到底谁跑调。"

佟果说："唱就唱，我以我十余年钢琴功力，就不信不能让你现出原形。"他们选定了最近的流行大热门——孙燕姿的《遇见》，一人一句唱起来。

肖恩同桌：

> 听见　冬天的离开
> 我在某年某月醒过来
> 我想　我等　我期待
> 未来却不能因此安排

佟果同桌：

    阴天　傍晚　车窗外
    未来有一个人在等待
    向左　向右　向前看
    爱要拐几个弯才来

佟果：

    我遇见谁会有怎样的对白
    我等的人他在多远的未来

肖恩：

    我听见风来自地铁和人海
    我排着队拿着爱的号码牌

    肖恩感情饱满地压轴唱完了最后一句，就感觉到三双眼睛投射来的灼热目光。
    "肖恩，你果然跑调……"佟果满脸坏笑。

第五十四章　囚徒金开石

　　吴东 02 队最终不出所料地全队并入吴东地产一队，金开石他们的"巴西帮"听说是要被遣散分流了。教练邱子如向俱乐部提出要与吴东 02 队打两场比赛一较高下，但最终也没收到对方又或是俱乐部的回应。说来也是，吴东 02 队作为全国这个年龄段公认的强队，没必要跟金开石我们这些垂死挣扎的小孩们较量，他们无须证明什么，实力就摆在那里。

　　单说金开石的对位竞争对象，吴东 02 队队长杜文明，就被俱乐部寄予厚望，那是国家队未来的后防中坚，2002 世界杯的候选人，金开石与人家根本没有可比性。

　　吴东地产梯队教练最后把几名小队员要走了，其中就有 86 年的任远，梯队教练说是这些孩子年龄小，还可以给个机会放青年队里观察一下。但其实大家伙儿都心知肚明，这些孩子已经不小了，梯队教练也有成绩压力，于是招这些"小孩子"来为球队取得好成绩。

像金开石这样相对的"实力派"，俱乐部开始找签约方。但市场不是盲目的，金开石这种没有进入过一队，没在甲A、甲B、乙级等正式比赛中登过场的小孩子，你再怎么推销说巴西留学、圣保罗培训，甚至火星学习都没用，不会有人要的，所以孩子们在被挂牌的那刻起就相当于失业了。

球队人心惶惶，所有人都忙着找下家，忙着四处试训，球队也停训了。金开石开始急了，跑回海市想自己找个家乡的球队，但是海市的各级球队人才济济，自己培养的都消化不了，哪里还有位置给一个"外人"。金开石一时间束手无策，他是多么想回家边踢球边照顾独自在家的母亲啊。

一天早上，金开石跑步回来，妈妈跟他说："开石，你还记得你爸那个吴东的朋友吗，要不咱们问问他？"

"他能帮我解决俱乐部转会的事吗？"

"开石，能不能解决，咱们问问吧，这事不能再拖了，眼瞅着转会窗口就要关闭了。"

在金开石爸爸这位朋友的帮助下，金开石与一家西部的甲B俱乐部顺利签约，但是俱乐部并未让金开石进入一队，而是一直让他跟着青年队训练。

金开石也不着急，很有耐心地努力训练，他有信心用实力证明自己，进入一队。在几次与一队的比赛中金开石表现不俗，确实有着可以在一队站稳脚跟的水平。

转会后的金开石仍然保持着自己苦行僧式的生活方式。新的队友都觉得他是个怪咖，也不与他往来。

金开石不以为意，在他的足球世界里，重要的只有爸爸。

他的偶像，天资平平但靠着勤奋一路踢出来的名后卫加里·内维尔说过："如果你没有过人的天赋，就必须刻苦努力，顽强地跟上去。16 岁时我为了刻苦训练，切断了和所有朋友间的联系，这很残忍，不过我一直记着父亲的话：永远别回头，冲上去赢更多东西。"

现在的金开石已经习惯了踢球时那种无法摆脱的沉重感。他知道他背负的不是自己一个人的未来，更有爸爸的遗愿。

既然无法克制心魔，那就选择与它为伴。

他知道自己背负着太沉重的枷锁，却不愿意逃脱。他甘心做一辈子的囚徒。

没过几日，一天晚上，青年队教练和一队的助理教练一同来找金开石，让金开石明天跟一队训练。金开石不敢相信自己的耳朵，高兴地给妈妈打电话报喜。妈妈在电话另一头激动得不得了。

金开石进入一队，每日刻苦训练，但始终没有上场的机会。但金开石心态很好，也不着急，他觉得日子不会一直这样下去。

终于，转机来了，俱乐部从南斯拉夫请来了一个新主教练，是个个子很高的老爷子，相传曾是南斯拉夫知名中后卫。

老爷子给人的第一印象就是情商很高，平易近人，见人就说："同志，3-5-2 是我发明的……"很快，总把"同志"一词挂在嘴边的老爷子就与球员、教练和俱乐部工作人员打成了一片。

老爷子平日里为人很随和，可一到训练场上他就立马变成了一个大魔头，要求对抗、对抗再对抗。这一日训练，他就安排了一个非常刺激的项目——单挑，他让前锋和后卫们分别站在中圈和禁区里，由前锋点名后卫进行一对一单挑射门，输了的就要被惩罚冲一个半场距离的折返跑。

但在实际单挑过程中，老爷子预想的针尖对麦芒的刺激场景并未发生，取而代之的是长幼有序的"走过场"。简单说就是老后卫与幼前锋单挑就一定会抢断成功，老前锋与幼后卫单挑就一定会形成射门。

老爷子看得眼中冒火，叫助理教练田指导吹停了训练，然后他在空中高举起一个三的手势，大喊："输了的，跑三个折返！"

田指导恢复了训练，但球员们依然是长幼有序。老爷子忍无可忍，刚要中止训练，这时，一个"大飞铲"在他眼前出现了。

全场发出了"唔！"的一声，只见队里的绝对主力前锋二哥被小将金开石铲翻在地。

紧接着，金开石从地上快速起身把将要出界的球勾了回来，控制住了球权。

"这犯规了吧？"二哥在地上大喊。

"犯规！金开石你慢点。"田指导大喊。

金开石也不答话，而是快速把球带到了中圈，中途还做了两下"踩单车"的动作。

地上的二哥看到"踩单车"更气了："哎，这货还来劲了！"

"你甭理他！没伤着吧？下去休息一下吧。"田指导安慰二哥。

二哥骂骂咧咧地从地上爬起来，一瘸一拐地走到了场边。因为这是一次犯规，二哥也就没有跑折返，但一旁的老爷子看得清楚，这是一个好球，很干净的铲球，完全没有犯规，老爷子开始注意到这个一米九的大个子。

金开石的这段小插曲并未打乱原来的"秩序"，单挑"有序"地快速进行到了尾声。田指导刚要换项目，老爷子发话了："还有一个人，中圈里不是还有一个人吗？"

田指导看向老爷子手指的方向说："金开石？他不是前锋。"

"不是前锋也没问题，既然他站在中圈，就让他做一次前锋。"老爷子坚持道。

"好吧，金开石你选个后卫吧，你选谁？"田指导问。

"我选大哥。"

"大哥？"所有人一齐看向了金开石，他们不敢相信自己的耳朵。大哥在之前的单挑中一直没出场，因为没人敢向他提出挑战。

"看上我了？"这时一个轻蔑的声音从禁区里传来，后卫们立刻散开，一个魁梧老球员走了出来。

金开石远远望去，走出来的正是球队的队长，主力中后卫，队里的人们都称他为大哥。

金开石二话不说，将球传给了大哥，大哥稳稳地把球做回给了金开石，单挑开始了。

金开石带球大步流星地直奔大哥，大哥侧着身在原地盯着金开石和他脚下的球。两人距离 5 米远的时候金开石突然变成了碎步带球，机警的大哥立刻调整了身位和重心。

就在大哥降低重心的一刹那，金开石突然一个变向，接着就是一个爆蹚。大哥万万没想到眼前这个一米九的大个子会用速度生吃他，所以重心下沉的他想要转身已来不及了，经验丰富的他立刻张开手臂卡住了金开石的身位，不让金开石冲过去，这无疑是一个阻挡犯规动作，但此时是否犯规已经不重要了，金开石顶着大哥的手臂继续向前冲，大哥使出了全身的力气试图拉住金开石，金开石铆足了劲拖着大哥又向前跑了两步，就在身体失去重心前的一刻，他伸出了大长腿倒地铲到了身前的球，大哥倒地铲球已来不及，球越过了守门员，钻进了网窝。

全场安静了。

金开石从地上爬起来，伸出手想拉起大哥。可大哥打掉了金开石的手，瞪着他说："你喝酒了吧。"

田指导走过来扶起大哥，摇摇头说："没大没小。"

金开石尴尬地站在旁边，不知该跟大哥和田指导说些什么。

"主教练，还是三个折返跑吗？"田指导问老爷子。

"不用跑，他们完成了一次真正的对抗，都表现出了血性，这场加赛没有谁会被惩罚。他们都做得很好，大家都应该向他们学习。"老爷子向全队表扬。

训练完，老爷子走过来问："年轻人，你叫什么名字。"

"金开石。"

"Cash？Money？"老爷子笑着拍了拍金开石的肩膀说，"Cash 同志，干得好！"

从此"Cash 同志"就成了老爷子口中金开石的名字，老爷子也开始用心地培养这个"不一样"的年轻人。

之后，甲B联赛上，老爷子力排众议给了金开石一个首发的机会，要知道中后卫可是一个非常重要的位置，起用一个年轻人是需要勇气的。

金开石没让老爷子失望，一开场就积极主动，高接抵挡，成了后防线上表现最为突出的球员。

下半时，随着球员们体能的下降，老爷子看出了问题，作为搭档，金开石与中后卫大哥缺乏配合，两人的防守没有呼应。虽然金开石利用自己强悍的头球和顽强的作风筑起了一道大闸，但球队整条后防线却始终无法形成体系。

正在老爷子犹豫之际，对方一下就从金开石和中后卫大哥的中间打透了整条后防线，幸好金开石拼命回追，倒地铲球，破坏了球。

慢跑回来的大哥看着地上的金开石，面无表情地说："睡着了？快起来。"

金开石爬了起来，心中默默发誓："我要凭借自己的力量守住比赛。"

之后的比赛，金开石凭借他的血性和坚持，顽强地扛起了整条后防线，一次次地封堵了对手的进攻，力保球门不失。

这一切，场边的老爷子都看在眼里，他也一直在犹豫，如何能够让整条后防线形成合力。终于，他做出了一个艰难的决定：换下大哥。

老爷子正要给田指导做出换人指示的时候，场上突然有人倒地了。体力透支的金开石抽筋了，他痛苦地倒在地上，他身旁的大哥冷漠地做着换人手势。

老爷子并没有立刻换人，直到他看见金开石本人也做出了换人示意后，才把金开石换了下来。金开石下场时与老爷子对视了一下，老爷子拍了拍他的肩膀，一脸的无奈。

赛后的总结会上，老爷子把失球录像放了一遍，然后无奈地说："这已经超越足球范畴了，我没什么可说的。今天我想跟大家说的是，下周我就要回国了，最后我想告诉大家，足球是我们的至宝，请珍惜。"

临别之际，老爷子单独对金开石说："我要回国了，还有什么需要我教你的吗？"

金开石快要哭出来了，这段时间老爷子的倾囊相授让他进步神速。是老爷子为金开石打开了真正的职业足球大门，他第一次接触到了现代足球的阵型、战术、压迫、防守体系。可以说，老爷子是他踢球以来，最好的老师。

"谢谢您，您教会了我很多。您怎么这么急着走呢？"金开石不舍地问。

"我的爱徒西尼萨·米哈伊洛维奇让我回去帮他。"

"米哈伊洛维奇？任意球大师？"金开石惊奇。

"是的。金开石，临走前我想跟你说，以后的日子里，你需要更加有性格，让自己具有领导气质，你踢的是中后卫，这个位置的球员是球队的基石，是球队实际的领袖。"

金开石点点头。

"还有，你可以练练远射和任意球，这样当你队友打不开局面的时候，你也可以自己做点什么。"

"就像米哈伊洛维奇一样？"

"是的。"

"好的，我记住了。"

"祝你好运。"

老爷子回国了，田指导接手了球队，金开石从此变成了边缘人物，失去了上场机会。

无独有偶，王冠一的齐州电力也请来了一个外国老爷子，来自俄罗斯。俄罗斯老爷子接手球队后发现队内的国脚伤病较多，于是他向俱乐部领导提出了培养新人的想法，俱乐部领导也早有此意，双方一拍即合。就这样，作为俱乐部重点培养对象的王冠一很快就获得了联赛首秀的机会。

王冠一此前踢过无数场比赛，从没紧张过，但这一次他紧张了。赛前午觉时王冠一失眠了，他睁着眼睛，一遍遍地预想这一场比赛将会遇到的场景。

王冠一看着天棚，腿开始不自觉地发紧。他不停给自己排解压力，鼓励自己，肯定自己。他对自己说：只要我的前三脚球处理好，我就成了！

比赛开始了，在全场上万人的注视之下，王冠一积极地接应然后触球：第一脚，没丢；第二脚，不赖；第三脚，精彩，王冠一成了！

信心满满的王冠一用他那超凡的意识和大局观，还有优秀的对抗能力征服了球迷、俄罗斯老爷子和教练组。很快，王冠一就在比赛中取得了第一个联赛进球，他表现得是那么完美，甚至有呼声要带他去世界杯。从此甲A江湖一个年轻的名字开始流传——王冠一。

第五十五章　我也喜欢你

　　世界杯进入倒计时了，市面上出了好多种彩票，有猜夺冠的，有猜16强的……肖恩在课堂上乐此不疲地研究着，最后他郑重地在彩票上写下了冠军葡萄牙，16强C组巴西、中国出线。前者是因为肖恩喜欢鲁伊·科斯塔，后者是因为希望。

　　夏日的阳光洒在教室里，老师伴着阳光在讲台上认真讲课，同学们伴着阳光认真听讲，而肖恩也在伴着阳光给同桌认真科普昨晚的电视剧，这时坐在前座的佟果俯下身去好像要在地上捡什么。很快，作为足球运动员的肖恩就觉察到了脚下的微弱触感，但他不动声色，假装什么也不知道。原来佟果就喜欢假装低头捡东西，然后偷偷把肖恩的鞋带绑到桌子上，一次又一次，乐此不疲。

俩人正玩得开心之时，肖恩的手机突然震了，他一看短信是王冠一发的："我在你们操场外边。"

肖恩赶紧对桌子下边的佟果说："好啦，好啦，别系了，我有事要下楼。"佟果听到这里，直接变换手法，唰唰两下系了个死扣，然后坏笑着坐直了身子。

"哎，你这美女，心肠怎能如此恶毒。"

佟果继续看着黑板，头也不回，身子却在忍不住颤抖，她一定乐坏了。

肖恩使劲解着死扣，但死扣纹丝不动，急得他恨不得躺地上用牙把鞋带咬断。最后肖恩急中生智，直接脱下运动鞋，换上训练用的足球鞋，冲下了楼。

"怎么这么久？"王冠一问。

肖恩笑了，面带幸福："我在上课，能出来就不错了。你怎么回来啦？"

"世界杯，比赛都停了，我们放假啦。"

肖恩看着一身"大钩"，头发烫得卷卷的王冠一说："你好潮啊。"

"你才潮哪！"（当地方言"潮"是傻的意思）

"我在表扬你啊。潮流，时尚。不是那个'潮'。"

"哦，好吧。"

"你这一身都是俱乐部发的吗？"

"不是，俱乐部装备是国际大牌 A，我这个是签约国际大牌 B 给提供的。"

"可以啊，你这再也不用羡慕金开石啦。现在装备多得穿不完吧？"

"我现在装备老多了，你想要点啥？"

"我就算了，我这天天就这一身校服，啥也穿不了。你还是给金开石点吧，报答他那双'水星'。"

"你怎么知道的？"

"金开石一给你就后悔了，电话里跟我说的。"

"哈哈，他当着我的面还装大尾巴狼，一副大方的样子。"

"听说他不太好过，球队里挺混乱的，欠薪不说，连装备都发不齐，球鞋都要自己买，挺惨的。"

"他怎么混的，赛季初我看他不是都在甲B登场了吗？"

"是啊，老外教练一走，他就被安在替补席了。"

"靠，他点儿怎么这么背啊？"

"你当谁都像你那么顺啊？"肖恩抬高嗓门说，"不跟你说了，我得回去了，我这是跟老师说上厕所，才跑出来的。"

"你什么时候放学？"

"我要晚上9点才放学。"

"这么晚，你们要学死啊？"

"不说啦，我要回去了，一会儿就下课了。"

"我就两周假期，你什么时候有时间电话我。"

"我周末找你。"

"好的。"

肖恩回到教室，坐在位子上，突然想起了刚才那句："你当谁都像你那么顺啊？"

肖恩觉得足球对于王冠一来说怎么就这么一帆风顺，他的足球生涯就像玩游戏开了挂一样简单，而其他人都是在困难模式中煎熬。

下课铃一响，肖恩就趴到了桌上，头也不抬，他此刻的痛苦又有谁能理解，12年前是足球让他跟王冠一相识，今天也是因为足球让他们的境遇天差地别。

　　曾经每天一起踢球的队友，队内公认最好的两个人，此时一个已进入甲Ａ一线队，签约国际大牌Ｂ，驰骋在绿茵场上受万人瞩目，而另一个却坐在高中的教室里看着老师在讲台上唠唠叨叨。

　　肖恩越想越觉得心痛，越想越觉得不甘，一股嫉妒之情涌上心头。肖恩知道那是他的好兄弟，兄弟好，他也应该高兴，但他还是控制不了自己复杂的情绪。

　　"肖恩，你怎么了？"一个熟悉的声音传来，不是别人，正是坐在他前座的佟果。

　　"哪里不舒服，用去医务室吗？"说着一只温暖的手放到了肖恩的头上。一股暖流沿着脖颈瞬间充满了全身，肖恩就像一只被安抚的小狗，顿时平静了下来。

　　当天下午，肖恩从操场踢球回来，发现桌子上有个削好的苹果，一块一块整齐地摆在一张面巾纸上。肖恩一下就猜到是佟果削的，心里好开心，那苹果特别甜，还带着一阵阵面巾纸的香气。

　　这一次，佟果的苹果变成了良药，治愈了他的心病。

　　此时肖恩隐约觉得佟果是喜欢自己的，但他还不确定她是否知道他也喜欢她，也更加不确定她是否知道他已经觉得她喜欢他了……

　　在这无休止的猜疑链中，肖恩人生第一次产生了如此强烈的欲望，想对一个人说一句——"我喜欢你"。

丰富的韩剧经验告诉肖恩，他这是恋爱了。但肖恩不想像韩剧那样拖沓和暧昧，他觉得应该立刻给佟果一个名分。于是，肖恩准备表白！

　　就像所有小男生一样，肖恩本来准备给佟果买个礼物作为表白的铺垫，但机会有时也会垂青那些还没准备好的人……

　　隔天下午，学校的操场上，肖恩在与队友大喜的一次拼抢冲撞中发出了一声惨叫。原来，他的右手小拇指在两人胯骨的猛烈夹击下变了形，指甲掉了，血流不止。

　　大喜吓坏了，赶紧通知了肖恩班里的同学。

　　佟果听说肖恩受伤了，迅速跑出教室，带着肖恩奔赴离学校最近的机车医院。路上肖恩心想："亲爱的卫生委员，咱们是否可以去一所医疗水平高一些的三甲医院？"但当他看到卫生委员那人命关天的表情时，他明白，此时此刻他只能听她的了。

　　俩人一进门，空无一人的机车医院立刻对肖恩展开了救治。

　　俗话说十指连心，小拇指被撞变形，肖恩当然疼得钻心。但在心仪的女孩面前，肖恩展现出了男子汉的忍耐，任凭大夫如何消毒、包扎、处置，他都咬着牙，没吭一声。

　　正当他忍无可忍之时，一旁的佟果却突然"哇"的一声哭了出来，吓了医生和肖恩一跳。

　　"你怎么了？你哭什么？我没事。"肖恩慌忙问。

　　"你疼……不疼……啊？"佟果抽泣着问。

　　"我不疼。真没事。你看，还能动呢。"肖恩说着，强行动了一下小拇指，"哎哟！"钻心的疼痛，让肖恩忍不住叫唤了一声。

　　佟果看到这一幕就哭得更大声了，一旁的大夫哭笑不得。

　　肖恩看着眼前这个哭得稀里哗啦的小姑娘，感觉内心无比幸福，他知道她的心就连在他的手指上，也连在他的心上。

几分钟后，佟果缓过劲儿来问："大夫，他不会有事吧？"

"能有什么事？离心脏远着呢！"肖恩调侃。

"大夫，他不会有什么后遗症吧？"佟果坚持问大夫。

"哦，没事。没什么大事。"大夫笑着回答。

佟果听到大夫的回答，停止了抽泣，似乎也放心下来。

"没什么大事，小拇指承担的手部功能很小的，即使有什么事，对他以后的生活应该也不会有什么太大的影响。"大夫又严谨地追加了一句。

"哇……"佟果听后立刻又哭了起来。

就这样，在佟果断断续续的哭声中，肖恩举着右手与佟果走出了医院。

俩人一左一右并排走着，佟果转头看着肖恩突然笑了："肖恩，你手这么举着，就像举着一根雪糕。"

肖恩看着眼前这个一会儿哭，一会儿笑的姑娘，内心激动不已，情不自禁脱口而出："佟果，你喜欢我多久了？"

佟果听到这提问突然愣住了，大脑飞速运转起来，我喜欢他多久了？让我想想，是什么时候开始的？

是那一次他大脚飞起替我解围吗？我们一起沿着操场边上走出学校，突然一个足球快速飞向我，吓得我动弹不得，"嘭"，他右脚笔直飞起，用力踢飞了本来逃不掉的危险，那姿势像极了《足球小将》里的大空翼。

是那一次他在教室后面擦玻璃吗？我把打算逃跑的他抓回来擦玻璃。但是盯着盯着，怎么觉得像在看一幅画呢？他在窗前仰起头喝水，阳光打在黝黑的脸上，水珠顺着下巴，滑过喉结，最后落在他结实健壮的胸膛上……

"佟果、佟果……"

佟果不情愿地从带着甜味的回忆中回过神来，不对啊，什么叫你喜欢我多久了，我什么时候说过我喜欢他？这坏小子套路我。看我怎么收拾他。佟果刚想张嘴反驳。

"我也喜欢你！"肖恩举着小手指，真挚地看着佟果。

佟果看着这帅气俊朗的面庞，黑黑的皮肤衬着大大的眸子闪闪发亮，长长的睫毛轻轻扇动，佟果有点喘不上来气。

肖恩看着满脸通红的佟果，故作镇定地绕到她的右边，用左手牵起了她的右手。就这样，俩人手牵着手，默默无语地绕了一大圈，走回了学校。

那天后，每到放学，你就会看到佟果细心地为肖恩穿上外套，再给他把扣子一个个系上。

其实，肖恩的手虽是不太方便，但这些事情他每天早上都是可以自己做的。是的，恋爱中的情侣，他们的行为方式就是这么让人捉摸不透。

第五十六章　一飞冲天

汗马俱乐部门卫送来了一个硕大的盒子，金开石打开大盒子一看里边还有一个小鞋盒，放着一双球鞋，一双崭新的橘黄色的国际大牌 B。鞋里边还有一张纸条，上面写着："你一后卫穿啥'水星'，得穿这么骚的刺客！"

从那以后，金开石每过一段时间就能收到一双最新的国际大牌 B 的顶级球鞋且颜色极其扎眼。训练场上金开石高调的球鞋让那些本就不喜欢他的大哥们，更加看他不顺眼了。

2002 年世界杯，中国队一球未进，一分未拿，一场未胜。肖恩看中的葡萄牙最终未能小组出线，肖恩认为没让鲁伊·科斯塔当核心是葡萄牙失败的原因。从佛罗伦萨时期，肖恩就开始痴迷这位古典前腰，只可惜自己已不能成为他。同样地，王冠一最迷的里克尔梅也被一个不知哪来的叫贝尔萨的老家伙给排除在了国家队之外，2000年丰田杯里克尔梅大战初代"银河战舰"让王冠一见识了古典前腰的魅力，他暗下决心，有朝一日他在一队当了"大哥"，也要这么踢。世界杯的夏天总是过得飞快，但又是那么让人记忆犹新。

夏天过后，国足主教练米卢走了，带着荣耀和失败，他来时说"态度决定一切"，倡导"快乐足球"，走时留下一句"请享受生活、享受足球"。

很快，荷兰人阿里来了……

王冠一凭借着联赛中出色的发挥，被阿里招入了国家队，从此一飞冲天。

王冠一的爷爷坐在电视机前看着自己的孙子身穿国家队战袍，在中国国家队对战日本国家队的比赛中披挂上阵，为国争光，老爷子激动得泪流满面。身旁的王冠一爸爸赶紧给老爷子递上纸巾。

"你儿子比你出息！"老爷子边擦鼻子边说。

"爸，您怎么突然蹦出来这么一句，我不是没赶上好时候吗？"

"什么没赶上好时候？你那时候没有国家队啊？我大孙子就是比你强。"

王冠一爸爸心想："你那时候不也有国家队吗？你不也没进吗？"

"这小子敢铲我孙子！"老爷子突然喊道。

"这不给黄牌？"王冠一爸爸接着喊。

父子俩就这样自豪地看着电视里的老王家传人——王冠一，

激动地呼喊着。

肖恩在电视上看见王冠一成为国脚，开心得不得了，他的心病已经被佟果的"毒"苹果治愈了，此时的他，心中满是祝福。

与此同时，金开石在电视上看见王冠一心中却是五味杂陈，羡慕，嫉妒，没有恨，不过种种情绪最终也都转化成了开心。

电视中的王冠一让他想起了两年前的卡卡，当时卡卡在他面前拿着鞋走向了一线队的训练场，之后就一鸣惊人，上了电视再也下不来了。

今天电视里的王冠一也是这样，两年前拿着他的鞋（水星）走后，一飞冲天。金开石本以为这种足球童话只能在巴西发生，但没想到今天发生在了中国，而且就发生在他身边。

不久，李川也被阿里招入了国家队，还上场取得了进球，他不仅打破了王冠一的最年轻国脚纪录，还成为最年轻取得进球的国脚。

肖恩看着电视里的王冠一和李川，心想："这俩人完全是打游戏调秘籍的节奏，感觉俩人随便按个'上上下下左左右右ABAB'就进了国家队。"

金开石放假来看肖恩，俩人见面自然就聊起了如日中天的王冠一。

金开石感叹："王冠一这货，两年前还在青年联赛里跟我要鞋，这才几天工夫就变成了俱乐部主力，进了国家队，成了国际大牌B签约球员。"语气中充满了善意的酸涩。

肖恩笑了，附和道："这足球人生的境遇真是有趣，竟能在如此短的时间里让我们天差地别，但是金开石你大可不必沮丧。你一定还记得刘正彤吧。虽不是从小跟咱们一起踢球的队友，但也是和咱们一起踢过球的，人家现在都是百年曼联的中国第一人了。想想刘正彤，他不比王冠一变态多了。你要允许他们这些开挂的队友先牛起来，因为你不允许，他们也会牛起来。"

"哈哈哈哈！"金开石大笑。

很明显肖恩采用的就是"以毒攻毒"劝诫疗法，说来也怪，这方法对金开石非常有效，他觉得好受多了。

寒假的一个夜晚，肖恩和爸妈在家门口遛弯，迎面碰见了徐导。徐导并不是一个人，身边还有吴本宇的妈妈，就是之前冬训时的吴妈妈。

"徐导，咱们真是好久不见！"肖恩爸爸主动向徐导打招呼。

"是呀，是好久不见了，你们怎么样？"徐导说。

"都挺好的！你怎么样？"肖恩爸爸问。

"我挺好的，跟吴本宇妈妈出来转转。"徐导表情很自然。

徐导和吴本宇妈妈的事之前家长们就传开了，肖恩爸爸也早有耳闻，今天算是亲眼见证了。

吴本宇妈妈走到肖恩妈妈跟前握着肖恩妈妈的手，俩人单独聊了起来。

"肖恩怎么样了？我听说他不踢了？"徐导关切地问。

"嗯，上学了，不踢了。"

"肖恩不踢，可惜了。"

"没啥可惜的，好好上学以后去个好大学吧。"肖恩爸爸说。

"之前要是跟王冠一一样去齐州电力的话……"

还没等徐导说完，肖恩爸爸打断说："吴本宇怎么样了？"肖恩爸爸问一旁的吴本宇妈妈。

"吴本宇现在在一个乙级队的青年队踢，在外地也不在家。"徐导回答。

"那不错，坚持下去了。"肖恩爸爸说。

"吴本宇，不像肖恩和王冠一，我不报什么更高的希望，我觉得以后能踢个乙级队就可以了。"徐导说。

徐导一般对孩子的评价都是积极正面的，在他嘴里每个孩子都有天赋，都会成为优秀的足球运动员，但是今天他对吴本宇的评价真是一反常态，说出了大实话，可见徐导对这个"儿子"是投入了真情实感。

第五十七章　怎么那么辣

　　平日里，好学生佟果经常跟着肖恩以各种理由逃课。俩人逃出学校，漫无目的地在城市里瞎转悠，瞎聊。这天，肖恩本来与佟果约好训练结束后在校门口见面，俩人一起出去玩。眼瞅着时间快到了，他忽然玩心大起，打电话给佟果："我们现在开始不要联系，看看有没有缘分在学校附近遇到对方？"

　　15 分钟后，肖恩还是没有碰到佟果，他有点着急，急忙打给佟果："你到底在哪儿啊？"

　　"我就在学校门口啊！"

　　"你别动，我现在就来。"

　　肖恩气喘吁吁地跑到佟果面前："你怎么那么笨啊，不知道我训练都从正门出吗？还在后门等。"

"我以为你会怕我找不到，走平常我们上下学走的门。所以我就一直等在这里。"

"你也太笨了，都不挪挪地儿。"

佟果没再反驳，冲肖恩笑了笑："我们去坐公交车吧。"

"坐到哪儿？"

"不知道，谁来了坐谁。"

俩人坐上了最先来的一辆公交车，这辆公交车空空荡荡没什么人，他们一起坐在了靠窗的最后一排。佟果把窗户打开，任风吹动着她的长发，她微微闭上了眼睛。

"人生的命运得我们自己把握。"佟果轻轻把头靠在肖恩的肩膀上，"缘分是不努力的人的借口，没有勇敢争取过、追求过，缘分才不会来。"

肖恩怔了怔。

"我姥姥也喜欢看《看了又看》，她跟我说，那些因为家里不同意，就分开的情侣，都不是真爱。最后因为家里不同意，没在一起，埋怨家里人使自己婚姻不幸福的，都是生活的懦夫，自己都不敢对自己负责任，还能指望谁来负责任呢？"

肖恩点了点头。

"我们以后不要找来找去了好不好？不好玩，我不喜欢。很多误会完全没有必要。我比任何人都知道自己想要什么。"

佟果的左手偷偷找到了肖恩的右手。

"你想要什么呢？"肖恩轻声问。

"我要去南都上大学。"佟果小声但坚定地说，"我们要不要一起去南都上大学？"佟果把脸转向肖恩。

"去哪所大学？"肖恩问。

"没想好，能力范围内，去最好的。"

"我努力看看。"肖恩回答。

肖恩开始研究起各个大学的足球特长生考试。高中校队的教练建议他在本地和天津的高校里好好挑挑，因为过往都有学长考入过，成功概率高，肖恩不置可否。他私底下联系了几位以往考去南都的学长，询问他们有没有机会。高三寒假的一天，他把佟果约出来，说有事要跟她说。

"你得加油了哈，我能去南都了。"

"啊？真的吗？人家都要你？太好了，快说说哪些学校。"

"华东大学可以随便选专业，南都大学可以去学城市规划。"

"我的天啊肖恩，你简直深藏不露啊，太可以了！"

"哪里哪里，宇宙第一。"肖恩一脸坏笑，"接下来就看你了。"

"切，说得像你不用高考一样。还不得跟我一样好好学。不过这两个学校你想去哪个呢，都是不错的学校。"

"虽然南都大学的名声大，但我还是想去华东大学。我得学门手艺，不能人家让学啥我就学啥，得有一技傍身啊。"

肖恩没有告诉佟果这一路考试的艰难和灰暗。有人的地方就有江湖，但是他都挺过去了，和放弃足球的痛苦相比，这些困难都不算事儿。他希望自己有得选，他希望自己能主宰自己的命运。其实究竟去南都大学还是去华东大学他也犹疑过，是学校的名声更重要，还是选择的专业更重要，最终他选择了专业，人生头一次，他觉得自己不是足球特长生，他想和别人站在同样的起跑线上开始大学的赛程。

"真是太棒了！我真替你高兴，也为你骄傲。"佟果扬起脸，大大的热忱的笑容融化了肖恩。肖恩情不自禁地亲了佟果一口，佟果有点害羞，半天没抬头。

"怎么那么辣？"佟果悄声说。

肖恩忽然想起刚才嘴馋吃了烤羊肉串，太尴尬了，应该喝口水漱漱口。"辣才能记住一辈子。"他坏笑着说。

随着高考脚步渐近，肖恩和佟果的活动主要是自习，佟果发现肖恩其实相当聪明，好多题一讲就会，不时感叹他不学习真是可惜了。

填报志愿的时候，肖恩填报了"华东大学"，这也是他唯一的志愿。班主任关切地提醒肖恩，报志愿不能儿戏。肖恩说："老师，您放心，我很认真，一点儿也没儿戏。"

当班主任看到佟果高考志愿上一水儿的南都高校后，也似乎理解了这对情侣的行为方式。

第五十八章 骄傲的代价

2004 年，肖恩凭借足球特长考上了全国知名的华东大学。

佟果落榜了。

有没考好的原因，有报志愿的原因，也有佟果倔强的原因，她不愿意服从志愿分配，去南都一本 b 段的学校。她要复读。

肖恩曾经想过要劝佟果服从志愿分配，但是佟果已经开始着手做复读的准备了，她还给肖恩送了副漂亮的手套，里面夹了张纸条——人生只有一次，我不想后悔。先让这副手套替我保护你的小手指吧。

高中的最后一个暑假还没过去，作为绝对主力，肖恩帮着高中球队到外地打最后一场比赛。晚上，佟果的头像忽然在 QQ 上闪烁起来。

"在吗？"显示是佟果在输入。

"在。你不学习上什么QQ啊。"

"我听大喜说了。我也不想让你为难。咱们分手吧。"

肖恩的心脏感觉被打了一拳，他又仔细看了一遍屏幕，确认自己没有看错。

大喜是肖恩和佟果共同的朋友，也是他球队的队友，这两天和肖恩一起出来比赛。肖恩和大喜前两天踢完比赛后彻夜畅聊，聊天的主题之一就有爱情。肖恩向大喜表达了对于未来不确定的担心，他担心是他影响了佟果的学习，也担心佟果复读一年是否能考来南都。肖恩还问大喜："你说我和佟果有未来吗？我们能修成正果吗？"

"这该死的大喜，到底跟佟果说了些什么。"肖恩简直想弄死大喜。

屏幕又传过来一段文字。

"能被现实打败的，都不是爱情。感谢你给我的美好记忆。我去学习了，再见。"随即佟果的头像变黑了。

肖恩感觉这行文字格外扎眼，从他的眼里一直扎到心里。是我真的不坚定吗？我要挽回她吗？我挽回她会不会又分她的心，她要是又考不上怎么办？千万个念头简直要把肖恩的脑袋踏爆了。许久，他缓缓在电脑上输入——好。

屏幕这边，一直用隐身假装下线的佟果，看到这个字，大哭起来，她原来没有自己想的那么酷，他也没有自己想的那么喜欢自己。想到这里佟果就心绞痛，她拿出孙燕姿的CD，戴上耳机，脑海里开始无限循环肖恩的样貌。

少年的人儿啊，总是把自尊心看得比什么都重。谁也不曾料想到，本来要灿烂绽放的爱情之花，就被这突如而来的疾风骤雨打掉了。骄傲的佟果和骄傲的肖恩，都为这骄傲付出了代价。

也曾伤心流泪，也曾黯然心碎，这是爱的代价。

肖恩一个人奔赴南都，开始了大学生活。刚进大学的新鲜劲儿，冲淡了他失恋的苦痛。到了华大以后，他才知道南都曾几何时有个大学排名叫"华南庚师"，现今变成了"庚南华师"又或是"南庚华师"，但不管怎么变，副班长（排名最后一位）却总是"师"大。

是的，"庚南华师"四所大学都各有所长，比如庚子大学的理工科，南都大学的人文学科和基础理学科，华东大学的马列金融新闻等，还有南都师范大学的中文教育心理等，但在男足方面，华大是当之无愧的王者，先后获得了全国大学生足球联赛总决赛亚军和泛印度洋亚洲大学生运动会足球冠军，这些殊荣是其他三所大学的男足无法比拟的。之所以要锁定在男足范畴，是因为南都师范大学的女足代表中国拿过世界大学生运动会的冠军，这也是华大男足无法想象的。

肖恩一来华大就发现，负责球队的老师嘴边总挂着一句话："咱们学校什么能碾压庚大南大，只有足球。"于是肖恩大一一来在面对庚大南大时就有一种莫名的优越感，但有时这种优越感也很单薄。

肖恩第一次参加南都的大学生联赛时看见庚大球衣上印着庚子电子，南大球衣上印着南都浑圆，一看就感觉多金，高大上。于是，他满怀希望地问学长："东哥，咱们身上印的这个华东慧光是个啥，也是个很厉害的校办企业吗？"

强东学长回答："哦，是华大东门的一个打字复印社，他们给咱们捐的球衣。"

"是一毛钱一张的那种吗？"

"嗯，没错。"

肖恩听后，满满的优越感顿时少了大半。

像这种"庚南华师"间的竞争是无处不在的，球场下如此，球场上更是火药味十足。

在一次华大与庚子的德比中，因裁判员的一个判罚，场上出现了一点小骚乱，球员们面目狰狞，凶神恶煞地聚在一起互骂。

华大的教练像所有高校的教练一样高喊自己的队员："冷静，都给我散开，好好比赛，都给我回各自位置上去。"眼看双方就要散开了，谁知对方教练突然蹦出了一句："孩子们，别跟他们一样，你们考多少分？他们考多少分？"

此话一出华大的替补席有一个人立马就火了，瞬间自燃，像看见杀父仇人一样冲向了对方教练，气势就像要手撕对方，队友们拉了半天才拉回来。

队友们边拉，边劝："咱们领先，咱们领先，他们教练就那样，你别跟他一样。"

"这二货，一直喊'给谁谁鼓鼓掌'，我早就想上去抽他了。"那人一边喊一边还想挣脱，冲上去。

"他们教练就喜欢在场边喊'片汤话'，习惯了就好了。咱们领先，领先。"

肖恩站在场上看着场下乱成一团，心想："这场下怎么比场上还热闹，大家演一演，差不多得了。"

不得不说，对方教练素质还是很高的，在骚乱中也没再说什么。但恢复比赛没多久，对方教练就又开始喊了："来孩子们，咱们一起给胡清旻鼓鼓掌。"

场边顿时又响起了一阵"啪啪啪……"。

比赛最终是华大取得了胜利，赛后对方教练像换了一个人似的非常和善地与在场的每个人一一握手，握手时肖恩才发现原来对方教练是位知名裁判，圈内以"水平高、作风优、人品棒、话不多"著称。

再后来，肖恩得知替补席上那要手撕对方教练的队友是队里的高考状元，也难怪他会那么激动。

肖恩想想也觉得挺有意思，既然你坐在主教练的位置上，你就要尽主教练的职责，不管你是知名裁判还是名校老师，都要像主教练一样"护犊子"；既然你坐在球队高考状元的位置上，你就要捍卫队内高考状元的王者荣耀，任何与高考分数有关的挑衅，你都有责任也必须上前去手撕敌人。

但各尽其职又谈何容易，这一年国家队就因为一道"算术题"，而被淘汰。

此事发生之后，肖恩的大学室友初鑫，表示这"狗血"剧情真让国人难堪：国足居然连小学数学题都能算错，亚足联赛前都发声明说可以理解这轮比赛的任何结果了，还不往死里踢？

但肖恩对此颇不以为然，他觉得这很正常，于是给初鑫说起了20年前，徐导算错的那道三以内的"算术题"。

肖恩轻描淡写地总结说："如此看来，不管是一个基层的小教练，还是一个管理机构，关键时刻也都会紧张犯错。"

初鑫听后，严肃地说："错，你说得不对，这种错对于一个个人来说，可以理解，但是对于一个国家，一个机构是不可饶恕的。试想一下，一支军队因为算错了时间而延误了战机，丢掉了一场战役，最终在这场战争中战败了，那么这支军队的领导是要受军法处置的；同理，足球就是和平年代的战争，你怎么可以如此轻易地丢掉这场战争?!

肖恩看着初鑫，一种莫名的使命感油然而生，感觉自己已被初鑫的几句话所鼓舞。

从肖恩认识初鑫的那刻起，这种鼓舞就会经常发生，每当肖恩不想上课的时候，每当肖恩对生活对学习有所懈怠的时候，每当肖恩开始产生负面情绪的时候，初鑫就会以一段高能的演说让肖恩顷刻间充满正能量。可以说，初鑫是肖恩见过的最"正"的人，他有理想、有抱负、勤奋、上进、有大智慧，他是肖恩在华大最好的老师。

回想肖恩来华大报到的第一天，晚上 6 个未来要一起同住 4 年的小伙伴一块儿去食堂吃晚饭，饭间大家聊得格外开心，相约饭后回屋打牌，这时只有初鑫反对并提议要留在食堂看《新闻联播》。

初鑫的话一出，包括肖恩在内其他 5 个小伙伴都傻了，打牌和看《新闻联播》对于一帮 20 来岁的小伙子来说，怎么会有可比性。但是初鑫坚持要看，为了寝室的团结，其他 5 个小伙伴还是坐下来陪他看了《新闻联播》，看的过程中，小伙伴们了解到，初鑫来自齐州，父母都是高中政治老师，可以说他是把《新闻联播》当动画片看大的。初鑫边看边讲，等《新闻联播》播完后，5 个小伙伴目瞪口呆，纷纷表示长这么大，之前的《新闻联播》都白看了。

从食堂回到屋里，自称"巴蜀牌神""东北牌圣"的小伙伴们并没有打牌，而是继续听初鑫这位高中入党的老党员来讲述马克思列宁主义、毛泽东思想、邓小平理论、"三个代表"重要思想和科学发展观。

当晚，5个小伙伴就纷纷表示要写入党申请书，积极入党。

早上入学报到的时候，肖恩可能还不明白考上名校是为了什么，但到了晚上他就已经明了，为的就是身边这些优秀、可爱的人。

之所以说他可爱，是因为初鑫居然还是个球迷，不仅爱看而且爱踢，更加爱"打"。据他本人说，其实他从小爱好广泛，各种体育运动都很喜爱，足球只是众多爱好中的一个，直到有一天放学，几个同学叫他去打"实况"。初鑫当时没明白他们在说什么，心想打"石矿"，你们家里这么穷吗，放了学还要去矿山采石头。但当他操着速度9和射门9的罗纳尔多和阿莫卡奇风驰电掣的时候，他就彻底迷上了"实况"这款电子游戏，从此足球成为他的第一运动。

快乐的大学时光里，同样喜爱足球的初鑫和肖恩秉着"回屋不学习，学习不回屋"的原则，严格保证了在屋里打"实况"的时间。

回首往事，就如初鑫所说，不管是个人还是机构，二者的错误造成的后果都是惨痛的，20年前的那道算术题最终成为徐导人生的分水岭，他就此告别了教练生涯；20年后的这道算术题也成为中国足球的分水岭，国家队成绩从此一蹶不振。

柳暗花明又一村，2005年，人称85黄金一代的一股年轻势力，在荷兰世青赛上给全国的球迷结结实实地打了一针鸡血。

小组赛中，肖恩昔日的队友悉数登场，王冠一自然是球队的绝对王牌。作为球队的中场核心、"节拍器"，他不但用精湛的技术和良好的意识组织着球队的攻守，个人的进攻能力也不容小觑。

其他的队友也都没闲着，冯威镇守后防，时不时玩个后排带球插上；与冯威搭档的邹琦还是一如既往地稳定，身形不输欧洲球员的他，还有着南美球员一样细腻的脚法；朱赫刚换上场就以一脚精彩绝伦的侧凌空射门得分；而李川更是在比赛僵持的时候蒙了一脚惊世骇俗的世界波，绝杀了对手。黄金一代的打法赏心悦目，比赛踢得非常好看，打出了不像中国足球的漂亮足球，虽然淘汰赛中输给了德国，但也取得了不错的成绩，得到了国人的赞赏。

肖恩看着电视，心里为自己的朋友们感到高兴，为自己曾经能与这些天才队友一起刻苦训练，一起竞争位置，一起并肩作战而自豪。他真心觉得这届孩子的水平很高，只要有好的平台，去国外顶级联赛好好锻炼提升，未来他们一定会为中国足球再创辉煌。

赛后，王冠一得到了FIFA国际足联技术组的一致好评并入选了本次世青赛的最佳阵容，与梅西齐名，成为世界级的未来之星。

初鑫在肖恩全程"这是我队友！"的呐喊中看完了荷兰世青赛。当85黄金一代2∶3惜败德国后，初鑫对肖恩和其他室友们说："我可能以后不能再这样跟你们一起看球了。"

肖恩说："不至于吧，输德国，不丢人，别不看了啊。"

初鑫顿了顿，讲了一个比输德国更加令人悲伤的事情："我可能，不能再跟你们一起住了。"

听到这个消息，小伙伴们惊愕："为什么？"

初鑫回答："因为我要去'马院'（马克思主义学院）了。"

"你换专业了？"肖恩问。

"是的。"

"所以寝室也要换吗？"肖恩又问。

"是的。"平时滔滔不绝的初鑫此时变得沉默，小伙伴们也沉默了。

很快，初鑫以优异的成绩从商学院转到了"马院"。

第五十九章 "初心"

暑假里，正赶上联赛间歇期，王冠一从俱乐部回来了。赚了钱的他，豪气地请肖恩和金开石喝茅台。

第一次喝茅台，肖恩喝多了，看一个人是否真的喝多了，就看他是否丢东西。肖恩那晚是真的多了，身份证都丢了。没办法，肖恩只能提前返校去派出所补办身份证。

回到寝室，肖恩发现有人比他还早，打开门一看，原来是初鑫，他正在床上收拾东西。

肖恩一看便明白他是在搬家，于是说："这么早，你是怕我们伤心，提前回来，偷偷搬家吗？"

"哈哈，当然不是，我提前回来是去派出所办点事。"

"是吗？这么巧，我也要去派出所补办身份证，你去干吗？"

"我去改名字，改成'初心'，不忘初心的初心。还有，我不用换寝室了，学校说我可以哪儿也不去，继续住在这里。"

"呀，太棒了。"肖恩激动地说。

"你是说我的新名字棒，还是说我继续住这里棒？"

"当然是继续住这里啊。你名字改不改的都叫 Chu Xin，对我们来说没啥变化。"

"但是对我却意义重大，我这回换专业，我爸妈不知道，暑假我回去告诉他们，他们很生气。他们本来计划是让我来商院学财务管理，准备日后当金融大鳄的。现在我却擅自把专业给换了。

"我觉得你一点也没错，你挺适合去'马院'的，关键，你不是也喜欢吗？"肖恩回答。

"是，我就是想做自己喜欢的事，所以我打算把名字也改了，改个自己喜欢的，其实我想改成'初心'已经好久了，甚至小的时候还故意把自己的名字写成'初心'，特别是考试的时候，三个金的鑫笔画太多，所以我就写成'初心'，为了不让自己输在起跑线上。"

"你可真是精益求精啊，为了尽早答卷就把名字改了啊？"肖恩打趣。

"这很重要，好吧？试想一下，你有俩儿子，一个叫肖一，一个叫肖齉齉，在一个考场考试，不一会儿，肖一卷子答完了，而肖齉齉名字还没写完……"初心认真地说。

"肖齉齉？哪个 nang？"肖恩问。

"就是鼻子不通气的那个齉。"初心说着，用手在空中比画着这个字的笔画。

"亏你想得出来，这个齉字还真是复杂啊，但谁又会用这种字作名字呢？"

"我就是打个比方，你还认真了。但世事难料，不好说哪个爸爸发现儿子不是自己亲生的，于是就给孩子起了这个名字，好让他输在起跑线上。"

初心说完这话，肖恩感觉哪里不对，思考了一下，说："你大爷。"

然后两人哈哈大笑。

"哈哈，我不得不说，初心这个名字的寓意比你之前的那个多金的初鑫要好很多，所以走吧。"肖恩继续说。

"哪儿？"

"派出所走起。"二人结伴去了派出所。

路上，初心问肖恩："你之前说你跟王冠一是队友，是真的吗？"

"是的。"

"那你跟他谁踢得好呢？"初心认真地看着肖恩。

面对这个尖锐的问题，肖恩不假思索地回答："比球技，我们俩是伯仲之间，比吹牛，他望尘莫及。"

初心看着肖恩，抿了抿嘴说："牛，你踢球是屈才了……"

肖恩提前回来还有别的心事，他听说佟果考上了南都师范大学。佟果复读的日子里，肖恩每过一个月就会给佟果写一封信，信里多是讲大学有多好，也跟佟果说自己的许多同学，都是复读了三五年才考来的。肖恩在信里向佟果重点推荐了华东大学，他觉得自己已经表示得够明白了。但是佟果一封信都没给肖恩回，在报志愿的时候，问都没有问过肖恩，听同学们说，佟果比华东大学的录取分数线高了 30 多分。

　　肖恩其实很想到车站去接佟果，他觉得他们之间有好多事情都僵在那儿，还没有定论，或者说还没有解决，所以肖恩一早回到了南都，是想迎接佟果。肖恩算准日子，开学前五天发了个短信问佟果："需不需要我去火车站接你？"

　　结果到了晚上佟果才回："谢谢啦，不用啦。咱班团支书正好跟我一辆车，他会帮我。"

　　肖恩感觉有点热脸贴了冷屁股，想再多发点什么，可是男人的面子让他决定闭嘴。他真的是纠结极了，那个善解人意的卫生委员到底哪去了，我还要把话说得多明白，她怎么就是不明白呢。肖恩心里堵得发慌，决定换了衣服去球场上发泄一番。

第六十章　足球是宝

这边校园足球板块，肖恩则未能封上涨停，在当年的飞利浦全国大学生联赛决赛中以一球惜败，屈居亚军。

决赛中，肖恩在对手吴东东纺大学的阵容中看到了昔日东山区的"大腿"任远，他曾与金开石一同去巴西留洋。

赛后肖恩与任远短暂交流得知，这支吴东东纺大学队其实就是吴东地产的二队，都是金开石巴西时候的队友。任远和队友们都非常羡慕金开石可以进到中 B 一线队，至于他们现在代表东纺大学踢大学生联赛也是实属无奈，所以对于这个大学生联赛冠军，任远和他的队友们也并不是很看重，似乎都没有肖恩的亚军来得高兴。

泛印度洋亚洲大学生运动会即将举行，本应由大学生联赛冠军吴东东纺大学代表中国参加的足球项目，却由于吴东东纺大学的吴东地产球员们各奔东西而无法组队参赛，最后"大体协"决议由亚军华东大学队递补，为国出战。肖恩得到了他人生第一次出国的机会。

本届泛印度洋亚洲大学生运动会的比赛地点是在澳大利亚的珀斯，很多人都没听过这个城市，但肖恩知道。早年海市每每宣传自己跻身世界宜居城市前七八十强的时候，肖恩总能在前十中看到珀斯的名字。在悉尼、墨尔本、温哥华、多伦多、新加坡、大阪等一众熟悉的大城市名字中，珀斯这个不太熟悉的名字反而让肖恩印象深刻。这一次，肖恩是真的就要去那儿了。

珀斯，全球最宜居的城市之一。它"前不巴村，后不着店"的地理位置不仅让它成为国际空间站在地球上的一个重要坐标，也让它成为地球上最为"孤独"的城市之一。

经历漫长的旅途，肖恩与队友们终于来到了澳大利亚珀斯，一落地他们就遇到了一个麻烦和一个惊喜。麻烦是边检警察要搜查每个人的箱子，然后收走了所有的药品和食品；惊喜是当边检警察看到球员们的脏球鞋时，非要给他们刷球鞋。

"资本主义国家果然服务到位。"强东师兄跟肖恩开玩笑说。

等了好久，球鞋终于回来了。

"这也没打油啊，这么长时间，我还以为他们能给'皮足'做个保养呢。"强东师兄又跟肖恩开玩笑。

肖恩也觉得这个国家有点意思。

机场外，没有盛大的欢迎仪式，只有三个志愿者，肖恩和队友就这样直接被安排上了一辆公交车。是的没错，是一辆车身上有只大黑猫的巴士。

肖恩坐在公交车窗户边上，一路看着珀斯美丽的景色，沐浴着明媚的阳光。他还看到了著名的天鹅河，但一只黑天鹅都没看到，原来在珀斯，黑天鹅也是不常见的。

很快，肖恩和队友们就来到了球队驻地——西澳大学三一学院 Trinity College。看到 Trinity 这个单词，好学的肖恩就拿起"文曲星"查了起来。

"哦，这三一学院原来是圣父、圣子、圣灵"三位一体"的意思，看来这是个神学院，应该跟哈尔滨佛学院差不多（简称：哈佛）。"肖恩跟师兄们开玩笑说。

其实"Trinity College 三一学院"只是一个广为流传、历史悠久的名字，并非什么神学院，就比方说剑桥大学三一学院就是剑桥最具实力和声望的学院之一。

组委会没有安排运动员报到和进入"大运村"的隆重仪式，而是将肖恩和队友们快速塞进单人学生宿舍里。

肖恩进到房间先上了个"大号"，坐在马桶上的肖恩心想："这真的是泛印度洋亚洲大学生运动会吗，不会是个'野鸡大学'运动会吧？"

第二天，在一片大到可以放羊的草场上，肖恩终于看到了组委会的官员和参赛球队的身影，这时肖恩才确定自己参加的不是一个"野鸡大学"运动会。

在一眼望不到边的草场上，肖恩看到了众多来自泛印度洋及亚洲地区的足球列强，如印度、新加坡、印尼、马来西亚、泰国、澳大利亚等。像日本、韩国这样熟悉的对手，肖恩却没能看到，也许日韩在这片草场的另一头，肖恩望不到他们。

第三天比赛开始，经过四天四轮激战，华东大学队不负众望，轻松战胜了上述列强（最终也未能见到日本和韩国），夺得了泛印度洋亚洲大学生运动会男子足球冠军，从而以冠军的身份和心情开启了此次澳洲之行最为重要的环节——西澳观光之旅。

组委会特地为冠军球队请了一位专职中文导游，她是一位来自新加坡的胖姑娘，有着极强的亲和力和说不完的故事。一上大巴车，健谈的新加坡胖姑娘就给肖恩和队友们讲起了澳洲大陆的各种故事。

比如说，"kangaroo"（袋鼠）在当地土语里是"不知道"的意思。相传欧洲人第一次来到澳洲，看到这满地"跳跃的大精灵"非常新奇，就问当地人这东西叫啥？当地人就回答"kanga-roo"（我不知道你在说什么）。于是袋鼠就此得名"kangaroo"（不知道）。

澳大利亚很大，景点间的距离并不短，但新加坡胖姑娘这些有趣的故事和冷知识让肖恩和队友们在漫长的旅途中并不感到乏味。

新加坡胖姑娘带着肖恩和队友们在珀斯市中心参观了古老的市政厅和大教堂；在凯维森野生动物园看见了袋鼠、鸸鹋、考拉、树熊和各种叫不出名字的有袋类动物；在罗特尼斯岛遇见了有着迷人微笑的矮袋鼠；在南博格国家公园拥抱了"尖峰石阵"的石笋；在兰斯林沙丘体验了大脚车"憋尿"滑沙；在曼哲拉的河道上见到了一栋栋私人豪宅和船坞，还有在船尾不停跳跃的海豚。

由于时间原因，肖恩他们错过了"世界第八大奇迹"——波浪岩，但不得不说，这个随性又温馨的印度洋亚洲大学生运动会打开了肖恩的眼界。比起运动会前几天的夺冠历程，最后几天的旅行见闻对肖恩的影响更加深远。可以说，澳洲大陆别样的大山大水和奇闻趣事让肖恩重新认识了这个世界，也在肖恩内心埋下了游历世界的种子。

肖恩在澳大利亚精心为佟果挑选了礼物——一个背着地图筒和望远镜，仿佛随时准备去探险的小袋鼠。肖恩需要一个能去找佟果的理由。

"大学怎么样，要不要来我们学校参观参观？"肖恩一回国就给佟果发去短信。

"好啊，什么时候？"这次佟果回得很快。

"耶！"肖恩右手握拳，高兴地喊出声。

俩人约在华大校门口见面，肖恩骑着自行车提前好久就往校门口赶。没想到，他到的时候佟果已经到了。佟果穿着修身的灰色运动服，扎着高高的马尾，正皱着眉、歪着脑袋盯着华大门口的校训碑。

肖恩心里一阵温热，预演了好久的自然打招呼的方式，此时却怎么也使不出来。他的眼睛牢牢地盯着佟果，整个人像被什么定住了，动弹不得。

佟果感受到了异常的热量，抬起头来找寻，一个穿着白色 T 恤的黑高个扶着自行车，在阳光下闪着光。佟果咧开嘴，大方地冲肖恩挥手："好久不见！"

"好久不见，好久不见。"肖恩意识到自己的失态，慌张回应。"你在看什么，看得那么出神？"肖恩推着车，向佟果走来。

"在看你们学校重视足球的证据。"

"啊？什么证据？"

佟果指着华大的校训碑，有模有样地念道："'足球是宝'。

这不就是证据吗，都写到校门口来了，还不重视啊，把足球当个宝，怪不得你考那么几分就进来了。"佟果得意地挑挑眉。

"足球是宝？"肖恩一时没听懂，突然哈哈大笑起来，"真有你的。"

肖恩心里一阵慌乱，一年没见，她怎么还是那么不一样，还是那么有意思，我怎么那么紧张，她怎么不紧张……

佟果打断了肖恩的胡思乱想："你说你就考了那么几分就来了这么好的学校，也太不公平了。我们真是十二，哦不，十三年寒窗苦读，也考不上啊。"

"那是你不想来。"肖恩不假思索脱口而出，说完瞬间就后悔了，他赶紧找补，"你穿开裆裤在家里吹冷气的时候，我就在大太阳底下踢球了，我这苦可比寒窗苦读苦得多。再说我怎么也考过了二本线，比几分还是要多点的。"肖恩得意地笑着。

"撒谎。"

"我没撒谎，我们那会儿练得可苦了……"

"我穿开裆裤的时候还没有空调。"佟果一本正经地说。

肖恩一听一口水就要喷出来，她这是什么脑回路，太可爱了，好想捏捏她的脸蛋，我得冷静，对冷静、冷静。肖恩努力不让自己的心理活动呈现在脸上。

肖恩骑着自行车，带着佟果在华东大学里转悠，一边骑一边向佟果介绍。佟果自然地用右手抓着肖恩腰间的衣服，骑行不稳时，肖恩能明显感觉到右腰传来的佟果手掌的热量，微小的电流瞬间从腰部传满全身，他的脸也跟着热了起来。他多想这么一直骑下去，这才是他梦想的大学生活啊。

肖恩请佟果在校园里的小餐厅吃饭，席间他拿出了澳大利亚带回的小礼物。

"给，这是给你的，我在澳大利亚买的。"肖恩故作平淡地把礼物送给佟果，其实他在礼品店纠结了一个小时，要不是队友们都来揍他，他还下不了决定买哪个。

"哇，谢谢，太可爱了。你看，连袋鼠都带着地图要去探险，我也要出去看看。"

"出去看看？"肖恩疑惑。

"嗯，我在准备托福和 GRE 了，我想本科毕业了去美国。"

"美国？"

"是啊，美国。我这个专业到美国比较容易有奖学金。"

肖恩此时感觉信息量太大，这和他脑子里编排过的各种版本的剧情都不一样："她要去美国了，那我呢？"肖恩定了定神，平淡地说："挺好的，我支持你。"

"走一步看一步，先往这个方向努力呗。你也可以出国啊，去念个研究生。"

肖恩苦笑道："就我这英语水平，国外可没有特长生，我还是有自知之明的。"

肖恩现在只觉得整个人浑身无力，本来以为能够和她面对面，他们就不会那么远，怎么坐在一起，反而距离更远了。"我们真的有可能吗？我们会有未来吗？"肖恩自己都没发现自己轻轻摇了摇头。

他本来准备了今天晚上通宵电影院的电影票。寝室里复读了 4 年的"情圣"吴非大哥指点他，只要能够出去看通宵电影，女孩儿绝对是对你有意思，稳拿没问题。可是现在，他把裤兜里的电影票揉搓成小团，扔到了餐桌底下。

"我觉得你一定能行，佟果，我相信你。"肖恩举起可乐罐，真诚地向佟果祝福。

佟果也举起了可乐："谁知道呢，人生那么短，好多事情不试试怎么知道行不行？哪怕想法会变，也不要紧，年轻的时候不就应该干年轻人干的事儿吗。"

那顿饭之后，肖恩努力控制自己，没有再联系佟果。

第六十一章　命悬一线

"二位好，我是《鞠文报》记者，我有两个问题，第一个是问主教练的：本场对手鹿岛鹿角目前在日本 J 联赛中排名第一，保持不败，他们本赛季斥巨资签下的本山雅志和兴梠慎三已经在 J 联赛和亚冠赛场上进了 12 球，请问您将采取什么方法来防住这对锋线组合？还有按照以往经验，球队大脑王冠一都会遭到对手重点照顾，请问您将如何应对？第二个是问王冠一的：齐州电力在你的带领下已经获得了中 A 联赛三连冠，是中 A 联赛的霸主，但在亚冠赛场上，球队却一直是成绩平平，现在外界戏称齐州电力是'内战内行，外战外行'。作为球队核心球员，你将如何带领球队摆脱这种外战疲软的现状？"

"嗯，足球比赛双方此消彼长，制约与反制约……"当主教练侃侃而谈时，表情管理优秀的王冠一正坐在旁边思考着自己的答案。作为球队王牌球员，与主教练参加赛前新闻发布会已是家常便饭，此时的他不管遇到什么尖锐的问题都应对得游刃有余，微笑、礼貌、答非所问是他的三大法宝。终于主教练说完了……

"首先，感谢记者们千里迢迢随队来到客场，辛苦了。"王冠一微笑地回答，"嗯……我们的三个中A联赛冠军是在俱乐部领导和主教练的带领下，在球队和俱乐部所有成员的共同努力下，在球迷的大力支持下取得的，我为自己是这支伟大的三连冠球队中的一员而骄傲、自豪，当然我们也会再接再厉继续赢下去。"王冠一低调回答的同时，众多记者用长枪短炮对着他狂轰滥炸。

不可否认，王冠一成功了，在人们眼里他是球场上天赋异禀的球星，是中国足球的希望，但谁又看到了他背后不懈的努力?！

从小离开家乡，远赴齐州踢球，每日努力地训练、比赛，就连在泽州跟朋友聊天都要时不时在沙发上做几组俯卧撑。

王冠一知道自己今天的一切得来不易，他很珍惜，也很自律，他注意身材，保持体重，早睡早起，保证作息。在小队员眼里他是个好典范，在老大哥眼里他是个很会来事的乖孩子，在俱乐部眼里他是队里的"非卖品"。

刚入一队时，一个孩子突然进入成人的世界，他也迷茫过，还好队内的老大哥在生活和训练比赛中给予了他不少帮助，带他适应了大人的生活。

其实老大哥没想到，王冠一虽然对待足球认真、自律，平时却也是一个喜欢玩乐的人。

慢慢地，全俱乐部上下都开始叫王冠一"一哥"，队里老大哥叫他"一哥"是出于对他的喜爱，小队员叫他"一哥"是出于对他球技和人品的钦佩。总之，大家都觉得王冠一是俱乐部里真正的"一哥"，甚至是未来中国足坛的"一哥"。

"关于亚冠，就像刚才主教练说的，亚冠赛场是亚洲最高水平的俱乐部赛事，相比中 A 联赛，亚冠联赛对手实力更强，战术更有针对性，打法也更灵活。在过去两年中我们的确遇到了很多困难，但这都不是借口，我们齐州电力既然代表中国参加亚冠联赛，那我们就一定会拼尽全力，争取最好的成绩，不管对手是哪个联赛的冠军，我们都有信心战胜对手。"

2008 年齐州电力亚冠客场对阵鹿岛鹿角，赛前更衣室中，王冠一低头认真地调整着护腿板的位置，"咻"，一卷胶布飞了过来，王冠一抬头看，是球队老大哥。

"一哥，你别调了，不用担心，没人敢踢你，一会儿谁敢踢你，我就踢死他。"球队老大哥接着提高嗓门说，"日本队的打法你们也都知道，要是被他们压在后场了，他们就会蹬鼻子上脸，越打越顺。咱们得强硬起来，得顶上去，给'一哥'争取进攻的空间，多支援他，策应他。"

"好！一定照顾好'一哥'。"大家回答。

老大哥说完上前狠狠地搓了搓王冠一的卷发。

"哥，哥，别搓了，刚烫的，哎，头晕了，搓晕了。"王冠一边低头躲闪，一边大声求饶。

王冠一在国少、国青时代就多次对阵过日本球队，赢多输少，不管是技术还是心理都占据优势。

比赛开始了，果然鹿岛鹿角对王冠一这个国家队、国奥队和俱乐部的三期核心十分重视，设了土肥原二全场紧盯防守不说，还安排了中场区域协防，看来赛前鹿岛鹿角主教练对王冠一进行了充分的研究和针对。

比赛一开始就非常激烈，很快齐州电力因为一个强悍的防守动作吃到了全场比赛的第一张黄牌。

虽然鹿岛鹿角在技术配合上占据优势，但齐州电力以其强悍的拼抢和身体对抗扳回了劣势，双方场面上可以说是五五开，两队始终未能打破僵局，比分一直定格在 0∶0。

场上胶着之时，场下的两队球迷也互不示弱，大声为自己的球队加油助威，客队齐州电力球迷虽然人少，但气势一点也不逊色。

场上，王冠一在队友的支持下一次次拿球，分球，把控着球队的进攻走向，他精湛的技术和合理的触球让全场紧盯他的土肥原二没有一点抢断的机会，反而被王冠一借助周围队友的配合和支援一次次地成功摆脱，呼哧带喘的土肥原二只能一次次地成为王冠一的背景，无可奈何。

在王冠一的组织下，齐州电力在上半时获得了两次极具威胁的机会，可惜前锋未能把握住机会，比分依然是 0∶0。

拥有强大中场，控球能力出众的鹿岛鹿角，以多位技术型中场球员为进攻发起点，前锋本山雅志为进攻支点，前锋兴桖慎三围绕其左右，俩人配合默契，在齐州电力门前制造了几次得分机会，但也未能形成得分。

如果说齐州电力是以王冠一为核心的航母编队的话，那鹿岛鹿角就是快速灵活、整齐划一的潜艇群狼。双方互有攻守，不分胜负。

上半场最后时刻，王冠一又一次拿球，正当他以一个轻巧的"油炸丸子"过掉了土肥原二的时候，气急败坏的土肥原二用肩膀撞到了王冠一的胸口，王冠一被撞飞倒地。齐州电力的球员立刻围了上来狂吼："Red card!"裁判只出示了一张黄牌，同时他怕冲突激化，随即吹停了上半时比赛。

王冠一被队友拉起来，慢慢地走回到更衣室。

"王冠一你怎么样？"老大哥关切地问。

"没事，就是胸口有点闷，缓缓应该就好了。"王冠一回答。

"你看我下半场不踢死那小矮子。"老大哥气愤地说。

下半时比赛开始，两队易边再战，上半时最后被侵犯的王冠一看来并没受什么影响，在对手针对性的布置下，王冠一依旧不知疲倦地奔跑寻找机会，全力发起进攻。

比赛一分一秒地过去，齐州电力稍微占据优势，但比分始终未能改写。直到比赛进行到下半场30分钟时，王冠一终于寻得一个机会，一个他自己拼抢出来的机会。只见他在中圈弧顶预判到了对方后腰的出球路线，一个飞身铲球，在对手传球的路线上成功断得皮球，此时他身旁没有防守队员，对手中后卫从斜前方全速赶来，王冠一眼疾脚快，半卧着身体将球向前一捅，然后迅速起身加速超越了对手中后卫，让所有人意想不到的是技术出众的王冠一居然速度也如此之快，他带球一路奔袭，突入禁区，回追的鹿岛鹿角后卫被甩开一大截。面对出击的守门员，王冠一有充分的时间去做动作。只见他像钟摆一样左右摇摆身体，对方守门员被这个逼真的假动作骗过了重心，王冠一看准了守门员重心的变化，机敏地将球拨向了异侧，轻松地晃过了门将。面对空门，王冠一没有给对手任何机会，他用脚弓稳稳地把球推进了网窝。

齐州电力的球迷方阵沸腾了。

"多么漂亮的进球啊！"电视机前的解说员激动地说。

齐州电力场上场下的球员们一起冲向了王冠一，将他团团围住，几个外围的队员激动得高高跃起，跳向人群中心。此时此刻王冠一就像一个黑洞，吸引了球场内所有的一切。

过了好一阵子，庆祝的人群渐渐散开，人们看到了他们的英雄王冠一，他站在原地，面朝齐州电力球迷看台的方向，缓缓地举起右手食指。人们知道，他这是要做招牌动作了……

"啊啊啊啊啊！"全场球迷和解说员发出了惊呼，但并不是为了王冠一的招牌动作喝彩。

王冠一在没有任何身体对抗的情况下，突然僵直地栽倒在小禁区里，一动不动。

"是王冠一吗？是王冠一！他怎么了？"解说员大喊，肖恩坐在电脑前简直不敢相信自己的眼睛，就是王冠一。

"冠一，你怎么了？"肖恩大吼，室友们都被惊到了，一起看球的初心也攥紧了拳头。

现在已经没有人关心刚刚那记精彩绝伦的进球，在经历维维安福的悲痛后，整个足球世界都心有余悸，此刻同样的悲剧仿佛又一次降临在人们眼前。

这一次，人们开始向死神反击。

王冠一周围的队友赶紧向裁判示意，还没等裁判吹停比赛，队医和场边的医疗小组就提着 AED（心脏除颤仪）冲进了场地。

经验告诉大家，这是心脏骤停无疑，大家拼尽全力、争分夺秒。因为心脏骤停的前一分钟，被救活的概率是 90%，医疗人员奋力与死神争抢这"黄金一分钟"。

此刻电视镜头里，全场观众都安静下来，注视着急救人员。只见一名医疗人员专业地做着心脏复苏，旁边的医疗人员则时刻盯着 AED 的提示。

经过紧张的心脏复苏，AED 设备终于提示条件允许，医疗人员立刻启动 AED，一股电流顺着两片电极刺激着王冠一的心脏。

"滴滴，滴滴，滴滴……"

急救机器里平稳的心跳声传来，除颤成功了，王冠一暂时恢复了心跳，救护车立即把王冠一送往医院。

场上的观众眼看着王冠一被救护车拉走，也不知是什么情况，还在默默祈祷，安静等待。救护车离开后，体育场用英语广播："感谢各位观众的祝福，王冠一恢复了心跳，救护车正把他送往医院，相信王冠一不会有事。"

球场上所有人瞬间欢呼起来，此时此刻，不管是主队日本的球迷，还是来自中国齐州的客队球迷，大家都无比兴奋、充满感激。

是的，球场上什么样的胜利能赢过生死？

"王冠一，王冠一，王冠一……"球场上的 3 万观众不分主客、不分国界齐声呼喊着王冠一的名字，为他鼓劲，为他加油。

2008 年，三兄弟都没有心情高唱《亚洲雄风》了。

大哥金开石，简直要把冷板凳坐穿，他经常怀疑自己坚持的意义，更经常惩罚自己必须坚持。

二哥王冠一，还不知道能不能平安度过生死劫，更别提他的职业生涯是否还能继续耀眼发光。

小弟肖恩，在学习和补考中迷失了自己，他的苹果没了，他该吃的苦却一个都没少。

明天会更好吗？他们三个谁也不知道，但是明天总要来的。

（未完待续）